JÜRGEN SEIDLER

Ein Mai in KONSTANZ

JÜRGEN SEIDLER

Ein Mai in KONSTANZ

STADLER
1815

VERLAG STADLER

Gedruckt auf:

FSC
www.fsc.org
MIX
Papier aus verantwortungsvollen Quellen
FSC® C110508

Grafik/Umschlag: Multivitamine/Diana Dörfl, Konstanz
Satz: Satzteam Dieter Stöckler, Konstanz
Gesamtherstellung: Westermann Druck Zwickau GmbH

Bildnachweis – Coverabbildung
Stadler-Bildarchiv/Foto: Heinz Finke

Verlag und Vertrieb:
Stadler Verlagsgesellschaft mbH
Max-Stromeyer-Straße 172
78467 Konstanz
www.verlag-stadler.de

1. Auflage 2019

ISBN 978-3-7977-0746-8

Für Madame Coco

„Jede Situation ist einmalig,
allgemeine moralische Prinzipien sind unanwendbar.“

Jean-Paul Sartre

1

Wieder fiel ein Stück der alten Mauer auf den Boden. Der Staub der fallenden Steine bildete einen Vorhang, durch den das Licht Streifen schnitt. Die einzelnen, winzigen Körner formten eine neue Textur in der Luft. Mit den Fingern konnte man sie nicht fühlen, aber sie setzten sich in den Haaren und in der Haut ab, rauten die glatte Oberfläche des Körpers auf, machten den Atem schwer, legten sich auf die Zunge, in die Ohren. Der ganze Raum, in dem die Steine fielen, bekam eine neue Form, verlor seine festen Umrisse, schwankte und schwebte. Antons Hammerschläge waren gleichmäßig und genau, legten die alten Balken frei, die scharfe Linien in die staubige Luft zeichneten. Beate schaute ihm gerne zu, seinen kräftigen Armen, dem starken Nacken. Seine fast schwarzen Haare, die etwas zu lang waren, weil er seit vier Wochen nicht mehr beim Friseur war, steckten unter einer Schirmmütze; sie hatte ihre blonden Haare unter einem Kopftuch verborgen, damit sie sie nicht gleich waschen müsste, wenn sie nach Hause kam. Sie trug einen grauen Arbeitskittel über ihrem einfachen blauen Kleid, das sie anzog, wenn sie hierherkam, um zu arbeiten.

Die Fenster waren weit auf, sie konnte die alten Dächer der Stadt sehen. Jedes Dach glänzte anders in der Abendsonne. Die Ziegel auf den Häusern lagen wie rot-schwarze Wellen, über denen die Hitze flirrte, die als Schlieren zwischen den mittelalterlichen Häusern tanzte. Weiter hinten lag der See. Dort tummelten sich die Möwen über den Booten, kreischten hoffnungsfroh nach Beute, nach Krümeln der Passagiere oder Fischresten der Angler. Mit diesem

Blick über die Stadt würde auch ihr Sohn Bruno aufwachsen. Es war bestimmt gut für ein Kind, wenn seine Augen den Horizont sehen konnten. Vielleicht prägte es sogar seinen Charakter, machte ihn freier, als sie selbst es war. Anton setzte den Hammer ab.

„Du kannst das hier wegräumen", sagte er.

Sie hörte die Schärfe in seinen Worten und drehte sich zu ihm. Etwas Staub flirrte um ihn herum und um seine nackten Schultern, um seine Latzhose, auf der vorne ein Aufnäher aufgebracht war, auf dem stand „Steinmetz Sauter seit 1873". Sie fand ja, dass man diese blauen Latzhosen in der Taille etwas schmaler fassen sollte, dann würde sein schlanker Körper besser zur Geltung kommen, aber er wollte das nicht, weil es seine Bewegungsfreiheit hemmte, denn das war ihm wichtig: sich frei bewegen zu können. Seine Füße steckten in Schutzsandalen, die vorne, unter dem Leder, harte Stahlkappen hatten und hinten offen waren. Antons Hand ruhte auf dem langen Holzstiel des Vorschlaghammers, der jetzt neben ihm stand. Von Anton ging viel Kraft aus, aber auch eine nervöse Ungeduld, so wie heute. Es konnte an der Hitze liegen, die sie alle seit Tagen wie eine harte Hand im Nacken hielt. In diesem Jahr war der Mai eine Last, drückte sie, schickte die Menschen auf die Schattenseiten der Straßen. Beate nickte leicht, ging zu ihm rüber, lächelte und klaubte die Steine auf. Sie packte sie zu dem anderen Schutt in Säcke, die er nachher nach unten schleppen würde. Sie mochte den groben Stoff der alten Leinensäcke, dieses schwere Gewebe, Fäden wie Schnüre, die selbst mit einem Messer kaum zu durchtrennen waren. Immer wieder rollte sie die Enden der Säcke etwas hoch, fasste an, legte Steinbrocken hinein. Es war eine ziemliche Plackerei, sich ein eigenes Leben aufzubauen; aber die Aussicht, einmal in den Räumen dieses schönen alten Hauses zu leben, war es wert, fast jeden Abend nach der eigentlichen Arbeit hierherzukommen. Sie holte eine Flasche Bier aus dem Korb und brachte sie ihm. Das Getränk war noch kühl, auch wenn kein feuchter Film mehr auf der Flasche lag. Er schnellte den Verschluss weg, aber er trank nicht gleich, hing noch einem Gedanken nach, den er aber nicht mehr zu fassen bekam, als ob sich der Staub und die Hitze auch in sein Gehirn gelegt hätten.

„Hast du mit ihm geredet?“, wollte Beate wissen.

Er zögerte die Antwort auf ihre Frage hinaus, trank erst von dem Bier und schaute sie an, als ob er überprüfen müsste, ob sie seine Antwort ertragen könnte. Doch er schüttelte nur den Kopf, sagte nichts, hatte keine Lust, mit ihr zu reden, Antworten auf ihre Fragen zu geben. Besser, er sparte die Energie für den nächsten Schlag und das zitternde Echo der Mauer auf, die nicht freiwillig in sich zusammenstürzen wollte. Er fasste erneut den Hammer und hob ihn hoch. Er schwebte in der Luft, als sie zu ihm trat, den Staub aus seinem feuchten Gesicht wischte und versuchte, in seine braunen Augen zu blicken. Das helle Taschentuch bekam dunkle Streifen von seinem Schweiß und Staub. Diese Nähe mochte er nicht, sein Körper sträubte sich, er drehte sich von ihr weg, holte aus und landete den nächsten Schlag. Sie schaute ihm zu, während sie sich mit einer sauberen Stelle des Taschentuchs über das ovale Gesicht wischte, über die hohe Stirn und die leicht geschwungenen Augenbrauen. Zuletzt säuberte sie sich den langen Hals, faltete das Tuch und ließ es in einer der tiefen Taschen an der Seite des Kittels verschwinden.

„Das wird ein schönes großes Zimmer“, sagte Beate in die kurze Ruhe hinein, um ihn wieder zu sich zurückzuholen. „Schau, wie einmal die Sonne den ganzen Raum hell machen wird. Ich habe gerade gedacht, wie schön es für Bruno sein wird, wenn er in so hellen Räumen leben und über die Dächer schauen kann. Glaubst du nicht auch?“

Doch Anton brummte nur, hieb erneut gegen die Wand. Es klang dumpf, hallte in den Balken wider. Seiner Ansicht nach mussten sie hier nicht alles weghauen, all die alten Wände einreißen. Man fand keine Ruhe mehr am Abend, wenn es keine Türen hatte. Dabei gab es in dieser Wohnung genügend Zimmer, wo er Ruhe finden könnte: vorne das große Wohnzimmer, dann die Küche, ein Bad, zwei kleine Zimmer und ein großes Zimmer nach hinten; dort würde Beate ihr gemeinsames Schlafzimmer einrichten. „Wir reißen nicht alles ein. Wir schaffen nur Platz, das haben wir doch schon oft besprochen“, entgegnete sie ihm sanft. „Wann triffst du deinen Vater?“, fragte sie ihn leichthin, während sie sich bückte und einen Steinbrocken in den Sack schob.

Das war die eigentliche, die wichtige Frage, die sie nicht einfach mit offenem Visier stellen konnte. In diesen schlichten Worten steckte ihre ganze Zukunft.

„Nachher“, war seine kurze Antwort.

Also war es das, was ihn so mürrisch machte. Die Aussicht, mit seinem Vater über ihre Hochzeit sprechen zu müssen, machte ihm jedes Mal schlechte Laune. Doch ohne die Zustimmung seines Vaters ging es nicht voran. Es gab einen festgelegten Hochzeitstermin, sie hatten alles gemeinsam besprochen. Das alte Haus, in dem sie sich ihre Wohnung freiräumten, gehörte dem Vater; zur Hochzeit sollte es an Anton übergehen. Doch der Alte zögerte seine Zustimmung hinaus, immer gab es einen anderen Grund. Bruno war schon drei Jahre alt. Drei lange Jahre schon lebte Beate mit dem Stigma einer unverheirateten Frau mit Kind. Sie war noch zwanzig, als sie ihre Schwangerschaft bemerkte; zunächst die Panik, als das Blut ausblieb, dann die Freude auf ein Kind mit ihm, auf eine gemeinsame Zukunft mit dem Mann, den sie liebte. In den letzten drei Jahren hatte sie gelernt, den Spott und die bösen Blicke zu ertragen, meist von alleinstehenden älteren Frauen, verbitterten Witwen. Ob die Frau vom Jugendamt, die sie alle sechs Monate besuchen musste, auch Witwe war, wusste sie nicht. Diese Frau, die ihr Vormund war, betrachtete sie wie ein seltenes Insekt, dem man freundlich, aber mit Distanz begegnen musste. Immer wieder stellte sie die gleichen Fragen nach der Ernährung von Bruno, wo er untergebracht sei, wenn sie zur Arbeit gehe, wie viel er schlafe, ob er ins Bett mache, wann es zur Hochzeit komme – denn erst dann würde das Sorgerecht vom Amt auf den Mann übergehen, und die Insektenforscherin würde ihre Fürsorge einstellen können. Einige Männer, die sie mit ihrem Kind sahen, und entdeckten, dass sie nicht verheiratet war, weil sie keinen Ring trug, schauten sie mit unverhohlenem Interesse an. Sie sahen in ihr eine junge Frau, die schon Sex gehabt hatte, ohne dem Mann ein Heiratsversprechen abgetrotzt zu haben. Doch wenn sie an den Wochenenden zu dritt unterwegs waren, das Badetuch im Strandbad ausbreiteten, dann lächelten alle sie an. Was für eine schöne junge Familie, was für ein attraktiver Mann, was für ein entzückender Sohn. Anton machte sich gut als Papa, war liebevoll, zugewandt. Dann lagen ihre drei Körper, der kleine Junge, der große Mann mit den dunklen Haaren auf der Brust und die schöne schlanke Frau im Badeanzug, die die blonden Haare mit den Händen im Nacken festhielt, nebeneinander auf einem bunten Tuch, das gelbe und rosa Streifen durchzogen, schufen ein Band großer Nähe, zusammengehalten durch das Kind, durch Hoffnungen, aber auch durch Ängste.

In der Wohnung ihrer Mutter, aus der sie endlich weg wollte, in der sie aber noch immer lebte, roch es nach Seife und dem nassen grauen Stein, aus dem das Spülbecken in der Küche bestand. Ihr Sohn sollte nicht mehr von der Großmutter erzogen und auch nicht von ihren grauen Handtüchern trocken gerieben werden. Ihre Mutter Annegret hatte ihre drei Kinder durch den Krieg gebracht, das hatte sie hart gemacht. In Karlsruhe, wo es einmal ein Haus gab, das dem Vater gehörte, waren Beate und ihre beiden älteren Brüder zur Welt gekommen. Beate hatte noch eine vage Erinnerung an dieses Haus und an die Obst- und Gemüsehandlung im Erdgeschoss. Der dunkle, staubige Geruch von Kartoffeln, die Frische der Äpfel waren immer in ihrer Nase. Sie sah noch ihre Mutter vor sich, wie sie dort stand, Äpfel abwog und Kohlköpfe aufschichtete. Dann fielen die Bomben, und zusammen mit ihren beiden großen Brüdern musste Beate in den Schutzkeller. Die Mutter hatte meistens ein Kopftuch um, eilte vom Geschäft im Erdgeschoss, wenn die Sirenen heulten, hoch in die Wohnung in der ersten Etage, griff sich mit einer Hand das kleine Mädchen, mit der anderen Hand einen Korb, gefüllt mit Äpfeln und einer Blechflasche voll Wasser, der immer bereitstand, sowie Beates Stoffpuppe und sagte „Los jetzt" zu ihren Brüdern, zu Walter und Erich. Dann eilten alle die Treppe hinunter, durch die Tür zum Hof, über einen anderen Hof, hinein in einen Keller, wo es heiß war, wo andere Frauen, andere Kinder, alte Menschen sich drängten und abwarteten, wie es diesmal ausgehen würde. Dann kamen die Flugzeuge, das tiefe Rattern der Motoren, die die Flugzeuge durch den Himmel schoben; es folgte ein hoher Ton und dann die Bomben, die sie jedes Mal auch im Bauch spürte, wenn sie explodierten. Beate spürte die harten Hände ihrer Mutter, die sie festhielten, als sie zitterte. Aus ihrem Haus wurde ein Haufen Trümmer, aus dem ihre Mutter einige wenige Reste zusammenklaubte. Sie flohen durch Rauchschwaden, vorbei an Leichen, drängten sich an schmutzigen Mänteln vorbei in einen überfüllten Zugwaggon nach Konstanz, wo die Schwestern der Mutter, Erika und Theresa, inzwischen wieder lebten.

In Konstanz schien die Sonne, als sie ankamen. Am Bahnhof, der gleich neben dem Hafen lag, roch es nach Wasser, und Möwen kreisten über ihnen. Sie gingen die wenigen Schritte zum See, schauten auf den einzigen Passagierdampfer, die Segelboote, die Männer, die den Kot der Vögel von den Bootsdecks schrubbten. Es war eine friedliche Welt hier, wie in einem anderen Land, unwirklich. Lange blickte Beate den weißen Vögeln nach, die sie noch nicht kannte, die seltsame Kunststücke vollführten, sich jagten, aufs Wasser stürzten, einen Fisch fingen, verfolgt wurden, um dann auf einem schwankenden Mast zu landen, unerreichbar für ihre Gefährten, die ihnen die Beute abjagen wollten. Wenn sie leer ausgingen, taten sie ihre Enttäuschung mit lautem Geschrei kund. Auch Erika und Theresa waren in den letzten Kriegstagen geflüchtet. Sie hatten das zerstörte Berlin verlassen und sich nach Konstanz in ihre alte Heimat durchgeschlagen. Hier am Bodensee trafen sich die drei Schwestern wieder. Als junge Frauen waren sie einst hier weggegangen, in der Hoffnung auf ein neues Leben. Beates Mutter Annegret zog es, noch vor Ausbruch des Krieges, zu ihrer großen Liebe nach Karlsruhe. Dort hatte Beates Vater, Günther Adler, ein Mehrfamilienhaus geerbt, in der sie ihre Gemüsehandlung aufmachten. Mit dem Handeln von Obst und Gemüse kannte Annegret sich aus, denn ihre Familie hatte in Konstanz eine Kolonialwarenhandlung geführt. Beates Mutter erzählte, dass sie eine der ersten waren, die Bananen in Konstanz anboten, echte Südfrüchte. Sie belieferten sogar den schwedischen Grafen auf der Insel Mainau und auch Markgraf Berthold von Baden, drüben auf der anderen Seeseite, im Schloss Salem. Der Graf war vor allem ein Kunde von Theo, dem ältesten Bruder der drei Schwestern, der nicht mehr lebte. In dessen Kolonialwarenhandlung Gothe, einer Attraktion der Konstanzer Altstadt, gab es Vanille, Rohrzucker, Kakao, verschiedene Sorten Kaffee, Tee, Sago, Reis, Zucker und Früchte aus Ländern, die man nur aus der Schule kannte, aber auch Fleisch und Fische. Wenn Annegret ihren Kindern all diese exotischen Namen und Speisen aufzählte, wurde es um sie leichter, Palmenblätter raschelten, eine schwarze Frau wusch sich in einem blauen Fluss, es wehte ein warmer Wind, der den Geruch eines besseren Lebens in sich trug.

Doch dann waren die Eltern tot und eines der vier Kinder sollte den Laden übernehmen. Theo, den die Kunden liebten, weil er immer einen Scherz machen konnte, wurde Geschäftsleiter, aber er blieb es nicht lange. Wenn er abends in einer der Konstanzer Weinstuben saß, machte er auch Scherze und Witze über die neuen Männer an der Macht, die es liebten, Uniformen zu tragen. Über ihr lautes Auftreten, ihre schlechten Manieren, vor allem über ihren schlechten Geschmack. Witze, die die humorlosen Männer mit den kahl rasierten Köpfen in den braunen Hemden nicht verstanden. Wer jeden Tag nur Kohl und Kartoffeln isst, kann nicht fliegen, sagte Theo, und wer nicht fliegt, verliert den Überblick. Es gab jemanden – die Schwestern glaubten sicher zu wissen, wer das war –, der ihren Bruder Theo bei der Gestapo anzeigte. Theo wurde abgeholt, kam ins KZ und nicht mehr zurück, das Kolonialwarengeschäft Gothe musste schließen. Keine der drei Schwestern durfte den Laden übernehmen. Die Ramschhändler, die auch die Wohnungen der deportierten Juden ausräumten, machten sich über die Bestände her. Annegret, die inzwischen bei ihrem Mann in Karlsruhe lebte und drei Kinder zu versorgen hatte, konnte den Niedergang des einstmals stolzen Geschäfts nicht abwenden. Auch Erika und Theresa, die es nach Berlin verschlagen hatte, wollten und konnten nicht wieder zurück an den Bodensee. Erst als die Bomben fielen, kehrten sie Berlin den Rücken.

Annegrets Mann Günther umarmte seine Frau und seine Kinder ein letztes Mal, nicht wissend, dass es das letzte Mal war. Regelmäßig schrieb er noch Briefe von der Ostfront, aus dem kalten Russland. Dann kam die Nachricht, dass er gefallen sei, und Annegret wickelte die Briefe in Zeitungspapier ein. Zehn Jahre lang las sie sie an ihrem Hochzeitstag noch einmal, doch dann nicht mehr, weil die Gegenwart, wie meistens, über die Vergangenheit siegte. In diesem zehnten Jahr nach seinem Tod abonnierte sie wieder eine Tageszeitung, die sie täglich aufmerksam las, so wie ihr Mann es damals, als sie noch ein Geschäft hatten, auch gemacht hatte. Mein Mann ist im Krieg geblieben, sagten die Kriegerwitwen euphemistisch über den Verlust ihrer Männer. Es klang so, als hätten sie eine Wahl gehabt, als ob der Krieg ein Ereignis auf einer fernen Insel gewesen sei, wo man sich entscheiden konnte, lieber zu bleiben, anstatt nach Hause zurückzukehren.

Erika, die jüngste der Schwestern, war die Schöne mit der tollen Stimme. Sie war etwas kleiner als ihre beiden Schwestern, hatte blonde, kräftige Haare, strahlende Augen, ihr Mund wirkte etwas klein, die Lippen etwas zu schmal, die Stirn war hoch, das Kinn kräftig, ihr Körper weiblich, rund; in den späteren Jahren in Konstanz wurde sie fast füllig. Selbstverständlich hatte sie in Berlin einen Liebhaber, einen Sänger an der staatlichen Oper, dessen Liebe zu ihr stark genug war, um sie im Chor unterzubringen. Zwar hatte Erika nie eine professionelle Ausbildung als Opernsängerin genossen, doch sie hatte die erstaunliche Fähigkeit, sich fast alle Melodien merken zu können, die sie hörte. Vielleicht hatte sie dieses Talent von ihrem Vater, dem Kolonialwarenhändler, geerbt, der eine Sammlung Schellackplatten besaß, die sie hoch und runter hörte. Die hohe Stimme Enrico Carusos hatte es ihr angetan, genauso wie sein unkonventionelles Leben. Der berühmte Sänger lebte elf Jahre in wilder Ehe mit der Sopranistin Ada Giachetti zusammen, bis sie mit seinem Chauffeur und den beiden gemeinsamen Kindern durchbrannte, um dann Unterhalt von ihm zu erpressen. Caruso brach das Herz, doch glücklicherweise war Adas Schwester Rina zur Stelle, die den armen Caruso heilte. Solche Geschichten erzählte Erika dem Opernsänger, wenn sie eine der schwarzen Platten auflegte und das schöne Kinn reckte. Die schweren Platten und der alte Plattenspieler reisten immer mit ihr mit, wenn sie von Konstanz nach Berlin und wieder zurück fuhr. Wobei sie ihr Gepäck nie alleine tragen musste, denn ihre starke Schwester Theresa ließ sie nicht allein, wenn Erika eine neue Idee oder eine neue Liebe hatte. Die beiden lebten wie ein Ehepaar, bei dem Theresa den männlichen Part übernahm, der für den Unterhalt und den Alltag zuständig war. Erika war das Licht, die Schöne, die die Männer anzog.

Sie stand für die weite Welt und die Gefahr, die überall auf Frauen lauerte und die sie durch ihre Schönheit und ihren Charme selbstverständlich meisterte. Theresa, die Krankenschwester, hatte nie einen Mann, sie war die Raue, Dunkle, die zupackte, nie zu viel aß oder trank, sie war herzlich und direkt. Theresa hatte dunkle Haare, gewellt, die sie meist hinter dem Kopf zusammenband, was ihre Entschiedenheit unterstrich. Sie liebte Frauen, Frauen wie ihre Schwester. Theresa verdiente ihren Lebensunterhalt an der Berliner Charité, während ihrer Schwester Erika regelmäßig die Träume vom Leben an der Seite eines bedeutenden Mannes zerplatzten.

„Seine Füße sind schon wieder gewachsen", berichtete Beate. Zwei Hammerschläge, rieselnder Putz und Steine. „Bald braucht er wieder neue Schuhe", ergänzte sie.

Der Hammer ruhte, der Mann schaute sie an. „Brauchst du Geld?", wollte er wissen.

Es klang gereizt, als ob sie ständig von ihm Geld bräuchte, von ihm abhängig wäre. Aber das war Beate nicht, sie arbeitete auch jeden Tag. Sie hatte noch nie neue Kinderkleidung gekauft, aber das wusste er ja nicht, interessierte ihn auch nicht.

„Nein, nein. Ich dachte nur, wie schnell so Kinderfüße wachsen. Wenn man groß ist, vergisst man das. Oder? Irgendwann ändert sich die Schuhgröße nicht mehr."

„Wie spät?"

Sie schaute aus dem Fenster auf die große Uhr am Münster.

„Gleich sechs. Musst du los?"

Er nickte, wischte sich durchs Gesicht.

„Dieser alte Dreck."

„Bald haben wir es geschafft."

Er zog seine Arbeitshose aus; sie nahm sie ihm ab und klopfte den Staub heraus.

„Geht ihr auf den See?"

„Ja, denk schon."

„Wie schön, spring mal rein."
„Ich spring nicht rein, ich wasch mich zu Hause."
„Bald ist das hier unser Zuhause."
Jetzt hätte er nicken und sagen können, wie er sich darauf freute, endlich mit ihr und ihrem gemeinsamen Sohn zusammen zu sein. Sie hatten lange genug gewartet, hatten ihre Ausbildungen beendet. Es war Mai 1965, Beate hatte den Beruf der Schneiderin erlernt und Anton Steinmetz; sie waren erwachsen, er mit seinen fünfundzwanzig Jahren nur ein Jahr älter als sie. Sie mussten ihre Eltern nicht mehr um Erlaubnis fragen, das war wunderbar, sie liebten sich. Aber all das sagte er ihr nicht. Er sagte gar nichts, war missmutig. Dann redete eben sie und sagte ihm, was wichtig war.
„In drei Monaten heiraten wir, Anton. Bis dahin ist die Wohnung fertig. Sag ihm das!"
„Ich weiß selber, was ich ihm sagen muss. Das bringt doch nichts, wenn ich ihm die Pistole auf die Brust setze."
Sie wollte jetzt nicht mit ihm streiten. Pistole auf der Brust, das war doch lächerlich. Dieser Tyrann, der glaubte, dass sie nicht die Richtige für seinen Sohn sei. Noch einmal würden sie den Hochzeitstermin nicht verschieben, das machte sie nicht mit.
„Denk bitte auch an deinen Sohn", sagte Beate, „er kommt jetzt in ein Alter, in dem er seinen Vater braucht. Bruno liebt dich", gab sie ihm mit auf den Weg, wollte ihm sagen, dass sie ihn auch liebe, sagte es aber nicht, obwohl sie es gerne gesagt hätte. Doch so eine Liebeserklärung hätte eine Reaktion seinerseits herausgefordert, die sie ihm im Moment nicht abnötigen wollte, auch weil sie vielleicht enttäuscht gewesen wäre, wenn er ihre Worte nicht erwidert hätte.

Anton gab ihr einen flüchtigen Kuss, schaute sie kaum an, nahm einen der schweren Säcke mit dem Schutt auf die Schulter und verschwand in dem dunklen Treppenhaus. Als er weg war, nahm Beate den schweren Vorschlaghammer auf, wiegte ihn in der Hand, fühlte sein Gewicht, spürte den warmen, kräftigen Holzstiel auf ihren Handflächen, spannte ihre Finger darum. Sie schlug mit dem Hammer auf ein Stück der Wand zwischen den Holzbalken, merkte, welche Wucht das Ding hatte und wie die Vibration, als der Schlag auf den alten Steinen auftraf, sich in ihr fortsetzte. Das tat gut. Sie setzte den Vorschlaghammer wieder ab, richtete sich auf und schaute über die Dächer, über denen sich die dunklen Gefühle und Gedanken der Menschen sammelten, die sich darunter befanden.

Beate hatte erneut von dem dunklen Keller geträumt, in den ihre Mutter sie als Mädchen zur Strafe eingesperrt hatte, weil sie schmutzig nach Hause gekommen war. „Ich zeige dir, wo es schmutzig ist", schnauzte die Mutter sie an. Damals war sie vielleicht acht Jahre alt gewesen; sie wohnten in Konstanz in einer einfachen Wohnung, zu der ein Kohlenkeller gehörte, mit einem kleinen, dreckigen Fenster zur Straße. Die Mutter hatte die Tür aus Holzlatten, die innen mit einem dunklen Leinenstoff verhängt war, zugeschlagen, das schwarze Vorhängeschloss verriegelt und das Kellerlicht ausgemacht. Beate wollte nicht schreien „lass mich raus!", aber sie weinte, war auf den Haufen mit den Briketts geklettert, nah zum kleinen Kellerfenster hin. Mit den Fingern wischte sie über die Scheibe und den Kohlenstaub, um mehr Licht zu bekommen, aber es blieb dunkel in den Ecken dieses Verlieses. Einige der Kohlen glänzten silbern, sie konnte nicht einmal ahnen, wo die Wände waren, so tief war das Schwarz. Dann kamen die Möwen, die plötzlich aus dem Schwarz auftauchten und dicht über ihrem Kopf flogen. Beate konnte die Krallen der Vögel sehen, sie hörte ihre hohen, scharfen Schreie, sie duckte sich, damit sie nicht ihren Kopf berühren würden. Die Möwen flogen weg, drehten um, kamen zurück. Die Vogelköpfe hatten sich in Gesichter verwandelt, in die Gesichter alter Frauen und Männer. Das Gesicht einer alten Frau, mit weit aufgerissenen Augen, einem offenen, zahnlosen Mund, aus dem stinkender Atem quoll, kam so nah an sie heran, dass Beate weiter hoch auf den Kohleberg kletterte, ein Brikett nahm und nach dem Gesicht warf. Wieder schrien die Möwen auf. Da war es warm an ihren Beinen heruntergelaufen, sie konnte nichts dagegen tun. Die Möwen sammelten sich und flogen davon, als ob der Geruch ihres Urins Gift für sie wäre. Beate presste sich die schwarzen Hände vors Gesicht, kauerte sich zusammen, machte sich so klein wie möglich, verschmolz mit dem Kohlenberg und schlief ein. Aber was waren das für Gesichter? Wer war die alte Frau, die auf sie zugekommen war?

Auf einmal lachte jemand laut auf. Sie hörte das lockere Gackern eines Mannes und einer Frau, die in sein Lachen einfiel. Die hellen Töne durchbrachen die Last der Hitze, phrasierten das Flimmern des Abends, die Ankündigung einer Entspannung. Beate hätte gerne noch mehr unbeschwertes Gelächter gehört, aber es war schon wieder vorbei. Sie nahm es als gutes Zeichen, denn bestimmt würde alles gut werden, es musste gut werden. Sie dachte wieder an ihren Mann, den sie den Bösartigkeiten dieses Alten nicht überlassen würde. Anton gehörte zu ihr und sie zu ihm.

Beate war noch in der Lehre, als sie mit ihrer Freundin Gitta während der Fasnacht unterwegs war. Ihre Mutter achtete stets darauf, dass sie rechtzeitig nach Hause kam und nichts anstellte, wie sie sich ausdrückte. Was sollte man schon „anstellen"? Beate fiel jedenfalls nichts ein. Ihrer Freundin Gitta schon, die kannte sich bereits mit Männern aus, wusste, wie man rauchte und wie man Wein trank, ohne gleich betrunken zu werden. Aber während der Fasnachtswoche, einmal im Jahr, war alles anders, da hielt sich niemand an Regeln. Selbst Beates Mutter ging aus, traf sich in den Kneipen der Altstadt mit ihren Schwestern und mit Arbeitskollegen. Manchmal musste ihre Mutter während der Fasnacht Überstunden in der Küche im „Domkeller" machen, wo sie arbeitete. Dann konnte sie nicht so genau kontrollieren, wann ihre zwanzigjährige Tochter nach Hause kam. Gitta und Beate hatten sich verkleidet, sie waren beide Piratenbräute. Beate hatte sich ein buntes Kleid aus Stoffresten der Schneiderei genäht, mit gewagtem Ausschnitt, der den Ansatz ihrer Brüste zeigte. Die Haare waren zurückgebunden, sie trug große Ohrringe aus billigem Draht und eine Kette aus Knöpfen. Die Lippen leuchteten knallrot, die Wimpern klimperten schwarz, genau wie die Fingernägel. Über den Nagellack der Fingernägel hätte sie sich fast mit Gitta zerstritten. Sie wollte eigentlich keine schwarzen Nägel, das fand sie irgendwie schmutzig. Aber genau das war es, was Gitta wollte. Sie beide sollten Dunkelheit und Gefahr ausstrahlen. Was Piratenbräute genau machten und wie sie lebten, wussten sie beide nicht, aber sie fühlten sich verwegen, zwei Mädchen, die einen wilden Abend verbringen würden.

Es war ziemlich kalt in jener Februarnacht. Auf den Straßen lag Schneematsch, vermischt mit Konfetti. Durch die Gassen zogen kleine Grüppchen von bunt angezogenen Menschen, die ihre Wintermäntel festhielten, die sie über die leichten Kostüme geworfen hatten. In der Kneipe „Zum Hecht" spielte eine kleine Musikband deutsche Schlager, die zum Mitsingen und Schunkeln einluden. Die Luft war dick vom Rauch, dessen Schwaden auf die Gasse zogen, wenn jemand hereinkam oder wieder ging. Sie hatten sich mit zwei Schneidergesellen verabredet, die sie von der Berufsschule kannten, mit Heinz und Kurt; sie nannten sie Hinz und Kunz. Aber als sie ankamen, waren die beiden jungen Männer schon ziemlich hinüber, ihre Köpfe rot angelaufen. Die Haut ihrer Gesichter glänzte feucht, weil sie den Alkohol nicht vertrugen, ihr Lächeln war nicht mehr charmant. Hinz und Kunz zeigten ihre schlechten Zähne. Der eine hatte sich als Cowboy verkleidet, dem der Hut inzwischen mehr vor dem Gesicht hing als auf dem Kopf saß. Der andere hatte sich eine schöne weiße Matrosenjacke geschneidert, auf die ihm jemand ein Glas Rotwein gekippt hatte. Wegen dieses Unglücks, eigentlich typisch für einen Fasnachtsabend, war er so schlecht gelaunt, dass er mehr

Bier trank, als er vertragen konnte. Für den lustigen Abend, den sich Gitta und Beate vorgenommen hatten, waren diese jungen Herren untauglich. Sie tauschten ein paar Nettigkeiten aus, die Freundinnen wehrten die ungeschickten Versuche ab, sie zu umarmen und zu küssen.

Die Narren, die im „Hecht" zechten, freuten sich über die Missgeschicke des traurigen Cowboys und des bekleckerten Matrosen, warfen Papierschlangen auf die jungen Frauen, machten auf sich aufmerksam und johlten. Da trat ein Pirat vor Beate und fragte, ob die Piratin mit ihm tanzen würde. Er schob seine schwarze Augenklappe hoch, damit sie in seine braunen Augen schauen konnte, die ihr gefielen, ebenso die dichten Augenbrauen, seine langen, buschigen Koteletten und sein verschmitztes Lächeln. Gitta schien ein wenig neidisch zu sein, sie hätte auch gerne einen Piraten für sich gehabt, doch schnell nahm ein Mann im Kostüm eines weißen Clowns ihre Hand und flüsterte ihr etwas ins Ohr, was Gitta zum Lachen brachte. Sie strahlte ihre Freundin an, winkte ihr zu, um sich ihr Einverständnis zu holen, dass sie den Abend mit dem neuen Partner, dem Mann mit dem weiß geschminkten Gesicht, verbringen würde. Beate und der Pirat tanzten zu „Marmor, Stein und Eisen bricht", dem Hit von Drafi Deutscher, bei dem sie beide, wie auch die ganze Kneipe, den Refrain „Dam, Dam, Dam, Dam" lauthals mitsangen. Sie lachten, als die Band gleich darauf „Wir wollen niemals auseinandergehen" zu spielen begann, setzten sich und bestellten ein Glas Weißwein. Der Pirat hatte einen Namen, er hieß Anton, war Steinmetz im Geschäft seines Vaters, hatte gerade ausgelernt und seinen Gesellenbrief bekommen. Wenn er lachte, glänzten seine Zähne weiß. Beim Tanzen fühlte sich seine Hand warm und kräftig an, als ob sie nur darauf gewartet hätte, sie zu halten. Er war fast einen Kopf größer als sie, so hatte sie einen guten Blick auf seine kräftige Brust und auf seine starken Arme. Wenn jemand den ganzen Tag Steine bearbeitet, dann musste er ja kräftig sein. Später erzählte

Anton ihr, dass er sich sofort in sie verliebt habe, dass sie die schönste Frau in Konstanz sei, an der alles perfekt wäre. Bestimmt habe sie ganz viele Verehrer, glaubte er, aber sie sagte nichts dazu, weil sie gar keine Verehrer hatte. Beate kannte sich mit Männern nicht aus, außer mit ihren Brüdern, die gelegentlich zu Besuch kamen. Sie glaubte von sich, dass sie ganz passabel aussah, aber noch nie hatte ihr jemand gesagt, dass sie schön sei oder gar die Schönste. Ja, sie hatte schon einmal einen Jungen geküsst, aber das war ein eher enttäuschendes Erlebnis. Sein Mund hatte nach Rührei geschmeckt und war genauso schlabberig gewesen. Verliebt war sie noch nie.

Beate und Anton trafen sich noch zweimal während dieser Fasnacht. Abends brachte er sie nach Hause, bis vor die Haustür. Am dritten Abend hatte sie ihm vorgeschlagen, doch mit ihr in die Wohnung zu kommen. Sie fand es seltsam, vor der Tür zu stehen, nur, weil es sich so gehörte, aber es war schließlich Winter und kalt. Beate wusste, dass die Mutter bis spät in die Nacht arbeiten musste, sie würde sich also keine Vorwürfe oder Fragen anhören müssen, wer dieser Mann sei, was er so spät hier wollte und wann er wieder gehen würde. Anton zögerte, als er in den kleinen Flur trat, rechts ging es zur Küche, links zum Wohnzimmer, daneben lag das Zimmer der Mutter und hinten das Zimmer, in dem Beate ihr Bett hatte. Die Tapete in ihrem Zimmer war mit grünlichen Rauten gemustert, was sie modern fand. Neben dem Bett, dessen Kopfende aus weißen Metallstangen bestand, stand ein kleiner roter Sessel, auf dem meistens nur ihre Kleider lagen. Es gab noch eine etwas wackelige Frisierkommode und einen Schrank mit weißen Türen. Besonders stolz war sie auf den hellen Flokatiteppich, den sie sich vor Kurzem geleistet hatte. Der Vorhang vor dem Fenster bestand aus Quadraten rötlicher Wollstoffe, die Beate sich aus Resten in der Schneiderei zusammengenäht hatte.

Sie fragte ihn, ob er Kaffee trinken wollte, obwohl sie nachts nie Kaffee trank, aber irgendwo hatte sie gelesen, dass man das so mache. „Kommst du noch auf eine Tasse Kaffee mit rein?“ Erst nach diesem Abend begriff sie, was das eigentlich bedeutete, dass es nicht um Kaffee ging, sondern darum, zusammen ins Bett zu gehen. Überhaupt verstand Beate, je älter sie wurde, dass die Menschen nicht immer das meinten, was sie sagten, die Worte nicht das bedeuteten, was sie bezeichneten. Meistens gab es noch eine Wahrheit dahinter, die zu ergründen ihr meist schwerfiel. Was war die Wahrheit, was war wirklich? Warum konnten die Dinge und Menschen nicht das sein, was sie vorgaben zu sein? Sie war eben noch sehr naiv damals, als sie zum ersten Mal mit einem Mann zusammen war. Es überraschte Beate, wie sich seine Haut anfühlte, die weich und rau zugleich war. Anton hatte viele schwarze Haare auf den Armen und der Brust, was ihr gut gefiel. Sie mochte, wie er seine Hände auf ihre Brüste legte, unsicher und vorsichtig. Von ihm ging ein scharfer Geruch aus, als er seine Hose aufknöpfte, der Geruch von männlichem Begehren. Sie fasste ihn nicht an, führte ihn nicht, er schien zu wissen, wie das ging. Als er in ihr war, tat es etwas weh, in dem Teil ihres Körpers, für den sie kein eigenes Wort hatte, sie blutete, aber nur wenig, dafür entschuldigte sie sich bei ihm.

Die Erinnerungen an dieses erste Mal blieben verschwommen; es blieb ein Gefühl von Peinlichkeit, als ob man eine Prüfung trotz schlechter Vorbereitung wegen der Freundlichkeit des Lehrers bestanden hätte. Er tat so, als wäre alles ganz normal, sie sprachen nicht darüber. Anton fragte nicht, wie es ihr ging, ob es schön war. Was sie überraschte, waren die tiefen Töne, die er sehr schnell von sich gab. Als er weg war, fühlte sich Beate auf einmal so erwachsen; daran erinnerte sie sich noch. Ihr Zimmer hatte sich seltsamerweise verändert, die Wände wirkten höher, die Farben grell, vor allem ihren Vorhang fand sie albern, den Schrank zu billig, nur die langen, hellen Strähnen des Flokatis, auf dem seine Hose gelegen hatte, empfand sie noch als schön.

Gitta hatte, als sie sich Tage später wieder trafen, Andeutungen gemacht, dass sie „es“ gemacht hätte, „es“ nicht so besonders gewesen sei, keine große Sache, aber ein tolles Gefühl, eine Frau zu sein.

Ob es auch für Anton das erste Mal war, hatte Beate nie herausbekommen. Sie wollte es eigentlich auch nie so genau wissen, denn ein Mann musste seine eigenen Erfahrungen machen. Anton war ihr erster Mann, sie wollte keinen anderen.

Die nächsten Monate vergingen wie in einem Rausch, sie trafen sich öfters, ihre Mutter schaute sie komisch an, fragte, ob sie verliebt sei, was sie verneinte, aber sie kicherte mehr als sonst und begann mehr Appetit zu haben. Beate merkte gar nicht, dass ihre Tage ausblieben, doch als ihr morgens schlecht wurde, fragte sie Gitta, was das zu bedeuten hätte. Die grinste einmal nicht, sondern schickte sie zum Arzt. So erfuhr Beate, dass sie schon beim ersten Mal schwanger geworden war, eine Mitteilung, die ihr ganzes Leben veränderte. Sie würde ein Kind bekommen und Mutter werden. Warum musste gerade ihr das passieren? War das so eine Art Strafe, wie ihre Mutter sagte? Oder doch eher ein Geschenk, ein Geschenk der Liebe, wie sie es sah.

Als Beate über die Dächer der Altstadt blickte, dachte sie an den Kaffee, den sie in dieser Nacht für Anton gekocht hatte. Seitdem trank sie jeden Morgen Kaffee und keinen Tee mehr. Erwachsene Frauen tranken Kaffee zum Frühstück – und sehr erfahrene Frauen auch noch in der Nacht. Seither, seit fast vier Jahren, hatte Beate keinen Kaffee mehr in der Nacht getrunken. Die Arbeit in der Schneiderei, das Kind und jetzt auch noch der Wohnungsausbau brauchten ihre ganze Kraft. Jeden Abend sehnte sie sich danach, in ihr Bett zu fallen und tief zu schlafen.

Annegret drückte die schwere Holztür auf, die in ein dunkles Empfangsgewölbe führte. Sie hielt die Tür auf für ihren Enkel, den kleinen Bruno, der ihr schnell vorauseilte, ihre Hand nicht nehmen wollte, um zusammen die steile

Holztreppe hochzusteigen, denn er wollte es alleine schaffen, ohne seine Großmutter. Bruno hatte begonnen, sich durchzusetzen, er konnte ziemlich heftige Wutanfälle bekommen. Trotzphase. Sie kannte das von ihren drei Kindern; man konnte nicht viel dagegen machen, das ging irgendwann vorbei. Es dauerte ein wenig länger, die Treppe hochzukommen. Aber warum nicht? Sie fand es gut, wenn der Junge früh selbstständig wurde. Im Erdgeschoss des alten Hauses, rechts und links der Hauseingangstür, befanden sich ein Schreibwarenladen und ein Geschäft für Haushaltswaren. Im ersten Stock wohnten ihre beiden Schwestern. Annegret würde nicht hier leben wollen, in diesen alten, jahrhundertealten Gemäuern mit den feuchten Mauern, von denen der Putz fiel, den krummen, dunklen Treppen und den undichten Fenstern. In den Kellern konnte man keine Kohlen und Kartoffeln lagern, weil es überall schimmelte und Ratten umher huschten. Annegret pflegte ihren Status als moderne, städtische Frau, als Mutter, die drei Kinder auf die Welt gebracht hatte, die Großmutter war, die ihr Leben lang immer hart gearbeitet hatte. Ihr Auftreten war meistens bestimmt, gerade, sie ging regelmäßig zum Friseur, ließ sich die grauen Haare machen und achtete auf ihre Figur, die etwas runder geworden war. Als Kind hatte sie ein paar Sommersprossen über der Nase gehabt, was sie hasste, aber ihr Mann liebte. Sie war froh, dass sie eine neue Wohnung im Stadtteil Paradies gefunden hatte, von dort war es ein Katzensprung in die Schweiz, wo sie billig ihren Kaffee und ihre Zigaretten kaufen konnte. Ein halbes Pfund Kaffee und zwei Packungen Zigaretten durfte man mitnehmen, Nudeln und Konserven, so viel man wollte, denn die gab es auch in Konstanz zum gleichen Preis. Die Konstanzer gingen vor allem wegen der billigen Zigaretten in die Grenzstadt Kreuzlingen. Nur ein Zaun trennte das eine Land vom anderen, manchmal nur der Saubach, ein Rinnsal, über das man bequem springen konnte.

Bruno öffnete die Wohnungstür von Annegrets Schwestern, und gleich stand er in dem kleinen Raum, dem Wohnzimmer mit dem Sofa, dem Couchtisch und den beiden Sesseln. Die gestreiften Tapeten waren von den täglichen Nikotinschwaden gelb, in der Ecke stand das Radiogerät, daneben ein eckiger Schallplattenspieler und das alte Grammofon. Auf dem Sofa saß Erika, vor sich ein Heft mit Kreuzworträtseln, neben sich einen Aschenbecher, auf dem eine Zigarette glühte. Erika trug wie fast immer eine blaugraue Kittelschürze, aus der die nackten Arme hervorschauten. Die hellen Haare lagen in weichen Wellen kunstvoll um ihren Kopf – eine Frisur, wie sie die Schönheiten auf den ersten Seiten der Zeitschriften trugen. Ein Vorhang aus gelbem Stoff, auf dem mehrere konzentrische grüne und schwarze Kreise aufgedruckt waren, trennte das Wohnzimmer von der Küchenzeile, aus der jetzt Theresa hervorkam, wie ihre Schwester in Kittelschürze, die sie über ihrer Unterwäsche trug, weil es selbst am Abend heiß und drückend war. Beide Frauen freuten sich, Bruno zu sehen, beugten sich zu ihm hinunter, um sich von ihm ein flüchtiges Küsschen geben zu lassen. „Wie hübsch er wieder aussieht", sagten sie dann. Er trug kurze helle Hosen, ein Matrosenhemd und eine weiße Baskenmütze. Annegret hatte von einer Arbeitskollegin einen Sack ausrangierter Kinderkleidung bekommen, die Beate für ihn anpasste.

Annegret setzte sich in einen der Sessel aus aufgerautem braunen Stoff. Sie bekam ein Bier vorgesetzt, der Junge einen Sirup-Saft. Das einzige Fenster ging auf eine Terrasse, auf der mehrere eiserne Stangen befestigt waren. Zwischen den Stangen waren Drähte gespannt, auf denen Wäscheklammern hockten wie eine Schar Vögel, die nicht wusste, wohin sie als Nächstes fliegen sollte. Obwohl das Fenster meistens geöffnet war, hing in dem kleinen Raum eine ständige Schwade von Zigarettenrauch. Zum Besuchsritual bei den Tanten gehörte es für Bruno, dass er sich auf einen kleinen Schemel stellen musste, um zu dirigieren. Tante Eri legte dann eine ihrer Opernplatten auf, und Bruno hob die kleinen Hände. Er gab der Tante den Einsatz, die dann, wenn es ihr Raucherhusten zuließ, ein paar Takte mitsang. Oma Anne hielt nichts von diesem Dirigieren, sie befürchtete, dass der Junge genauso einen Spleen bekommen würde wie ihre Schwester. Aber lustig war es trotzdem.

Heute musste Bruno allerdings nicht dirigieren, vielleicht etwas später, wenn der Himmel dunkelblau geworden war. Die Schwestern wollten die bevorstehende Hochzeit von Beate besprechen. Erika brauchte unbedingt ein vernünftiges Kleid. Seltsamerweise wurde sie immer runder, was sie auf ihr Alter zurückführte. Oder, wie Theresa stichelte, auf das viele Sitzen. Erika, die gerade sechsundvierzig geworden war, sprach als Einzige über ihr Alter, über ihren Körper und wie er sich veränderte. Theresa war fünfzig, sie winkte immer ab, wenn ihre jüngere Schwester ihr Aussehen kommentierte und sie aufforderte, weiblichere Kleidung, öfter einen Rock, nicht nur Hosen, anzuziehen. Annegret fühlte sich mit ihren fünfundfünfzig schon irgendwie alt, weil sie ja Oma war, drei erwachsene Kinder hatte und keinem Mann mehr schöne Augen machen musste.

„Steht der Termin denn endlich fest?“, wollte Theresa wissen.

Annegret zuckte die Schultern. An Beate lag es nicht. Es war Anton, oder eher sein Vater, der sich nicht festlegen wollte.

Das wird schon, war sich Erika sicher, was soll er auch sonst machen. Nicht wahr, Bruno? Wird es nicht schön sein, wenn Mama, Papa und der kleine Bruno zusammenwohnen?

Bruno nickte nur, denn er kannte seinen Vater nur von den Besuchen und gelegentlichen Ausflügen. Wo sich sein Vater sonst aufhielt, davon hatte er nur eine vage Ahnung. Der Vater erschien und verschwand ohne Regel, die Mutter ging morgens weg, kam abends wieder. Nur die Großmutter war immer da.

„Die Beate soll dir dein Kleid weiter machen", kommentierte Annegret die Kleiderproblematik ihrer Schwester.

„Aber wir können doch nicht wie die Lumpen zur Hochzeit kommen, es müssen ein paar neue Sachen her", fand Erika.

Wie lange hatten sie sich nichts mehr geleistet! Seit zwanzig Jahren war der Krieg vorbei, man schrieb das Jahr 1965, es schien ihnen, als ob das Leben im Land in den letzten Jahren immer besser geworden wäre, weil überall gearbeitet wurde und es neue Autos auf den Straßen gab; auch in Konstanz, einer Stadt, die während des Krieges von Bombardements verschont geblieben war, weil die Grenze zur Schweiz durch die Stadt ging.

Links des Rheins musste nicht verdunkelt werden. Die Flieger wussten nicht, wo die Grenze zur Schweiz in der Stadt verlief. Nach dem Krieg wirkte Konstanz wie eine Insel, beschützt von der französischen Armee. Für die Frauen, die wenigen Männer und die Witwen mit ihren Kindern gab es nicht viel Arbeit, denn das Wirtschaftswunderland machte einen Bogen um sie. Facharbeiter wurden überall gesucht, und die Hausfrauen ohne Männer waren auf die mageren Witwenrenten angewiesen.

Annegret war froh, dass auch ihre Tochter ausgelernt hatte. Ihr ältester Sohn Erich war Polizist geworden und bekleidete eine Stelle, die zu ihm passte. Klaus, der jüngere Sohn, war Klempner und ein gefragter Handwerker, weil überall neue Wasserleitungen gebraucht wurden. Erich wollte noch nicht heiraten, er hatte großen Erfolg bei den jungen Frauen. Warum sollte er sich auf eine festlegen? Klaus war bereits mit Adelheid verheiratet, einer netten, aber armen Frau, die ihm den Haushalt machte und darauf wartete, endlich schwanger zu werden.

Die Hochzeit von Beate sollte für Annegret und ihre Schwestern endlich den Aufschwung bringen. Anton kam aus einer wohlhabenden Familie, sein Vater Max Sauter war Baumeister am Konstanzer Münster; sein Steinmetzbetrieb existierte seit Jahrzehnten, war der älteste der Stadt. Er lieferte die meisten Grabsteine, für ihn das Brot- und Buttergeschäft, vor allem in den Kriegsjahren. Aber auch wenn es darum ging, Fassaden in der Konstanzer Altstadt denkmalgerecht wiederherzustellen, wurde Max Sauter konsultiert. Er wurde auch beauftragt, die Fenster mit historisch korrekten Fensterstürzen und -bänken zu versehen. Für die Sandsteine und den Marmor, den er brauchte, hatte er gute Beziehungen zu Steinbrüchen in Italien, im Elbsandsteingebirge und im Rheinland aufgebaut. Sein einziger Sohn Anton war als Nachfolger vorgesehen, der das Geschäft übernehmen würde, so wie es Max von seinem Vater übernommen hatte. Vor allem die Position des Baumeisters am Konstanzer Münster war von herausragender Bedeutung. Denn das Münster musste ständig erneuert werden. Die Figuren, die Heiligen und Teufel, die Verzierungen an den Giebeln der gotischen Fassade bedurften der ständigen Bearbeitung. Baumeister am Münster war eine Lebensstellung, nur die besten Steinmetzmeister der Gegend durften sich Hoffnung machen, für diese Position in Betracht gezogen zu werden. Seit drei Generationen stellten die Sauters den Baumeister des Münsters. Es war klar, dass Anton der nächste sein würde. Die Heirat mit einem Mädchen aus der Familie Gothe war deswegen keine einfache Sache. Das wussten auch Annegret und ihre Schwestern. Vor allem hatten ihre Familie und die von Max Sauter eine gemeinsame Geschichte, die mit dem Verschwinden ihres Bruders Theo Gothe im KZ zu tun hatte.

Max Sauter war einst Mitglied in der Nazipartei gewesen. Theo und Max kannten sich von der Schule und besuchten oft dieselbe Kneipe, in der Theo seine Witze riss. Die Schwestern hatten einen Verdacht, glaubten, dass das Verschwinden von Theo etwas mit Max Sauter zu tun hatte. Beweisen konnten sie es nicht, aber sie fanden, dass der alte Sauter etwas wiedergutzumachen hätte, deswegen hatten sie Beate nicht gleich von der Heirat mit Anton Sauter abgeraten. Von all diesen komplizierten Zusammenhängen, die das Lebensglück des kleinen Bruno beeinflussten, konnte dieser selbstverständlich nichts wissen.

Eines Tages bist du ein gemachter Mann, sagten die Oma und die Tanten zu dem kleinen Bruno. Doch du bist kein Steinhauer, du wirst Dirigent, erklärte Tante Erika.

Setz dem Kind keine Flöhe ins Ohr, widersprach Annegret, der ist doch noch viel zu klein. Vielleicht entscheidet er sich ja für etwas ganz Anderes, für Pilot oder Anwalt.

Das Beste wird sein, er geht von hier weg, kommentierte Theresa. In Konstanz wird alles klein und verlogen; egal, was man anfasst, auch die Leute. Wir sind auch schon so.

Nein, protestierten die Schwestern. Sie seien aus anderem Holz geschnitzt und nicht so wie die anderen in der Stadt. Wie anders sie waren, konnten sie nicht sagen, aber sie waren sich einig, dass sie so ganz bestimmt nicht waren. Keine typischen Konstanzer jedenfalls.

Diese wichtige Feststellung erinnerte Erika daran, dass sie einen Brief von Camille bekommen hatte. „Der Gauner!“, riefen ihre Schwestern im Chor, als sie den Namen aussprach. Camille war einer der Liebhaber von Erika gewesen, als sie mit Theresa in Berlin lebte. Seine guten Beziehungen und sein Geschick, Warenströme zwischen Berlin und Frankreich zu dirigieren, halfen den beiden Frauen nach Kriegsbeginn, in Berlin zu überleben. Später schloss er sich der Resistance an und machte mit den Deutschen, die Frankreich besetzt hielten, Geschäfte. Jedenfalls kündigte Camille seinen Besuch an, denn sein Bruder war Kommandant in einer der französischen Kasernen. Camille wollte ihn besuchen, auch seine chère amie Erika wiedersehen.

„Er schreibt, dass er jetzt einen Weinberg besitzt“, berichtete Erika.

Wieder johlten die Schwestern: „Vielleicht eine Flasche Wein auf einem Berg, aber niemals einen Weinberg.“

„Er will mich sehen, und wenn ich Lust habe, kann ich ihn auf seinem Gut besuchen.“

„So ein Halunke, der will doch nur, dass du seine Unterhosen wäschst“, maulte Theresa.

„Vielleicht. Aber er war immer charmant zu mir, ich kann mit ihm ja mal eine Tasse Kaffee trinken gehen.“

„Und Kuchen essen“, spottete Annegret.

„Und wenn schon“, entgegnete Erika jetzt doch ein wenig sauer. „Ihr habt ja niemanden, der euch einlädt, bei euch wachsen ja schon Spinnweben da unten.“

„Hier“, sie legte wie eine Trumpfkarte die Fotografie eines weinumrankten alten Gemäuers auf den Tisch, „sein Weingut.“

Doch Theresa schüttelte nur den Kopf.

„Du fällst schon wieder auf den rein, obwohl er noch gar nicht da ist.“

Seit fast acht Jahren arbeitete Beate als Schneiderin in dem Herrenbekleidungsgeschäft von Herrn Möbius, einem hageren Mann in den Fünfzigern, der ständig ein Maßband um den Hals trug und an dessen linkem Handgelenk, wie ein riesiges Geschwür, ein Kunststoffkissen hockte, in dem Nadeln steckten. Beate war drei Jahre bei Möbius in der Lehre gewesen und seit fünf Jahren war sie Gesellin. An ihrem Status hatte sich nicht viel geändert, außer, dass sie jetzt ein Gehalt bekam. Sie wurde weiter herumkommandiert und musste die Arbeiten erledigen, die andere nicht machen wollten. Auch ihre Freundin Gitta arbeitete bei Möbius. Sie spottete, dass Möbius in Beate verliebt sei, deswegen kommandiere er sie ständig herum. Er sei eben unfähig, kein Mann, sondern ein Knecht. Was Gitta damit meinte, verstand Beate nicht. Möbius war doch der Chef und kein Knecht. Ein Knecht kommandierte doch nicht herum. Aber Gitta meinte, dass er ein Knecht seiner Launen sei, einer, der nicht stark genug sei, um zu sagen, was er wolle und was nicht. Ein von seinen Empfindungen getriebener Zwerg. Ein richtiger Mann sollte in der Lage sein, echte Gefühle zu zeigen. Woher Gitta all diese Weisheiten hatte, konnte sich Beate nicht erklären. Vielleicht, weil es bei Gitta zu Hause einen Mann gab, ihren Vater, der vor ein paar Jahren aus der Kriegsgefangenschaft zurückgekehrt war. Er hatte nicht viel zu tun, außer sich um seine Beinprothese zu kümmern, die nicht richtig passte. Seine Krankenhaus- und Arzttermine hielten ihn auf Trab. In seiner freien Zeit spionierte er seiner Frau und seiner Tochter hinterher. Auch ein Knecht, wie Gitta fand, ein Knecht seines verlorenen Beins.

Neben Gitta und Beate gab es noch einen weiteren Schneider bei Möbius. Das war Herr Martin, von dicklicher Gestalt, aber immer wie aus dem Ei gepellt. Herr Martin war ein lustiger Mann, sehr mitteilsam, stand er immer auf Seiten der jungen Frauen, kommentierte ihre Befindlichkeiten und Nöte mit großem Mitgefühl. „Er ist vom anderen Ufer", erklärte Gitta. Dass er Männer lieber mochte als Frauen, hatte Beate auch verstanden, aber wie sich das auf sein Leben auswirkte, konnte Beate nur ahnen.

Es war ungewöhnlich heiß an diesem Tag. Auf Beates Stirn und im Nacken klebte Schweiß. Die Luft in ihrem Nähatelier fühlte sich schwerer an als sonst, klebriger. Es war, als ob die Stoffballen in den Regalen asthmatisch hechelten, denn die Stoffe mochten die feuchte Hitze nicht. Beate hatte sich ein Tüchlein bereit gelegt. Auf die wertvollen Kleidungsstücke, die sie nähte, durfte kein Tropfen fallen. Das empfindliche helle Leinen einer Männerhose kräuselte leicht, wenn Beate es unter den Nähfuß der Maschine schob. Sie musste den Stoff mit der linken Hand stärker straffen, damit es eine gerade Naht ergab. Herr Möbius kam herein, stellte sich dicht vor sie hin und streckte ihr ein dunkelblaues Sakko entgegen. Sein Finger zeigte auf eine der Nähte. „Hast du das gemacht?", fragte er drohend.

„Kann sein", antwortete sie ihm.

„Das ist so was von krumm! Der Kunde hat sich beschwert."

Sie schaute sich das Sakko aufmerksam an, klappte die Naht etwas auseinander und zeigte Möbius die Kreidereste darunter.

„Der Strich ist von Ihnen und die Steckung auch. Wenn es krumm ist, liegt es nicht an mir.“

Gitta und Herr Martin schauten auf. Beate hatte dem Chef bisher noch nie widersprochen. Sie lehnte sich sogar etwas zurück, so dass Herr Möbius auf ihr Dekolleté schauen musste. Beate nahm das Schweißtüchlein und trocknete sich die feuchten Brüste ab, zumindest den Teil, den Möbius davon zu sehen bekam.

„Soll ich die Naht noch einmal aufmachen?“, fragte sie ihn.

Er atmete tief ein; sie sah, wie seine Hand zu zittern begann. Möbius warf das Sakko auf ihren Tisch und wandte sich ab.

„Das hat ein Nachspiel“, schnauzte er, als er im Anproberaum verschwand.

Gitta und Herr Martin grinsten breit.

„Warum ist es denn nur so heiß im Mai?“, fragte Herr Martin, „Gott denkt nie an diejenigen, die arbeiten müssen.“

In der Mittagspause setzten sich Beate und Gitta auf eine Bank, von der aus sie auf den Rhein sehen konnten. Der Fluss war hier nicht besonders breit, er verband den Obersee mit dem Untersee. Nur Passagierdampfer verkehrten hier, denn die Strömung war stark. Schwimmen durfte man im Rhein nicht, man wurde abgetrieben oder ertrank. An diesem Teil des Ufers, zur Altstadt hin, standen alte Weidenbäume, die hin und wieder beschnitten wurden, damit ihre Äste nicht wie lange Haare herunterhingen. Weiter oben, Richtung Rheinbrücke, konnte man den grauen Pulverturm sehen. Man hatte den alten Kasten vor Jahrhunderten direkt an den Rhein gebaut, um das Schießpulver, das hier gelagert war, mit Wasser löschen zu können, falls es sich entzündete. Neben dem Turm verkehrte ein kleines Passagierboot, das die beiden Rheinufer verband. Es war in Betrieb gesetzt worden, als die Rheinbrücke erneuert wurde. Bei den Konstanzern war es beliebt, denn so konnte man schneller von einer Seite der Stadt zur anderen übersetzen, ohne über die große Brücke zu müssen. Vor allem gab es jetzt auf der rechten Rheinseite ein Hallenbad. Das kleine Rheinboot hielt direkt neben der neuen Badeanstalt. Dort war ein großer Außenbereich angelegt worden, mit einer Liegewiese, die sich bis zum Ufer erstreckte. Im Wasser hatte man ein Rechteck abgesperrt, damit man im Rhein schwimmen konnte. Es war herrlich, sich mit der Strömung des Flusses von einem schwimmenden Balken zum anderen treiben zu lassen. Heute waren die Wellen auf dem Rhein kräftiger als sonst. Beate schaute in den wolkenlosen Himmel, in großes, weiches Blau. Vielleicht kämpften im Fluss Götter um die Richtung, die einen fanden es schöner im Obersee, die anderen wollten in den freundlichen Untersee. Dieser seltsame Kampf der Götter, das Ziehen in die eine und in die andere Richtung, fand auch im Inneren von Beate statt, vielleicht gefiel es ihr deswegen hier so gut.

„Dem hast du es gegeben", meinte Gitta.

„Er tut mir irgendwie leid", antwortete Beate, „er hat gezittert, so kann er doch nicht arbeiten." „Bestimmt trinkt er", sagte Gitta.

Sie packten ihre Brote aus, die mit rosa Wurst belegt waren; dazu gab es einen Apfel oder ein Stück Gurke. Heute hatte Beate keinen Hunger, sie bot ihrer Freundin die Hälfte von ihrem Brot an. „Vielleicht sollten wir von hier wegziehen", sagte Gitta.

Gitta sprach öfter einfach einen Gedanken aus, ohne sich über dessen Konsequenzen im Klaren zu sein. Das mochte Beate an ihr, dass sie einfach sagen konnte, was sie dachte. Beate musste immer erst abwägen, das hielt sie von vielen Dingen ab. Von hier weggehen wäre schön, aber sie hatte ein Kind, für das sie verantwortlich war. Sie baute mit ihrem Mann, mit dem sie nicht verheiratet war, eine Wohnung aus. Dieser Mann würde nie von hier weggehen, sein Vater und seine Steine hielten ihn fest. Also, wo sollte sie schon hin? Sie würde gerne mal nach Italien fahren, in einem Auto, über die Berge. Es musste schön sein in Italien, am Meer. Sie mochte die Italiener, die in Konstanz lebten. Ein Konstanzer, der im Krieg als Soldat in Italien gewesen war, hatte ein italienisches Restaurant aufgemacht. Er ließ besonders lange Nudeln in Stockach, einer kleinen Stadt, dreißig Kilometer entfernt, herstellen. Vielleicht sollte Beate Anton einmal vorschlagen, mit ihr und Bruno dorthin essen zu gehen? Herr Martin hatte das Restaurant bereits besucht. Er aß dort etwas Seltsames, eine Pizza, einen gebackenen Teigboden mit Tomatensoße, geschmolzenem Käse und Salami, und es hatte ihm gut geschmeckt. Wie wohl Salzwasser schmeckte, wenn man darin badete? Beate kannte nur den Bodensee, der zwar kein Meer, aber auch sehr groß war, oft bedrohlich, vor allem im Herbst, wenn die Stürme aufkamen. Seemöwen segelten um sie herum. Beate warf ihnen ein Stück Brot zu. Sie kreischten aufgeregt. Beate mochte, wie sie im Wind gleiteten, fand ihre Bewegungen elegant, aber ihr Geschrei klang ordinär.

„Gestern war Anton mit seinem Vater auf dem See angeln", berichtete Beate ihrer Freundin.

„Haben sie was gefangen?"

„Keine Ahnung, ich sehe ihn erst heute Abend."

„Der Termin steht aber fest?", hakte Gitta nach.

„Gar nichts steht fest bei denen, ich versteh es einfach nicht. Warum ackert er mit mir in dieser Wohnung, plant alles, und dann wird es ständig verschoben? Was soll das? Ich habe es so satt bei meiner Mutter. Wie sie Bruno erzieht. Der wird noch genauso verkorkst wie wir, wenn er länger bei ihr ist."

„Deine Mutter ist schon in Ordnung, aber du weißt, was ich von Anton und seinem Alten denke", kommentierte Gitta.

Ja, das wusste Beate. Ihre Freundin mochte Antons Vater nicht. Das war nichts Ungewöhnliches, denn sie kannte niemanden, der ihn mochte. Nicht mal seine Frau schien ihn gemocht zu haben. Sie war früh gestorben. Vermutlich aus Einsamkeit. Beate hatte nie gesehen, dass Herr und Frau Sauter sich berührten, sich in die Augen geschaut, einen vertraulichen Scherz miteinander gemacht oder sich einen Kuss gegeben hätten.

Ob das wohl zwangsläufig so werden musste, wenn zwei Menschen lange verheiratet waren? Beate wusste von ihren Eltern oder ihren Tanten nicht, wie sich ein altes Ehepaar verhielt. Oder hatte es mit dieser Generation zu tun, die durch den Krieg verhärtet war? Beate wollte nicht so wie die zwei alten Sauters werden. Sie erinnerte sich, dass Frau Sauter fast nie aus ihrer dunklen Küche herausgekommen war. Wenn sie mit dem kleinen Bruno zu Besuch waren, seufzte sie. „Ach, der Kleine", sagte Frau Sauter dann und wischte ein paar Tränen weg. Beate verstand nicht, warum diese Frau weinte, wenn sie ihren Enkel sah. Sie hätte sich doch freuen können.

Max Sauter und seine verstorbene Frau lehnten Beate ab, ebenso ihren Enkel. Es war, als ob Beate Schuld auf sich geladen hätte, weil sie ein Kind von ihrem Sohn Anton bekommen hatte, ein uneheliches Kind, einen Bastard. Sie sahen Beate als die Schlange, die ihren wunderbaren Anton verführt hatte. Ihr Sohn war das unschuldige Opfer teuflischer Vorgänge geworden, der mit all diesen unaussprechlichen, geheimnisvollen, dunklen, gefährlichen, fließenden, weichen Dingen so gut wie nichts zu tun hatte.

Ja, es war traurig, als Frau Sauter starb. Anton hing an seiner Mutter, obwohl sie ein so zurückgezogenes Leben geführt hatte. Er erzählte Beate von Momenten der Nähe, ihren vorsichtigen Berührungen, ihrem Glanz in den Augen, wenn er bei ihr in der Küche saß und wenn es ihm schmeckte, was sie gekocht hatte. Als er ihr berichtete, dass er ein Kind bekommen werde von einer Frau, mit der er nicht verheiratet war, weinte sie. Nicht aus Freude, sondern aus Kummer. Wie konnte ihr prächtiger Anton ihr das antun! Vor allem dem Vater!

Der Tod seiner Frau schien Max Sauter nicht besonders

zu berühren. Er nahm sich keinen Tag frei, zeigte keine Gefühle, vermutlich dachte er über den passenden Grabstein nach und wie er die Arbeit daran neben seinen sonstigen Pflichten und Aufgaben bewältigen könnte. Anton sah, wie sein Vater noch härter wurde, wie er sich noch mehr verschloss, denn jetzt gab es niemanden mehr, der ihn daran erinnerte, dass es noch etwas anderes gab als Steine, die man behauen musste. Vermutlich hasste Max Sauter Beate, weil sie eine Frau war, die er nicht kontrollieren konnte. So wie Herr Möbius, der auch immer ein Zittern bekam, wenn Beate nicht sofort machte, was er ihr auftrug.

Anton war nicht so, natürlich nicht, sonst würde sie ihn ja nicht lieben. Er war aber gefangen in dieser harten Handwerkerwelt seines Vaters, in der Gefühle, außer Ärger und Wut, keinen Platz hatten. Es gab auch diese weichere Seite bei Anton, die sie schon früh entdeckt hatte, als sie mit ihm allein war und er flüsterte, um ihr Komplimente zu machen oder seine Gefühle zu gestehen – so als ob niemand sonst erfahren dürfte, wie es in seinem Inneren aussah. Anton hatte ihr eine Gesellenarbeit gezeigt, die Skulptur eines männlichen Körpers, der sich aus dem Stein zu befreien versucht. Die Bauchmuskeln waren genau zu sehen, der Kopf nach hinten gebeugt, das Gesicht gleichmäßig, kantiges Kinn, volle Lippen, die Augen geschlossen. Ein Bein der Figur hatte er aus dem Marmor herausgearbeitet, aber der Unterkörper, das Geschlecht, wurden im rohen Stein festgehalten.

„Nur eine Übung, nach Rodin", sagte Anton ihr. In einem alten Bildband hatten sie die Vorlage zu seinem Werk angeschaut. Rodins Skulptur war die einer jungen Frau, die sich aus dem Stein herauswinden wollte. Anton würde gerne nach Paris fahren, um mehr von Rodin zu sehen, gestand er ihr. Aber er hatte nicht gesagt, dass er sie gerne mitnehmen würde nach Paris, in die Stadt der Liebe.

Gitta blätterte in einem Modemagazin. Sie schaute sich die neuesten Miniröcke an, die jetzt modern waren.

„Ich mach mir einen Rock, so kurz.“

Gitta stand vor Beate und raffte ihr Kleid hoch. Ihre Beine waren kräftig und weiß. Kurz bevor man ihre Unterwäsche sehen konnte, stoppte sie den Saum ihres Kleides.

„So trägt man das jetzt.“

„Du spinnst“, entgegnete Beate, „da sieht man ja gleich alles.“

„Und wenn schon“, fand Gitta, „wenn es so heiß ist wie heute, kommt viel kühle Luft zwischen die Beine, das ist doch lustig.“ Dabei fasste sie sich auf ihre Scham und kicherte.

Gitta und ihre Verrücktheiten. Manchmal setzte es Beate unter Druck, wenn Gitta mit ihren neuen Ideen ankam. Gitta wollte noch lange nicht heiraten, weil sie erst noch ein paar Erfahrungen machen wollte. Beate brauchte keine weiteren Erfahrungen mit Männern. Waren die denn wirklich so unterschiedlich, wie Gitta immer andeutete? Und stimmte es überhaupt, was sie ihr erzählte? Waren das vielleicht nur alles Geschichten, die sie sich ausdachte oder in ihren Heftchen gelesen hatte? Möglicherweise war Gitta einfach neidisch, weil Beate einen so tollen Jungen hatte und einen großartigen Mann. Genau, Gitta war neidisch, deswegen musste sie jetzt in kurzen Kleidern herumlaufen und die Kerle verrückt machen.

Nach der Arbeit freute Beate sich jedes Mal, ihren kleinen Bruno zu sehen. Er erzählte ihr, was er den Tag über gemacht hatte, berichtete von seiner kleinen Kinderwelt aus Spielzeugautos, Sandhaufen, Zankereien mit dem Freund in der Nachbarschaft. Für das Abendessen war meistens Beate zuständig, weil ihre Mutter sich den Tag über um das Kind gekümmert hatte. Beate schnitt Bruno eine Salatgurke in kleine Stücke, die er in die Hand nehmen konnte. Heute gab es einfach ein Stück Brot dazu. Ihre Mutter kam in die Küche, sah, was Beate Bruno zu essen gegeben hatte, und fragte, ob das Kind nichts Richtiges zu essen bekäme? Wie denn ein Junge von einer Salatgurke satt werden solle, ob sie ihm nicht ein Würstchen dazu geben könnte, ob sie es so eilig hätte, wegzukommen? Annegret öffnete den Kühlschrank und nahm ein Wiener Würstchen heraus, bei dessen Anblick Bruno sofort die Hände ausstreckte.

„Das machen wir noch warm", sagte sie, nahm einen Topf aus dem Küchenschrank, füllte ihn mit Wasser, stellte ihn auf den Gasherd, zündete an. Es war also nicht Annegret allein, die das Würstchen kochte, sondern es war auch Bruno, der es zusammen mit ihr kochte – gegen die Mutter, die ihn nicht gut genug ernährte. In diesem „Wir machen das noch warm" steckte die ganze Überlegenheit der Großmutter bei der Erziehung ihres Enkels. Beate schaute der erneuten Einmischung ihrer Mutter mit wachsendem Unmut zu. „Du kannst gehen", sagte Annegret, die am Herd hantierte, zu Beate.

Beate fand, dass ihr Sohn nicht jeden Tag Wurst, was ihre Mutter als etwas „Richtiges" bezeichnete, essen sollte. Vor allem, weil Bruno begann, Salat und Gemüse abzulehnen, immer öfter nach Süßigkeiten und Würstchen fragte, was sie für die Ernährung eines Kindes als nicht ausreichend befand. Doch Annegret, die bereits drei Kinder groß gezogen hatte, wollte immer besser wissen, was ein Junge bräuchte, um ein Mann zu werden. Einzig in der Kleiderfrage hatte Beate das alleinige Sagen, weil sie Schneiderin war und ihrem Kind aus den Hinterlassenschaften anderer Kinder der Nachbarschaft passende und besondere Kleidung nähen konnte. Annegret gefiel es, mit dem gut aussehenden, strahlenden und liebenswürdigen Enkel durch Konstanz zu ziehen, für ihren Enkel in den Geschäften eine Zugabe einzufordern, mit Nachbarn über seine Eigenheiten zu plaudern und ihn zum Anlass zu nehmen, um sich über die neuesten Entwicklungen im Land, in der Mode oder der Politik auszutauschen und ihren Enkel als Paradebeispiel zu nehmen, dass es langsam besser werden würde. Annegret kannte sich aus in der Welt und wusste, was im Land geschah, denn sie las jeden Tag die Zeitung.

Dabei musste Annegret fast jeden Abend in die Küche des „Domkellers“ und für geringen Lohn Gemüse zubereiten, Töpfe schrubben und putzen, wenn die Köche ihre Arbeit beendet hatten.

„Er soll nicht jeden Tag Wurst essen“, sagte Beate ihrer Mutter, als sie zusah, wie Bruno mit Genuss die Wurst verdrückte und die Gurke liegen ließ. „Wir sind nicht mehr im Krieg“, beschied ihr Annegret, „wieso soll Bruno keine Wurst essen dürfen?“, sagte sie in freundlichem Tonfall und strich dem Kleinen über den Kopf.

„Weil er dann die Gurke nicht mehr isst!“

Beate seufzte, sie wollte sich jetzt nicht mit ihrer Mutter streiten, auch keinen Wutanfall von Bruno heraufbeschwören, wenn sie ihm verbieten würde, die Wurst zu essen. Er sollte ja essen dürfen, was er wollte, aber seine Ernährung unterschied sich grundsätzlich von dem, was sie und ihre Brüder früher von Annegret zu essen bekommen hatten. Sie hatten Salat aus Brennnesseln essen müssen, die ihre Mutter auf einer Wiese pflückte, dazu Kartoffeln, die sie einem Bauern in der Schweiz abgeschwatzt hatte. Als sie zwölf war, musste Beate sogar ein Jahr bei diesem Bauern verbringen, damit sie einmal genug zu essen bekam, weil ihre Mutter es nicht schaffte, so viele hungrige Mäuler zu stopfen. Beate war zurückgekommen mit dicken Backen und speckigen Armen, sehr zum Spott ihrer großen Brüder.

Beate war froh, dass Annegret heute Abend frei hatte, denn so konnte sie sich mit Anton treffen. „War er denn jetzt auf dem Standesamt, steht der Termin endlich?“, wollte Annegret von ihrer Tochter wissen.

„Er hat viel zu tun im Moment“, antwortete Beate. Es sollte wie eine Entschuldigung für Anton klingen, aber eigentlich hatte sie keine Lust, ihn immer in Schutz zu nehmen. Sie gab Bruno einen Kuss, kitzelte ihn mit ihren Lippen am Hals und brachte ihn zum Kichern. Er nannte sie liebevoll „Mama“, sie wünschte ihm eine gute Nacht, rief ihrer Mutter ein „Tschüss, bis später“ zu und ging.

Sie trafen sich im Stadtgarten, einem öffentlichen Park, direkt am See. Paare, Frauen mit Kindern, alte Leute mit Enkeln spazierten hier herum oder trafen sich auf den Bänken am Ufer. Hier gab es die Konzertmuschel, wo am Sonntagvormittag ein Orchester spielte. Beate liebte es, diese kostenlosen Konzerte, ohne anspruchsvolle Musik, mit Bruno, ihrer Mutter und den beiden Tanten zu besuchen. Von hier konnte man weit über den Bodensee blicken, auch auf das Schweizer Ufer, nach Kreuzlingen. Gleich nebenan war der Hafen mit der langen Mole, an der die großen Passagierschiffe vorbei mussten, wenn sie ins Hafenbecken einfuhren. Der Blick auf die Stadt wurde von dem großen dunkelbraunen Dach des Konstanzer Konzils begrenzt. Ein riesiges Gebäude aus dem Mittelalter, extra errichtet für ein wichtiges Treffen von Fürsten und Papst, wo sie den Ketzer Jan Hus zum Tode verurteilten und auf dem Scheiterhaufen verbrannten.

Der Mann, der überall freundlich empfangen worden war – man hatte ihm sogar freies Geleit versprochen – durfte zunächst drei Wochen lang in Konstanz predigen. Er setzte sich für Gewissensfreiheit ein, sah die Bibel als einzig gültige Instanz in Glaubensfragen an, nicht den Papst, kritisierte den weltlichen Besitz der katholischen Kirche und ihr Lasterleben. Doch der Papst und die Fürsten hielten sich nicht an ihre Zusagen, sie sperrten Hus ein, um ihn zum Widerruf seiner Lehren zu zwingen, aber er weigerte sich. Das Konzil versammelte sich im Konstanzer Münster und verurteilte Hus zum Tod auf dem Scheiterhaufen. Ein gigantischer Verrat, typisch für Konstanz, das später eine Straße nach ihm benannte und am Ort seines Todes einen Gedenkstein hinterlegte, den Hussenstein.

Nicht weit entfernt vom Hafen, am Grenzübergang zur Schweiz, lag das Konstanzer Rotlichtviertel, das man Kleinvenedig nannte. Die Bordelle, in Fußnähe zum Konzil, waren hinter dem Bahnhof entstanden, als die vielen heiligen und mächtigen Männer vor einigen hundert Jahren nach Konstanz kamen. Heute waren es vor allem Schweizer, die mal kurz über die Grenze spazierten, um sich mit einem käuflichen Mädchen zu vergnügen, denn in der Schweiz war Prostitution verboten.

Anton sah grau aus, seine graue Hose und sein dunkles Hemd trugen zu dem Eindruck bei, dass er heute wenig Lust gehabt hatte, sich für sie herauszuputzen. Beate hatte für ihn ein helles Kleid angezogen, auf dem große Blumenmuster aufgedruckt waren. Oben lag es eng an und betonte ihre runden Brüste. Der Rock war gefältelt, stand ab, wie es im Moment Mode war. Sie hatte ihre blonden Haare etwas hochtoupiert und festgesteckt, aber wenig Haarspray genommen. Den Geruch von Haarspray mochte Anton nicht. Sie erzählte ihm von Herrn Möbius, der sie beschuldigt hatte, für eine von ihm krumm gesteckte Naht eines Jacketts verantwortlich zu sein. Wie sollte sie wissen, ob der Kunde krumm gewachsen war oder der Möbius Mist gebaut hatte? Doch diesmal war sie nicht eingeknickt, sondern hatte ihm gesagt, dass er schuld sei, nicht sie.

„Versau dir die Arbeit nicht“, kommentierte Anton.

„Soll ich denn immer kuschen, obwohl ich gute Arbeit mache?“

„Nein, aber er ist eben der Meister.“

„Auch Meister machen Fehler. Ich bin ja kein Lehrmädchen mehr.“

„Aber du bist auf die Arbeit angewiesen.“

„Ich find auch woanders was.“

„Na dann…“

„Hast du schlechte Laune? Wie war es gestern? Habt ihr was gefangen?“

Anton schüttelte den Kopf. Sie waren nicht angeln gegangen, denn es war ein neuer Auftrag hereingekommen.

„Was für ein Auftrag?“

„Schloss Salem, da muss was fertig werden, bevor die Königin aus England kommt.“

„Für die Königin von England musst du arbeiten?“

„Nein, aber ein paar Figuren in der Kirche sollen fertig sein, wenn die Königin sich die Kirche dort anschaut."

„Das ist doch toll, bestimmt eine schöne Arbeit."

Anton brummte, dass ihn dieser Auftrag in der nächsten Zeit, die nächsten drei Wochen bis zum Besuch der Königin, auf Trab halten werde. Er sah sie an und wusste, dass sie ihn nicht gehen lassen würde, ohne eine Antwort auf die Frage zu bekommen, die ihr unter den Nägeln brannte. Er wusste, dass er sie enttäuschen würde. Sein Vater habe mit dem Pfarrer vom Münster gesprochen, brachte er heraus. Wegen ihrer Hochzeit. Es gehe nicht. Eine Evangelische und er, ein Katholik, könnten eben nicht verheiratet werden.

„Aber das wussten wir doch schon vorher", entgegnete Beate.

„Wir heiraten doch nicht kirchlich, nur im Standesamt", erinnerte sie ihn sanft.

„Ja, schon, aber der Papa will eben die kirchliche Hochzeit. Er arbeitet jeden Tag am Münster, er ist der Baumeister dieser Kirche. Wie sieht es denn aus, wenn sein Sohn dort nicht heiraten kann?"

„Ich heirate doch nicht deinen Vater, Anton, ich bin deine Frau", stieß Beate hervor, etwas lauter, als von ihr beabsichtigt. „Warum soll unser Leben von deinem Vater abhängen oder davon, ob wir in einer katholischen Kirche heiraten oder nicht? Wir haben zusammen ein Kind, einen wunderbaren Sohn! Bald ist unsere Wohnung fertig ausgebaut."

„Das ist auch ein Problem", druckste Anton herum. „Du weißt, dass er mir das Haus erst bei der Hochzeit überschreibt. Wenn die nicht stattfindet, also nicht in der Kirche, dann gibt es das Haus nicht."

Beate musste aufstehen, es war, als ob sie jemand von hinten getreten hätte, plötzlich waren Tränen in ihrem Gesicht, ihr Atem ging schneller. Sie drehte sich von Anton weg, umarmte sich selbst, um ihren Körper zu spüren, der seine Form zu verlieren drohte.

„Das ist jetzt nicht wahr!“, fauchte Beate ihn an.

Sie drehte sich wieder zu Anton zurück, der sich unglücklich mit den Ellbogen auf den Knien aufgestützt hatte und den Kopf in den Händen hielt.

„Er erpresst dich also“, stellte Beate fest. „Kein Haus, keine Wohnung, wenn du mich heiratest ohne seine Zustimmung, ohne Münster und katholischen Segen?“

„Er kann eben nicht über seinen Schatten springen“, kam die müde Antwort von Anton.

„Weil dein Vater ein Holzkopf ist, müssen wir beide und unser Sohn darunter leiden?“

Beate setzte sich wieder. Sie fasste Anton an, legte ihm ihre Hand auf den Arm.

„Bitte, Anton“, sagte sie so sanft wie möglich, „das darfst du dir nicht gefallen lassen. Warum haben wir drei Jahre gewartet? Warum hat er uns das nicht gleich gesagt? Warum hat er uns in seiner Wohnung schuften lassen?“

Doch Anton hatte keine Antwort auf ihre Fragen. Ihre Hände, die auf seinen Armen lagen, die ihn streichelten, sie drangen nicht zu ihm durch. Der starke Mann war wie erstarrt, unfähig zu antworten, eingezwängt in einen Schraubstock: auf der einen Seite die Frau, mit der er ein Kind hatte, und auf der anderen Seite sein Vater, der Antons ganze Zukunft repräsentierte.

„Das ist doch auch neu für mich“, brachte er hervor.

Beate schaute über den großen See, auf dem einige Ruderboote unterwegs waren und kleine Motorboote, die von Männern mit Mützen auf dem Kopf gesteuert wurden. Ein Dampfer mit österreichischer Flagge hupte, um ein Segelschiff zu warnen, das ihm zu nahe gekommen war. Der tiefe Ton drang in Beates Bauch ein.

„Wie stellst du dir vor, dass es weitergeht?“, wollte Beate von ihm wissen. Sie zog ihre Hand von ihm zurück. Er zuckte die Schulter und richtete sich wieder auf. „Wenn es daran liegt, dass ich evangelisch bin und du katholisch, dann konvertiere ich eben“, sagte sie ihm eindringlich. „Das hätten wir doch schon vor Jahren machen können. Mir ist nicht wichtig, in welcher Kirche ich bete. Der Gott ist der gleiche, dem sind die verschiedenen Kirchen auf der Welt vermutlich ziemlich egal. Aber wahrscheinlich passt deinem Vater auch meine Familie nicht. Das traut er sich nicht zu sagen, deswegen schiebt er die Kirche vor."

„Nein", wehrte sich Anton, „das ist es nicht."

„Wie mich das ankotzt", schnaubte Beate.

„Immer müssen wir über deinen Vater reden. Können wir uns nicht mal mit ihm zusammen hinsetzen und alles aussprechen?"

„Da kommt nichts raus, du weißt, wie stur er ist." „Warst du denn inzwischen mal beim Standesamt?" Anton schüttelte den Kopf.

„Aber du hast es versprochen! Willst du denn auch nicht mehr?"

„Doch schon, aber es ist eben so schwierig", antwortete er lahm.

„Du bist ein Feigling, Anton Sauter", warf ihm Beate an den Kopf.

Das war das Äußerste, was sie ihm bisher vorgehalten hatte, es musste ihn treffen. Sie fühlte, dass es stimmte, sie hatte es nur noch nie ausgesprochen. Der Mann, den sie liebte, war ein Feigling, der sich von seinem Vater herumkommandieren ließ. Weil der ihm ein Haus versprochen hatte und die Nachfolge in seinem Steinmetzimperium; weil Anton, wie sein Vater, es als sein größtes Lebensglück empfand, alte Steine am katholischen Münster auszuwechseln. Aber sie war nicht so. Beate spürte, wie in ihr etwas hart wurde, wie sich in ihr eine Faust formte. Wenn er nicht in der Lage war zu kämpfen, sie war es.

„Ich geh zum Pfarrer und werde katholisch", erklärte Beate. „Dann wollen wir doch mal sehen, was dein Vater noch zu meckern hat."

Anton schaute sie ungläubig an.

„Das ist nicht so einfach", sagte er.

„Seit ich dich kenne, war es noch nie einfach, Anton, du machst es mir nicht einfach. Nur deinem Vater, dem machst du es einfach."

Wieder stand sie auf, weil sie hier weg wollte. Auch er stand auf, mit hängenden Schultern wie ein Junge, den der Lehrer in die Ecke gestellt hatte. Anton hob die Arme, um sie an sich zu drücken, aber Beate trat einen Schritt zurück. Für einen Moment hingen die beiden Arme in der Luft, dann fielen sie wieder an den Körper zurück.

„Es tut mir leid", flüsterte er.

Anton war auch ein Knecht, Gitta hatte recht, diese Männer, die nicht sagen konnten, was sie wirklich wollten, waren einfach nur jämmerliche Waschlappen. Trotzdem, er war der Mann, den sie liebte.

Als Beate nach Hause kam, änderte sich die Farbe des Himmels gerade von Rotbraun in ein helles Blau. Ein mildes Licht, das so tat, als ob es ein vergnüglicher Abend werden könnte. Manchmal war der Himmel ein Betrüger. Beate stand am steinernen Waschbecken in der Küche und ließ sich kaltes Wasser über die Hände laufen. Ihre Mutter saß am Küchentisch, der mit einer Wachstuchdecke bespannt war. Auf den verblassten Quadraten waren Möhren, Kohlköpfe und Zwiebeln abgebildet. Annegret saß über ihrer Zeitung und löste Kreuzworträtsel. Ihre kurzen grauen Haare lagen heute glatt am Kopf. Sie hatte ein erstaunliches Gedächtnis, aber manchmal fragte sie ihre Tochter nach einem Schauspieler, den sie selbst nicht kannte.

„Mit sechs Buchstaben, endet mit t?"

„Bogart."

Beate konnte ihr bei dieser Art Fragen oft helfen. Die grauen Augen der Mutter lächelten dann, zufrieden füllte Annegret die Buchstaben in die Kästchen ein. Warum ältere Leute so gerne Kreuzworträtsel lösten, verstand Beate nicht.

Annegret sah auf und fragte ihre Tochter beiläufig, wie es gewesen war. Beate drehte den Wasserhahn zu und wandte sich langsam zu ihr um.

„Der Alte sagt, dass eine Evangelische keinen Katholiken heiraten kann. Die Hochzeit wird nicht stattfinden."

Die Farbe in Annegrets Augen dunkelte etwas nach, sie rückte den Stuhl zurück, stand auf, legte den Stift auf den Tisch und setzte sich wieder hin.

„Der Sauhund", sagte sie, „das wusste er doch schon vorher, warum kommt er jetzt damit?"

Beate zuckte die Schulter. „Vielleicht, weil er es nicht mehr länger vor sich herschieben kann."

„Was sagt Anton dazu?", wollte Annegret wissen.

„Er ist ein Feigling", schluchzte Beate.

Auf einmal rannen ihr die Tränen herunter, ohne dass sie es wollte. Sie lehnte sich gegen die Tischkante, ihrer Mutter gegenüber, verbarg ihr Gesicht in den Händen und weinte laut, wie sie schon lange nicht mehr geweint hatte. Die ganzen letzten Jahre, in denen sie sich zusammengenommen, gewartet, in denen sie sich angestrengt und sich gesagt hatte, dass es bald besser werden würde, die Erniedrigungen, die sie hatte erdulden müssen, weil sie eine unverheiratete Frau mit einem Kind war, die hässlichen Blicke, die bösen Worte, die sie runter geschluckt hatte, die Versprechungen von Anton, die Hoffnungen, die er in ihr geweckt hatte, seine Küsse, wenn sie zweifelte und nachfragte, ob es wirklich so lange dauern müsste... Anton, der sich nicht vorstellen konnte, was es für sie bedeutete, ein Kind alleine zu erziehen, es jeden Tag der Obhut ihrer Mutter übergeben zu müssen, obwohl sie sich doch liebend gerne selbst um ihren Sohn gekümmert hätte – all das brach aus ihr heraus, entlud sich wie ein Wolkenbruch. Anton wusste nicht, wie es war, wenn die Leute hinter ihr her zischten, weil sie einen Balg, einen Bastard, ausgetragen hatte. Gitta berichtete ihr manchmal, was über sie getratscht wurde. Es lief immer darauf hinaus, dass sie selbst schuld war. Warum hatte sie mit einem Mann geschlafen und ein Kind bekommen? Sie war das Böse, weil sie schön war und jung, die Teufelin, der ein Mann verfallen war, die Sünde, die ihr Opfer zur körperlichen Liebe verführt hatte, unfähig, ihre Lust zu zügeln. Dabei war es einfach passiert, er hatte sie gestreichelt, sie geküsst, sie angefasst. Es schien ganz normal zu sein, dass sie sich auf ihn einließ, sie liebte ihn. Jetzt stand sie unter der Obhut des Jugendamtes, weil man eine junge unverheiratete Frau für nicht ausreichend befähigt hielt, ein Kind zu erziehen. Vielleicht glaubten sie, dass nur die Gegenwart eines Mannes garantieren konnte, dass das Kind nicht verhungerte. Immerhin hatte Anton das Kind offiziell als sein Kind anerkannt, sich als der Vater ausgegeben. Damit war bewiesen, dass sie sich nicht von einem wildfremden Kerl hatte schwängern lassen.

Ihre Mutter hatte auch Tränen in den Augen, sie war um den Tisch herumgekommen und umarmte ihre Tochter. Beate konnte sich nicht erinnern, ihre Mutter jemals weinen gesehen zu haben. Auch als Beate mit der Nachricht gekommen war, schwanger zu sein, weinte sie nicht. Weder aus Ärger noch aus Glück über die Aussicht, ein Enkelkind zu haben. Sie war wütend. „Dumme Kuh“, hatte sie zu ihr gesagt. Aber Beate war so glücklich. Ihre Mutter wollte sie am liebsten ohrfeigen. Sie sei so dumm, so dumm. Jetzt begriff Beate, was ihre Mutter damals gemeint hatte. Jetzt empfand sie sich selbst als dumm.

„Ich werde ihn mir vorknöpfen, den Sauter“, erklärte Annegret.

„Nein, wirst du nicht“, beschied ihr Beate, „ich werde konvertieren, dann hat er keine Argumente mehr.“

Annegret schüttelte den Kopf.

„Das wird nichts nützen, der findet eine andere Ausrede, der will uns nicht, wir sind ihm zu arm. Er ist ein verdammtes Arschloch, schon immer gewesen. Du hast doch seine Frau gekannt, er hat sie geheiratet, weil er keine Zeit hatte, eine andere zu suchen. Er hat genommen, was ihm über den Weg lief.“

Beate trocknete sich die Tränen ab. Sie wollte nicht, dass ihre Mutter sich für sie einsetzte. Das würde erst recht in einer Katastrophe enden. Denn ihre Mutter, wie auch deren Schwestern, waren alles andere als diplomatisch. Sie hatten in ihrem Leben zu viel durchgemacht, waren zu oft gedemütigt worden, als dass sie sich der Freundlichkeit verpflichtet fühlten, wenn sie angegriffen wurden. Sie waren es gewohnt, sich durchzusetzen, sich durchzuschlagen, den anderen herauszufordern. Beate spürte, dass dies nicht ihr Weg war, sie war nicht verhärtet. Auch wenn die Enttäuschung über Anton tief saß, verstand sie doch, wie schwer es für ihn war, sich gegen seinen Vater zu behaupten. Er war kein Kämpfer. Sie musste es geschickt angehen. Gleich morgen würde sie mit dem Pfarrer im Münster sprechen. Sie putzte sich die Nase und erkundigte sich nach Bruno.

„Alles gut", sagte ihre Mutter.

Plötzlich spürte Beate, wie dankbar sie ihrer Mutter war, dass sie sich so aufopferungsvoll um ihren Sohn kümmerte, und sie sagte es ihr zum ersten Mal. „Danke, Mama, danke, dass du dich so lieb um Bruno kümmerst."

„Schon recht", antwortete Annegret.

Beate musste nun nach Bruno sehen, wollte ihn anschauen, wie er in seinem Bettchen lag und schlief. Leise öffnete sie die Tür zu dem Zimmerchen, wo sie beide lebten. Der Vorhang war zugezogen, das Fenster dahinter stand offen. Über Brunos Gesicht hingen ein paar Haarsträhnen. Ganz gleichmäßig ging sein Atem. Eine Hand war etwas geballt. Beate steckte einen ihrer Finger in die kleine Faust, die sich öffnete und sofort wieder schloss. Sie konnte das Leben dieses kleinen Menschen spüren, der in ihrem Bauch herangewachsen war; ihr Sohn, für den sie alles geben würde.

Neben dem zweigeschossigen Wohnhaus in der Mangoldstraße, wo Annegret mit Tochter und Enkel lebte, gab es einen kleinen Sandhaufen, der von Umbauarbeiten auf einem Gehweg übrig geblieben war. Bruno liebte es, auf diesem Sand Straßen zu bauen, die von seinen kleinen Autos befahren werden konnten. Manchmal musste er auch einen

See anlegen oder einen Fluss, an dem man anhalten konnte, um zu baden. Er durfte sich einen Eimer Wasser mitnehmen, wenn er zum Spielen mit den Autos hinausging. Das Wasser, das er für seinen See vorgesehen hatte, versickerte meist ziemlich schnell, und es blieb ein matschiger Krater übrig. Otto, ein Nachbarjunge, kam manchmal vorbei und kommentierte das Spiel von Bruno. Er konnte genau sagen, was an Sandbauten möglich war und was nicht. Schließlich war er schon fünf und kannte sich aus. Bruno mochte Otto nicht, hatte aber großen Respekt vor ihm. Otto war der Sohn des Malers von nebenan; wenn er nicht gehorchte, schlug der Vater ihn. Die Schläge und Ottos Schreie konnte man hören, wenn, wie jetzt im Sommer, die Fenster offen standen. Bruno wurde von seiner Oma auch gelegentlich heftig zurechtgewiesen, sie ohrfeigte ihn manchmal, aber richtig verdroschen wurde er nie. Otto hatte Bruno am Sandhaufen entdeckt und kam zu ihm. Er hatte einen Ball dabei und fragte Bruno, ob er mit ihm kicken würde. Bruno schüttelte nur den Kopf und fuhr mit seinem kleinen Mercedes, bei dem man die Vordertüren öffnen konnte, in die Garage, die er in den Sand gegraben hatte.

„Ist das ein Benz?", wollte Otto wissen.

Bruno nickte nur, er wollte nicht mit Otto sprechen.

„Wenn ich groß bin, kaufe ich mir auch einen Benz", verkündete Otto.

„Mein Opa hat jetzt schon einen", erklärte ihm Bruno.

„Bist du schon mal mitgefahren?", fragte Otto.

Bruno schüttelte den Kopf.

„Dann ist er gar nicht dein Opa."

„Doch ist er!", beharrte Bruno.

„Du lügst doch."

Bruno wandte sich ab und nahm sich ein anderes Auto vor, das auf die Spitze des Sandberges fahren musste. Otto hob den Ball hoch und ließ ihn auf den Sandhaufen krachen. Der aufspritzende Sand begrub einige der Spielzeugautos, die Bruno aufgereiht hatte.

„Das war ein Flugzeug mit Bomben“, erklärte Otto ganz ruhig. „Eine Messerschmitt, die hat dein Opa bestimmt nicht.“

Bruno besah sich die Zerstörung, die Otto angerichtet hatte. Ihm traten Tränen in die Augen, er nahm den Ball von Otto und warf ihn zur Seite. Otto rief laut „He!“, trampelte über den Sand und lief seinem Ball hinterher. Eilig grub Bruno seine verschütteten Autos aus und legte sie in den leeren Blecheimer. Er weinte, versuchte aber, nicht laut zu heulen, denn Otto war noch in der Nähe. Als er seine Spielzeuge zusammengeklaubt hatte, rannte Bruno mit dem Eimer und seinen Habseligkeiten zurück in die Wohnung. Seine Oma wunderte sich, warum er schon wieder da war. Sie schaute ihn an und fragte, ob Otto ihn schon wieder geärgert hatte. Bruno nickte und schniefte. Annegret schüttelte den Kopf und wies Bruno an, seine Schuhe vor der Wohnungstür auszuziehen. Dann klopfte sie ihm den Sand aus den Kleidern. Den Eimer mit den Autos hielt Bruno fest in seiner Hand.

„Du musst dich gegen den Lumpenhund wehren“, beschied ihm die Oma, „sonst ist er weiter so zu dir.“

Tränen quollen aus Brunos Augen. Wie sollte er sich gegen einen viel älteren und viel stärkeren Jungen wehren? Er hatte sich noch nie mit anderen Kindern angelegt, er war behütet bei seiner Mutter und Großmutter aufgewachsen. Gerne hätte er eine Schwester gehabt, am liebsten eine ältere Schwester. Bruno trug seinen Eimer in die Küche und hievte ihn über die Kante des Spülbeckens. Dann zog er sich seinen Schemel heran. Er drehte den Wasserhahn auf und hielt ein Auto nach dem anderen darunter. Der Sand blieb auf dem grauen Stein des Spülbeckens liegen. Seine gewaschenen Autos stellte er zur Seite. Annegret kam in die Küche, um ihn zurechtzuweisen.

„Dieser Sand“, sagte sie, „der verstopft den Abfluss; mach deine Autos draußen sauber, das ist kein Spielplatz hier, das ist die Küche.“

Sie nahm eine alte Zeitung, riss eine Seite heraus und stellte seine Schätze darauf. Bruno drängte seine Oma zur Seite, denn sie sollte seine Sachen nicht anfassen. Es klang hell, als ein Lastwagen auf den Küchenboden fiel und der kleine Kipper aus Plastik absprang. Bruno hüpfte von seinem kleinen Hocker, um das Unglück aufzuhalten, aber er kam zu spät. Die beiden Teile des kleinen Autos lagen auf dem steinernen Küchenfußboden. Was für eine Katastrophe! Wütend zeigte er seiner Oma, was sie angerichtet hatte. Sein kleiner Körper verkrampfte sich in Wut und Geschrei. Er hörte nicht mehr, wie Annegret versuchte, ihm zuzureden, dass es doch nicht so schlimm sei und Tante Thea den Laster bestimmt wieder reparieren könne. Ein unzähmbarer Schmerz entlud sich: laut, tränenreich, nicht mehr aufzuhalten. Bruno trat um sich, schrie, tobte, schlug auf seine Oma ein, die ihn an der Hand nahm und mit sich zog. Sie sperrte ihn in das Zimmer, in dem sein Bett stand. Bruno schrie laut nach seiner Mama, trommelte gegen die verschlossene Tür, doch seine Oma ließ sich nicht erweichen. Irgendwann lag er auf dem Boden, eingeschlafen vor Erschöpfung. Annegret öffnete die Tür, besah sich das Kind, zog die Augenbrauen hoch und verschloss die Zimmertür wieder.

Annegret, Erika und Theresa hatten Weingläser vor sich stehen. Sie saßen auf den Holzbänken in der Weinstube „Zur Reblaus". Schlichte Holzbänke und -tische bildeten das Mobiliar dieser Gaststube, die an fünf Tagen der Woche von fünf Uhr abends bis neun Uhr abends geöffnet war, außer in der Fasnachtszeit, da war die Sperrstunde aufgehoben. Der Wirt betrieb noch einen Weinhandel, belieferte Weinhändler und die Gastronomie mit Weinen aus Deutschland. Auch der Wein vom Bodensee war wieder gefragt. Mittwochs kamen die Schwestern gerne hierher, weil manchmal alte Bekannte auftauchten und sie ein paar Neuigkeiten erfahren konnten. Der Besuch von Queen Elizabeth am Bodensee war jetzt ein großes Thema an den

Weintischen. Es war ihr erster Staatsbesuch in Deutschland, elf Tage wollte sie bleiben. Ihr Mann, Prinz Philip, war der Grund, dass sie auch an den Bodensee kamen, denn Philip hatte vor dem Krieg zwei Jahre das Internat in Schloss Salem, auf der anderen Seite des Sees, besucht. Eine seiner Schwestern, Theodora, lebte noch dort, und Philip und Queen Elizabeth wollten ihre Deutschlandreise für diesen privaten Verwandtenbesuch nutzen. Theodora hatte ihren vor zwei Jahren verstorbenen Mann, Berthold von Baden, in Konstanz geheiratet. In Konstanz und Umgebung war es eine große Sache, dass ein so hoher Staatsgast in die Provinz kam. Die schöne Königin von England! Die Dörfer um Salem waren in heller Aufregung, denn alles musste klappen. Es wurde ein Fanfarenzug gebildet, Chorlieder geprobt, überlegt, wer was anziehen würde, was die Königin essen könnte, was sie unbedingt sehen müsste. Sie und ihr Mann sollten ihren Besuch am Bodensee in bester Erinnerung behalten.

Annegret kannte sich erstaunlich gut mit Prinz Philips Lebensgeschichte aus, hatte alles, was in der Zeitung über ihn stand, gelesen. Ihr gefiel dieser kernige Mann, obwohl sie die Adligen und ihre angeborene Distanz zu normalen Menschen eigentlich ablehnte. Ihre Schwestern zogen sie manchmal auf, wenn sie so einfühlsam über Prinz Philip sprach. Aber Annegret verteidigte ihn gegen die Spötteleien von Erika und Theresa, und das hatte mehrere Gründe. Ein Grund war, dass er zu seiner Liebe zu Elizabeth stand. Um die Heirat zu ermöglichen, konvertierte er von der griechisch-orthodoxen zur anglikanischen Kirche. Auch machte er sich nichts daraus, von Queen Mum wegen seiner deutschen Wurzeln als „Hunne" bezeichnet zu werden. Er war derjenige, der sich um die Familie und die drei Kinder kümmerte, während seine Frau regierte. Weil er als Mann immer hinter seiner Frau herlaufen musste, verglich er sein Leben mit dem einer Amöbe. Die Staatsreisen von Stadt zu Stadt in wenigen Tagen – Koffer auf, Koffer zu – waren anstrengend, immer musste gelächelt werden, in immer neuen Kostümen mussten die Hände von aufgeblasenen Fatzkes, Staatsmännern, Diktatoren und Schleimern geschüttelt werden. Jetzt hatte er es offenbar durchgesetzt, dass er und die Königin nicht nur Deutschland besuchten, um zur Aussöhnung von England und dem einstigen Kriegsgegner Deutschland beizutragen, sondern dass ihnen auch ein privates Wochenende bei seiner Familie ermöglicht wurde.

Der andere Grund für Annegrets Interesse an Philip war sein Aufenthalt in der Internatsschule in Salem 1932 und 1933. Auf diese Schule zu gehen, war ein Vorschlag seiner Schwester Theodora gewesen, dem er als Jugendlicher gerne folgte. Die Familie war auseinandergeflogen, der Vater lebte mit seiner Geliebten in Cannes und die schizophrene Mutter in Paris. Die Schule in Salem musste ihn stark geprägt haben, vor allem Kurt Hahn, der Schulleiter. Die Nazis hatten Hahn im März 1933 eine Woche lang inhaftiert, weil er Jude war, der von seinen ehemaligen Schülern gefordert hatte, sich zu Hitler oder zu Salem zu bekennen. Es war bekannt, dass Prinz Philip es dem Markgrafen von Baden hoch anrechnete, wie er sich für Hahn eingetzt, ihn außer Landes und nach England hatte bringen lassen.

Annegret erinnerte sich, wie ihr Bruder Theo von dem jungen Prinzen Philip erzählte, den er einmal kurz getroffen hatte, und vom Markgrafen Berthold, den er mit gutem Fisch und allerlei exotischen Waren wie Kaffee und besonderer Schokolade belieferte. Theo wusste offenbar, was in jener Nacht geschehen war, als Hahn aus dem Gefängnis kam. Aber weder Annegret noch eine ihrer Schwestern wussten genau, ob es wirklich ihr Bruder gewesen war, der Kurt Hahn auf sein Boot gebracht und in die Schweiz gefahren hatte, von wo aus er nach Frankreich und dann nach England reisen konnte. Sie vermuteten, dass diese Fluchthilfe für den Nazigegner und Juden Hahn ein Grund für die Verhaftung Theos durch die Nazis war. Aber weil

Theo sie mit diesem Geheimnis nicht belasten wollte, wussten sie eben nicht genau, was damals wirklich geschehen war. Annegret hätte gerne Prinz Philip getroffen und ihn nach Theo befragt, aber es war schlicht unmöglich, dass eine Spülerin aus dem Konstanzer „Domkeller" sich mit dem Mann der Königin von England unterhielt.

Von all diesen Zusammenhängen, die jetzt auch in Beates Leben hineinspielten, hatte Annegret ihrer Tochter noch nie erzählt. Es waren ja auch eher Vermutungen, Gerüchte und Ahnungen, die aber durch den aktuellen Verrat von Max Sauter an dem Glück ihrer Tochter und seines Sohnes Anton neue Nahrung bekommen hatten – wobei ihr Antons Glück nicht besonders wichtig war, schließlich konnte er sich selbst gegen seinen Vater wehren.

Die Heiratsabsage durch Max Sauter und die durch den bevorstehenden Besuch des königlichen Paars aufgewirbelten Schwaden der Vergangenheit lasteten schwer auf Annegret. Was sollte denn jetzt aus Beate werden, was aus dem kleinen Bruno? Erika glaubte, dass es mit Brunos Karriere als Dirigent, Pilot oder Rechtsanwalt jedenfalls vorbei wäre. Es würde Beate so ergehen wie ihnen auch, sie würde als arme, alleinstehende Frau enden. Wobei, sie sah ja sehr gut aus, vielleicht fände sich einer, der sie zusammen mit Bruno nähme. Annegret hatte da so eine Idee.

Und was sollte jetzt mit der Wohnung geschehen? Würden sie die Wohnung weiter ausbauen? Sie waren sich einig, dass Max Sauter ein riesiges Arschloch war, wie sie es schon immer gewusst hatten, so gemein und hinterhältig, das war das Letzte. Das Allerletzte. Für Annegret war seine jetzige Lumperei der Beweis für seine Schweinereien in der Vergangenheit.

„Was wäre eigentlich, wenn er verschwinden würde?", dachte Theresa laut nach.

„Willst du ihn entführen?", fragte Erika.

„Ich denke nur, wenn er nicht mehr wäre, dann würde doch der Anton alles erben."

Annegret nickte.

„Und wenn auch Anton, hm, auch verschwinden würde, dann bliebe als Erbe nur der Bruno übrig", ergänzte Theresa.

„Dann hätten Beate und auch wir ausgesorgt."

„Der Anton hat ihn doch als Sohn anerkannt, oder?", fragte Theresa nach.

„Schon", sagte Annegret, „sonst könnte Bruno nichts erben. Ich glaube, uneheliche Kinder erben nichts."

„Das ist doch auch so eine Schweinerei", empörte sich Theresa.

„Wie kann man denn zwei Männer verschwinden lassen?", wollte Erika wissen. „Das ist nicht so einfach. Wo sollen sie denn hinverschwinden? Nach Honolulu oder wohin?"

„In den See oder unter die Erde", meinte Theresa trocken. „Vom Erdboden verschwinden."

„Das wäre praktisch und die beste Lösung", fand auch Erika, „aber wie gesagt, nicht ganz einfach."

Nein, nicht ganz einfach, da waren sich die Schwestern einig. Sie tranken still ihren weißen Wein, spürten der Säure nach und überlegten für einen Moment. „Wenn er die beiden schon nicht heiraten lässt, dann könnte er doch so eine Art Entschädigung bezahlen für die verlorenen Jahre von Beate", begann Erika erneut.

„Wie willst du den denn dazu kriegen, Geld rauszurücken – für eine von uns?", pampte Theresa sie an.

„Wenn wir beweisen könnten, dass er es war, der unseren Bruder Theo an die Nazis verpfiffen hat, hätten wir etwas gegen ihn in der Hand", sagte Annegret.

„Und wenn wir das beweisen könnten, was machen wir dann damit?", fragte Erika.

„Wir sagen es dem Anton, dann weiß er über seinen Alten Bescheid. Vielleicht denkt er dann mal nach."

„Der? Der ist doch nicht besser!", empörte siche Theresa.

„Ach Gott, der ist doch noch jung", setzte sich Annegret

erstaunlicherweise für ihren abhanden kommenden Schwiegersohn ein.

Der dicke Wirt, der Fritze, trat an ihren Tisch. „Na, Mädle", meinte er in breitem Alemannisch, „noch ein Gläsle?"

„Sag mal", Erika klopfte auf den freien Platz neben sich, damit er sich zu ihr setzte.

„Sag mal, du kennst doch all die Kerle, die mal bei den Braunen waren."

„Warst du eigentlich auch einer?", wollte Theresa wissen.

„Ich?", empörte sich Fritze, „nein, ich nicht, ich hab nur Wein verkauft."

Theresa zischte: „wie all die anderen, keiner war dabei."

„Was wollt ihr denn wissen?", erkundigte sich der Wirt.

„Wir wollen wissen, wie man rausfindet, wer wen verpfiffen hat."

„Au, das ist schwierig", meinte Fritze, „das ist ja top-secret, wie man heute so sagt. Da müsstet ihr in die Naziakten reinschauen. Die stehen bestimmt irgendwo in Bonn."

„Oder sie sind verbrannt worden", ergänzte Erika.

„Schade", fand sie, schaute dem Dicken in die Augen und klimperte ein wenig. „Sehr schade, dass du uns nicht weiterhelfen kannst."

Er wurde etwas unruhig, als sie ihn so breit anlächelte.

„Lebt denn keiner mehr, der bei der Gestapo war?", Erika legte ihm ihre Hand aufs Bein.

Gespannt schauten Annegret und Theresa zu, wie Erika ihnen ihr angeborenes Talent, Männer um den Finger zu wickeln, vorführte.

Fritz schluckte, dann flüsterte er:

„Der Müller Eddi, der im Wasserwerk gearbeitet hat, ich glaub', der war einer von denen, ganz oben war der, wichtig, immer auf seinem Motorrad unterwegs. Aber der ist auch schon pensioniert."

Erika küsste ihn leicht auf die Backe.

„Danke, Fritzle, jetzt hast du was bei mir gut", flüsterte

sie. „Bring uns doch noch ein Viertele, es schmeckt grad so gut."

Fritz grinste, fast beglückt, und sprang auf, um Nachschub zu besorgen.

„Du bist…", sagte Theresa.

„Du hättest das nicht aus dem rausgeholt, mit deinem umwerfenden Charme!", schnaubte Erika.

„Pah, der Gestapo-Müller, da hätte ich auch selbst drauf kommen können."

„Bist du aber nicht", giftete Erika zurück.

„Dein Camille", wollte jetzt Annegret wissen, „war der nicht einer, der gegen die Nazis gekämpft hat?"

„Er war im französischen Widerstand", wusste Erika.

„Quatsch, der hat den Nazis Wein verkauft", empörte sich Theresa.

„Auch im Widerstand muss man Geschäfte machen, er war bestimmt einer von den Guten", befand Annegret. „Wann kommt der Camille?"

„Übermorgen."

„Dann gehst du mit ihm einen Kaffee trinken?"

„Ja, habe ich vor."

„Vielleicht weiß er ja, wie man jemanden zum Reden bringt, der nicht reden will."

„Du meinst den Müller?"

„Hm, zum Beispiel."

Fritze kam zurück und stellte die drei Viertele auf den Tisch.

„Ihr sagt dem aber nicht, dass ihr das von mir habt?"

Besorgt schaute er die drei Frauen an. Theresa wollte ihn fragen, warum denn nicht, als ihre Schwester Erika erklärte, dass er selbstverständlich nichts befürchten müsse.

„Der kommt doch eh nicht zu dir, hierher. Ich kenn' den noch von der Schule, der war schon damals hinterhältig", erinnerte sich Annegret.

„Dem müssen wir ordentlich Daumenschrauben anlegen, damit der was sagt", fand Theresa.

„Der Camille wird vielleicht wissen, wie das geht; am besten wir sind gar nicht dabei, wenn er es macht, das mit den Daumenschrauben", meinte ihre Schwester Erika und schüttelte sich bei dem Gedanken an solch eine Brutalität.

„Aber sicher sind wir dabei! Ich jedenfalls will sehen, wie das Arschloch jammert", erklärte Theresa.

„Beate darf nichts von dem erfahren, was wir vorhaben", schwor Annegret ihre Schwestern ein. Beide nickten. Jede von ihnen nahm ihr Weinglas hoch und trank einen kräftigen Schluck. Sie waren es gewohnt, schwierige Situationen zu meistern. Was nun auf sie zukam, war sicher nicht einfach, aber der Krieg, die Entbehrungen, die vielen Leichen, die Brutalität der Soldaten, dieser ganze Schutt, den sie wegräumen mussten, hatte sie zu Frauen gemacht, die sich vor nichts mehr fürchteten. Was konnte denn noch Schlimmeres kommen? Jedenfalls ließen sie sich nicht mehr über den Tisch ziehen. Schon gar nicht von irgendwelchen Männern, die glaubten, sie könnten über ihr Leben bestimmen. Nicht mit ihnen.

Beate saß auf dem Bett neben Gitta, die eine kurze, enge Hose anprobierte. Sie schaute auf ihre Beine und blickte durch diese hindurch. Gittas Zimmer war, wie Beates Zimmer, auch nicht besonders groß, ein schmales Bett, ein weißer Schrank, ein Spiegel, ein Stuhl. Das Fenster ging auf einen Hof hinaus, auf dem Fahrräder und Mülltonnen standen. Meistens roch es hier nach Kartoffelsuppe und Zwiebeln. Gitta dehnte sich in der Hose, die Beate überhaupt nicht schön fand. Das Gelb war zu grell, der Bund schnürte sie ein, Gitta musste den Bauch einziehen, um den Hosenknopf zu schließen, und vor allem: Welche Schuhe passten zu so nackten Beinen? In einer so knappen, kurzen Hose auf die Straße zu gehen, war provozierend.

Beate hatte sich mit Gitta verabredet, um sich auszuweinen und sich Rat zu holen. Die Enttäuschung klang noch immer in ihr nach wie der tiefe Ton einer Kirchturmglocke.

Gitta hatte vorgeschlagen, mit ihr in eine Kneipe zu gehen, in eine Spelunke, „Zum Schwarzen Raben", um sich einen hinter die Binde zu kippen, um zu vergessen. Beate wollte gar nicht vergessen, sie wollte wissen, was sie tun könnte, um Anton wieder zu dem Mann zu machen, in den sie sich verliebt hatte. Warum war er auf einmal so ganz anders? Hatte es mit dem Tod seiner Mutter zu tun? Oder war er schon immer so gewesen und zeigte sich erst jetzt, wie er wirklich war? Lag es an ihr? Hatte sie sich verändert, etwas falsch gemacht?

„Wann habt ihr zuletzt", Gitta sah Beate fragend an, „na, du weißt schon", wollte Gitta wissen, „wann habt ihr es gemacht?"

Beate blickte auf und schaute auf Gittas knalligen Hintern. Gitta setzte sich neben sie, nahm Beates Gesicht in ihre Hände.

„Es ist wohl schon eine ganze Weile her", vermutete Gitta.

„Er weiß gar nicht mehr, warum er dich überhaupt heiraten soll."

„Aber wir haben ein Kind", stammelte Beate.

„Du bist dumm, das ist doch für einen Mann kein Grund. Er will nur das eine; wenn du ihm das gibst, dann will er dich, weil er es braucht."

„Ich soll mit ihm schlafen?"

„Ja, das sollst du." Gitta beugte sich noch etwas näher zu ihr. „Oder du nimmst mal sein Ding in den Mund", flüsterte sie, „dann findet er dich scharf und will, dass du es immer wieder machst. Das ist dann für ihn ein guter Grund, dich zu heiraten."

Beate sprang auf. Dieses Gerede über Dinge, für die sie gar keine Worte hatte, verwirrte sie, fand sie abstoßend. Sie lebte doch nicht in einem Groschenheftchen. Warum sagte Gitta so etwas? Waren diese Vorgänge zwischen Mann und Frau nicht völlig intim, gehörten die nicht allein ihr und Anton? Sie konnte ihrer Freundin gar nicht antworten.

„Warum sagst du so was? Ich finde das nicht so wichtig", stammelte Beate.

„Ich glaube, da liegst du falsch", war Gittas Antwort. „Woher weißt du das denn, du warst doch noch nie verheiratet, und so viele Männer kennst du gar nicht, gib nicht so an."

Gitta öffnete eine Schublade, schob Unterwäsche zur Seite und zeigte ihr zwei kleine Bücher. „Das Spiel mit der Liebe" hieß das eine, „Die Steigerung der Lust in der Ehe" das andere. Beate blätterte, sah sich die halb nackten Frauen an, las ein paar Sätze.

„Darum geht es doch gar nicht", erklärte Beate. „Er hat mir etwas versprochen, das er nicht halten will. Was wir im Bett miteinander machen, mein Gott, das geht niemanden etwas an."

Gitta räumte ihre geheimen Schätze wieder ein. „Du bist eben verklemmt", erklärte sie.

„Gehen wir jetzt?"

Manchmal fand Beate ihre Freundin abstoßend und ordinär. Beide waren Schneiderinnen, kamen aus einfachen Verhältnissen, warum musste Gitta ständig so tun, als ob sie etwas Besonderes sei? Das war sie doch gar nicht, sie sah aus wie eine Presswurst in ihrer engen gelben Hose.

Die Wände im „Schwarzen Raben" waren dunkel gestrichen, zumindest wirkten sie so auf Beate. Sie musste sich überwinden, in diesen höhlenartigen Raum einzutreten, in dem das Licht schummrig, rot und grün und die Luft stickig war. Die Musik, die hier gespielt wurde, war kantig und weich zugleich, moderne Musik der Sechzigerjahre, John Coltrane, die Beatles, James Brown, Joan Baez. In Beate lösten sich Trauer und Wut, als sie diese Musik hörte, diese Bar öffnete sich wie ein warm klingender Schlund, eine Einladung, sich zu verlieren, doch dann verschloss Beate sich wieder, denn sie wollte nicht einfach dahinschmelzen und sich ihren Gefühlen ergeben. Gitta kannte den Mann hinter der Bar, Charlie, sie bestellte zwei Gläser

Weißwein. Beate trank schnell ein paar Schlucke, um sich Mut zu machen, sich besser einlassen zu können auf diese andere Welt, in die ihre Freundin sie geschleppt hatte. Beate trug ein einfaches Kleid mit Punkten, in dem sie sich falsch angezogen fühlte. Die Männer hatten die Hemdärmel hochgekrempelt. Die Haare ihrer Begleiterinnen waren aufgetürmt wie Ausrufezeichen, die kunstvoll auf sie aufmerksam machten. Beate fühlte sich klein und unscheinbar. Der Sog, der von dem Raum und den Anwesenden ausging, war nicht für sie gedacht, zumindest wollte sie sich diesem dunklen Etwas nicht hingeben. An der Bar neben Gitta lehnte ein gut aussehender Mann, vor sich ein Bier. Seine Haare waren lang, fast bis zur Schulter, er schaute auf Gittas Beine, nickte ihr zu. „Steht dir gut", sagte er zu Gitta. Sie drehte sich zu ihm um. An seinem Dialekt konnte man gleich erkennen, dass er ein Schweizer war. Es gab hier einige von der anderen Seite der Grenze, die in Konstanz ein Leben suchten, das es in Kreuzlingen nicht gab. Gitta zierte sich ein wenig, aber dann ging sie auf die Komplimente des Schweizers ein und begann, mit ihm zu flirten. Ihr gelber Hintern strahlte wie ein Vollmond in die amorphe Dunkelheit der Kneipe. Beate saß auf ihrem Barhocker und kippte den Wein in sich hinein. Sie winkte dem Barmann Charlie, zeigte auf ihr Glas. Er kam zu ihr, mit der Flasche in der Hand und goss ihr Glas erneut voll.

„Bist du die Freundin von der Gitta?", fragte er. Beate nickte nur. „Es ist noch nicht viel los heute, dafür ist das Wetter zu schön."

Beate schaute ihn an und dachte über die Bedeutung seiner Feststellung nach.

„Aha", machte sie und kam sich dumm vor.

„Wo gehst du zum Schwimmen hin, ins Strandbad?", fragte Charlie.

„Strandbad, ja, mit meinem Sohn."

„Du hast einen Sohn? Das ist ja großartig, ziemlich mutig, du hast gar keinen Ring."

Sogar hier, in dieser abseitigen Höhle, wurde sie darauf angesprochen, dass sie nicht verheiratet war.

„Das geht dich gar nichts an", zischte Beate.

„So mein' ich das doch nicht, ich finde nicht, dass man immer gleich heiraten muss, wenn man ein Kind hat", verkündete Charlie.

Beate trank noch einen kräftigen Schluck, und Charlie goss ihr nach.

„Wie alt ist dein Sohn?", fragte er.

„Drei."

„Echt? Toll!"

Er drehte sich zu einer Frau um, nahm ihr Glas auf, die Blicke der Frau und die von Beate trafen sich kurz. Die Frau lächelte sie an, schnell schaute Beate weg, wurde von der Musik in eine Welt gezogen, die weich und schmerzhaft war.

„Alone from night to night you'll find me, too weak to break the chains that binds me, I need no shakles to remind me, I'm just a prisoner of love, for one command I stand and wait", sang James Brown.

Beate verstand den Text nicht, sie sprach kein Englisch, aber sie spürte trotzdem, um was es ging in diesem Lied: um Schmerz, um Liebe, um sie. Ein leichter Hauch von Parfüm wehte sie an, als die Frau dicht neben ihr vorbeiging. Beates Blick streifte die verschiedenfarbigen Flaschen, die auf einem Brett an der Wand hinter der Bar aufgereiht waren, vor einem Spiegel, in dem sie sich erkennen konnte. Einen Moment lang betrachtete sie die Etiketten auf den Flaschen, als der Barkeeper in ihr Blickfeld geriet, leicht nickte und „James Brown" sagte. „Gefällt er dir?" Als das Lied zu Ende war, schaute Beate ihn an. „Was?", fragte sie. „Gefällt dir James Brown?" Dann begriff sie, dass er den Sänger gemeint hatte, nickte, nahm sich vor, sich den Namen zu merken, einen Plattenspieler und Schallplatten zu kaufen. Sie wollte in Zukunft Musik selbst entdecken. Musik, die sie mit geschlossenen Augen hören konnte.

Beate machte ihre Handtasche auf und holte ihr Portemonnaie hervor.

„Was bekommst du?"

„Lass mal, geht aufs Haus."

„Nein, wie viel?"

„Fünf Mark."

Sie zählte ihm das Geld auf den Tresen. Er strich es ein, wollte noch etwas zu ihr sagen, merkte aber, dass er zu ihr nicht durchkommen würde. Beate stupste Gitta an.

„Ich geh jetzt", sagte sie, „viel Spaß mit dem Schweizer."

Sie stand neben dem Barhocker und merkte, wie ihr der Alkohol zu Kopf stieg. Gitta lachte über eine Bemerkung ihres neuen Bekannten, als sie sich zu Beate drehte.

„Nein, du kannst noch nicht gehen. Das ist der Rudi, das ist meine Freundin Beate."

„Tschüss, Rudi, wo ist denn eigentlich der Ausgang?", fragte sie Gitta.

„Komm jetzt, trink noch was."

Beate machte sich los und ging einer Tür entgegen, aus der gerade zwei Menschen kamen. Hinter den beiden schimmerte es hell. Sie ging durch diese Tür hindurch und merkte gleich an dem süßlichen, ätzenden Geruch, der ihr entgegenkam, dass sie die Tür zu den Toiletten geöffnet hatte. In der Toilette vor dem Waschbecken mit dem großen Spiegel stand die Frau von der Bar, die sich die Augenbrauen nachzog. Beate ging in eine der Kabinen, sie musste dringend. Als sie herauskam, arbeitete die Frau noch immer an den Verzierungen ihrer Augen. Beate wollte sich an dem einzigen Waschbecken, welches die Frau blockierte, die Hände waschen.

„Darf ich mal kurz?", fragte sie.

Die Frau betrachtete sie aus den Augenwinkeln und ging einen Schritt zur Seite. Beate wusch sich die Hände, schüttelte sie, dann überließ sie der Frau den Spiegel wieder, die mit ihrem Lidstift die Konturen des unteren Augenlids betonte. Damit bekam ihr Aussehen etwas Exotisches.

„Wie eine Ägypterin“, sagte Beate und erschrak über ihre Worte. Sie wollte eigentlich gar nichts sagen.

„Findest du?“, antworte die Unbekannte. „Du auch?“

Sie deutete mit ihrem schwarzen Stift auf Beates Augen.

Vielleicht war es der Wein, aber Beate blieb einfach stehen, wie hypnotisiert. Aus den Wänden wummerte jetzt „I feel good“. Die Frau trat auf Beate zu. Ihre Finger hielten ihre Augen fest, und mit wenigen Strichen zog sie auch ihr die Augenlider nach. Beate warf einen Blick in den Spiegel. Wie dunkel und schwer ihre Augen aussahen, viel größer.

„Steht dir“, sagte die Frau.

Dann fasste sie mit beiden Händen die Haare von Beate an und hielt sie hoch. Beate wand sich aus den Händen der Frau, die noch immer dicht hinter ihr stand. Die Frau drückte Beate mit ihrem Becken leicht gegen das Waschbecken, senkte ihre Hände und fasste Beates Brüste an. So standen sie für einige Sekunden, als ob die Erde aufgehört hätte, sich zu drehen. Beate war wie gelähmt, dann atmete sie tief ein und hob ihren rechten Arm, um die Frau wegzuschieben. Die wich von ihr zurück, machte einen Schritt rückwärts und gab Beate frei.

„Was soll denn das?“, entfuhr es Beate.

Sie hörte, wie ihre Stimme viel höher klang als sonst.

„Nichts für ungut“, sagte die Frau und lächelte. Schnell war Beate an der Tür, stürmte hinaus und durchquerte den „Schwarzen Raben“, wo jetzt einige der Gäste zu „I feel good“ tanzten.

Endlich stand Beate in der noch hellen Nacht, in einer Gasse, die graue Schatten auf die gegenüberliegenden alten Häuser warf. Die Musik, die sie gehört hatte, wummerte in ihr nach, in ihren Ohren, in ihrem Bauch. Sie orientierte sich und ging los, nach rechts, dann nach links. Plötzlich sah sie vor sich einen Pritschenwagen, auf dessen Türen „Max Sauter – Steinmetzmeister in Konstanz, seit 1873“ stand. Hier wohnten sie, Vater und Sohn, hier hielt er ihn gefangen. Beate hatte sich das nicht überlegt, es passierte einfach mit ihr, als sie einen Stein aufnahm und der Stein in die Seitenscheibe des kleinen Lastwagens flog. Es war gar nicht mal besonders laut, als die Scherben in das Auto und auf den Boden fielen. Schnell drehte Beate sich um, ging ein paar Schritte und gelangte in die nächste dunkle Gasse, wo sie sich mit dem Rücken gegen eine Hauswand lehnte. Ihre Hände lagen auf den rauen Mauern, ihr Atem ging schnell. Es war, als ob die Wand etwas zu ihr sagen wollte, aber Beate konnte nicht verstehen, was es war. Von den Dächern fielen jetzt dunklere Schatten. Eine alte Frau kam ihr entgegen. Beate richtete sich auf, hielt sich an der Wand fest.

„Ist dir nicht gut, Mädle?", fragte die Alte.

„Geht schon", antwortete Beate und schob sich an ihr vorbei.

Die alte Frau murmelte etwas vor sich hin, das nach Schande und schlimmen Zeiten klang. Die Gasse öffnete sich auf einen großen Platz, und vor Beate ragte das Konstanzer Münster auf. Sie schaute zu dem zentralen, spitzen Turm, der in den Himmel stach. Konnte es sein, dass dieses Gebäude sie mit Verachtung anschaute? Wie sollte sie es mit diesem massigen Ungeheuer aufnehmen? Es stand hier seit Jahrhunderten, wollte eigentlich in sich zusammenfallen, verfallen, wurde aber von Leuten wie Max und Anton Sauter immer wieder aufgerichtet. Sollte sie sich diesem Monster unterwerfen, würde sie dann glücklich werden? Aber welche Alternative gab es schon für sie?

Erika hatte sich sorgfältig geschminkt, die Augenbrauen waren gezupft und sorgfältig nachgezogen, die Lidschatten hell, der Lippenstift in einem dunklen Rot, nicht zu knallig, ein Hauch von dem schweren Parfüm umgab sie. Sie wollte gepflegt und seriös wirken, sie war beim Friseur gewesen, der ihren Haaren mit etwas Farbe ein gleichmäßigeres Aussehen gegeben hatte, ein dunkles Blond, das die weißen Haare übertönte. Das dunkelblaue Kleid mit der Brosche wirkte altmodisch, aber das war nicht so wichtig, denn Camille würde sie darin sicher gleich erkennen. Es passte nicht mehr so gut, spannte; sie war dicker geworden, aber sie mochte das Kleid noch immer, es hatte sie über all die Jahre begleitet, wie eine Freundin; und sie war gut zu diesem Kleid gewesen, hatte es gepflegt, selbst gewaschen, gebügelt, der Stoff war etwas dünner geworden, drohte an den Nähten zu reißen, aber noch hielt es. Erika hatte auch auf ihre Unterwäsche geachtet, der BH musste zur Unterhose passen, dann fühlte sie sich gut angezogen. Sie hatte nicht vor, mit Camille gleich ins Bett zu gehen, wie sie es früher manchmal mit Männern gemacht hatte. Aber das Innere musste zum Äußeren passen, das galt für die Kleidung und auch für die Haltung.

Die Tische im Kaffeehaus am Schottenplatz waren winzig, vermutlich hielt man das für vornehm. Erika fand es einfach nur idiotisch, da war ja nicht mal genügend Platz für zwei Tassen Kaffee, zwei Kännchen und zwei Teller Kuchen, wobei sie nicht vorhatte, Kuchen zu essen, schon aus Achtung vor ihrem Kleid. Aber warum sollte sie sich Gedanken über die Kaffeehausmöblierung machen? Sie ging hier nur hin, wenn sie jemanden traf, dem sie imponieren wollte.

Die Witwen, die geerbt hatten, saßen hier herum, oder Männer, vermutlich einstige Befehlshaber, die Invaliden waren. Alles Fassade. Theresa passte es nicht, dass Erika sich mit Camille verabredet hatte, schon gar nicht im „Café am Schottenplatz“, wo die Tasse zwanzig Pfennig teurer war als in anderen Cafés. Theresa hielt Camille für einen Halunken, einen Hallodri, der Erika bestimmt nur ausnutzen wollte. Es empörte Theresa, dass er damals einen exklusiven Handel mit teurem französischen Wein mit den Nazis aufgezogen hatte, aber sich selbst als Antifaschisten bezeichnete, der heimlich für die Resistance arbeiten würde. Erika hielt Camille für mutig und schlau, Theresa ihn für feige und hinterhältig. Theresa wusste, dass Erika in Camille verliebt gewesen war, ziemlich heftig sogar. Theresa hatte kein Problem damit, wenn Erika mit Männern zusammen war, die ihnen beiden nutzten, aber wenn Erika Gefühle entwickelte, dann machte Theresa Erikas Liebhaber schlecht, wurde zickig. Als ob sie miteinander verheiratet wären.

Vielleicht waren sie das auch, sie kamen nicht mehr voneinander los, klebten regelrecht aneinander. Erika war auf Theresa angewiesen, denn sie hielt ihre Welt aufrecht. Erika verdiente zwar auch etwas Geld als Verkäuferin im Schreibwarenladen im Erdgeschoss, aber die alte Frau Neidhard, die den Laden betrieb, konnte Erika eigentlich nicht leiden. Vermutlich mochte sie es nicht, wenn Erika manchmal ein wenig sang, wenn sie allein waren, weil Singen viel zu fröhlich war und die Witwe Neidhard daran erinnerte, dass es noch etwas anderes gab, als von morgens bis abends verbittert über den Zustand der Welt zu schimpfen.

Das meiste Geld brachte schon immer Theresa mit nach Hause; so war es schon in Berlin gewesen und auch jetzt, wo Theresa drüben in Kreuzlingen in einer Gärtnerei arbeitete, ihre Hände in die schwarze Erde steckte, mit dem Spaten Löcher für Setzlinge aushob, Äste schnitt, Blumen einwickelte oder mit einem schweren Schlauch Wasser verteilte. Seit dem Ende des Kriegs waren ziemlich genau zwanzig Jahre vergangen; seit dieser Zeit lebten die Schwestern wieder in Konstanz. Von einer dreijährigen Episode abgesehen, als Erika es mit einer Ehe versucht, eine Tochter bekommen hatte und wieder geschieden wurde.

Wolfgang Knöpfli, ein Bootsbauer aus Romanshorn am anderen Ufer in der Schweiz, erwies sich als Trinker und Frauenheld. Aber er liebte Erikas Tochter Anna wirklich und sie ihren Vater mehr als Erika, die Mutter. Erika wusste nicht, was sie falsch gemacht hatte. Vielleicht hatte sie auch gar nichts falsch gemacht, wer konnte das schon sagen. Kinder verteilten ihre Liebe ziemlich eigenmächtig. Sie sah Anna jetzt öfter als früher, sie war inzwischen sechzehn, groß und schlank, lange Beine, braune, dichte Haare, wache dunkle Augen, handwerklich geschickt, ganz wie der Vater es war. Wolfgang hatte wieder geheiratet, natürlich eine

Schweizerin, erdverbunden und mit Geld. Anna war bei den beiden in guten Händen, aber es tat Erika weh, dass sie es nicht besser hingekriegt hatte mit einer eigenen Familie.

Theresa war nach Erikas Scheidung aus Berlin zurückgekommen, wo sie ein paar Jahre Trümmerfrau gewesen war, eine Zeit in ihrem Leben, über die sie nur selten sprach. Sie nahmen sich zusammen die kleine Wohnung in Konstanz. Erika wollte es noch einmal mit ihrer Schwester versuchen, obwohl sie wusste, dass ihr dies viel abverlangte. Schon seit Längerem machten Erika die räumliche Enge und die Abhängigkeit von Theresa zu schaffen. Vielleicht tat sich für sie ja doch noch einmal die Tür in ein anderes Leben auf?

Camille trug einen dunkelbraunen Anzug mit weißen Streifen, ganz wie ein Mafioso. Er sah gut aus, kaum noch Haare, aber noch immer dieses gewinnende Lächeln. Auch er war rund geworden, was ihm aber gut stand. Sie küssten sich rechts und links, wie es die Franzosen machten, eigentlich eine schöne Art sich zu begrüßen, fand Erika, weil man sofort den Geruch des anderen aufnehmen konnte und wusste, mit wem man es zu tun hatte. So lange hatten sie sich nicht gesehen, über zwanzig Jahre.

„Du siehst gut aus“, sagte Camille als Erstes.

„Du auch“, antwortete sie.

Sie spürte, dass es etwas mit ihnen werden könnte, was genau, wusste sie noch nicht. Die Jahre hatten ihm gutgetan, sein zusätzliches Gewicht ließ ihn zuverlässiger erscheinen, anders als damals, als sie ständig darauf gefasst war, dass er gleich wieder weg musste.

„Du hast dich fast gar nicht verändert“, sagte Camille.

„Lügner“, sagte sie charmant und lächelte ihn an.

„Eine lange Zeit.“

„Was machst du in Konstanz?“

„Gerard, mein Bruder, ist hier Kommandant in einer der Kasernen. Ich dachte, das ist eine gute Gelegenheit, auch dich wieder einmal zu sehen.“

„Schön."

„Hast du Familie?"

„Nur meine zwei Schwestern. Annegret hat drei Kinder."

„Und du?"

„Eine Tochter, sie ist sechzehn."

„Bestimmt so schön wie ihre Mutter."

„Alter Schmeichler."

„Dann bist du verheiratet?", wollte Camille wissen.

„Nicht mehr, Anna lebt bei ihrem Vater in der Schweiz. Aber du hast eine Frau?"

„Ich habe zwanzig Jahre gewartet, bis du wieder frei sein würdest."

„Hör auf mit dem Scheiß, Camille, sonst geh ich wieder."

„Entschuldige. Bon. Also bei mir war es mal so, mal so. Ich war auch einmal verheiratet, aber wir haben uns wieder getrennt. Es hat nicht gepasst."

So redeten sie noch ein wenig hin und her, erzählten sich kleine, meist unwichtige Dinge aus ihrem Leben, denn das Wichtigste war bereits gesagt, dass sie beide keine Partner hatten und das Lebensglück sich noch einmal wenden könnte. Schließlich brachte Camille das Gespräch auf das Weingut, von dem er ihr ein Bild geschickt hatte. Er hatte dort viele Jahre gearbeitet und kannte sich inzwischen aus im Anbau von Wein. Sie machten guten Wein dort, wirklich guten, berichtete er, allerdings nicht so viel und nicht gut genug, um davon reich zu werden. Leider war der Besitzer ohne Nachkommen gestorben. Er hatte Camille das Weingut vermacht, allerdings unter einer Bedingung. Der verstorbene Besitzer wollte, dass das Gutshaus renoviert wird und die Weinpresse und die Abfüllanlage erneuert werden. Er wollte sicher sein, dass Camille das Gut nicht herunterwirtschaftete, sondern erhalten würde. So hatte Camille zwar ein Weingut geerbt, aber er brauchte etwa hunderttausend Mark, damit er es behalten konnte. Außerdem würde viel Arbeit auf ihn und all die Menschen, die auf dem Gut leben würden, zukommen. Hier machte er eine kleine Pause und überlegte, wie er formulieren sollte, was ihm wichtig war. Er sagte, dass dies auch ein Thema sei, über das er gerne mit Erika reden würde. Denn er hatte wirklich all die Jahre immer an sie gedacht, sie sei noch immer in seinem Herzen, sagte er ihr. Erika lachte, ging leicht über dieses Geständnis hinweg, doch es berührte sie, aber das sollte er nicht sehen.

„Du brauchst jemanden für die Arbeit, da bin ich die Falsche, das weißt du doch. Wer wirklich hart arbeiten kann, ist meine Schwester", sagte sie.

„Ich brauche niemanden zum Arbeiten, dafür gibt es Leute; ich möchte, dass du bei mir bist, dann kann ich das mit dem Weingut schaffen. Deine Schwester brauche ich schon gar nicht. Sie hat mich gehasst, weil ich dich geliebt habe."

„Ach, gehasst?", antwortete Erika, „es war Krieg damals, da haben alle gehasst?"

„Ich nicht", bekannte Camille, „ich nicht, nur die Deutschen bei uns in Frankreich, die habe ich gehasst."

„Camille", sagte Erika, „ich hab kein Geld, schon gar keine hunderttausend."

„Ja, schon klar", deswegen treffe ich Gerard, „vielleicht kann er mir weiterhelfen als Bürge bei einer Bank. Alles ganz seriös."

Erika schaute ihn an. Sie wusste, dass bestimmt nur die Hälfte von dem stimmte, was Camille ihr erzählte, aber das war schon viel. Sie legte ihre Hand auf den Tisch, schob sie zu ihm hin. Der Tisch war kalt, sie spürte den Stein unter ihrer Hand.

„Da gibt es etwas, wobei du mir helfen könntest; vielleicht bringt die Sache dir auch etwas ein und du brauchst deinen Kommandanten nicht mehr", flüsterte Erika.

„Aber das sollten wir nicht hier besprechen", Camille grinste breit.

Er legte ebenfalls seine Hand zwischen die Tassen, auf den Tisch. Seine Finger verhakten sich in ihre Hand.

„Ich wusste, dass ich hierherkommen muss“, sagte Camille.

Dann löste er seine Hand aus ihrer. Er stand etwas ungeschickt von seinem Stuhl auf, trat um den kleinen Tisch herum, so dass das feine Geschirr wackelte. Erika hielt ihre Tasse fest, da war Camille schon neben ihr und küsste sie auf die Wange.

„Sehr gerne, liebe Erika“, sagte er auf Französisch, was sie gut verstand, denn er hatte ihr vor langer Zeit ein paar Sätze in seiner Sprache beigebracht. Sie verabredeten sich für ihr nächstes Treffen in seinem Hotelzimmer.

Die Eingangstür zum Pfarrhaus erschien Beate recht schmal. Sie war noch nie in einem Haus gewesen, in dem ein Pfarrer wohnte. Musste man eigentlich Pastor oder Pfarrer sagen, wie nannten sie sich bei den Katholiken? Beate hatte keinen Termin gemacht, war einfach nach Feierabend vorbeigekommen. Ob man sie wieder wegschicken würde? Ihr Finger drückte den Klingelknopf, und es ertönte ein tiefes Ding-Dong. Lange geschah nichts, sie hörte, wie ein Mann mehrmals rief, doch es folgte nichts darauf. Sie hatte sich schon darauf eingestellt, wieder zu gehen, als sie Schritte hörte und plötzlich die Tür aufgerissen wurde. Der Mann hatte ein helles Hemd an, ziemlich zerknittert, dazu eine dunkle Hose; seine Füße steckten in karierten Hausschuhen aus Wollfilz. Er schaute sie misstrauisch an, vielleicht auch verärgert, weil er selbst an die Tür gehen musste. Doch dann verengten sich seine Augen etwas, er betrachtete sie genauer, schaute auf ihre Beine, streifte ihre Brüste, dann ging der Blick nach oben in ihre grauen Augen. Sein Gesicht hellte sich auf, und er streckte ihr eine Hand entgegen.

Pfarrer Sernatinger.

Beate schaute auf ihre eigene Hand, die sich langsam seiner entgegenstreckte und ihn begrüßte. Sein Händedruck war leicht, seine Hand weich und kalt.

„Meine…“, sagte er, machte eine Geste ins Haus, „sie ist

vermutlich einkaufen. Und ich war gerade... Kommen Sie rein... Sie wollten doch...?“

Sernatinger war Anfang fünfzig, recht groß und sehr dünn, dunkle Haare mit einigen grauen Streifen. Er trat zur Seite und hielt die Tür auf, um Beate in das Pfarrhaus zu lassen. Beate ging an ihm vorbei, roch seinen Schweiß, vermischt mit Kaffee- und Modergeruch, wie sie das aus den alten Häusern in der Altstadt kannte. So roch es auch bei ihren Tanten, wenn sie gerade mal nicht rauchten. Der Pfarrer zeigte geradeaus zu einer offen stehenden Tür. Der Raum wirkte gedrungen; vielleicht, weil überall an den Wänden Regale und Schränke standen. Auf einem Schreibtisch lagen ein paar aufgeschlagene Bücher, Zettel, einige Stifte. Ein mächtiges Kreuz mit der geschundenen Jesusfigur, die den Kopf neigte und trotz aufgerissener Flanke gütig auf den Schreibtisch schaute, beherrschte den Raum. Er zeigte auf einen leeren Stuhl, über dem ein dunkles Jackett hing, das er wegnahm, sich überzog und seine Hemdzipfel in die Hose nestelte. Sernatinger rückte den Stuhl zurecht, schob einen anderen Stuhl dazu, wartete, bis sie sich gesetzt hatte, und nahm dann ebenfalls Platz. Beate stellte sich vor als Beate Adler, die gerne katholisch werden, also konvertieren möchte, denn noch sei sie evangelisch, aber das wolle sie ändern, denn ihr zukünftiger Mann sei katholisch, und sie würde es eben auch gerne werden, damit sie heiraten könnten. Ob er ihr sagen konnte, was sie dazu machen müsste? Der Pfarrer hörte aufmerksam zu, lächelte leicht, nickte vor sich hin, rieb sich mit den Händen über die Oberschenkel. Außerdem habe sie einen dreijährigen Sohn mit dem Mann, den sie gerne heiraten würde. Nach dieser zusätzlichen Information hörte der Mann auf mit den Händen zu reiben, stand auf, drehte sich um, ging zum Schreibtisch, schob einige Zettel zur Seite und nahm ein Buch in die Hand. Er setzte sich wieder, legte sich das Buch auf die Beine, klopfte darauf. „Die Bibel“ stand auf dem Buch.

„Die Ehe“, sagte er, „ist ein heiliges Sakrament. Die heilige katholische Kirche ist nicht einfach ein, ein...", er suchte nach den richtigen Worten, wedelte mit der Hand über dem Buch, fand die Wörter und sagte, „nicht irgendein Verein, dem man beitreten und aus dem man wieder austreten kann, wie es einem passt, wie in einem Fasnachtsverein." Nicht mit seiner Kirche, der katholischen Kirche. Es sei ein langer Weg zu einem gläubigen Menschen, es bedürfe Prüfungen und eines tiefen Verständnisses.

„Ist denn das Kind getauft?", fragte er, jetzt schon ziemlich streng.

„Nein", gestand Beate, „weil wir ursprünglich..." Sie sprach nicht weiter, denn der Blick des Pfarrers bohrte sich schneidend in sie; sie wusste auf einmal gar nicht mehr, was sie hier überhaupt machte, warum sie gekommen war. Was ging es diesen Pfarrer überhaupt an, an was sie glaubte, ob ihr Sohn getauft war oder nicht? Dachten die Katholiken, dass sie so etwas Besonderes waren, mit ihrem Papst, ihren Bischöfen und ihren riesigen Kirchen, an denen man hunderte Jahre herumbauen musste und die immer noch nicht fertig waren? Beate lehnte sich zurück.

„Also wollen Sie mich nicht, weil ich ein uneheliches Kind habe, darf ich deswegen nicht Katholikin werden?", fragte sie. Da lächelte der Mann auf einmal, beugte sich zu ihr vor und legte eine seiner kalten Hände auf ihr Bein. Sie erstarrte, schaute auf die Hand des Pfarrers, die jetzt ihr Bein tätschelte, um so etwas wie Unbekümmertheit in die Berührung zu bringen.

Sernatinger atmete tief ein.

„Nein, nein", brachte er hervor, „aber es ist nicht so einfach, wie Sie sich das vielleicht gedacht haben, mein Kind. Sie müssen den Kurs besuchen. Vielleicht auch noch Einzelunterricht. Erst wenn ich wirklich überzeugt bin, dass Sie zu uns gehören, werde ich Sie dem Bischof vorschlagen."

„Dem Bischof, welchem Bischof?"

„Der Bischof entscheidet, wer in den heiligen Schoß der Kirche aufgenommen wird, auf Empfehlung eines Geistlichen, also von mir. Selbstverständlich muss auch Ihr Sohn, das, äh, Niemandskind, getauft werden."

„Was für ein Kurs?", fragte Beate nach.

„Der Konvertiten-Kurs für Ausländer, die Deutsche heiraten wollen, für Strafgefangene, die ein neues Leben beginnen möchten, Leute aus der DDR und nun ja, solche wie Sie, Frau Adler, die in der falschen Kirche zur Welt gekommen sind. Es ist ja nicht Ihre Schuld", setzte er begütigend nach.

Seltsam, dachte Beate, warum benutzte er das Wort Schuld im Zusammenhang mit Geburt, ihrer Geburt. „Wer ist denn der Glückliche, den Sie heiraten wollen?", fragte der Herr Pfarrer.

„Anton Sauter."

„Oh! Sie sind das also, ich habe schon gehört, dass Sie... der Vater, Herr Sauter, unser Baumeister hat schon... Er hat mit mir... Aha. So ist das also. Nun. Herr Sauter ist ein sehr gläubiger Mensch, mit hohen Ansprüchen, hohen moralischen Ansprüchen an sich, seinen Sohn, an dessen... Da werden wir also..."

Beate schaute zu, wie Sernatinger sich auf seinem Stuhl wand und nach Satzenden suchte. Er drehte seine Bibel in den Händen, als ob er sie auswringen wollte wie ein Handtuch, das zu viel Wasser aufgesogen hatte.

„Anton und ich lieben uns, wir haben ein gemeinsames Kind, und wir wollen endlich heiraten, wir bauen bereits eine Wohnung aus", hielt sie ihm klar entgegen.

„Wie gesagt, die Ehe ist ein heiliges Sakrament, eines der heiligsten Sakramente überhaupt. Kommen Sie am Donnerstag um achtzehn Uhr wieder zu unserer kleinen Gruppe von Anwärtern."

Beate stand auf, ihr Kleid klebte an den Beinen, sie streifte es glatt. Auch der Pfarrer stand auf, lächelte, starrte, ging zur Tür. Aus dem dunklen Flur kam ihnen eine gedrungene Frau entgegen, die in beiden Händen Einkaufsbeutel hielt. Die Frau musterte sie kurz, nickte nur, schnaubte, lachte unvermittelt auf, ging weiter und murmelte etwas vor sich hin. Der Pfarrer begleitete Beate hinaus. Als sie wieder vor dem Pfarrhaus stand, musste sie tief einatmen, um die frische Luft gegen den Moder in ihrer Lunge auszutauschen, den sie aufgenommen hatte, als sie neben diesem Mann saß. Sie spürte noch seine Hand auf ihrem Bein, wie ein Klopfen fühlte es sich an, wie das Tätscheln mit einer Eisenstange.

Edgar Müller wohnte auf der anderen Seite des Rheins, in Petershausen. Dorthin kam man nur, wenn man über die Rheinbrücke fuhr oder das kleine Bötchen am Pulverturm nahm. Theresa fuhr alle Strecken in Konstanz und Kreuzlingen mit ihrem schwarzen Fahrrad. Über die Speichen des Hinterrads waren Gummischnüre gespannt, die den Rock davon abhielten, in die Speichen zu gelangen, doch Theresa trug selten Röcke, meistens hatte sie Hosen an. Die Adresse vom Nazi-Müller hatte ihr eine alte Schulkameradin herausgesucht, die bei den Stadtwerken arbeitete. „Was willst du denn von dem alten Stinkstiefel?“, hatte die Freundin sie gefragt. „Es gibt da ein paar Fragen“, noch von früher. Die Freundin hatte nur gelacht, ihr aber die Adresse gegeben. Theresa radelte am neuen Stadtbad vorbei, weiter die Straße hinunter, bald kam die Degussa-Fabrik, aus der es immer rauchte und scharf nach Gasen roch.

Die Degussa war eine der größten Edelmetallscheidefabriken in Deutschland. Während der NS-Zeit wurden hier Gold und Silber, das man den Juden geraubt hatte, in Barren geschmolzen. Auch Zahngold aus den Konzentrationslagern landete hier und wurde weiterverarbeitet. Die Degussa produzierte Mengen von Schädlingsbekämpfungsmitteln wie Zyklon B, das in den Konzentrationslagern zum Einsatz kam, um Juden zu ermorden. Die Konstanzer kannten die Geschichte dieses Werks, weil viele hier gearbeitet hatten, noch immer hier arbeiteten, aber niemand sprach öffentlich darüber, weil das eben so gewesen war, im Krieg.

Konstanzer wollten vor allem ihre Ruhe haben, ihren See genießen, Fische fangen, Gemüse anbauen und sich auf die nächste Saison der Fasnacht vorbereiten. Da gab es immer viel zu tun, man musste Kostüme schneidern, Masken schnitzen, mit Musikkapellen proben und lustige Reden halten. Theresa kannte ihre Leute und wusste, wie verlogen sie waren, wenn sie einen unschuldig anlächelten, sobald man sie auf die Nazizeit ansprach, wo eben jeder seine Pflicht getan hatte und froh war, dass auf die Stadt keine Bomben fielen. Es lohnte sich also, sich anzupassen, seinen Mund, der im Dialekt Maul hieß, zu halten.

Theresa, die lange in Berlin gelebt und dort in der Charité gearbeitet hatte, wusste, wohin das Duckmäusertum der Deutschen geführt hatte. Zu Krieg, zu vielen Leichen, zu Bomben, zu Zerstörung und Schutt, für dessen Beseitigung Frauen wie sie geschuftet hatten. Sie war nach dem Krieg wieder nach Berlin gegangen, als Erika sich kurzfristig in die Schweiz abgesetzt hatte. Noch immer hatte sie den süßlichen Geruch in der Nase, den manche Häuser verströmten, weil unter dem Schutt die Toten verrotteten. Die Arbeit war hart gewesen, die Bezahlung mager, siebzig Pfennige pro Stunde, aber als registrierte Schwerstarbeiterin erhielt man vierhundert Gramm Fett im Monat, hundert Gramm Fleisch und ein halbes Kilo Brot am Tag. Doch das Schönste waren die Erinnerungen an die Frauen, die sich jeden Morgen an den Entrümpelungsstellen trafen, um ihren Einsatz zu erfahren, der ebenfalls von Frauen organisiert wurde. Sie tauschten sich über die Lage auf dem Schwarzmarkt aus, wo es Gemüse gab, wie teuer die Butter war und vor allem, wo amerikanische Zigaretten zu bekommen waren, was man dafür tun oder tauschen musste. Es war eine Zeit, in der die Frauen den Ton angaben, denn sie organisierten das Leben. Einige Frauen, die mit Nazis verheiratet und auf einmal allein waren, wurden zwangsverpflichtet, sie mussten unentgeltlich arbeiten. Die dachten immer noch, dass der Faschismus, den sie und ihre Männer errichtet hatten, das bessere System sei, nur eben falsch ausgeführt; besser jedenfalls, als von Negern, wie sie sagten, beherrscht zu werden oder, noch schlimmer, von Russen, die die deutschen Frauen vergewaltigten. Diesen Nazibräuten gaben sie die schwersten Arbeiten, sie mussten die vergammelten Leichen aus den Trümmern ziehen, die manchmal einstürzten und die Frauen unter sich begruben. Aber sie weinten ihnen keine Tränen nach, denn viele dieser Frauen begriffen noch immer nicht, dass sie selbst diesen ganzen Wahnsinn verursacht hatten.

Theresa hatte sich mit zwei, drei Frauen befreundet, mit Hanna Konopcke, die zu ihrer engsten Freundin wurde, mit Lisa Erhardt und mit Anneliese Isen. An Hanna dachte sie als Erstes, wenn sie sich an Berlin zurück erinnerte, aber auch an Lisa, deren Mann aus dem Krieg zurückgekommen war und nicht verstand, warum seine Frau den ganzen Tag weg war; dass sie schuftete, um sich für ihre Familie ein neues Leben aufzubauen. Er war wahnsinnig eifersüchtig und glaubte, dass sie mit den Amerikanern schlief, um Zigaretten und Nylons zu bekommen, verhörte sie jeden Abend, wollte genau wissen, wo sie arbeiteten und tauchte auch manchmal auf, um zu kontrollieren, was sie machten. All diese Gespräche mit den Frauen vermisste Theresa, dieses Gefühl, dass sie es waren, die das Land wieder aufbauten, nachdem die Männer es kaputt gemacht hatten; sie, die Frauen, die eigentlich jetzt das Sagen haben sollten in Deutschland. Wie kam es, dass nur einige Jahre später schon wieder alles war wie vorher, die Männer herrschten und die Frauen die alten Rollen innehatten und die Klappe hielten? Die Konstanzer dachten über solche Fragen nicht nach; zumindest kannte Theresa niemanden, der sich über die seltsamen Kapriolen der Zeitgeschichte Gedanken machte. Hier lebten sie auf einer Insel der Seligen, am schönen, netten See, auf dem die Boote schipperten, man sich zuwinkte und abends sein Viertele trank. Auf Konstanz lag ein Nebel von heiterer Gelassenheit wie ein betörendes Gas, das nur in ganz seltenen Augenblicken der Geschichte weggeblasen wurde.

Der große dreieckige Mietblock, begrenzt durch die Alemannen- und die Markgrafenstraße, in dem Edgar Müller wohnte, war ab 1939 gebaut worden; hier lebten die Arbeiter der Degussa und Parteileute, Menschen wie Müller. Der Innenhof war groß und offen, hier standen Schuppen, in denen die Mieter ihre Autos und Motorräder unterbringen konnten, kleine Gärten waren angelegt, Bänke standen neben Teppichstangen, an denen Kinder herumturnten. Theresa hatte nicht vor, gleich zu Müllers Wohnung zu gehen und zu fragen, ob er ihren Bruder Theo ins KZ geschickt hatte, vernichtet durch Zyklon B aus der Fabrik gleich nebenan. Sie mussten etwas Konkretes in die Hand bekommen, womit Sauters Verrat belegt werden konnte. Sauter durfte sich nicht herausreden, so wie alle Braunen das heutzutage machten. „Ich hab' niemandem etwas gesagt, ich weiß von nichts, ich war nicht dabei, ich musste in die Partei eintreten, weil ich doch am Münster gearbeitet habe, in Konstanz war es friedlich, hier war keiner Nazi."

Theresa kannte das zur Genüge, dieses Gerede, es war ein Grundton in dieser Stadt, ein Summen, das man hören konnte, wenn man in den Weinstuben saß. Sie schob ihr Fahrrad in den großen Hof, sah sich um, blickte an den Balkonen entlang, die nach hinten gingen. An den Wäscheleinen hingen Handtücher, kurze Hosen, ein paar Röcke, keine Unterwäsche, das wäre zu intim gewesen. Sie ging an den kleinen Gärten vorbei, die sich die Mieter angelegt hatten. Hier wuchsen ein paar Blumen, Salatköpfe, Beerensträucher, die aber noch keine Früchte trugen. Ein paar Türen zu den Schuppen standen auf, Männer hatten ihre Motorräder oder kleinen Autos herausgeschoben, putzten und schraubten daran herum. Offenbar ging es den Leuten hier gut. Theresa konnte einige neue Automodelle erkennen. Die Männer waren stolz auf den neuen VW, den ersten Opel, der vor jeder Ausfahrt mit einem Tuch sauber gemacht wurde. Edgar Müller hatte kein neues Auto, er bastelte an seinem alten BMW-Motorrad herum, auf dem er vermutlich schon als Gestapoboss von Konstanz gesessen hatte. Theresa erkannte ihn sofort, als sie ihr Fahrrad über den schmalen geteerten Weg schob, der als Fahrbahn zu den Schuppen diente. Sollte sie näher herangehen und Müller ansprechen? Aber was könnte sie ihm sagen? Sie blieb stehen und schaute ihm zu. Er wirkte irgendwie krumm, dicklich, ein Mann, der vermutlich erst in den letzten Jahren aus dem Leim gegangen war. So aufgedunsen hatte sie die Nazigrößen nicht in Erinnerung. Meist waren es stramme Burschen mit kurz geschorenen Haaren, oft groß und muskulös. Müller hatte einmal gut ausgesehen, wenn er Uniform trug; jetzt war er ein armseliges Würstchen mit wenigen Haaren auf dem Kopf, der an seinem alten Motorrad hing, auf dem er einmal stattlich die Stadt überwacht hatte. Aber es gab nichts zu bedauern, nicht bei solchen alten Nazis, die nie wirklich zur Rechenschaft gezogen worden waren. Vermutlich wurde er entnazifiziert, weil er einfach ein Konstanzer war.

Damals, als ihr geliebter Bruder Theo abgeholt worden war, ging Theresa zur Polizei. Dort wusste man nicht viel, man blätterte in Büchern mit großformatigen Seiten, auf denen Namen aufgelistet waren, aber die Polizisten zuckten die Schultern, sie wussten nichts, „vermutlich weiß das die Gestapo“, sagten sie ihr. „War er denn ein Jud’, dein Bruder?“, fragten sie. Nein, war er nicht, er war ganz einfach ihr Bruder, der im Lebensmittelgeschäft seiner Eltern arbeitete und gerne auf dem See unterwegs war, um zu fischen. Keiner in ihrer Familie mochte die Nazis, weil sie nur aufgeblasene Wichtigtuer waren. Die Familie Adler wählte rot, die Sozialdemokraten, von denen es auch ein, zwei gab in Konstanz, einfach, weil die netter waren und intelligenter wirkten im finsteren, schwarz-braunen Konstanz. Warum sie gegen die Braunen waren, darüber sprachen sie eigentlich nie. Theo war derjenige, an denen die drei Schwestern sich orientierten; der lustige, der kluge und schöne Theo mit der hohen, fliehenden Stirn und den gewellten Haaren, dem die Mädchen hinterherliefen, weil er so charmant war, so höflich, so heiter. Er machte die besten Scherze, und Nazis eigneten sich einfach wunderbar für Spott, vor allem ihr Anführer, der Österreicher, der dann ganz Deutschland ins Verderben führte. Wie konnten Leute, die auf der deutschen Seite des Bodensees lebten, nur so einem Irren aus einem Land von der anderen Seite des Bodensees hinterherlaufen? Wäre Hitler ein Schweizer gewesen, dann hätten doch alle nur gelacht. Was war so besonders an diesem Österreicher, der sich als Deutscher ausgab?

Theresa war damals in das Gestapohauptquartier gegangen und hatte an alle möglichen Türen geklopft, hinter denen eingebildete Sekretärinnen saßen, Frauen, die sie kannte. Wenn man hier groß wurde, erkannte man am Dialekt, aus welchem Stadtteil oder aus welchem Dorf in der Umgebung jemand kam. Dann sagte man „Hallo, bist du nicht die Gretel aus Wollmatingen?", und schon herrschte ein Gefühl von Vertrautheit und Wärme. Theresa hatte es geschafft, bis zum Obersturmbannführer oder Gauleiter oder wie auch immer er sich nannte, vorzudringen, und dann hatte er vor ihr gestanden, der Müller mit seinen zwei SS-Zeichen an der Uniform. Er bestätigte ihr, dass Theo Gothe einem strengen Verhör unterzogen worden war, dass er gestanden hatte, sich abfällig über den Führer geäußert zu haben, und als politischer Gefangener in ein Lager verbracht worden war. Man beschuldigte Theo, ein Kommunist zu sein, der Juden über den See in die Schweiz gebracht hatte. Die erschreckte Theresa hatte versucht, Müller zu erklären, dass ihr Bruder Theo nur dumme Witze gerissen habe, er keinem Juden zur Flucht verholfen hatte, dass er keinesfalls Kommunist sei. In Konstanz gäbe es ihres Wissens nach doch keinen einzigen Kommunisten, nur Leute, die manchmal etwas zu viel Wein tranken und dann dummes Zeug redeten, so wie ihr Bruder Theo. Nur weil man in der Weinstube Unsinn von sich gibt, ist man doch nicht gleich ein Kommunist. Der Herr Obersturmbannführer würde sicher auch gerne mal ein Viertele trinken.

Da hatte Müller sie mit Verachtung angesehen und erklärt, dass es jetzt genau diesen Spöttern an den Kragen gehen würde, die sich im Suff über Deutschland und seinen Führer lustig machen würden. Jetzt werde aufgeräumt.

Aber war denn der Herr Müller selbst dabei, als Theo so schlecht vom Führer gesprochen hat? Nein? Wer hat das denn erzählt? Sie glaubten einfach einem anderen Besoffenen aus der Weinstube. Das konnte doch nicht sein! Es musste doch ein Gerichtsverfahren geben! Wer war es, der Theo angeschwärzt hatte? Diese Frage war noch immer nicht beantwortet, auch nicht nach zwanzig Jahren. Alle drei Schwestern hatten damals Nachforschungen angestellt, hatten Freunde befragt, Männer, die an jenem Abend dabei gewesen waren, als Theo abgeholt wurde. Es fiel immer wieder der Name von Max Sauter; er hatte nicht in den Krieg gehen müssen, sondern durfte weiter Steine klopfen und so Baumeister am Münster werden. Grabsteine hauen war offenbar eine kriegsentscheidende Tätigkeit. Es konnte aber auch sein, dass Sauter zu Unrecht als Denunziant angeschwärzt wurde, möglicherweise hatte er viele Feinde, zum Beispiel andere Steinmetze, die auch Baumeister am Münster werden wollten. Nachweisen ließ sich ihm nie irgendwas.

Müller schaute zu Theresa herüber, als ob er ihre Gedanken, ihre Erinnerungen lesen könnte. Sie stand neben ihrem Fahrrad und schaute ihn an, bewegte sich aber nicht. So sah also ein Mann aus, der vor über zwanzig Jahren große Macht über Leben und Tod gehabt hatte, so armselig. Er fixierte sie, vermutlich war es nicht das erste Mal, dass ihn jemand als den Gestapo-Müller erkannte, sehr wahrscheinlich wussten alle Nachbarn hier Bescheid, hatten sich mit ihm abgefunden, solange er einfach nur ruhig vor sich hinlebte und nicht weiter störte. In seinen Augen blitzte etwas

Wütendes auf, ein gewisser Trotz, die Genugtuung, einmal mächtiger und brutaler als andere gewesen zu sein.

Theresa ging es nicht um die großen politischen Fragen. Wenn Beate nicht so blöd gewesen und sich ein Kind vom jungen Sauter hätte machen lassen, wäre das alles nie wieder hochgekommen. Aber jetzt war sie eben hoch gekommen, die ganze Sauerei von damals. Theresa überlegte, wie sie an diesen Typen rankommen, wie sie ihn klein kriegen, ihn zwingen könnten, zu reden und seine Geheimnisse preiszugeben. Müller schaute sie nun offen an, als ob er sie erkannt hätte als die Schwester, die ihren Bruder suchte. Aber das konnte nicht sein, denn der Krieg hatte sie sehr verändert und wenn schon, sollte er doch herkommen. Müller stemmte die Hände in seine dicklichen Hüften, reckte das Kinn hoch. Theresa blieb ganz ruhig, war gespannt, ob er wirklich auf sie zukommen würde. Aber Müller nahm keinen Kampf mehr auf. Er drehte sich zu seiner alten BMW-Maschine, nahm eine Zündkerze in die Hand und schmirgelte daran herum. Theresa schob ihr Fahrrad weiter über den Hof und staunte über die Idylle, das friedliche Nebeneinander der Bewohner. Das war doch alles gut, so wie es hier war. Warum musste sie nur immer wieder so böse über die Konstanzer denken, schließlich gehörte sie doch auch dazu, oder nicht? Sie spürte, dass etwas anders geworden war. In ihr, in Erika und in Annegret hatte sich ein Schalter umgelegt. Sie würden nicht einfach weitermachen, so wie bisher. Die abgesagte Hochzeit hatte ein verschlossenes Kapitel ihrer Vergangenheit geöffnet. Ereignisse, die bis heute nachwirkten und noch immer ihr Leben bestimmten. Bevor sie den großen Hof der drei Mietshäuser wieder verließ, wusste Theresa, dass sie noch einmal zurückkommen würde, vermutlich in der Nacht.

Die schmale Straße auf der anderen Seite des Obermarktes, die Hussenstraße, war gesäumt von kleineren und größeren Geschäften. Brunos kleine Hand wurde von seiner Oma Annegret gut festgehalten, denn auf der engen Straße schoben sich Fahrräder und Autos dicht aneinander vorbei. Sie blieben vor dem Schaufenster von Elektro-Schwarz stehen, in dem die neuesten Fernsehgeräte ausgestellt waren. Eines der Fernsehgeräte war in Betrieb und zeigte einen schwarz-weißen Zeichentrickfilm. Nicht nur Bruno war fasziniert, auch Annegret musste über eine dumme Katze schmunzeln, die einer Maus hinterherjagte. Offenbar war die Maus schlauer als die Katze, die in eine ganze Armada von Mausefallen tappte, die um sie herum zuschnappten und sie in die Flucht trieben. Beide mussten laut lachen, genauso wie die anderen Fußgänger, die stehen geblieben waren, um der heldenhaften Maus zuzuschauen. Annegret hätte sich gerne einen Fernseher geleistet, vor allem, weil dort jeden Abend Nachrichten liefen, die sie besonders interessierten. Aber die Anschaffung so eines teuren Geräts überstieg ihr monatlich verfügbares Einkommen bei Weitem.

Sie gingen weiter und kamen an einem Schuhgeschäft vorbei, wo Annegret einen Moment verweilen wollte, aber Bruno zog sie vorwärts. Sie folgte ihrem Enkel bis zur Ecke Kanzleistraße am Obermarkt, wo ein Zeitungskiosk seine Waren ausgestellt hatte. Eine der Überschriften der Frankfurter Allgemeinen Zeitung lautete: *„Beweisaufnahme im Auschwitzprozess abgeschlossen"*. Annegret ging näher heran und wollte mehr lesen, denn sie hatte dieses Verfahren aufmerksam verfolgt, Bruno aber hatte auf der anderen Straßenseite, gegenüber vom Hotel Barbarossa, einem bunten Haus, geschmückt mit Wandmalereien, die den Aufenthalt von Kaiser Barbarossa in Konstanz erzählten, das Spielwarengeschäft „Bäuerle" entdeckt. Sie gab dem Drängen des Kindes nach, der sie in diese kleine Wunderwelt hineinzog. Bruno kannte sich hier aus, er wusste, wo die Puppen saßen, an denen er achtlos vorbeiging, er wollte sich auch nicht mit den neuesten Bausätzen befassen oder mit Brettspielen. Es zog ihn, wie immer, zu den Spielzeugautos. Was hatte dieses Kind nur mit diesen blöden Autos? Bruno liebte die neuesten Modelle, besonders, wenn sie mechanische Besonderheiten aufwiesen, wenn man Türen aufklappen konnte oder es ein drehbares Lenkrad gab. Herr Bäuerle kam lächelnd auf Annegret zu und schaute dem kleinen Bruno nach, der seinen eigenen Weg ging.

In Konstanz waren wenige Männer so gut angezogen wie Albrecht Bäuerle, ihm standen die vielleicht etwas zu farbigen Anzüge gut, er war ein ausgesprochen schöner Mann. Das fand nicht nur Annegret, sondern auch viele andere Frauen in Konstanz, die vor allem wegen des Ladenbesitzers mit ihren Kindern in dieses Spielzeuggeschäft kamen. Albrecht Bäuerle hatte dieses dichte blonde Haar, das er mit Gel zu bändigen versuchte, und trotzdem fiel ihm immer wieder eine Strähne ins Gesicht, was ihn zu der typischen Handbewegung zwang, die das Haar zurück auf den Kopf schob. Das Besondere an Herrn Bäuerle war, dass er ledig war. Man spekulierte, ob er vielleicht mehr auf Männer stand, ob es an seinem schwäbischen Akzent und Namen lag, oder ob er einfach noch nicht die Richtige gefunden hatte und es ihm Spaß machte, sich bei der Suche Zeit zu lassen. Die meist jungen Frauen, die mit ihren Kindern in seinem Geschäft auftauchten, waren alle verheiratet, also schon vergeben, sie schmachteten ihn zwar an, aber auf ein Techtelmechtel wollten sie sich nicht einlassen, schon gar nicht mit einem Mann, den ihre Kinder kannten.

Beate fiel aus diesem Raster heraus, denn sie war ledig, sie brauchte einen Mann zum Heiraten. Sie war eine Schönheit, und Herr Bäuerle schien Interesse an ihr zu haben. Ihn als Schwiegersohn zu haben, würde erheblich weniger Komplikationen mit sich bringen, fand Annegret. Vor allem Bruno wäre glücklich, denn ein nie endender Nachschub von Spielwaren, ein Strom von neuen Autos samt Garagen und Tankstellen würde zu ihm fließen.

„Ja, grüß Gott, Frau Adler, schön, dass Sie einmal wieder vorbeischauen. Dem Enkel geht es gut, wie ich sehe, und wie geht es Ihnen?“, begann Bäuerle das Gespräch. „Danke, ein wenig schwierig, aber es muss halt, was will man machen", antwortete Annegret.

Nachdem sie die Floskeln hinter sich gebracht hatten, gingen sie zu Bruno, um zu sehen, woran er heute Gefallen finden würde. Es war ein Mercedes Coupé, vor dem er stand, ein weißes, sehr schnittiges Auto mit roten Sitzen, bei dem man das Dach vor- und zurückklappen konnte.

„Sehr hübsch, willst du es mal anfassen?", fragte Herr Bäuerle, und Bruno nickte, breit grinsend. Also nahm der Herrscher über all diese wunderbaren Dinge das neueste Mercedes-Geschoss in Kleinformat von der Glasplatte, wo es mit dem typischen Kühlergrill zum Betrachter hin parkte, hob es mit den feinen Fingern, deren Nägel glänzten, hoch und platzierte es auf Brunos Hand. Bäuerle ging in die Hocke, begab sich auf Augenhöhe mit dem Kind, lächelte und freute sich wirklich über die Zuneigung, die Bruno diesen Miniaturen entgegenbrachte.

„Willst du einmal in so einem echten Auto fahren?", fragte Bäuerle.

„Ho!", machte Bruno vor Überraschung. Ja, das wollte er.

Der Mann streckte sich wieder und fragte nach Beate, so wie Annegret es erwartet hatte.

„Der geht es nicht so gut", erläuterte sie, „die Hochzeit platzt wahrscheinlich, sie steht noch immer alleine da mit dem Kleinen." Annegret sagte das eher leise, mit einem tragischen Timbre in der Stimme, als ob das unabwendbare Schicksal wieder einmal gnadenlos zugeschlagen hätte.

„Dann ist es ja gut, dass sie einmal wieder bei mir vorbeigekommen sind, Frau Adler", lächelte Bäuerle, ohne die ironische Spitze zu verstecken.

„Jetzt kommt ja bald die englische Königin an den Bodensee", bemerkte er, „ist das nicht wunderbar? Drüben in Salem sind sie schon ganz verrückt. Mein Bruder hat doch die Gaststätte in Oberuhldingen, da proben sie jetzt ständig Fanfaren. Sie mussten sich die Trompeten zusammensuchen, die sie von den Konstanzer Fasnachtsvereinen geborgt haben. Mein Bruder hatte dem Komitee, das den Empfang der Königin vorbereitet, vorgeschlagen, dass die Queen die Pfahlbauten in Unteruhldingen anschauen könnte, weil das doch einmalig ist am Bodensee, wo die Ureinwohner einmal gelebt haben, aber es wurde in Stuttgart abgelehnt, weil man fürchtet, dass die Königin und der Prinz vielleicht ins Wasser fallen könnten, weil es dort am See ja ein wenig wackelt. Man sagt, dass die Queen sich nur für Pferde und so kleine Hunde interessiert, also hat man besondere Pferde für die Kutsche zusammengesucht, die die Königin vom Bahnhof Salem ins Schloss bringt. Besser Pferde als Ureinwohner. Ich fahr wahrscheinlich auch hin, um sie und ihren Philipp zu sehen, das ist ja einmalig hier unten."

Er kniete sich wieder zu Bruno.

„Willst du auch die Königin sehen? Ich besitze nämlich so ein Auto in groß." Bäuerle zeigte mit seinem schlanken Finger auf das Spielzeugmodell.

Bruno staunte.

„Aber da müssen wir erst deine Mama fragen, ob die das auch will, das wissen wir nämlich nicht so genau."

„Sie fahren nach Salem, zur Königin und Prinz Philip?", fragte Annegret nach. „Einfach so, zum Schauen?"

„Mehr geht nicht, die sind ja nur in Privat dort." „Ja, leider, dem Philip würde ich gerne mal die Hand geben", verriet sich Annegret für einen Moment, dann fixierte sie den Verkäufer, der sie wegen ihres Interesses am Prinzgemahl angrinste.

„Ich glaube, die Beate würde sich sehr freuen", ergänzte sie, „wie wäre es denn, wenn Sie einfach mal am Sonntag zum Kaffee vorbeikommen würden?"

„Ja, das wäre sicher schön", nickte Herr Bäuerle, „aber ob das Beate will, da bin ich mir nicht so sicher, sie hängt doch sehr an ihrem Herrn Sauter."

Annegret drehte den Kopf neuen Kunden zu, eine junge Frau mit zwei Mädchen, die gerade das Geschäft betraten.

Er hatte recht, Beate hing am Vater ihres Kindes. Annegret fand das dumm, aber sie konnte es verstehen. Sie hatte ihren Mann, Günther Adler, kennengelernt, sich in ihn verliebt und wusste sofort, dass sie ihn und keinen anderen heiraten würde. Vielleicht war das ja eine Art mütterliche Erbkrankheit, sich gleich in den ersten Mann zu verlieben, mit dem man zusammenkam. Doch im Gegensatz zu ihrer Tochter hatte sie nicht gleich ein Kind bekommen, obwohl sie mit Günther auch schon vor der Ehe im Bett war. Warum auch nicht, es musste im Bett stimmen, sonst klappte es auch sonst nicht. So sah sie es, und so war es, solange sie mit ihm leben durfte. Aber dann mussten diese Wahnsinnigen einen Krieg anfangen und ihren Mann, ihren bescheidenen und höflichen Mann, zum Soldaten machen. Immerhin hatte sie drei Kinder zur Welt gebracht, zwei Söhne und Beate, die jüngste der drei, die als Erste einen Enkel zur Welt brachte.

„Gut", sagte Herr Bäuerle, „ich komme gerne wieder einmal vorbei. Fragen sie doch Beate, wann es ihr passen würde, vielleicht könnten wir einfach mal ein Eis essen gehen mit dem kleinen Bruno."

„Sollen wir mal zusammen ein Eis essen, Bruno?"

„Wissen Sie, Frau Adler, auch das Herz muss Ja sagen."

Annegret nickte, das stimmte, bei aller Vernunft. So ein Mann mit Ende dreißig war eben doch etwas klüger als eine junge Frau Anfang zwanzig. Trotzdem würde es passen. Sie nahm Bruno das kleine Auto wieder weg, was dazu führte, dass sich Brunos Mundwinkel heftig nach unten zogen, legte das Spielzeug in die Hand von Herrn Bäuerle zurück und versprach ihm, ihre Tochter zu fragen. Noch bevor Bruno einen Wutanfall bekommen konnte, gab der nette Mann mit den blonden Haaren dem kleinen Mann den Miniatur-Mercedes zurück.

„Den schenke ich dir", sagte er zu Bruno und zu Annegret: „Machen Sie das, ich würde mich freuen."

Dann wandte er sich an die neuen Kundinnen.

„Guten Morgen, die jungen Damen, da geht die Sonne ja noch einmal auf, wenn ich Sie sehe", schmeichelte er.

Die Mutter der beiden Mädchen lachte laut auf, damit war der nächste Verkauf vermutlich bereits entschieden.

Beate hatte bis nach Feierabend gewartet, dann ging sie durch das kleine Eisentor in die Steinmetzwerkstatt am Münster. Zwei Männer in blauen Latzhosen wuschen sich die Hände an einem langen Metallbecken. Sie schauten zu ihr rüber, man kannte sie hier als das Mädchen von Anton. Sie kam nicht gern hierher, weil sie ihr immer alle hinterherschauten und über sie redeten, aber wenn sie Vater und Sohn treffen wollte, dann war die Werkstatt mit den vielen Steinen ein idealer Ort. Vater Sauter benahm sich hier besser als zu Hause, wo der Geist der toten Mutter noch herumschwebte wie ein anwesendes Unglück. Die beiden Männer standen neben einer Steinfigur aus Sandstein: ein Mann mit Bart und langem Mantel, der seine Arme und sein Gesicht flehend in den Himmel reckte. Noch war die Figur nicht ganz fertig, der Rücken und die Beine steckten in dem Steinklotz fest und mussten noch befreit werden. Als Beate die Werkstatt betrat, rief sie nach Anton. Er hatte eine große Brille vor den Augen, um sich gegen Steinsplitter zu schützen. In der einen Hand lag ein Meißel, in der anderen ein Hammer. Max Sauter hielt einen Besen in der Hand. Sie schauten beide zu ihr. Max drehte sich gleich wieder weg, verärgert darüber, dass sie hier auftauchte. Anton schob die Brille in die Haare, legte den Meißel und den Hammer weg, kam auf sie zu.

„Was willst du?", sagte er ohne ein Hallo, ohne ein freundliches Wort.

Beate kam auf ihn zu, ging jedoch an ihm vorbei und sagte Richtung Max Sauter.

„Ich war heute beim Pfarrer, ich werd' katholisch, ich konvertiere."

Max Sauter drehte sich zu ihr hin, leicht auf seinen Besen gestützt, und fixierte sie.

„Das hättest du schon längst machen können, warum erst jetzt?"

„Weil wir endlich heiraten müssen, weil die Wohnung bald fertig ist, weil der Bruno einen Vater bekommen soll und weil ich es satt habe, als alleinerziehende Mutter herumzulaufen."

Der alte Sauter zuckte die Schulter.

„Das hättest du dir etwas früher überlegen sollen."

„Ich", stieß Beate hervor, „warum ich?"

„Wir haben zusammen ein Kind, dein Sohn und ich. Bruno ist dein Enkel, Max."

„Weiß man's", antwortete der Alte.

Beate wurde rot im Gesicht, als ob man ihr rechts und links eine Ohrfeige verpasst hätte, ihre Augen wurden groß, dann schmal.

„Wie bitte, was soll das denn heißen?!"

Sie drehte sich zu Anton um. Gerade war etwas Wichtiges geschehen, ein Moment wie ein Riss, den noch niemand sieht, dessen Folgen aber bedeutend sein werden, wenn niemand der Beteiligten das Aufreißen verhindert oder heilt.

„Was sagt er denn da?"

Anton schaute zu seinem Vater, beide Gesichter waren verschlossen wie die Gesichter ihrer steinernen Heiligen, an denen sie herumklopften. „Ich muss noch arbeiten, die Figur muss nach Salem, ich kann jetzt nicht."

„Ihr beide habt immer Ausreden", sagte Beate, schniefte und spürte, wie die Tränen liefen.

„Das darf der nicht sagen", hielt sie Anton vor.

„Ich sag, was ich will", donnerte Max Sauter, „und jetzt Schluss mit dem Geheule, wir müssen hier arbeiten, du hast in dieser Werkstatt nichts zu suchen."

Beate nahm sich zusammen, nickte. „Dann noch einen schönen Abend den Herren", brachte sie stockend heraus, drehte sich um und ging.

Da fiel ihr noch ein Argument ein. „Der Mann der englischen Königin, Prinz Philip, der musste auch konvertieren, damit Elizabeth und er heiraten konnten", rief sie den Männern zu.

„Du bist aber keine Königin", kam vom alten Sauter zurück, „oder habe ich da etwas nicht mitbekommen?"

Beate lag ein Schimpfwort auf der Zunge, aber besser, sie schluckte es herunter.

Als sie wieder draußen war, bog sie in eine Gasse ein, hielt sich an einer Hauswand fest und überließ sich ihren Gefühlen. Tränen der Wut über Antons Schwäche und die Ungeheuerlichkeit, die in Max' Bemerkung lag, das Gefühl, völlig ausgeliefert zu sein, mischten sich zu einer Beklemmung, die ihr den Hals zuschnürte. Hatte er wirklich angedeutet, dass Anton nicht der Vater von Bruno sein könnte, dass sie mit anderen Männer geschlafen hatte? So ein verdammtes Arschloch!

„Das muss aufhören", sagte Max Sauter.

„Ich kann nichts dafür, wenn sie hier einfach reinkommt", antwortete Anton.

Er nahm seinen Meißel wieder auf und klopfte etwas Stein weg.

„Das wird nichts mit der, glaub mir, das wird nichts, die tanzt dir auf der Nase rum, da brauchst du nur ihre Mutter und ihre Schwestern anzuschauen, die sind genauso."

Anton setzte den Meißel wieder ab.

„Was redest du denn da, ich will nicht ihre Mutter heiraten, und sie will dich nicht heiraten, also. Warum musst du auch immer so sticheln", empörte sich Anton zaghaft.

„Es könnte doch wirklich sein, dass es noch einen anderen gab. Warst du dabei? Warst du nicht."

„Aber das ist doch Quatsch, der Bruno ist mein Kind, und ich hab den Jungen lieb."

„Du bist eben kinderlieb. Du hast auch die Katzen lieb gehabt, die vor der Tür saßen."

„Was soll ich denn deiner Meinung nach machen?"

„Sie loswerden!"

„Mit dem Kind?"

„Ja, genau! Mit dem Bastard."

„Aber ich will das nicht."

„Dann hör hier auf, such dir ne Wohnung mit ihr und werd glücklich."

„Du wirfst mich raus?"

„Ich sag nur: entweder oder. Man muss sich im Leben entscheiden."

„Weil du sie nicht leiden kannst."

„Weil das eben nicht passt."

Der Alte stellte den Besen zur Seite und ging auf seinen Sohn zu. Anton hatte die Schutzbrille abgezogen, Hammer und Meißel weggelegt. Max fasste mit einer Hand die Schulter von Anton; eine Geste, die neu war, denn eigentlich berührte er seinen Sohn nicht, das war Sache seiner verstorbenen Frau gewesen.

„Also, du bestreitest beim Jugendamt, dass du der Vater bist..."

„Aber ich hab doch schon..."

„Hör mir zu! Wenn der Verdacht aufkommt, dass es noch einen anderen gibt, der der Vater sein könnte, dann kannst du die Vaterschaft zurückziehen."

„Wer soll das denn sein?"

„Der findet sich schon."

„Aber..."

„Nichts aber. So wird's gemacht. Du bist ein guter Mann, du bist mein Sohn und übernimmst einmal das hier. Mach deinen Meister. Reiß dich zusammen. Das muss fertig werden."

Anton hatte seinem Vater noch nie widersprochen, sich nie seinen kurzen Sätzen und Befehlen widersetzt. Er wusste nicht, wie das geht, er hatte keine Worte dafür. Er spürte, dass es falsch war, was sein Vater von ihm verlangte, es machte ihn traurig, lähmte ihn, in den Ohren fing das Blut an zu sausen, sein Magen krampfte sich zusammen. Anton dachte an den kleinen Bruno, an seine kleine Hand, an seine Freude, wenn er mit ihm zusammen auf dem Bauch lag und mit den Autos spielte. Er dachte auch an die Haut von Beate, an ihre schönen Brüste, an ihren Hals, den er gerne küsste. Aber es stimmte auch, dass es sehr anstrengend mit ihr war, weil sie die Heirat wollte und um ihn kämpfte, anstatt die Dinge einfach so zu lassen, wie sie waren. Sein Vater setzte ihn unter Druck, erpresste ihn. Sie oder er. Er musste sich entweder von seinem Vater trennen, sich von der Aussicht verabschieden, ein gut gehendes Steinmetzgeschäft zu übernehmen und Baumeister am Münster zu werden, wie es Tradition war in der Familie, oder Beate und seinen Sohn verlassen. Was war einfacher, was war richtig, was war falsch? Er wusste es einfach nicht. Eigentlich wollte er nur seine Steine bearbeiten. Warum musste er sich jetzt auf einmal für ein Leben entscheiden? Er spürte, dass er das nicht konnte. Klirrend rollte der Meißel auf den Boden. Der Riss hatte seinen ersten Ton gefunden.

Das Hotel Seemöwe, in dem Camille abgestiegen war, lag hinter den Bahngleisen, in der Nähe des Hafens und Kleinvenedigs, wo abends die roten Lichter brannten. Die Frau an der Rezeption lackierte sich ihre Fingernägel, als Erika erschien und nach Herrn Dupont fragte. Die Rezeptionistin schaute nicht auf, tunkte den kleinen Pinsel in den tiefroten Nagellack, fragte nur: „Der Franzose?“ Erika bejahte, und die Frau sagte „Dreihundertfünf, im ersten Stock.“

Für einen kleinen Augenblick schaute Erika ihrer Pinselei zu, fasziniert von der Konzentration dieser Frau, dann wandte sie sich zur Treppe. Jetzt schaute die Frau auf, musterte Erikas Hintern, schnupperte den Duft des Parfüms, sah, dass das Kleid schon bessere Tage erlebt hatte, und nahm ihre Arbeit wieder auf. Das Telefon klingelte, aber sie ging nicht ran.

Erika klopfte an die Dreihundertfünf im ersten Stock, es rumorte im Zimmer, der Schlüssel wurde gedreht, und Camille stand vor ihr. Ein breites Lächeln war in seinem Gesicht, er küsste sie rechts und links, hielt sie dabei mit einer Hand im Rücken fest, spürte die Spannung in ihr.

Das Fenster war geöffnet, man hörte die Möwen ihr übliches Geschrei vollführen, es roch etwas nach See. Die Nylonvorhänge, die gelb wirkten gegen den hellen Himmel, flatterten nach draußen und beruhigten sich wieder, als Erika die Tür hinter sich schloss. Auf einem kleinen Schreibtisch hatte Camille einige Papiere ausgebreitet, auf dem kleinen grünlichen Sessel lag seine Anzugjacke, die er jetzt wegnahm und aufs Bett legte; ein Einzelbett, schmal, mit eingedrücktem Bettzeug. Camille trug ein hellblaues Hemd, die obersten Knöpfe waren auf, sodass man seine Brusthaare sehen konnte, die Ärmel waren hochgeschlagen.

„Du bist wirklich gekommen, ich freue mich", sagte er, „setz dich doch, willst du etwas zu trinken? Ich habe Wein von meinem Gut. Willst du probieren?" Erika setzte sich und bejahte, wenn es von seinem Gut war, dann gerne.

Er öffnete die hellbraunen Türen des schmalen Kleiderschranks und nahm eine halb volle Weinflasche ohne Etikett heraus. Auf dem Waschbecken stand ein Glas, in dem seine Zahnbürste steckte. Er wusch es kurz aus und schenkte ihr ein.

„Ich habe nur ein Glas", entschuldigte er sich.

Erika probierte, ließ den Wein über ihre Zunge rollen, spitzte leicht den Mund, schmeckte und schluckte dann. Anders als die Weine, die sie hier in den Weinstuben tranken, war dieser Wein voller Aromen, hatte eine schöne Säure, nicht zu viel, und war trotzdem fruchtig, schmeckte nach Sonne. „Nicht schlecht", sagte sie.

Sie war überrascht von der guten Qualität. Wenn das wirklich von seinem Weingut stammte, dann machte Camille dort gute Arbeit. Sie hielt ihm das Glas hin und fragte, ob er auch trinken wolle. Aber er lehnte ab, setzte sich ihr gegenüber auf die Bettkante und schaute sie offen an.

„Du siehst immer noch gut aus, ma chère", sagte er, „wirklich."

„Ach, hör auf, zwanzig Jahre sind eine lange Zeit, da setzt man an."

„Ich auch", sagte er und fasste sich auf den Bauch, „das ist der Wein."

Camille hatte ein paar Rollen um die Hüfte, das gefiel ihr, die Hände und Arme wirkten kräftig, seine Brusthaare waren noch schwarz.

„Bist du schon fünfzig?", fragte Erika.

„Nächstes Jahr", gestand er ihr.

Ein gutes Alter für Männer; sie wussten, was sie wollten, hatten Erfahrung. Erika nahm noch einen Schluck von dem Wein und spürte sofort seine Wirkung, denn sie hatte nichts gegessen, weil sie nicht dick wirken wollte. Sie sah Camille direkt in die Augen, blickte in einen grauen, weichen See. Dann entschied sie sich. Was sollten sie erst lange palavern, das konnten sie auch später noch machen. Sie war zu einem Mann aufs Hotelzimmer gekommen, zu einem Mann, in den sie vor fast zwanzig Jahren verliebt gewesen war, mit dem sie geschlafen hatte. In ihrer Erinnerung war es schön gewesen.

„Hast du die Tür abgeschlossen?", fragte sie und sagte dann: „Mach bitte das Fenster zu."

Für einen Moment war Camille verblüfft von ihrer Direktheit, aber dann lachte er auf und tat, was sie ihm aufgetragen hatte.

„Dreh dich mal um", bat sie ihn, und er machte es, schaute ihr aber in dem kleinen Spiegel über dem Waschbecken doch zu. Als sie nackt war, legte sie sich unter die Bettdecke. Er begann, sich ebenfalls auszuziehen, erst das Hemd, dann öffnete er den Gürtel, ließ die Hose fallen, dann die Unterhose. Er schlug die Decke zurück, drehte sie auf den Rücken, schaute ihr in die Augen und erkundete ihren Körper mit seiner Hand, die hart war, vermutlich von den Weinstöcken. Dann küssten sie sich, vorsichtig zunächst, mit gespitzten Mündern, dann glitten ihre Zungen übereinander und bald darauf auch ihre Körper.

Danach saß er in Unterhose und Unterhemd auf dem Bett und rauchte. Sie hatte über ihre Unterwäsche den

Unterrock gezogen und sich auf den grünen Sessel gesetzt. Das Fenster war nun wieder auf, die Seeluft kam herein, nahm den Rauch seiner französischen Zigarette auf und trug ihn hinaus. Irgendwo spielte ein deutscher Schlager. Sie schauten sich nicht an, lächelten beide vor sich hin, blickten aus dem Fenster, hinein in den hellen Nachmittag. Beide wussten, dass das nicht das letzte Mal sein würde. Dazu hatten sie zu gut zusammengepasst. Es war seltsam, wie die Zeit springen und doch stehen bleiben konnte; sie kannten sich und kannten sich doch nicht. Sie hatten sich berührt, wiedergefunden und waren sich völlig fremd. Sie ging zum Waschbecken und ließ sich ein Glas Wasser ein, trank durstig, streckte ihm das Glas hin, und auch er wollte trinken, jetzt aus dem gemeinsamen Glas. Dann stupste sie ihn zur Seite und setzte sich neben ihn aufs Bett.

„Als du wieder nach Frankreich gegangen bist, da warst du doch im Widerstand gegen die Deutschen", begann Erika.

Camille nickte, brummte.

„Oder hast du nur deine Geschäfte mit den Nazis gemacht?"

„Ich habe Geschäfte gemacht, und ich war im Widerstand. Auch die deutschen Faschisten liebten unseren Wein, den habe ich ihnen geliefert; wir brauchten Geld für Waffen, für die Leute auf der Flucht, die nach Amerika gingen oder in die Türkei."

„Ja, der Wein, den du hattest, war nicht schlecht, ich erinnere mich", sagte Erika.

„Haben sie dich nie erwischt, dich nicht durchschaut?"

„Wer", fragte Camille, „meine Leute oder deine Leute?"

Er rückte etwas von ihr ab, weil sie einen wunden Punkt getroffen hatte.

„Warum musst du das denn wissen, Erika, heute ist eine neue Zeit. Ich habe bezahlt, glaub mir."

Sie schaute ihn an, wollte mehr hören.

„Merde! Es waren meine eigenen Leute. Sie haben

geglaubt, ich sei ein Kollaborateur, ein Nazimann, ein Verräter."

„Und warst du?"

„Mais, non! Überall haben sie Verrat gesehen. Sie wollten das Geld, aber wenn man Geschäfte machte mit den Besatzern, war man schon ein Schwein. Nur, wo sollte das Geld denn herkommen? Besser von den Nazis, dann konnte man Gewehre kaufen, um sie damit zu erschießen. Oder?"

Camille war nun nicht mehr ganz so friedlich. Er war aufgestanden, hatte sich eine Hose angezogen und war ans Fenster getreten. Erika hatte auf so eine Reaktion von ihm gehofft, wollte sehen, wo er verletzlich war, denn alle, die den Krieg überstanden hatten, trugen neben körperlichen Schäden auch seelische Verletzungen mit sich herum. Die unvorstellbare Gewalt, die über sie hereingebrochen war und mit der sie leben mussten, ging an keinem spurlos vorüber.

„Camille", sagte sie sanft, „setz dich wieder zu mir, ich musste dich das fragen; du musst mir helfen, einen alten Nazi zur Strecke zu bringen." Er setzte sich neben sie, zündete sich eine neue Zigarette an, schüttelte den Kopf.

„Non, Erika", sagte er, „ich habe ein neues Leben begonnen, und es wäre schön, wenn du es mit mir teilen könntest, aber Nazis jagen, das ist vorbei."

„Aber du brauchst doch Geld, hast du gesagt, damit der Weinberg dir gehört."

Er sagte nichts, er musste zuhören, atmete Zigarettenrauch aus.

„Beate, das ist die Jüngste von Annegret, die Tochter meiner ältesten Schwester, die kennst du noch nicht. Also die Beate hat ein Kind von einem Mann, ein wirklich süßer Bengel, Bruno. Wenn er kommt, lege ich eine Opernplatte auf, dann dirigiert er und ich singe; er ist drei Jahre alt, der Bruno. Seine Mutter ist mit seinem Vater nicht verheiratet, doch er hat es ihr seit drei Jahren versprochen und mit ihr eine alte Wohnung im Haus seines Vaters ausgebaut."

„Und der Vater ist ein Nazi?", fragte Camille.

„Wie hast du das herausbekommen?“, lachte Erika, „ja, der war ein Nazi, ist Katholik und Baumeister am Konstanzer Münster.“

„Was ist ein Baumeister?“

„Der ist für jeden Stein am Münster zuständig.“

„Ein tailleur de pierres?“

„Ja, wie auch immer. Er will nicht, dass Beate seinen Sohn Anton heiratet.“

„Besser keinen Sohn von einem Nazi heiraten“, bemerkte Camille.

„Ja, nur wir wollen ihm das nicht durchgehen lassen. Wir vermuten, dass er unseren Bruder Theo an die Gestapo verraten hat. Aber wir wissen es nicht sicher.“

„Du hast auch noch einen Bruder?“

„Ich hatte einen Bruder. Er hat Witze über Hitler gemacht in der Weinstube, dann ist er abgeholt worden und nicht mehr wiedergekommen.“

„Wo ist das Geschäft, Erika? Hat der alte Nazi Geld, der tailleur?“

„Ja, der hat viel Geld.“

Camille wurde jetzt doch aufmerksam. Erika erklärte ihm, dass es noch den alten Gestapochef von Konstanz gäbe, der sicher wüsste, wer den Theo verraten hat und möglicherweise noch irgendwo Aufzeichnungen hortete, um sich gegen spätere Anschuldigungen abzusichern, so wie jeder hohe Nazi.

Erika fragte Camille, ob er bei Müller, dem Gestapomann, einbrechen könnte, um diese Aufzeichnungen zu beschaffen, damit sie dann den tailleur, der die Hochzeit verhindert, erpressen könnten.

Camille lachte laut auf, schüttelte den Kopf, stand auf und trat wieder ans Fenster.

„Was für ein idiotischer Plan, Erika, ich glaube, du gehst jetzt besser. Du bist mit mir ins Bett gegangen, um mich für einen Einbruch zu überreden?“

„Aber nein!“ Erika stand auf, sie fasste Camille an, wollte

verhindern, dass dieser Nachmittag eine Wendung nahm, die sie nicht wollte.

Aber Camille zog sich ein Hemd über.

„Bist du mit von der Partie? Willst du mit mir zusammen in der Nacht in eine Wohnung einbrechen, einen alten Mann bedrohen und dann seine Wohnung durchsuchen?“, fragte Camille.

Sein Ton war schärfer geworden.

„Ich?“

Erika wurde unsicher. „Ich weiß nicht, wenn du dazu Hilfe brauchst, dann bin ich vermutlich nicht die Richtige. Wäre nicht jemand besser, der sich auf praktische Dinge versteht, jemand wie Theresa?“

„Du willst, dass ich mit Theresa, die mich nicht leiden kann, einen Einbruch mache?“, fragte Camille empört. „Angenommen, wir finden eine Liste, auf welcher der Gestapomann aufgeschrieben hat, wer wen an ihn verraten hat. Bon. Wen interessiert das denn heutzutage? Es interessiert niemanden, nicht hier in eurem schönen Deutschland und auch nicht bei uns in Frankreich. Weil jeder jeden verraten hat und sich alle schuldig fühlen, möchten alle nur nach vorne schauen und nicht zurück, weil sie sich dann selbst anschauen müssten. Wen hast du verraten, Erika? Wen habe ich verraten? Das ist doch die Frage.“

Erika hatte begonnen, ihr Kleid anzuziehen. Sie verstand Camille, begriff, dass sie es falsch angepackt hatte. Sie hatte ihre Lust, mit diesem Mann ins Bett zu gehen, ihr Interesse an ihm mit der Sache vermischt. Sie hätte es andersherum machen müssen, sie hätte es erst ansprechen sollen, und wenn er zugesagt hätte, dann mit ihm ins Bett gehen. Es war dumm gelaufen, sie hatte nicht nachgedacht, aber mein Gott, warum musste er gleich so ein Aufheben machen, so grundsätzlich sein? Camille hatte auf die neu erwachte Liebe gesetzt und fühlte sich jetzt ausgenutzt, ein verletztes Männerseelchen. Na gut, sie musste ihm Zeit geben.

Erika stellte sich vor den Spiegel und zog sich die Lippen

nach. „Pass auf, Camille“, sagte sie, „ich habe es genossen mit dir, ich glaube, es könnte etwas mit uns werden, aber ich bin kein verliebtes Mädchen mehr, ich bin inzwischen eine erwachsene Frau, und wenn ich mich noch einmal auf einen Mann einlasse, dann muss ich zwei Dinge wissen: Erstens, ob ich ihm vertrauen kann, und zweitens, ob die Sache auch eine materielle Zukunft hat. Ich geh doch nicht mit dir auf ein Weingut, das dir gar nicht gehört, und dann wird alles verkauft, und wir stehen da mit heruntergelassenen Hosen. Wenn der Plan mit der Erpressung schlecht ist, dann sag mir bitte, wie man es machen muss, du bist doch hier der Profi“, sagte sie scharf zu ihm. „Außerdem möchten meine Schwestern und ich wissen, wer unseren Bruder Theo ins KZ gebracht hat. Wir müssen wissen, ob der Opa vom kleinen Bruno für den Tod unseres Bruders verantwortlich ist. Das sind wir dem Kleinen schuldig. Verdammt, Camille.“ Sie betonte seinen Namen sanft, liebevoll.

Erika ging zu ihm hin, baute sich vor ihm auf und sagte, dass er ja wisse, wo sie wohne. Unten im Haus sei ein Schreibwarengeschäft, da arbeite sie manchmal, da könne er vorbeikommen, oder er solle ihr schreiben. Sie wollte ihm einen Abschiedskuss geben, aber das missglückte. Also ging sie, trotzig, verletzt, aus diesem kleinen, schäbigen Hotelzimmer mit dem viel zu schmalen Bett, weg von dem Mann, mit dem es etwas hätte werden können. Erika wischte sich eine Träne weg, die sich aus ihrem linken Auge geschlichen hatte und besann sich auf ihre Instinkte. Sie musste eben noch ein wenig warten, wo sollte er denn sonst hingehen, so hart war er nicht, der Camille. Nach dem Sex fühlte sich ihr Körper anders an, freier, frischer. Sie lief am Hafen entlang und sah zu, wie Passagiere aus einem Linienschiff über eine wackelige Anlegebrücke stiegen, froh, wieder an Land zu sein, oder traurig über das Ende ihrer Fahrt über den Bodensee. Es hatte ihr gut getan, mit einem Mann zu schlafen, das hatte sie viel zu lange nicht mehr gemacht. Ob mehr daraus werden würde, wird sich herausstellen, dachte Erika.

Sie trafen sich in einem langen Raum im Pfarrhaus, dessen Decke ziemlich niedrig war, die Wände waren ocker gestrichen, auf einem Regal drängten sich schwarz gebundene Gesangsbücher aneinander, an der Wand das Kreuz mit dem angenagelten Jesus und ein Bild vom Papst. Die Stühle standen im Kreis, einer der Stühle war gepolstert, dort nahm Pfarrer Sernatinger Platz. Die Holzstühle ohne Polster waren für die Gäste. Neben Beate waren vier weitere Besucher gekommen, um in die katholische Kirche eintreten zu dürfen. Da Beate neu in der Runde war und sie alle neugierig anschauten, stellten sich die Anwesenden gegenseitig vor. Es war schon eine intime Sache, aus der einen Kirche auszutreten und Mitglied in einer neuen Kirche zu werden. Ingeborg Watzke lächelte, ihre helle Bluse hatte die Farbe der Wand, ein paar Rüschen kamen aus den Ärmeln und dem Halsausschnitt, darüber trug sie eine Perlenkette.

Die Haare waren ausgebleicht, toupiert, die Nase spitz über vorstehenden Zähnen, die Schultern nach vorne geschoben, was ihre Brüste verbarg. Frau Watzke kam aus Sachsen, sie sprach einen auffälligen Dialekt und hatte einen Mann in Konstanz geheiratet, der Handel in der DDR getrieben hatte. Was für einen Handel ein Mann aus Konstanz in Ostdeutschland treiben konnte, erzählte sie nicht, aber sie wollte jetzt so richtig im Westen, wie sie sich ausdrückte, ankommen und zum richtigen Glauben übertreten. Ihre bisherige Kirche war offenbar die Staatspartei gewesen, die katholische Kirche sah sie als eine Art Äquivalent in diesem Teil Deutschlands an, zumindest in Süddeutschland.

Pjotr Kowalski kam aus Polen, er war bereits katholisch, sehr gläubig, ein lustiger Mann, dem die Haare fast senkrecht vom Kopf standen, die dringend einen Friseur brauchten; ein Mann, der es richtig machen, ordentlich in die Kirche eintreten und ein guter Deutscher werden wollte, obwohl er noch nicht verheiratet, aber fest entschlossen war, eine schöne deutsche Frau zu finden, mit der er viele Kinder haben würde. Er zeigte seine Hände vor, beeindruckend große Hände, mit denen er ein Haus bauen könnte.

Der einzige Mensch, den Beate kannte, war Ulrich Schlodinger, etwa vierzig Jahre alt, ein unscheinbarer, blasser Mann, der sein Leben in einem kleinen Krämerladen verbrachte, in den nie ein Lichtstrahl drang, wo Beate manchmal in der Mittagspause oder nach Feierabend Milch oder Obst einkaufte. Herr Schlodinger war evangelisch und hatte sich mit einer katholischen Frau verlobt, die zur Bedingung machte, dass er konvertierte, da sie ihn ansonsten nicht heiraten würde, weil sie streng gläubig war und jeden Sonntag den Gottesdienst besuchte, in den ihr Mann würde mitgehen müssen. Beate freute sich, dass Herr Schlodinger eine Frau gefunden hatte, die ihm seine Zeit in dem dunklen Laden angenehmer machen würde.

Dann gab es noch ein dunkelhäutiges Mädchen, dreizehn Jahre alt, das hier das Gymnasium besuchte und unbedingt Katholikin werden wollte. Sie war die Tochter eines englischen Unternehmers und seiner dunkelhäutigen amerikanischen Frau. Der Vater war in keiner Kirche, und die Mutter gehörte einer methodistischen Kirche an, von der hier noch niemand gehört hatte. Angelica durfte den Religionsunterricht der Konstanzer Schule besuchen und wollte, wie die anderen Mädchen und Jungen auch, sonntags in der Kirche die heilige Kommunion empfangen, was aber erst dann möglich sein würde, wenn sie Mitglied der katholischen Kirche geworden wäre.

Auch Beate musste sich vorstellen, als Protestantin, die einen Katholiken heiraten will, mit dem sie einen dreijährigen Sohn hat. Der Pole schnalzte mit der Zunge, weil er vermutlich ahnte, was es bedeutete, als junge Frau mit einem unehelichen Kind zurechtzukommen; alle anderen nickten, wie zum Einverständnis, weil auch Beate ihrer vom Schicksal formierten Gruppe von Nicht-Katholiken angehörte, die sich hier bei Pfarrer Sernatinger zusammenfand, in dessen Macht es lag, ihr Los zum Besseren zu wenden.

Der Pfarrer hob die Hände und segnete die kleine Gruppe. Dann fiel ihm ein, dass er etwas vergessen hatte. Er bat Beate um die Austrittserklärung aus der evangelischen Kirche, damit alles seinen irdischen Gang nehmen könne. Beate öffnete ihre Handtasche und übergab dem Pfarrer das Papier. Frau Watzke fragte, ob sie auch den Parteiaustritt aus der SED vorlegen müsse, den sie als Republikflüchtling natürlich nicht habe und nie bekommen würde. Herr Sernatinger verneinte, nein, eine Partei sei ja keine Kirche. Wenn sie allerdings der CDU beitreten wolle, könnte eine Doppelmitgliedschaft Fragen aufwerfen. Es trat eine kleine Stille ein, während der man die Vögel vor den Fenstern hören konnte. Der Blick des Pfarrers saugte sich an Beate fest. „Nur Maria hat unbefleckt empfangen", sagte er und eröffnete damit das Thema des heutigen Konvertitenkreises. „Von Gott dem Vater wurde der Samen in sie gelegt. Weil sie nur auf Gott hörte. Bedingungslos", sagte er. „Maria war innerlich ganz Gottes Befehlen gefolgt und deswegen ohne Erbsünde. Maria wurde bereits im Leib ihrer Eltern, die Anna und Joachim hießen, von jeglicher Erbsünde befreit, sie verbrachte ihr Leben ohne Sünde und musste auch nach ihrem Tod nicht im Fegefeuer von Sünden gereinigt werden. Sie war eine Jungfrau, als sie vom Heiligen Geist den göttlichen Samen empfing und ein Kind gebar, den Herrn Jesus." Die vier Konvertiten hörten gespannt zu, aber der Pfarrer erklärte ihnen nicht, warum ausgerechnet diese Maria als Heilige von Gott auserwählt worden war. Es war klar, dass die katholische Kirche darauf bestand, an Marias unbefleckte Empfängnis und die Jungfrauengeburt zu glauben. Beate lächelte, weil sie Maria für eine erstaunliche Frau hielt. Ein Leben ohne Sünde zu verbringen, musste doch einen ziemlichen Willensakt bedeuten. Maria hatte ziemlich viel für ihr Kind auf sich genommen, das gefiel Beate, sie fühlte sich mit dieser unverheirateten Heiligen verbunden.

Sernatinger schaute Beate streng an und wollte wissen, ob sie eine Frage habe.

Beate verneinte, wurde rot im Gesicht.

Ingeborg Watzke sprach aus, was Beate dachte. Wie schwer es doch für eine Frau sei, ohne Sünde zu leben, eine reife Leistung von Maria, sagte sie, aber sie habe sich gefragt, warum sie denn überhaupt Jungfrau sein musste, was denn so Sündiges daran sei, ein Kind von einem Mann zu bekommen?

Sernatinger verzog das Gesicht, als ob er in eine Zitrone gebissen hätte. Sie hat den Sohn Gottes zur Welt gebracht, deswegen musste sie frei von Sünde sein, einen reinen Körper haben, wie ihn nur eine Jungfrau haben kann, erklärte er.

„Aha", kommentierte Frau Watzke.

Pjotr bekreuzigte sich. Er verehre die Jungfrau Maria, sagte er, die Frauen müssten versuchen, so zu werden wie sie.

Angelica fragte Pjotr, wie es denn mit den Männern wäre, ob die nicht auch ohne Sünde leben sollten, dann wäre die Welt doch besser.

Pjotr lachte, ja, das wäre viel besser, aber es sei so schwer, ohne Sünde zu leben, weil die Frauen so schön seien, so wunderbar.

Er sagte es freundlich, höflich, meinte es als Kompliment an die Frauen, dabei schaute er Beate an. Pfarrer Sernatinger pflichtete ihm bei.

„Ja, im Weibe liegt die Sünde, das Unheil. Eva hat Adam verführt, so kam die Sünde über die Welt." Schlodinger rutschte unruhig auf seinem Sitz herum, denn er empfand es als einen großen Segen, dass ihn eine Frau angesprochen, ihm zugelächelt hatte, mit ihm spazieren gegangen war, ihn an die Hand genommen und ihn geküsst hatte. Sie hatten miteinander geschlafen, und er war auch dafür dankbar. Für diese Sünde.

Der Priester breitete erneut die Arme aus wie eine Krähe, die die Flügel ausbreitet, um über die Stadt zu fliegen.

„Aber wir können alle aus unserem Gefängnis von Schuld

befreit werden“, sagte er mit diesem singenden Ton und einem stillen Lächeln im Gesicht.

„Durch die Beichte, die ihr vor dem Ohr Gottes ablegt. Gott vergibt immer.“

Angelica fragte, ob sie auch jetzt schon zur Beichte gehen könne, obwohl sie noch nicht Katholikin sei, ob Gott ihr ihre Sünden trotzdem schon jetzt vergeben würde?

„Du gestehst deine Sünden nicht der Kirche, sondern Gott, jeder kann seine Sünden beichten, Vergebung kannst du aber erst erlangen, wenn du dem heiligen Schoß der Kirche beigetreten bist.“

Beate war klar, dass dies auch für sie galt, auch sie musste ihre Sünde mit sich herumtragen, bis Pfarrer Sernatinger und die katholische Kirche ihr Absolution erteilen würden. Sie nahm sich vor, tapfer zu sein und dieses schwere Los zu tragen, so wie Maria, die es auch geschafft hatte, ein uneheliches Kind auf die Welt zu bringen und dafür sogar in den Stand einer Muttergottes erhoben wurde. Sie wollte gar nicht so berühmt werden, nur endlich Ordnung in ihr Leben bringen. Ihre Mutter hatte die drei Kinder ohne Vater aufziehen müssen, Tante Erika lebte ohne den Mann ihrer Tochter. Beate nahm sich vor, diese Reihe von Müttern ohne Männer nicht zu verlängern, auch wenn sie dafür ihre Sünden beichten musste. Das schien ihr einfach im Vergleich zu einem Leben allein, mit unehelichem Kind und der andauernden Anfeindung, selbst schuld zu sein.

Theresa liebte die Arbeit mit den Pflanzen, so wie sie früher ihre Arbeit als Krankenschwester geliebt hatte. Sie konnte Leben zurückgeben, Leben erhalten und pflegen. Seltsam, dass sie nun Gärtnerin geworden war; eine Arbeit, die sie von ihrer Mutter gelernt hatte, die immer ein Feld gehabt hatte, auf dem sie Blumen und Gemüse anpflanzte. Das meiste davon verkauften sie in ihrem Laden, neben den Kolonialwaren, denn die Kunden suchten nicht nur das Exotische wie Kaffee, Tee oder Gewürze, sondern auch ganz normale Karotten. In der Gärtnerei Staubinger, wo sie nun schon acht Jahre arbeitete, hatten sie begonnen, von Gemüse und Salat auf Zierpflanzen umzustellen. Es ging den Menschen besser, da konnten sie es sich leisten, im Blumenladen einen Strauß zu kaufen für zu Hause auf den Tisch oder für die Frau, um sie zu überraschen. Erstaunlich, fand Theresa, aber auch sehr schön. Oder sie hängten sich Blumen auf die Balkone. Man hing nicht Wäsche auf oder nutzte den Balkon, um etwas kalt zu stellen, man brachte nun Geranien an den Balkonbrüstungen an. Also pflanzten sie in der Gärtnerei jetzt Blumen an und hatten zusätzliche Gewächshäuser gebaut, um der Nachfrage gerecht zu werden. Aber es gab weiterhin die Beete mit den Kopfsalaten, den Tomaten, den Bohnen, die in den Gewächshäusern gut gediehen. Manchmal stellte Theresa sich einfach neben eine Tomatenpflanze, nahm die grüne Frucht in die Hand und staunte, was da entstand, wie sich die Kraft der Pflanze in dieser Frucht sammelte, wie alles angeordnet wurde und wuchs, die Farbe und den Geruch veränderte. All diese wunderbaren Vorgänge konnte sie mit ihrer Arbeit, mit Wasser, Harke, manchmal mit Dünger, mit Sonnenlicht und Schatten beeinflussen. Sie schaute auf ihre Uhr, die Uhr von Hanna, die sie immer trug, auf die sie achtete und die sie zum Uhrmacher trug, falls sie einmal nicht ging, weil Wasser oder Kälte ihren inneren Schlag zum Stillstand gebracht hatten. Das Zifferblatt war schwarz, mit einem weißen, schmalen Kreis drum herum. Unterhalb des Zapfens, der die Zeiger trug, stand „Anker“, was ihr besonders gut gefiel, denn das war ihre Aufgabe in der Gärtnerei, aber auch in ihrer Familie; sie war diejenige, auf die man sich verlassen konnte, sie war der Anker.

Krankenschwester wollte sie seit ihrer Berliner Zeit nicht mehr sein. Eine Gelbsucht, vermutlich durch infiziertes Blut übertragen, hatte sie zur Aufgabe ihres Berufs gezwungen. Sie konnte sich nicht mehr vorstellen, Verbände anzulegen, Spritzen zu setzen oder Herzschläge abzuhören. Sie war zwar wieder vollständig geheilt, doch schon der Geruch in einem Krankenhaus, diese Mischung aus Desinfektionsmittel, Urin und billigem Tee, bereiteten ihr Übelkeit. Auch die Erinnerung an Hanna, die eng mit ihrem alten Beruf verbunden war, durfte nicht mehr zu stark hochkommen. In Charlottenburg, in der Nähe vom Stuttgarter Platz, am „Stutti", wie die Berliner den Platz nannten, schichteten sie zusammen Steine auf und zogen Holzbalken, die man wiederverwenden konnte, unter den Trümmern hervor. Hanna war etwas jünger als sie selbst, mit großem Busen, und stärker als die meisten. Sie befreundeten sich, trafen sich auch mal am Wochenende, fuhren zusammen mit den Rädern an die Havel. Es war Hanna gewesen, die sie ermuntert hatte, sich wieder als Krankenschwester zu bewerben. Zusammen klapperten sie die noch vorhandenen Krankenhäuser ab, und tatsächlich fand Theresa eine Stelle im katholischen Sankt-Gertrauden-Krankenhaus. Sie verdiente ein bescheidenes Gehalt und konnte ein Zimmer im Schwesternheim beziehen. Die Nonnen, die das Krankenhaus leiteten, waren gute Frauen, ohne Allüren, ganz ihrer Aufgabe verpflichtet. Selbstverständlich standen der Glaube und die Moral im Zentrum ihres Daseins. Doch Theresa konnte spüren, welche Schwester einer anderen Schwester besonders zugetan war, trotz der Verbote von körperlichen Kontakten, des Gebots der Enthaltsamkeit. Manchmal sah sie flüchtige Berührungen oder bemerkte einen liebevollen Blick. Sie wusste, dass die Krankenhausleiterin streng darauf achtete, dass ihre Schwestern ein keusches Leben führten.

Wenn Theresa frei hatte, traf sie sich mit Hanna, zu der sie sich immer stärker hingezogen fühlte, auch wenn Hanna meist sehr dominant war, was sie zuweilen abschreckte. Hanna zog Theresa damit auf, dass sie langsam auch eine Nonne werden würde, was nicht stimmte, aber Theresa hatte eben keine Erfahrung mit der körperlichen Liebe zu Frauen, obwohl sie sich danach sehnte. Eines Sonntags, als ein langer Nonnenkonvent stattfand, erlaubte Theresa Hanna, sie in ihrem Schwesternzimmer zu besuchen. Hanna hatte kein eigenes Zimmer, sie teilte sich eine Wohnung mit ihrem kriegsversehrten Bruder Georg und ihrer Mutter. Theresa war vorsichtig gewesen, hatte darauf geachtet, dass niemand Hanna sehen würde, als sie zu ihr aufs Zimmer kam. Als die Tür hinter ihnen geschlossen war, nahm Hanna die Sache in die Hand, knüpfte Theresas Bluse auf, streichelte ihre Brüste und fasste ihr unter den Rock. Theresa wusste nicht, was sie machen sollte, überließ sich den Händen ihrer Freundin. Beide lagen nackt in dem schmalen Bett, als es an der Tür klopfte und jemand versuchte, die Klinke herunterzudrücken. Es wurde nach ihr gerufen, sie möge doch bitte herauskommen, ein Notfall auf der Station. Schnell zogen sie sich an, aber Hanna wurde entdeckt, genauso wie ihre glühenden Köpfe. Hanna hatte ihre Armbanduhr neben das Bett gelegt und sie dort vergessen. Später fand Theresa die Uhr. Die Schwester, die sie erwischt hatte, blickte sie streng an und sagte leise, dass dies ein Nachspiel haben werde. Theresa ging auf ihre Station und kümmerte sich um den Notfall. Hanna verschwand, ohne dass sie sich verabschieden konnten. An diesem Tag infizierte sich Theresa mit Hepatitis. Kurze Zeit danach wurde sie wegen Verstoßes gegen die Hausordnung entlassen. Theresa schämte sich, so sehr, dass sie auch Hanna nicht mehr sehen wollte, aber sie behielt Hannas Uhr. Danach arbeitete sie noch eine Zeitlang im Ostteil der Stadt, am Frankfurter Tor, und lebte in einer Arbeiterunterkunft, als sie schließlich über Umwege einen Brief von Erika erhielt, die ihr mitteilte, dass sie sich scheiden lassen würde. Das war das erhoffte Signal vom Bodensee, das Theresa brauchte, um Berlin wieder zu verlassen. Hanna sah sie nie wieder.

Die Arbeit im Mai war weniger anstrengend als im Herbst, Theresa musste also kein schlechtes Gewissen haben, einmal etwas früher zu gehen. Ihre Chefin, Frau Staubinger, ein herzlicher Mensch, hatte auch kein Problem damit, wenn Theresa mal etwas anderes vorhatte, als immer nur ihre Gärtnerei am Laufen zu halten. Theresa wollte mit den Schwestern besprechen, wie es weitergehen würde mit Müller und dem alten Sauter. Annegret musste heute rechtzeitig in den „Domkeller", weil sie bei der Vorbereitung eines Banketts helfen sollte, also fand ihr Schwesterntreffen schon am frühen Abend statt.

Erika bügelte gerade Handtücher, als Theresa in die Wohnung kam. Sie lief an ihr vorbei, ohne sie zu grüßen, ging in die Küche und schrubbte sich die Hände, wie sie es immer machte. Dann kam Annegret. Theresa stellte drei Flaschen Bier auf den Tisch, doch Annegret wollte nichts trinken, wegen der Arbeit, die auf sie wartete. Sie befragten Erika, wie es mit dem Franzosen gelaufen sei.

Nicht so gut, erzählte Erika, während sie die Kanten eines Tuchs, das sie bearbeitete, mit den Händen stramm zog. Sie berichtete von dem Weinberg, den Camille tatsächlich habe, aber um ihn behalten zu können, müsse er die Gebäude renovieren, dazu brauche er Geld. Sein Bruder sei Kommandant in der Franzosenkaserne, den er fragen wolle, ob er für einen Kredit bürge. Dass sie mit Camille im Bett war, erzählte sie ihren Schwestern nicht.

„Hast du ihn gefragt, ob er mitmacht, um an Müller ranzukommen?"

„Ja, habe ich", sagte Erika, „aber er meint, dass es keinen stört, wenn einer ein Nazi war; was gewonnen wäre, wenn wir wüssten, dass Sauter den Theo verraten hat."

„Dann wüssten wir es", empörte sich Theresa, „ich will das wissen."

„Nur, was hilft es Camille?"

„Ich dachte, er braucht Geld?"

„Schon, aber er glaubt nicht, dass irgendjemand, schon gar nicht Sauter, zahlt, wenn wir beweisen könnten, dass er Theo verraten hat."

„Da ist was dran, trotzdem müssen wir es wissen, schon wegen Beate und Bruno", beharrte auch Annegret.

„Und auch wegen Anton", setzte Theresa nach, „dem würden wir das aufs Brot schmieren."

Erika setzte das Bügeleisen ab, zog den Stecker. Sie nahm sich eine Flasche Bier, holte zwei Gläser aus der Küche und schenkte sich in eines davon ein, das andere stellte sie vor Theresa auf den Tisch – als Aufforderung, ein Glas zu benutzen und nicht aus der Flasche zu trinken. Erika schaute aus dem Fenster und sah, wie die Betttücher, die sie dort auf die Wäscheleinen gehängt hatte, friedlich im Wind flatterten.

„Der Camille kommt wieder", sagte sie, „der macht schon noch mit, aber wir müssen uns was Besseres überlegen."

„Warum bist du dir so sicher, dass er noch mal kommt?", fragte Theresa.

Erika zuckte die Schulter. „So ein Gefühl", sagte sie nur, da stahl sich ein Lächeln auf ihr Gesicht. Sie wandte sich schnell ab, damit die anderen es nicht sehen und ihre Gefühle erkennen konnten.

„Das mit dem Verschwinden lassen...", begann Annegret, sprach den Satz aber nicht zu Ende.

„Wenn es ein Erbe gibt, könnte der Camille ja etwas abhaben, vielleicht ist er dann stärker interessiert."

„Das habe ich auch schon gedacht", meinte Erika und setzte sich auf den zweiten Sessel, auf dem sie sonst eigentlich nie saß. Sie schauten sich an.

Die Möglichkeit einer solchen Tat machte sie sprachlos. Sie hatten viel in ihrem Leben geleistet, viel Kummer und Schmerz erlebt, aber waren sie zu so etwas fähig? Zu einer solchen Rache? Sie würden nie aussprechen, wie man das, woran sie dachten, bezeichnete. „Jemanden verschwinden lassen" klang harmloser, es passte besser zu Konstanz.

„Trotzdem, wir müssen es wissen", sagte Theresa, „sonst wäre es nicht richtig, wenn wir ihn und Anton verschwinden ließen und er es gar nicht war. Außerdem, es muss gut gemacht werden, damit niemand rauskriegt, dass wir dahinterstecken. Kann der Camille so was? Hat er wenigstens eine Pistole?"

„Keine Ahnung, ob man dazu eine Pistole braucht", entgegnete Erika.

Ohne darüber zu sprechen, dachte jede für sich nach, welche anderen Möglichkeiten ohne Pistole es gab. Die drei waren sich einig, dass sie zunächst wissen mussten, ob Max Sauter der Verräter war, der das Leben ihres Bruders Theo auf dem Gewissen hatte.

„Also müssen wir allein zu Müller und uns dort umschauen", stellte Theresa fest. „Ich war in der Alemannenstraße, ich habe ihn sogar gesehen, er hat eine alte BMW."

„Vielleicht fährt er damit ja mal spazieren", meinte Erika.

„Und nimmt seine Frau mit", ergänzte Annegret.

„Also gut, wir müssen wissen, wann die beiden aus dem Haus sind, dann schauen wir uns mal bei denen in der Wohnung um", hielt Theresa fest. „Wenn wir wissen, dass der Max Sauter es war, dann sprechen wir mit deinem Camille."

„Es ist nicht mein Camille", wehrte sich Erika schnippisch.

„Ach?", Theresa winkte verächtlich mit der Hand, „du warst schon damals in den verschossen, aber mir ist das ja egal. Jedenfalls überlegen wir dann die weiteren Schritte."

„Und wenn er es nicht war?" fragte Annegret.

„Dann müssen wir den Müller in die Mangel nehmen und herausbekommen, wer es war", entgegnete ihr Theresa.

Annegret stand auf, sie musste los zu ihrer Arbeit. Sie hätte noch gerne über Prinz Philip gesprochen, der ihnen vielleicht sagen könnte, ob er 1933 Theo getroffen hatte. Doch dafür war keine Zeit.

„Dann sollten wir den Müller beobachten", befand sie.

„Ich geh da mal hin und red' mit den Leuten", erklärte Erika.

„Kriegst du seine Wohnungstür auf?", wollte Annegret von Theresa wissen.

„Ich krieg jede Tür auf", sagte Theresa und nahm einen kräftigen Schluck Bier, direkt aus der Flasche.

Erika schüttelte den Kopf über die schlechten Angewohnheiten ihrer Schwester.

„Verbunden werden auch die Schwachen mächtig.“

Friedrich Schiller

2

Ganz zu Beginn, als sie sich erst ein paar Monate kannten, war es manchmal vorgekommen, dass Anton sie von der Arbeit abholte. Er wartete dann gegenüber, lehnte leicht an der Wand oder saß auf den Treppenstufen eines Hauseingangs und zog mit den Schuhspitzen die Linien zwischen den Pflastersteinen nach. Wenn sie mit Gitta aus der hinteren Tür trat, wo die Stoffe angeliefert wurden und die Angestellten am Morgen hinein- und am Abend hinausgingen, stupste Gitta sie an, denn meistens sah Gitta Anton zuerst, der sich aufrichtete, den Kopf ein wenig beugte und prüfend zu ihr hinüberschaute, so als müsste er über einen Brillenrand schauen, obwohl er gar keine Brille trug. Ihr Herz klopfte gleich etwas schneller, ein leichter Schauer ging durch sie hindurch, und sie musste breit grinsen. Beate wollte ihm sofort in die Arme springen, hielt sich aber zurück, weil sich das nicht gehörte und auch, weil er sich nichts einbilden sollte. Doch wie stolz war sie immer gewesen, wenn dieser schöne Mann auf sie wartete, lächelte, wenn sie zu ihm hintreten konnte und er sie küsste.

Als Anton heute wieder einmal dort stand, hatte Beate mit seinem Erscheinen überhaupt nicht gerechnet, ihn wieder einmal nicht sofort bemerkt. Er schaute ernst zu ihr, war offenbar direkt aus der Werkstatt hierhergekommen. Auf seinen Haaren konnte man noch den Abdruck des Gummibands der Schutzbrille sehen. An den schwarzen Härchen der Unterarme haftete grauer Staub. Sie atmete tief ein, als sie auf ihn zuging, leicht Hallo sagte und auf einmal die ganzen Erinnerungen an die ersten Tage ihrer

Liebe in ihr hochschossen wie Wasser aus einem aufgedrehten Hahn. Warum war er gekommen, was war so wichtig, dass er seine heilige Arbeit verließ, um sie zu treffen? Die Frage musste in ihrem Gesicht gestanden haben, als er sie bat, mit ihm ein paar Schritte zu gehen, denn er müsse mit ihr reden. Sie gingen los wie zwei Menschen, die sich fremd waren, obwohl sie den dringenden Wunsch verspürte, seine Hand zu nehmen, ihn einfach zu umarmen, zu weinen, ihn zu küssen. Es rauschte in Beate, ihr Magen zog sich zusammen, und sie legte ihre Arme um sich herum. Auch Anton ging gekrümmter als sonst, weniger stolz, als er es eigentlich war.

„Hast du heute früher Feierabend?“, fragte Beate beiläufig, um überhaupt etwas zu sagen. Er schüttelte den Kopf. „Nein“, sagte er, „ich muss nachher weitermachen, es ist nur, es ist nur...“

„Ja“, sie nickte, als wüsste sie genau, was er sagen wollte. „Ja, es ist schwer, aber schön, dass du gekommen bist, fast wie früher.“

„Ich will nicht, dass du schlecht von mir denkst“, begann er, „aber mein Vater, er ist eben meine Familie, der Rest davon. Seit Mutter tot ist, bin ich der Einzige, der ihm geblieben ist, verstehst du?“

Sie schaute ihn an, wollte, dass er weitersprach.

„Er weiß gar nicht wie Einkaufen geht, Kochen kann er auch nicht, also, ich kann es ja auch nicht, aber er merkt jetzt, was die Mutter alles geleistet hat. Irgendwie wehrt er sich dagegen, dass ich auch gehe. Das klingt blöd, aber es fühlt sich an, als ob ich jetzt für ihn verantwortlich bin.“

Es gingen Menschen an ihnen vorbei, die sie nicht sahen, es tauchten Schaufenster auf, in die sie nicht hineinblickten. Manchmal traf die tief stehende Sonne ihre Gesichter, und sie kniffen die Augen zusammen. Beate lief jetzt wieder aufrechter, der Knoten in ihrem Magen hatte sich gelöst. Sie fand es merkwürdig, dass er sich für seinen Vater offenbar mehr verantwortlich fühlte als für sein eigenes Kind und für sie. Aber es war schön, dass er sich ihr überhaupt erklärte.

Sie würde ihn verstehen, entgegnete sie ihm, aber sie müssten es schaffen, ihr eigenes, gemeinsames Leben zu leben. Die ganze Welt würde sich gerade verändern, da könnten sie nicht abseits stehen.

„Ich will doch einfach nur mit dem Mann, den ich liebe, und unserem Kind zusammen sein", bekräftigte Beate erneut.

„Ja, ich weiß", antwortete Anton, „aber es ist halt nicht leicht, es geht nicht immer so, wie wir es gerne hätten."

„Anders als bei deinen Steinen", rutschte es ihr heraus. Er schaute sie erstaunt an, lächelte dann und berichtete, dass er heute dem heiligen Ignatius, an dem er für die Kirche in Salem arbeitete, den Arm abgeschlagen hätte, weil er nicht beachtet hatte, dass im Stein eine poröse Stelle war. „Jeder Stein ist anders, und wenn man nicht genau hinschaut, was in ihm drin ist, was die Erde geformt und in den Stein hineingepresst hat, dann hat man verloren."

Beate war wirklich erstaunt, wie offen Anton heute mit ihr redete, empfand sogar etwas wie Freude darüber, weil er sich ihr so offen zeigte. Sie blieb stehen, um zu überlegen, ob Anton auch etwas von einem Stein hätte. Er ging noch ein paar Schritte weiter, merkte, dass er sie verloren hatte, drehte sich nach ihr um und ging zu ihr zurück. Jetzt nahm sie seine Hände, diese harten, starken Hände, die sie so sanft anfassen konnten, schaute ihn weich an, hätte ihn gerne geküsst, aber sie sah, dass er sein Visier schon wieder runtergeklappt hatte.

„Sei mir nicht böse", sagte er noch, „ich muss zurück – zum Ignatius." Damit zog er seine Hände von ihren zurück, machte einen kleinen Schritt rückwärts, nickte ihr zu, drehte sich um, ging um die Ecke in eine Gasse und war verschwunden. Beate stand da, fühlte sich ganz allein auf der Welt, ausgesetzt, nur pochendes, dunkles Wasser um sie herum. Sie suchte mit ihren Augen den Horizont hinter dem Nebel, der sich nur langsam lichtete. Beate hörte ein lautes Rufen. „Hierher", schrie ein Mann, „bei Fuß!" Neben Beate stand plötzlich ein dicker Hund und schaute in die gleiche Richtung wie sie. Der Hund drehte den Kopf ein wenig zu seinem Herrchen hinter ihm, auch Beate drehte sich um und sah einen verärgerten Mann in kurzen Hosen und kariertem Hemd, aus dem ein roter Kopf ohne Hals ragte. Der Hund zog die Augenbrauen zusammen, blickte kurz zu Beate hoch, als ob er ihr Einverständnis einholen wollte, dann rannte er los und bog in die Gasse ein, in die auch Anton verschwunden war. „Himmelherrgottzack!" schimpfte der Mann hinter ihr, er setzte sich in Gang, keuchte an Beate vorbei und eilte seinem Tier hinterher. Beate ging noch ein paar Schritte und blickte in die Gasse, wo der Mann seinem Hund hinterherrannte. Beide wackelten, im gleichen Rhythmus. Wenn das Hinterteil des Hundes nach rechts ging, setzte der Mann sein Bein links auf. Die Symphonie der beiden bestand aus Keuchen und Schimpfen, auch diese Töne hatten ihren eigenen Takt.

Weiter hinten musste Anton gehen, gerade, ohne Wanken, ein dunkler Schatten, groß, stark, angezogen von einem Ort, den sie nicht mehr betreten sollte. Er war zu ihr gekommen, um sie um Verzeihung zu bitten. Sei mir nicht böse, hatte er gesagt, ziemlich banal für die Schmerzen, die er ihr zufügte. Der Nebel vor ihr lichtete sich nicht, Beate stolperte mehr, als dass sie geradeaus ging, aber in ihr blieb das Gefühl, dass dieser Mann sich ihr geöffnet hatte; vielleicht gelang es ihr, weiter in dieses Innere vorzudringen. Beate schloss die Augen, hielt sich die Hände vors Gesicht, als ob sie ihr eigenes Inneres, ihre persönliche Dunkelheit anschauen wollte. Als sie die Hände wieder herunter nahm, schaute sie geradeaus und sah einen Mann und neben ihm eine Frau auf sich zukommen. Er in einem grauen Anzug, den sie als einen aus ihrer Schneiderei erkannte, die Frau in einem rosaroten Kleid mit Strickweste, hochtoupierten Haaren und blassrosa Lippen.

„Guten Tag", sagte sie zu dem Mann, als sie an dem Paar vorbeiging. Beate hörte noch, als sie weiterging, die Frau fragen, wer das denn war, und ihn „die Schneiderin" sagen. Die Antwort der Frau verstand Beate nicht mehr, nur den Klang von Unzufriedenheit hörte sie noch. Jetzt sah sie wieder klar, so würde sie nicht werden, nicht wie diese Frau. Das nahm sie sich fest vor.

Erika hatte wieder ihr dunkelblaues Kostüm angezogen. Sie fand sich angemessen gekleidet, nicht zu schick, aber auch nicht zu ärmlich. Sie betrat den großen Innenhof des im Dreieck angelegten Mietblocks, in dem irgendwo Müller wohnte. Wie es Theresa berichtet hatte, lebten die Leute hier gut und angenehm. Es war etwa elf Uhr am Vormittag, und wie erwartet sah Erika vor allem Hausfrauen, die entweder in ihren Beeten arbeiteten, Bettwäsche aufhängten oder ihre Kinder bewachten, die noch nicht schulpflichtig waren. Zwei, drei jüngere Frauen schoben ihre Kinderwägen vor und zurück, während sie auf einer Bank saßen, rauchten und sich mit einer anderen Mutter unterhielten. Es war klar, dass Erika auffallen würde, man kannte sie nicht, und sie hatte auch nicht den grimmigen Blick zur Verfügung, den ihre Schwester Theresa aufsetzte, wenn sie unbekanntes Terrain betrat. Erika lächelte jetzt und steuerte auf eine rundliche Frau zu, die offenbar sehr mitteilsam war, denn sie schnatterte angeregt mit einer Nachbarin. Die Frau hatte einen geflochtenen Korb neben sich stehen, aus dem sie Wäsche nahm und über eine durchhängende Wäscheleine legte. Jedes einzelne Wäschestück, vor allem Handtücher, Laken, Kopfkissen- und Bettbezüge, wurde sorgfältig hochgehoben, begutachtet, ob es auch sauber genug war, und dann über die Leine gelegt. Die andere Frau, ähnlich gut beleibt, harkte ihr Gemüsebeet. Diejenige mit der Wäsche ließ sich offenbar über ein neues Waschmittel aus, das sie zum ersten Mal ausprobiert hatte. Erika trat zu ihr hin, begrüßte sie in reinstem Hochdeutsch, lobte ihre strahlend saubere Wäsche und beglückwünschte die

Frauen zu der schönen Wohnanlage, in der sie hier wohnten. Sie fragte, ob eine von ihnen zufällig Frau Müller sei, aber sie schüttelten den Kopf. Fragend blickten die beiden sie an. Ob die Traudel denn nicht zu Hause sei, wollten sie wissen.

„Ich hatte gehofft, sie hier zu treffen, ohne ihren Mann", erklärte Erika.

„Das ist schwer", sagte die Frau mit der Wäsche, „der Edgar ist praktisch immer da, außer er schraubt an seiner BMW rum."

„Oder er geht zum Kegeln", ergänzte die Frau mit der Harke.

„Warum wollen Sie die Müller denn alleine sprechen?", fragte die Wäschefrau.

„Ich komm von Lotto und Toto", lächelte Erika, „und ich habe eine Nachricht für die Edeltraud Müller. Es ist so, dass wir bestimmte Nachrichten nur der Person überbringen dürfen, für die sie bestimmt sind. Es könnte sein, dass sie die Nachricht für sich behalten will. Gerade Frauen..."

„Hat die im Lotto gewonnen, das ist ja Wahnsinn", krähte die Wäscherin.

„Bitte!", ermahnte Erika sie streng.

„Na klar, wenn der Müller erfährt, dass die Edeltraut Geld hat, dann legt der die Hand drauf, so viel ist sicher."

„Also, sie ist nie allein anzutreffen?", hakte Erika nach.

„Am Donnerstagabend, da fährt er immer nach Radolfzell, und sie ist dann bei ihrer Tochter. Aber ich glaub, nicht immer."

„Und die Tochter?"

„Die lebt drüben in Kreuzlingen, hat sich einen Schweizer geangelt. Jesses Gott, was hat sich der alte Nazi da aufgeregt!"

„Nazi?"

„Ach, das sagen wir nur manchmal so... Der Müller fand, dass es Landesverrat ist, wenn seine eigene Tochter einen Schweizer Roten heiratet. Ihr Rudi ist nämlich irgendwas im Stadtrat in Kreuzlingen und bei den Roten. Wobei die Schweizer, die haben ja alle eine rote Fahne im Garten."

„Aber mit weißem Kreuz!"

„Ja, schon, aber die haben die Volksabstimmung."

„Ha, das ich nicht lache, nur für Männer, nur die sind das Volk. Die Frauen dürfen zuschauen, wenn die Männer abstimmen. So ist das in der Schweiz."

„Ich versteh nichts von Politik", sagte die Frau im Gartenbeet.

„Du musst eben auch mal Zeitung lesen", ermahnte sie die andere.

„Was habe ich davon? Da steht dann, welches neue Waschmittel ich mir kaufen soll?"

„Na und, das hier ist doch wirklich gut. Oder?"

Sie wandte sich an Erika, die ja bereits ihre saubere Wäsche gelobt hatte.

„Das neue Dash wäscht sichtbar weißer", zitierte Erika einen Werbespruch, „das nehme ich auch immer. Wie komm ich denn jetzt am besten zu der Frau Müller?"

Die Frau zeigte auf einen Balkon im dritten Stockwerk eines der Häuser, wo rosa Geranien blühten.

„Aber wenn sie die alleine antreffen wollen, müssen sie am Donnerstagabend kommen, wenn der Alte weg ist."

„Herzlichen Dank", strahlte Erika, hob leicht die Hand, winkte und lief los. Sie drehte sich noch einmal um, ging zu den Frauen zurück.

„Sie können doch sicher dieses kleine Geheimnis für sich behalten? Wenigstens bis Freitag, nachdem ich die Frau Müller gesprochen habe?"

„Na klar, auf uns..."

Erika legte den Finger auf den Mund, zwinkerte mit dem linken Auge und setzte dann einen Fuß vor den anderen, wodurch ihr Gang wiegender, eleganter aber auch fremder wirkte, so wie bei jemandem, der aus einem fernen Teil des Landes angereist war, wo man Hochdeutsch sprach und wichtige, geheime Nachrichten mit sich herumtrug. Die beiden fleißigen Frauen waren Teil dieses besonderen Vorgangs geworden, über dessen Bedeutung sie sich nun ausführlich auslassen konnten, insbesondere über die Frage, wie viel es denn wohl sei, das die Traudel gewonnen hätte, ob es hunderttausend wären oder mehr und für wie viel Geld wohl so eine wie die da extra angereist käme nach Konstanz. Auch überlegten sie, was sie mit so einer Million anfangen würden, ob sie es ihren Männern sagen oder gleich abhauen würden nach Italien oder nach Amerika. Aber das hielten sie dann doch für eine schlechte Idee; was sollten sie in Ländern, in denen sie niemanden kannten und deren Sprachen sie nicht konnten? Da wollten sie doch lieber hier bleiben; hier war es schön, nirgendwo sonst war es so schön und friedlich wie am Bodensee. Allerdings eine Reise würden sie schon gern mal machen, auf so einem Ozeandampfer. Und sie würde eine neue Waschmaschine kaufen, sagte verträumt die Frau mit der Wäsche; eine, die wäscht und schleudert, eine von Miele, die kostet eintausendsiebenhundert Mark.

Auch wenn sie nie das Geld hatte, um ihren Kindern etwas Besonderes zum Geburtstag zu schenken, so war es doch für Annegret zur Gewohnheit geworden, ihnen jährlich einen Kuchen zu backen. Ihr Sohn Erich war heute vor fünfunddreißig Jahren zur Welt gekommen, eine leichte Geburt, an die sie sich kaum erinnerte. Erich war der Polizist geworden. Er hatte tagsüber Dienst, und abends musste Annegret in den „Domkeller", also wollte sie gleich früh um acht Uhr bei ihm auf der Wache vorbeigehen und ihm den Nusskuchen bringen, den er so liebte. Auch Klaus, ihr zweiunddreißigjähriger Sohn, wollte kurz vorbeikommen, um zu gratulieren; nur Beate konnte sich nicht freimachen, weil sie eine Verwarnung von Möbius riskierte, wenn sie nicht pünktlich zur Arbeit erschien.

Klaus kam in seiner Arbeitskleidung, einer blauen Latzhose und einem kurzärmligen, rot-blau karierten Hemd, auf seinem Fahrrad an. Er wohnte nicht weit von hier mit seiner Frau Adelheid in einer kleinen Wohnung; auch das Geschäft, wo er als Klempner angestellt war, lag nur ein paar Straßen weiter. Erichs Polizeirevier war am Lutherplatz, gegenüber der Lutherkirche, gleich an der oberen Laube, ein Boulevard, der vermutlich nach den Laubenhütten benannt worden war, die vor der Stadtmauer aufgebaut waren.

Annegret hatte den Kuchen in eine Einkaufstasche geschoben und waagerecht von der Mangoldstraße bis zur Polizeiwache getragen, ein Fußweg von nur fünfzehn Minuten. Bruno musste neben ihr gehen, was er auch folgsam machte, denn er fand es aufregend, Onkel Erich, den Polizisten, zu besuchen. Annegret, Bruno und Klaus betraten gemeinsam die Wache.

Die anderen Polizisten kannten Erichs Mutter und Geschwister; sie grinsten, als Annegret, den Kuchen vor sich her tragend, vor den hölzernen Tresen der Polizeiwache trat und ein Geburtstagslied anstimmte. Zwei der Polizisten stimmten mit ein, und auf einmal schien das in beigen und braunen Tönen gestrichene Polizeirevier etwas heller zu sein. Erich kam grinsend aus einem Nebenzimmer. Er trug seine grau-grüne Uniform, ohne Mütze. Seine lichten schwarzen Haare waren streng nach hinten gekämmt und mit Pomade in Form gehalten. Er breitete die Arme aus, umarmte seine Mutter, knuffte seinen jüngeren Bruder, der ihm zum Geburtstag gratulierte, kniete sich zu Bruno und tätschelte ihm die Wange. Die Polizeikollegen klatschten, wandten sich aber dann von der kleinen Familiengruppe ab und wieder ihren Schreibmaschinen zu, auf denen sie mehrere übereinander gelegte Formulare, mit dazwischen geklemmten Kohlepapieren, einspannten und auf die Tasten einschlugen. Erich bat Klaus und Annegret, für einen Moment mit ihm nach draußen zu gehen.

Sie gingen in den Hof, wo Mülltonnen, Fahrräder und zwei Polizeiautos, VW Käfer mit Blaulicht, standen. Die Sonne teilte den Hof in Hell und Dunkel, die drei stellten sich in die wärmende Sonne. Bruno musste Annegret die Hand geben, was er aus Achtung vor den Polizeiautos ohne Widerspruch tat.

„Ich muss leider gleich wieder los", begann Klaus, „feierst du heute Abend?"

„Ich geh in den ‚Hecht', kommst du auch? Bring deine Frau mit."

„Vielleicht, mal schauen, wie spät es heute wird."

„Also nicht."

„Wie gesagt ..." Klaus wandte sich Annegret zu: „Hat Beate jetzt endlich mal einen Hochzeitstermin? Die Adelheid hätte das gern gewusst und ich auch. Wegen der Sommerferien."

„Fahrt ihr etwa mal weg?", wollte Erich wissen.

„Ja, vielleicht; wir schuften ja auch das ganze Jahr. Hast du was dagegen?"

Erich grinste breit, er hob die Hände. Es war üblich, dass die beiden Brüder sich anfrotzelten, weil Klaus den scheinbar solideren Lebensweg beschritten hatte: als Handwerker, verheiratet mit einer netten Frau, einem geregelten Leben. Während Erich, der eher das Abenteuer suchte, Polizist geworden war.

„Darf der Bruno mal um die beiden Polizeiautos rumlaufen?", fragte Annegret ihren Sohn.

„Na klar! Bruno, dreh mal ne Runde. Aber nicht abhauen!" Bruno strahlte, hüpfte zu den weiß-grünen Autos und begann sie zu umkreisen.

„Ich glaub, das wird nichts mehr mit den beiden", flüsterte Annegret Erich und Klaus zu, „der alte Sauter hintertreibt das, der wollte es von Anfang an nicht."

„Aber was kann er denn dagegen machen?", fragte Erich. „Die sind doch erwachsen und haben einen Bub."

„Plant eure Sommerferien ohne die Beate", sagte Annegret, „das wird nichts."

„Soll ich mal mit dem Anton reden? Ich seh ihn ja manchmal auf einem Bau", bot Klaus an.

„Vergiss es, der hört doch nur auf seinen Alten", kommentierte Erich.

„Und der Kleine? Was wird denn aus dem?" Sie blickten zu Bruno, der sich die Scheinwerfer der VW Käfer genauer anschaute.

„Dem geht es gut, seht ihr doch", antwortete Annegret.

„Du kannst dich doch nicht ewig um den Kleinen kümmern", fand Klaus, doch seine Mutter nickte ihm nur höflich zu.

„Also, ich komm mal bei dir vorbei, Mama. Feier noch schön, großer Bruder."

Klaus klopfte Erich auf die Uniform, drehte sich um, sagte „Tschüss" zu Bruno und ging los. Annegret schaute Klaus nach, einem kräftigen, etwas untersetzten Mann, der wusste, was er im Leben wollte, nur etwas darüber enttäuscht war, weil seine Frau noch kein Kind bekommen hatte.

„Ich muss auch gleich wieder rein", entschuldigte sich Erich.

„Du wirst doch wohl noch ein paar Minuten für deine Mutter haben! Oder laufen dir die Verbrecher weg?"

„Ja, es ist nur ... komm, wir gehen ein paar Schritte."

Verwundert folgte Annegret ihrem Sohn zu den Mülltonnen und Fahrrädern, schaute sich nach Bruno um, der weiter beschäftigt war.

„Ich wollte doch zur Kriminalpolizei", begann Erich eindringlich, „aber dann sagten sie, ich müsste noch einen Lehrgang in Freiburg machen. Das habe ich gemacht, und jetzt heißt es, es gäbe keine Stellen mehr bei der Kripo. Und wenn ich nachfrage, ob das überall so im Land ist, dann sagen sie mir, dass man wegen des zunehmenden Autoverkehrs mehr Verkehrspolizisten brauche. Ich hab so was von die Schnauze voll!"

„Wer sich nicht anpasst, kommt in diesem Land nicht weiter. Das war früher auch nicht anders", kommentierte Annegret.

„Ich steh doch nicht auf der Kreuzung rum und spiel Ampel. Deswegen bin ich nicht zur Polizei gegangen."

„Jetzt wart es halt mal ab."

„Ich glaub, ich hör auf."

„Du willst von der Polizei weg?"

Erich kickte einen Stein auf eine Mülltonne, es klang hohl und blechern. Annegret musterte ihren Sohn, sie kannte ihn gut und wusste, dass er nicht kündigen würde. Dafür waren ihm die Uniform und sein Ansehen als Polizist viel zu wichtig.

„Manchmal braucht das Glück etwas Zeit. Aber dann kommt es, glaub mir. Feier heute deinen Geburtstag. Hast du die – wie hieß sie noch mal – hast du die noch?"

„Hanne. Ja, die ist toll."

„Bring sie mal mit."

„Gut, Mama, also. Danke für den Kuchen."

Sie umarmten sich kurz, Erich ging zu Bruno und versprach ihm, ihn eines Tages einmal im Polizeiauto mitzunehmen, was für den Kleinen auch so etwas wie ein Geburtstagsgeschenk war. Dann verschwand Erich wieder in seiner Polizeiwache. Annegret nahm Bruno an die Hand, der ihr begeistert erzählte, dass er mit Onkel Erich im Polizeiauto mitfahren dürfe.

Es war schon seltsam, dass ihr Sohn Polizist geworden war und sie und ihre Schwestern Dinge planten, von denen sie ihren Kindern, vor allem Erich, nie würde erzählen können.

Schon war es Donnerstag und der passende Abend für den Besuch bei Edgar Müller. Die drei Schwestern wollten es nicht weiter aufschieben. Sie wussten, es würden sonst Zweifel bei ihnen aufkommen, ob das, was sie vorhatten, richtig war.

Theresa war noch einmal in die Alemannenstraße gegangen, in einen der Treppenaufgänge, und hatte beobachtet, welche Art von Schlüssel die Bewohner aus der Tasche zogen, um ihre Haustüren aufzuschließen. Sie hatte in der

Gärtnerwerkstatt ein paar Überstunden gemacht und Frau Staubinger gesagt, sie wolle das Werkzeug sortieren, was diese mit einem Achselzucken quittierte. Theresa hatte die Spitzen einiger Nägel platt gehauen, gebogen und zwei gekrümmte Zangen eingesteckt; mit diesen Werkzeugen sollte es gehen. Erika überlegte, ob sie als die Frau von Lotto-Toto gehen oder sich als Einbrecherin verkleiden sollte. Was wäre wohl unauffälliger? Theresa sagte ihr, dass sie spinnen würde. Sie solle ganz normal aussehen, als ob sie dort wohnen oder jemanden besuchen würde. Annegret hatte sich im „Domkeller" den Abend frei genommen. Ihre Aufgabe war es zu beobachten, wann Müller mit seiner BMW losfuhr, und dann herauszufinden, ob Müllers Frau ebenfalls aufbrach.

Annegret war früher als ihre Schwestern in die Alemannenstraße gekommen. Sie sah, wie die Frau vor ihrem Mann wegging. Eine Stunde später verließ Müller das Haus, lief zu den Schuppen und fuhr kurz danach auf seinem Motorrad davon. Um sicher zu sein, dass niemand in der Wohnung war, ging sie hoch und klingelte bei den Müllers. Als niemand öffnete, eilte sie rüber zur Markgrafenstraße, wo ihre beiden Schwestern schon ganz nervös auf sie warteten. Alle drei trugen jetzt Kopftücher, das hatte Erika durchgesetzt, denn falls jemand sie sah, wollte sie nicht an ihren Haaren wiedererkannt werden. Sie hatten verabredet, dass Annegret mit Theresa die Wohnung durchsuchen würde und Erika Schmiere stehen müsste. Erika wehrte sich zunächst, diese Aufgabe zu übernehmen, ließ sich aber von den älteren Schwestern überreden; sie könne schließlich am besten eventuell zurückkehrende Müllers oder andere Bewohner, die Fragen stellten, „vollsülzen", wie Theresa es ausdrückte.

Theresa gelang es relativ leicht, mit einem ihrer krummen Nägel und einer Zange die Wohnungstür zu knacken. Die beiden anderen Schwestern bewunderten ihr handwerkliches Geschick, was Theresa freute, denn sie bekam von Erika und Annegret selten ein Lob. Zu dritt standen sie dann in der dunklen Wohnung. Annegret schaltete die Taschenlampe ein, bemerkte dann, dass auch Erika mit hineingekommen war, sie zischte sie sogleich an und schob sie aus der Wohnung. Erika ging ein halbes Stockwerk höher und wartete dort. Einmal ging ein Heimkehrer in eine Wohnung im zweiten Stock, und einmal hörte Erika, wie jemand über ihr die Wohnungstür öffnete und die Treppe runterkam. Schnell eilte sie barfuß, die Schuhe in der Hand, die Stufen nach unten. Sie trat auf einen Stein, der ihr einen heftigen Schmerz durch Fuß und Bein jagte, was sie aber ohne Aufschrei ertrug. Erika ging im Erdgeschoss noch eine Treppe tiefer, wo es modrig roch und sich die Waschküche befinden musste. Der Bewohner von oben verließ das Haus, und Erika schlich sich wieder hoch, hob dabei den Stein auf, auf den sie getreten war, und bezog erneut Position auf dem Treppenabsatz. Das Haus war abweisend wie eine kalte Fensterscheibe im Winter.

Erika und Annegret machten sich systematisch an die Durchsuchung der drei Zimmer in der Wohnung. Das Schlafzimmer, wo es einen großen Schrank gab, in dem die Bettwäsche und die Kleidung aufbewahrt wurden, übernahm Annegret. Ihr wehte der Geruch von Mottenpulver entgegen. Mit der Hand fasste sie hinter die akkurat geschichtete Wäsche, um nach verborgenen Behältnissen zu suchen, fand aber nichts. Sie sah die Hemden und Anzugjacken des Mannes auf der einen Seite des Schranks hängen, die Kleider der Frau hinter der anderen Tür. Wehmütig kamen die Erinnerungen an den eigenen Kleiderschrank hoch, den Annegret in ihrer Wohnung mit Günther hatte. Wie war sie stolz gewesen, als der Schrank geliefert und von einem Tischler in ihrem gemeinsamen Schlafzimmer zusammengebaut wurde. Sie fasste leicht auf das Holz der Schranktür und erschrak kurz, als sie ihren Schatten im Spiegel zwischen den beiden Schrankteilen sah. Annegret öffnete die Schubladen der Nachttischchen. Die Frau las

Jerry-Cotton-Romane und löste Kreuzworträtsel. Er las Konsaliks „Der Arzt von Stalingrad“. Auf ihrer Seite des Bettes lag eine schmale Lesebrille, in der Schublade fand sie Schlaftabletten. Sie nahm sich einen Stuhl und leuchtete auf den Schrank, wo tatsächlich ein kleiner Karton lag, in dem Kinder-zeichnungen aufbewahrt wurden. Warum wurden die hier oben versteckt, fragte sie sich. Annegret hatte nichts mehr von ihren kleinen Kindern, es war alles in dem zerbombten Haus in Karlsruhe geblieben.

Vom Stuhl schaute sie auf die dunkle Straße hinunter, auf der ein Auto vorbeifuhr, dessen Lichter aber nicht sehr weit reichten. In der Frisierkommode lagen ein paar Kämme, Haarbürsten und Haarnadeln, nichts Besonderes. Annegret ging zu Theresa, die das Wohnzimmer durchforstete. Leise fragte sie: „Und?“ Aber Theresa schüttelte nur den Kopf und zeigte mit dem Daumen auf das dritte Zimmer, welches einmal das Kinderzimmer gewesen war. Dort gab es ein schmales Kinderbett mit zurückgeschlagener Decke. Vermutlich hielten die Frau oder der Mann hier Mittagsschlaf. In der Mitte des Raums stand ein Bügelbrett, daneben ein Wäscheständer, wo Unterwäsche zum Trocknen aufgehängt war. Annegret öffnete einen schmalen Schrank, in dem alte Hemden und Hosen hingen und auf dessen Boden Schuhe standen. Auf dem einzigen Regalbrett des Schranks wurden Poesiealben der Tochter aufbewahrt, gehäkelte Decken, bestickte Taschentücher. Sie nahm eines der in braunes Leder gebundenen Poesiealben in die Hand, blätterte darin, las das Geburtsdatum und die Uhrzeit der Geburt der Tochter und einige der Sprüche von Freundinnen: „Lebe jeden Tag, als wäre es Dein letzter. Eines Tages wirst Du recht behalten.“ „Sei wie das Veilchen im Moose bescheiden, sittsam und rein und nicht wie die stolze Rose, die immer bewundert will sein.“

Aus dem Wohnzimmer kam ein lautes Knacken, was Annegret einen kleinen Schrecken einjagte. Sie klappte das Poesiealbum zu, verstaute es im Schrank und ging zurück zu ihrer Schwester, die eine verschlossene Schublade des Schreibtisches geöffnet hatte. Das Furnier an der Frontseite war durch Theresas Manipulation an der Schließe eingerissen. Jetzt würde Müller sehen, dass er Einbrecher in der Wohnung gehabt hatte und vermutlich sofort die Polizei rufen. Annegret wollte Theresa schon anschnauzen, als diese einen kleinen Metalltresor aus der Schublade zog, der unverschlossen war. Theresa öffnete ihn und entnahm ihm ein Bündel Geldscheine. Sie pfiff durch die Zähne. Unter den D-Markscheinen lagen auch Reichsmarkscheine und zwei grüne Reisepässe, die von Edgar Müller und Edeltraut Müller, sowie ein rotes Büchlein – sein NSDAP-Parteibuch. Theresa reichte es an Annegret weiter, während sie das Geld einsteckte. „Wir sind doch keine Diebe", zischte Annegret. „Er ist ein Nazi", zischte Theresa zurück und tippte auf das Parteibuch. „Er bekommt sowieso raus, dass bei ihm eingebrochen wurde, also sollte auch etwas gestohlen sein."

Annegret blätterte in dem Parteibuch. Müller war am 1. Mai 1933 in die Partei eingetreten, bestätigt von der Reichsleitung in Freiburg. Neben den Angaben zur Person auf der linken Seite stand auf der rechten Seite „Personal-Ausweis", darunter klebte ein Foto, das den jungen Edgar Müller zeigte, der ziemlich stolz in die Kamera blickte. Die nachfolgenden Seiten waren vollgeklebt mit den monatlichen Beitragsmarken, es folgten einige handschriftliche Eintragungen, mit denen Teilnahmen auf Parteitagen bestätigt wurden. Theresa zeigte Annegret noch ein Schriftstück, auf dem „Im Namen des Führers und obersten Befehlshabers der Wehrmacht" stand und mit dem Edgar Müller das Eiserne Kreuz zweiter Klasse verliehen worden war. Dann fanden sie noch seinen Ehrendolch der SS. Diese Funde belegten, dass Müller Nazi und in der SS war, aber das wussten sie ja bereits, also legten sie, bis auf das Parteibuch, alles wieder zurück. Kein Hinweis auf irgendwelche Aufzeichnungen, Karteien oder sonstige Listen, die hätten beweisen können, wen Müller als V-Mann oder Denunziant führte. Sie nahmen sich noch die Küche vor, in der es nach Leberwurst roch, aber auch da gab es keine geheimen Verstecke, verborgenen Tresore, keine verschlossenen Schränke oder Schubladen.

Annegret und Theresa zogen die Wohnungstür zu, pfiffen nach Erika, und gemeinsam gingen sie leise die Treppe hinunter. Erleichtert traten sie auf die Straße. Niemand hatte sie gesehen. Erika warf den Stein in ihrer Hand auf die Straße, der unter dem Licht einer Straßenlaterne ausrollte. „Was habt ihr?“, fragte Erika. Theresa zeigte ihr die Geldscheine und das rote Naziparteibuch. „Sonst nichts?“, fragte Erika nach. „Nichts“, war die ernüchternde Antwort. „Scheißdreck!“

Sie machten sich auf zu ihren Fahrrädern, waren schon an der nächsten Straßenecke, als Theresa etwas einfiel. „Der Schuppen“, sagte sie, „wir müssen im Schuppen nachschauen.“ Sie drehten um und gingen durch eine der Durchfahrten in den Innenhof des Mietsblocks, wo wie große dunkle Schuhkartons die kleinen Garagen der Mieter waren. Theresa überlegte, wo sie Müller an seiner BMW schrauben gesehen hatte. Es fiel ihr wieder ein, und dann wusste sie, welches Vorhängeschloss sie aufbrechen musste. Sie schickte ihre Schwestern weg, damit sie aufpassen konnten, falls jemand mit seinem Auto oder Motorrad nach Hause kam. Theresa steckte zwei der gekrümmten Nägel in das dicke Vorhängeschloss, das mit vier starken Metallnieten zusammengehalten wurde. Sie drehte und schob die beiden Stifte vor und zurück, wurde schon etwas nervös, weil das blöde Ding nicht aufging. Doch dann machte es plötzlich klick, und sie konnte den Bügel zurückbiegen. Die Tür quietschte ein wenig, als sie sie öffnete und wieder hinter sich zuzog.

Das Licht der Taschenlampe zeigte ihr an der rechten Wand die Ersatzteile für das Motorrad, an der linken Wand einen Kalender der Konstanzer Wasserwerke, für die Müller gearbeitet hatte. An der Stirnseite der Garage stand eine massive Werkbank, über der Werkzeug angeordnet war. Für jeden Schraubenschlüssel, für jeden Schraubenzieher hatte Müller den Umriss auf eine Holzplatte gezeichnet, um zu verhindern, dass jemals ein Werkzeug am falschen Platz hängen würde. Unter der Werkbank stand ein kleiner Metallschrank, der abschließbare Schubladen hatte. Theresa vermutete, dass hier die elektrischen Werkzeuge wie Bohr- und Schleifmaschine untergebracht waren. Sie zog an einer der Schubladen, aber sie ließ sich nicht öffnen. Schon nahm sie wieder ihre selbst gebauten Dietriche zur Hand, als von draußen drei kurze Pfiffe ertönten, eine Warnung von Annegret. Schnell knipste Theresa die Taschenlampe aus, eilte zur Tür und horchte. Sie hörte zwei junge Stimmen, die eines Mannes und einer kichernden Frau. Direkt neben dem Schuppen, in dem sich Theresa versteckt hielt, wurde die Garagentür geöffnet und wieder geschlossen. Dann ertönte leise italienische Schlagermusik, und die raue Stimme von Celentano sang „Volare". „Nicht schlecht", dachte Theresa, hier ein Versteck für Liebesabenteuer einzurichten, während vorne in den Mietswohnungen die unbescholtenen Bürger schliefen. Sie knipste die Taschenlampe wieder an und machte sich an dem Verschluss des Metallschranks zu schaffen, bis sie auch diesen auf hatte. Sie fand, wie schon vermutet, einige Maschinen und einen Satz Bohrer und Gewindeschneider, die sie sich genau anschaute, aber wieder zurücklegte. Sie nickte anerkennend, das waren gute Werkzeuge.

In der untersten Schublade, ganz hinten, stand eine massive Geldkassette aus schwarzem Stahl, die offenbar schon lange nicht mehr bewegt worden war. Theresa zog das Ding hervor, setzte es auf den ölverschmierten Boden der Werkstatt, beleuchtete den Deckel. Neben drei Zahnrädchen, auf denen Zahlen und Buchstaben aufgebracht waren, gab es vorne ein Schlüsselloch. Dieses Ding zu öffnen, würde nicht einfach werden. Sie schob die Schubladen des Metallkastens wieder zurück, nahm den kleinen Tresor hoch, ging zum Garagentor und öffnete es. Fast wäre das Tor gegen Erika geknallt, die gekommen war, um nach ihr zu sehen. Theresa drückte ihr den Tresor in die Hände, befestigte das Vorhängeschloss wieder an der Tür, während nebenan „Azzuro“ gespielt wurde und das Klatschen nackter Körper zu hören war. Erika lauschte, ganz aufmerksam, und lächelte. Ihre Beine wuchsen in den Boden, Wärme stieg in ihr auf, sie kicherte. Theresa schaute zu ihr hin, irritiert. Sie hörte nur die Musik, nicht die Körper, stupste ihre Schwester an, die sich zu ihr hindrehte und rot im Gesicht wurde, was Theresa aber nicht sehen konnte, denn es war viel zu dunkel.

Annegret stand nervös neben einem alten Baum und fragte, was denn so lange gedauert habe. Erika zeigte ihr den erbeuteten Kasten mit den drei Rädchen obendrauf. Sie gingen nacheinander los, im Abstand von einigen Metern, denn sie wollten nicht zusammen gesehen werden. Bald trafen sie sich an den Fahrrädern wieder. Theresa wickelte den Tresor in ihre Strickjacke, die sie immer mit sich führte, und legte ihn hinter sich in ihren Fahrradkorb. Jetzt nahmen sie auch die Kopftücher ab. Annegret atmete schwer aus, alle drei grinsten. Erika streckte ihre Hände aus, die merklich zitterten, Theresa legte ihre Hand auf die erbeutete Kassette und nickte, so als wüsste sie, was diese enthielt. „Jetzt brauche ich einen Schnaps“, sagte sie. „Gute Idee“, fand Annegret, „ich hab noch den Obstler, gehen wir zu mir.“ Erika nickte nur, schwang sich aufs Rad und folgte ihren Schwestern.

Sie saßen um den Küchentisch von Annegret, in der Mitte die erbeutete Kassette und das rote Büchlein, daneben eine helle Flasche Schnaps. Jede hatte ein Gläschen vor sich stehen. „Wenn ich den mit dem Bunsenbrenner aufmache, könnte der Inhalt verbrennen“, erklärte Theresa. „Das Schloss hier krieg ich vermutlich auf, aber es gibt noch mindestens drei Riegel, die mit den Dingern hier gesichert sind.“ Sie drehte an den Rädchen, hörte aufmerksam dem

Klacken zu, schüttelte dann aber den Kopf. Erika überlegte, dass sie als Zahlenkombination ein Geburtsdatum verwenden würde, von Anna, ihrer Tochter, oder von einer der Schwestern. Annegret nickte, ja, aber würde ein Geheimdienstmann wie Müller das auch so machen? Da ging die Tür auf, und Beate kam in die Küche. Sie hatte Stimmen gehört und sich gefragt, wer mitten in der Nacht dort sein könnte. Was sie denn hier machten, fragte Beate, und was das für ein Ding sei? Die Schwestern schauten sich an.

„Ein Tresor", bemerkte Theresa knapp.

„Das sehe ich", antwortete Beate und schaute ihre Mutter an.

„Der ist ... den haben wir ...", suchte sie nach einer Antwort.

„Der ist von Onkel Theo", platzte Erika heraus.

„Wir haben ihn gefunden, aber wir wissen nicht, wie er aufgeht."

„Wo denn gefunden?", fragte Beate.

„Im Schuppen eines alten Freundes von ihm, der gestorben ist. Theo hat das Ding bei ihm versteckt, falls ihm mal etwas zustoßen würde", erklärte Annegret.

„Wirklich?", bohrte Beate nach. Sie ließ sich Wasser aus dem Hahn in ein Glas laufen. Die drei Frauen am Tisch tranken Schnaps und nickten.

„Und ihr wusstet nichts davon?"

Sie schüttelten den Kopf.

„Onkel Theo hat das Ding versteckt, bevor er verhaftet wurde, eigentlich ziemlich schlau", fand Beate. „Und wie kriegt ihr das jetzt auf?"

„Vielleicht gar nicht", meinte Theresa. „Er hat es versteckt, damit wir es nicht finden, also kann es auch geheim bleiben."

Beate blickte ihre Tante skeptisch an. Tante Thea und etwas nicht aufbekommen, das klang ziemlich unwahrscheinlich, aber es war spät, sie wollte das jetzt nicht vertiefen, wünschte den dreien eine gute Nacht und ging zurück in ihr Zimmer. Annegret stand auf, öffnete das Küchenfenster und zündete sich eine Zigarette an, Erika und Theresa taten es ihr nach. Das war noch mal gut gegangen. Still rauchten sie und dachten über eine mögliche Zahlenkombination nach. Der Rauch ihrer Zigaretten verband sich im Dunkeln.

Annegret setzte sich zuerst wieder an den Tisch und schlug das Parteibuch auf. „Versuchs mal mit seinem Parteieintritt“, schlug sie ihrer Schwester vor: 1.5.33. Theresa klemmte ihre Zigarette in den Mundwinkel, drehte an den Rädchen und stellte Eins, Fünf und zweimal die Drei am dritten Rädchen ein. Sie musste es mehrmals versuchen, doch dann klickte es. Theresa strahlte. Aber so schnell gab die Kiste ihren Inhalt nicht preis, denn es gab noch den Verschluss, für den man einen Schlüssel brauchte, oder den geeigneten Dietrich. „Ich bring ihn in die Gärtnerei“, sagte sie, „dort ist er sicher, und ich hab’ besseres Werkzeug. Ich komm morgen früh bei dir vorbei und hol ihn ab.“ Ihre Schwestern waren damit einverstanden, sie rauchten ihre Zigaretten zu Ende, dann verabschiedeten sich Erika und Theresa.

Früh am Morgen, Beate putzte Bruno gerade die Zähne, kam Theresa vorbei, um die Metallkiste und das rote Büchlein abzuholen. Annegret hatte eine Tragetasche vorbereitet und das Ding darin verstaut, damit der Schweizer Zoll nicht neugierig werden würde. Sie und Theresa machten keine großen Worte, Annegret übergab ihrer Schwester die Tasche, nickte ihr zu und schloss hinter ihr die Tür wieder. Beate schaute ihre Mutter fragend an, aber die wollte nicht mit ihr sprechen. Annegret setzte sich an den Küchentisch und schlug ihre geliebte Tageszeitung auf.

Am Zollübergang in der Kreuzlinger Straße, den Theresa jeden Tag benutzte, standen, wie fast immer, die beiden Zöllner, die morgens Schichtdienst hatten. Der Größere der beiden trug einen kräftigen Schnurrbart, der ihm über die Mundwinkel reichte und graue Streifen hatte. Theresa hatte sich schon oft bei dem Gedanken erwischt, wie es wohl wäre, so einen Mann zu küssen, obwohl sie noch nie einen Mann geküsst hatte. Der Kleinere hatte ein rundes, glattes Gesicht, seine grau-blaue Uniform spannte sich über einen Bauch, der sich ständig vergrößerte. Er und seine Frau waren Kunden in der Gärtnerei, sie kauften alle paar Monate Töpfe mit Blumen aller Art. Theresa fand das merkwürdig, weil sie nicht verstand, was sie mit all den Blumen machten, ob diese immerzu verwelkten oder ob sie so einen riesigen Garten hatten. Theresa grüßte mit einem Kopfnicken, die Tasche hatte sie sich umgehängt, sie wurde durchgewinkt; auch wie immer. Heute war sie etwas früher dran, noch vor ihrer Chefin, die nicht sehen sollte, was sie anschleppte. Sie arbeitete den Tag über an den Geranien, denn die Eisheiligen waren vorbei, und die Blumen konnten umgetopft werden. Als es endlich Feierabend war, redete sie noch ein wenig mit der Staubinger, die sich freute, dass das Frühjahrsgeschäft so gut lief.

Theresa nahm sich das Schloss am Tresor vor, das sich ihr als schmaler Schlitz präsentierte. Von dem kleinen Tresor ging ein Geruch von Maschinenöl aus. Es war, als hätte er sich mit dem ihm eigenen Parfüm bereit gemacht, als wollte er sich ihr durch seinen Duft öffnen. Vermutlich brauchte man einen Doppelbartschlüssel, um das Schloss ohne mechanische Manipulationen aufzubekommen. Theresa probierte mit ihren Dietrichen herum, aber es tat sich nichts. Dann spannte sie den kleinen Tresor in den Schraubstock, holte die Bohrmaschine hervor und bohrte da, wo sie die Schließriegel vermutete, kleine Löcher. Erneut versuchte sie es mit den Dietrichen, aber es gelang ihr nicht. Sie beschloss, eine kleine Pause zu machen und zu überlegen, wie sie das Ding öffnen könnte. Die Sonne stand tief, als sie sich auf die kleine Bank vor der Werkstatt setzte und auf das Gewächshaus und die Anpflanzungen blickte.

Das Knacken von Schlössern hatte sie in Berlin gelernt, vor allem von Hannas Bruder Georg, den sie manchmal holten, wenn eine Kellertür verriegelt war, oder wenn sie einen Tresor in einem Trümmerhaufen entdeckten, der aus einer Wand gebrochen war. Meistens lohnte sich die Sache nicht, aber einmal hatten sie in einem alten Tresor neben wertlosen Aktien, mit denen sie nichts anfangen konnten, eine Perlenkette entdeckt, die Hanna schön fand und behielt. Theresa machte sich nichts aus Schmuck. Georg war Schlosser und hatte im Krieg einen Arm verloren. Also mussten Theresa oder Hanna ran, die unter Georgs Anleitung die Schlösser knacken durften. Theresa erwies sich als besonders geschickt, denn sie verstand die Mechanik, die sich in Schlössern verbarg und wie man sie überlisten konnte. Als sie in der Abendsonne blinzelte und rauchte, erinnerte sie sich an die wichtigste Regel, die sie von Georg gelernt hatte, wenn es um das Öffnen fremder Schlösser ging: Geduld und noch mal Geduld. Also wartete sie noch ein wenig, dann spürte sie den richtigen Moment, sie wandte sich erneut dem widerspenstigen Schloss zu, sprach dem Ding gut zu und bat darum, endlich aufzugehen. Jetzt hatte sie die Ruhe und die Feinfühligkeit, um die im Inneren des Schlosses verborgenen Scharniere mit ihren Dietrichen zu erspüren. Ihre Geduld wurde belohnt, und es machte klack. Der Geruch von Maschinenöl entlud sich als ranziger Atem.

Theresa hob den Deckel nur ein ganz klein wenig an, so als müsse sie vorsichtig sein, um das Entschlüpfen einer Schlange zu verhindern, doch dann öffnete sie die Klappe ganz. Vor ihr lagen eine Sammlung von vergilbten, etwa zwanzig Zentimeter breiten Karteikarten, die in der Mitte die römische Ziffer II trugen, links waren Namen verzeichnet, unten war ein Sachverhalt eingetragen. Sie schluckte und schaute auf: Theresa hatte Teile der Konstanzer Gestapokartei gefunden. Es gab Kästchen für Decknamen, politische Einstellung, das Geschäftszeichen der Staatspolizeistelle und einen Hinweis auf die Fingerabdruckkarte.

Vorsichtig blätterte sie durch den Fund von etwa hundert Karten, die alphabetisch geordnet waren. Sie las einige Namen, die sie kannte: von Menschen, von denen sie wusste, dass sie verschwunden waren, und von anderen, von denen sie nicht wusste, dass sie für die Gestapo gearbeitet hatten. Den Namen ihres Bruders Theo Gothe auf einer der Karten zu lesen, elektrisierte sie. Sie nahm die Karte in die Hand und stand auf. Links standen sein Name und die Adresse, Inselgasse 13, Konstanz. Sachverhalt: „Judenfreundlich eingestellter Schwätzer." Verhaftet am 9.11.1934, Gefängnis Konstanz, dann, in einer anderen Schrift, stand die Bemerkung: „Wurde dem Konzentrationslager Dachau zugeführt." Theresa setzte sich erneut auf die kleine Bank vor der Werkstatt und las noch einmal die Angaben auf der Karte. Die Silhouette des Gartens vor ihr wurde unscharf, ihr liefen die Tränen, was äußerst selten vorkam. Zum ersten Mal seit fast dreißig Jahren war Theo wieder da, ihr großer Bruder. Was hatten sie nicht alles unternommen, um herauszufinden, warum er verhaftet wurde und wo sie ihn hingebracht hatten. Sie wussten lediglich, dass er im Konstanzer Gefängnis inhaftiert worden war, hatten versucht, ihn zu besuchen, ihm geschrieben, wussten von keinem Prozess. Man sagte ihnen nicht, wohin sie ihn verlegt hatten. Keinerlei Lebenszeichen. Ins KZ Dachau also. Nach dem Krieg hatte Theresa die Vermisstenstelle des Roten Kreuzes angeschrieben, sich an die Badische Landesstelle für die Opfer des Nationalsozialismus und an die französischen Besatzer gewandt. Nichts, nichts, nichts. Sie ging zurück zu den Karteikarten, blätterte weiter und fand auch eine Karte mit „Max Sauter". Unter Sachverhalt stand lediglich: „Informant", dazu ein Hinweis auf eine weitere Kartei. Ob Sauter Theo bespitzelt und ihn angezeigt hatte, konnte damit nicht bestätigt werden. Aber dass er ein Nazispitzel gewesen war, das war bewiesen. Warum hatte Müller diese Karteikarten aufbewahrt? Hatte er mit seinem Wissen Leute erpresst oder Informationen verkauft? Sollten sie ihn in die Mangel nehmen? Ihm Daumenschrauben anlegen? Kurz tauchte das Bild der Schraubzwingen, die sie in Müllers Werkstatt gesehen hatte, vor ihr auf. Theresa nahm die Karte von Theo an sich und schloss den kleinen Tresor wieder ab. Sie stellte ihn in eine der vielen Schubladen, in die nicht so schnell jemand schauen würde.

Es war Freitag, Beate musste etwas länger in der Schneiderei bleiben, um eine Hose zu weiten, die ein Kunde dringend am Wochenende brauchte. So kam sie etwas zu spät zum Glaubenskurs, die Teilnehmer saßen bereits auf ihren Stühlen um Pfarrer Sernatinger herum. Sie entschuldigte sich, die Arbeit habe sie aufgehalten. Der Pfarrer hatte den Blick zur Decke gerichtet, vermutlich um Hilfe von seinem Gott zu erbitten, denn Angelica, das dunkelhäutige Mädchen, hatte gerade begonnen, eine Frage zu formulieren. In der Gruppe von Freunden, vor allem Mädchen, zu der aber auch zwei Jungen gehörten, hatten sie über ihren Glauben gesprochen. Angelica hatte berichtet, dass sie Katholikin werden wolle und deshalb den Glaubenskurs besuche. Ralf, einer der Jungen, in den ihre Freundin Sabine sich ein wenig verliebt hatte, war der Sohn eines evangelischen Pastors. Im Gespräch mit ihren Freundinnen war die Frage aufgekommen, warum katholische Pastoren keine Kinder hätten und nicht verheiratet wären, was Angelica zu der Frage führte, ob denn der Pfarrer Sernatinger keine Kinder haben wolle. Eine schwierige Frage für den Mann, der die Arme weit ausbreitete und erklärte, er liebe Kinder, aber er habe das Gelöbnis des Zölibats abgelegt, die Priesterweihe sei ebenfalls ein heiliges Sakrament, wie die Ehe, über die sie zuletzt gesprochen hätten. Das Wort Zölibat kannte Angelica noch nicht und bat ihn darum, es ihr zu erklären. Sernatinger lächelte angestrengt, seine Gesichtszüge wurden härter, als er sich an die Jugendliche wandte, die ihn offen und interessiert anschaute. „Keuschheit“, sagte Sernatinger, „ein katholischer Priester hat der körperlichen Liebe entsagt, er leitet seine Liebe in die Seelsorge um, er wandelt seine Liebe in ein Gespräch mit den Gläubigen. Ein Pfarrer handelt im Auftrag von Jesus, dafür braucht er reine Hände." Angelica nickte, überlegte kurz, Sernatinger hob den Kopf wieder dramatisch Richtung Decke, um das Thema zu wechseln und für den heutigen Tag zu verkünden: die Sünde. Doch Angelica rutschte unruhig auf ihrem Stuhl herum, weil sie noch eine Nachfrage hatte. „Aber der evangelische Pfarrer, der Papa von Thomas", flüsterte Angelica, „warum hat der eine Frau und Kinder?" „Er ist nicht rein", donnerte Sernatinger, „er hat den falschen Glauben. Du bist hier, um den richtigen Glauben zu finden, denn dieser Glaube wird dich retten, so wie er alle retten wird, die gesündigt haben. Wir alle sind Sünder! Jeder Mensch handelt sich durch seine Sünden das Todesurteil Gottes ein. Doch wer den wahren Glauben, den richtigen Glauben findet, den rettet Gott."

Sernatinger stand auf, nahm eine Bibel zur Hand, blätterte darin und stellte sich vor Angelica. Laut sagte er: „Jesus sprach: Ich bin in dein Haus gekommen, du hast mir kein Wasser gegeben; sie aber hat meine Füße mit Tränen benetzt und mit ihren Haaren getrocknet, du hast mir keinen Kuss gegeben, sie aber hat, seitdem ich hereingekommen bin, nicht abgelassen, meine Füße zu küssen. Jesus sprach zu der Sünderin: Deine Sünden sind vergeben, dein Glauben hat dich gerettet, geh hin in Frieden." Eingeschüchtert fiel Angelica vor dem Pfarrer auf die Knie und küsste seine Füße. Erschrocken legte er die Bibel weg, griff das Mädchen unter den Arm und hob es hoch. „So war das doch nicht gemeint", stotterte er. Beate und die anderen hatten gebannt auf diese Szene geschaut.

Pjotr sagte: „Das Mädchen, das die Füße von Jesus küsste, war eine Hure."

„Ja, eine Sünderin", bestätigte Sernatinger, „die aber den richtigen Glauben gefunden hat und von Gott gerettet wurde."

„Weil sie ihm die Füße geküsst hat?", fragte Frau Watzke.

„Nein, weil sie den richtigen Gott erkannt hat, Gottes Sohn Jesus", kommentierte Schlodinger unwirsch.

Beate hörte der folgenden Zänkerei, warum die Prostituierte die Füße Jesu geküsst hatte, nicht mehr richtig zu, ihr blieb das Bild haften, wie sich Angelica dem Pfarrer vor die Füße geworfen und seine Schuhe geküsst hatte. Das war ihm nicht unangenehm gewesen, das hatte sie in seinem Gesicht gesehen, das war es, worum es hier ging, dachte sie, um Unterwerfung. Sie schaute auch an die Decke, weniger, weil sie den Beistand Gottes suchte, sondern weil sie Sernatinger nicht anschauen wollte, der zu seinem selbstgefälligen, beseelten Lächeln zurückgefunden hatte. Wie sollte sie das durchstehen? Sie nahm sich vor, stark zu sein, denn schließlich war sie tatsächlich hier, um sich zu unterwerfen, nicht nur der katholischen Kirche, sondern auch Max Sauter und seinem Sohn. Es war notwendig, kein Weg führte daran vorbei, sagte sie sich, das hier war nur eine Prüfung, die sie bestehen würde. Stell dich nicht so an, hörte sie ihre Mutter Annegret sagen. Beate senkte den Kopf und schaute auf Sernatinger, der sie huldvoll anlächelte. Sie mussten das Gesangsbuch in die Hand nehmen und singen. „Ein feste Burg ist unser Gott, ein gute Wehr und Waffen."

Der Sonntag hatte gut angefangen. In das kleine Zimmer, in dem Beate mit Bruno schlief, schien morgens jetzt die Sonne. Immer im Mai, wenn sie höher wanderte, gab es einen Tag, an dem das Licht der Sonne schon um acht Uhr morgens auf ihr Kopfkissen traf. Beate war schon wach, weil Bruno neben und auf ihr rumturnte, sich freute, weil sie heute nicht zur Arbeit musste und Zeit mit ihm verbrachte. Sie hörten, wie Annegret in der Küche Kaffee kochte und das Frühstück zubereitete. Auch für ihre Mutter war der Sonntag mit dem gemeinsamen Frühstück ein besonderer Tag, an dem sie sich etwas mehr Zeit nahm, die Dinge ruhiger anging.

„Sollen wir der Oma helfen?", fragte Beate ihren Sohn. Seine Antwort war eine heftige Umarmung, die sie zurück ins Bett warf. Sie liebte diese Nähe, liebte seinen kleinen warmen Körper, seinen Geruch; sie war glücklich über seine unbedingte Liebe zu ihr, küsste ihn auf den Hals, prustete, kitzelte ihn, machte sich frei, schaute ihn an, strich seine braunen, welligen Haare aus dem Gesicht, küsste ihn auf seine braunen Augen, links, rechts, und auf die gerade, schöne Nase. Bruno wollte nicht geküsst werden, er wand sich von ihr weg, also stand sie auf und betrachtete sich im Spiegel. Sie nahm ihre blonden Haare zusammen, überprüfte die Haarspitzen auf Spliss, wickelte sie in einen Haargummi und ging nach nebenan in die Küche. Sie wünschte ihrer Mutter einen guten Morgen, roch den Duft von Kaffee, ging zum Küchenschrank und stellte drei kleine Teller auf den Tisch.

„Musst du nicht in die Kirche, ins Münster?“, fragte Annegret.

Diese Frage hatte sich Beate noch nicht gestellt, sie gingen sonntags nie in eine Kirche, aber ihre Mutter hatte recht. Beate schaute sie an: „Hm“, machte sie, „ich weiß nicht, glaubst du, das muss man, wenn man katholisch ist, jeden Sonntag in die Kirche gehen?“

Annegret zuckte die Schultern, goss Wasser auf das Kaffeepulver, lächelte vor sich hin. „Wenn man erst einmal katholisch ist, muss man das nicht, aber du willst ja in den Verein eintreten, da solltest du schon zeigen, dass du dich anstrengst“, sagte sie.

„Aber dann muss ich mich ja gleich fertig machen und losgehen“, meinte Beate. „Ich wollte doch mit Bruno etwas unternehmen.“

„Tja“, sagte die Mutter spöttisch, „den musst du natürlich mitnehmen, unbedingt, damit der Pfaffe das arme uneheliche Kind sieht.“

Beate nickte, sie rief laut nach Bruno und ließ ihn wissen, dass sie heute in die große Kirche in der Stadt gehen würden, er müsse sich anziehen. Bruno kam in die Küche, in jeder Hand ein Auto, und zog ein Gesicht. „Da sind ganz viele Leute, die hören dem Pfarrer zu und singen", erklärte Beate ihm. „Da musst du ruhig sitzen", ergänzte die Großmutter.

„Kann ich den Laster mitnehmen?", fragte Bruno.

„Nein", antworteten beide Frauen im Chor.

„Aha", kommentierte der Junge und setzte sich an den Frühstückstisch, parkte den kleinen Lastwagen links neben seinem Teller und das neue Mercedes-Cabrio rechts davon. Beate bemerkte das schicke kleine Spielzeugauto. „Ist das neu?", fragte sie, schaute Bruno an und dann Annegret. Bruno strahlte: „Ja, vom Herrn Bäuerle, der hat selber so ein Auto in echt, hat er gesagt, er will, dass wir mit ihm mitfahren."

Beate runzelte die Stirn, biss von ihrem Marmeladenbrot, kaute ein wenig und ahnte schon, was ihre Mutter angerichtet hatte. „Ihr wart beim Bäuerle?", erkundigte sie sich leichthin.

„Zufällig, wir kamen gerade dran vorbei", erklärte Annegret, „da mussten wir reingehen, du weißt ja, wie der Bruno ist."

Bruno schaute seine Großmutter an, verstand nicht, was sie damit sagen wollte und kaute auf seinem Brot weiter.

„Rein zufällig", kommentierte Beate, „seid ihr da vorbeigekommen."

„Er hat gefragt, ob er mal wieder mit dir und Bruno einen Ausflug machen darf, in seinem Mercedes, aber ich hab ihm gesagt, dass das nicht geht, weil du ja jetzt sonntags in die Kirche musst, um den Anton heiraten zu können", erzählte Annegret.

„Aber ich will lieber Auto fahren", krähte Bruno, Brotkrumen hüpften aus seinem Mund.

„Mund zu beim Essen", befahl Beate. Sie biss noch ein Stück Brot ab, trank ihren Kaffee aus und schob den Stuhl zurück. „Ich muss mich fertig machen", sagte sie und ging aus der Küche.

Normalerweise hätte Annegret sie davon abgehalten,

denn weder sie noch Bruno waren mit dem Frühstücken fertig, man stand nicht vom Tisch auf, wenn die anderen noch aßen, so hatte es Annegret ihren Kindern beigebracht. Aber heute erhob sie keinen Einspruch. Beate ging ins Bad, wusch sich, ging in ihr Zimmer, suchte das dunkle, schlichte Kleid heraus, setzte sich vor ihren Frisierspiegel, kämmte sich die Haare, band sie zu einem strengen Knoten zusammen, zog ganz leicht die Augenbrauen und Wimpern nach, damit sie nicht zu blass wirkte, trug sie ein wenig hellen Lippenstift auf und überprüfte ihre Wirkung. Sah sie so anständig aus? Bruno kam hereingerannt und sprang auf ihr Bett. Sie hob ihn runter, zog ihm den Schlafanzug aus, fragte, ob er schon auf der Toilette war, was er verneinte. Die ganze Aktion, Bruno ins Bad zu schaffen, ihn zu waschen und anzuziehen, dauerte eine ganze Weile, aber schließlich steckte auch das Kind in Sonntagskleidern, bereit, mit seiner Mutter loszugehen.

Da klingelte es an der Tür. Annegret, inzwischen ebenfalls angezogen, machte auf. Vor ihr stand Herr Bäuerle mit einem großen Strauß Blumen. „So eine Überraschung", sagte Annegret, „kommst du mal, Beate?", rief sie. Bruno flitzte als Erster aus dem kleinen Zimmer, blieb erstaunt stehen, glotzte Herrn Bäuerle wie eine traumhafte Erscheinung an und lachte dann laut. „Auto fahren", freute er sich. Beate ging auf den Mann mit den Blumen zu, lächelte gezwungen, schaute ihre Mutter strafend an und bat den Besucher ins Wohnzimmer. „Wollen Sie einen Kaffee, Herr Bäuerle?", erkundigte sich Annegret. „Nein, danke, Frau Adler", war die Antwort, „ich wollte die junge Frau Adler und den Bruno fragen, ob ich sie auf eine kleine Spritztour in die Schweiz einladen darf."

„Leider geht das heute nicht", sagte Beate, „wir wollten gerade zum Gottesdienst, ins Münster." „Aha, sind Sie katholisch?", nickte der Mann, und mit seiner Laune senkten sich auch die Blumen in seiner Hand. Annegret nahm sie ihm ab, um sie in eine Vase zu stellen. Sie wusste, dass sie jetzt außer Reichweite ihrer Tochter sein sollte, um Streit zu vermeiden. Bruno würde es schon richten. Es war klar, dass er die einmalige Chance, in einem Mercedes-Cabrio mit offenem Verdeck mitfahren zu dürfen, nicht kampflos aufgeben würde. Seine Mutter, die mit dem ständigen schlechten Gewissen lebte, ihr Kind zu vernachlässigen, hatte keine guten Karten gegen den kleinen Kerl. Beate schaute Annegret hinterher; sie hatte weder Lust, in eine katholische Messe zu gehen, noch mit diesem Schwaben herumzufahren. Am liebsten würde sie mit Bruno runter an den Rhein gehen, wo es eine Stelle gab, an der man sich in die Sonne legen konnte. Bruno könnte dort im Wasser spielen, wenn er den Schwimmreifen um hatte. Bruno merkte sofort, dass seine Mutter unwillig auf das Angebot von Herrn Bäuerle reagieren würde und klemmte sich vorsorglich an ihr Bein. „Auto fahren, Mama, das ist schön", schmeichelte er und schaute sie mit Welpenblick an. Warum konnten das Jungen schon mit drei Jahren, fragte sich Beate. Sie entschuldigte sich bei Herrn Bäuerle und ging in die Küche.

„Warum hast du mir nicht gesagt, dass der kommt?", zischte sie.

„Wusste ich doch nicht."

„Klar. Du hast ihn doch eingeladen!"

„Nein, hab ich nicht."

„Der ist mir viel zu alt. Was soll ich denn mit dem?"

„Ein wenig herumfahren. Er ist nett, er sieht gut aus und hat Geld."

„Ich hab einen Mann."

„Der dich aber nicht heiraten will! Jetzt stell dich nicht so an. Der Bruno freut sich. Also."

„Das ist Erpressung. Von dir und von Bruno!"

„Dann geh halt in deine Kirche. Aber ich nehm den Kleinen heute nicht."

Beate musste tief durchatmen, es war klar, dass sie diesen Kampf nicht gewinnen konnte. Sie nahm ihrer Mutter die Vase mit den Blumen aus der Hand und ging zurück ins

Wohnzimmer. „Das sind wirklich schöne Blumen“, sagte sie zu Bäuerle. „Wo wollten Sie denn mit uns hinfahren?“, erkundigte sie sich.

„Vielleicht Richtung Rohrschach und dann irgendwo am See einen Kaffee trinken und Kuchen essen.“ „Au, ja!“, schrie Bruno, „Kuchen.“

Jetzt musste auch Beate lachen. Sie konnte der Freude des Kindes nicht viel entgegensetzen. „Gegen Autofahren und Kuchen bin ich machtlos“, gestand sie.

Annegret tätschelte ihr lächelnd den Arm, als Beate sich verabschiedete. Beate ging hinter Bäuerle her und roch das Rasierwasser, das er sich aufgelegt hatte. Seltsam, dachte sie, Anton roch nie so, auch die Kunden, die Männer, denen sie beim Abstecken der Hosen und Jacketts nahekam, rochen irgendwie anders, auch wenn sie Rasierwasser trugen, irgendwie lebendiger. Der Mann, der sich jetzt neben sie ans Steuer setzte, schien keinen eigenen Geruch zu haben, aber vielleicht hatte er sich nur besonders gründlich gewaschen. Bruno saß hinten und musste versprechen, sitzen zu bleiben, doch kaum waren sie ein Stück unterwegs, tauchte er zwischen den beiden Vordersitzen auf und turnte zu Beate auf den Schoß. „Sonst seh ich gar nichts“, erklärte er.

Die Zöllner lächelten, als sie die drei in dem offenen Auto kommen sahen. Sie baten um die Pässe, blätterten aber nur oberflächlich darin herum. Sie gaben die Pässe zurück und wünschten der Familie Bäuerle eine gute Reise. Sie fuhren aus Kreuzlingen hinaus, bald kamen die ersten Dörfer, es wurde etwas hügeliger, dann fuhren sie Richtung See, der bald wie ein riesiges blaues Meer vor ihnen lag. Man sah einige wenige Segelschiffe, Motorboote und zwei Passagierdampfer. Bäuerle hielt auf einer Anhöhe, und gemeinsam staunten sie über den schönen Ausblick. Beate mochte, dass der Mann Gefallen an der Schönheit dieser Aussicht fand, das Bild auf sich wirken ließ und es, wie sie auch, in sich aufnahm. Bruno zeigte auf die großen Schiffe mit den hohen Schornsteinen, aus denen Rauch quoll. Neben Autos waren große Schiffe sein Zweitliebstes, gefolgt von Eisenbahnen. Beate begann sich zu entspannen und Bäuerle genauer anzusehen. Sein dunkelblondes Haar war kräftig und mit starker Pomade nach hinten gekämmt, die Gesichtshaut glatt, hell, gut rasiert, die braunen Augen lagen etwas tief, er hatte leichte Ringe unter den Augen, als ob er zu wenig geschlafen hätte. Er trug ein Hemd mit blauweißen Streifen und einem weißen Kragen, der oberste Knopf war geöffnet, um den Hals erblickte sie eine dünne goldene Kette, seine Hose war ockerfarben, fast weiß, gut gebügelt, auf dem Rücksitz lag die passende Jacke dazu. Herr Bäuerle bemerkte ihren Blick und kommentierte, dass er gerne Anzüge trage, das würde sein Beruf als Verkäufer mit sich bringen, sie kenne sich mit Anzügen ja aus, wo sie doch im Herrenbekleidungsgeschäft Möbius arbeiten würde.

„Aber den haben Sie nicht bei uns gekauft“, bemerkte Beate. Bäuerle lächelte, nein, den habe er aus Stuttgart, seiner Heimatstadt, wo er gerne hinfahre, um auch einmal aus Konstanz rauszukommen; manchmal würde ihm die Stadt doch etwas eng. Bruno drängte darauf, weiterzufahren. Er zeigte auf die Knöpfe, die sich in der Mittelkonsole befanden, und Bäuerle forderte ihn auf, einen der Knöpfe zu drehen. Nach einem Moment erklang Musik aus dem Autoradio, Bruno machte große Augen, schaute seine Mutter an, wie um Lob von ihr zu bekommen, was er Tolles gemacht hatte. Der Kleine lehnte sich wieder an den Körper seiner Mutter zurück und hörte aufmerksam der Musik zu, es wurde eine Puccini-Oper gespielt, und Bruno zeigte auf das Radio und sagte: „Tante Ricke.“ So nannte er Erika, aber es sang nicht seine Tante, sondern die Callas, wie Herr Bäuerle wusste. Beate erzählte, dass ihre Tante im Chor der Oper Berlin gesungen habe und Bruno, wenn sie sie besuchten, dirigieren dürfe, was immer zu großer Heiterkeit führte, denn Bruno machte das ganz großartig.

Bäuerle gefiel dieses frühe Heranführen eines Kindes an die klassische Musik. Warum sollten Kinder immer nur Kinderlieder hören, von Eltern, die sowieso nicht singen konnten? Sie glitten jetzt sanft den kleinen Hügel hinunter, ganz beschwingt war die Fahrt, unterstützt von den romantischen Tönen der berühmten Sängerin, die die Madame Butterfly gab. Einzelne Zeilen sang der Fahrer leise mit, seine Ergriffenheit übertrug sich auf Beate, die staunte, wie gut sich dieser Herr in klassischer Musik auskannte; bisher gehörte die Welt der Oper und der sinfonischen Musik allein Tante Erika. Gerade als die Callas sich zu den hohen Tönen ihrer Arie hochschraubte, kam ihnen ein weißer VW-Käfer entgegen, der einen Traktor vor sich überholen wollte. Bäuerle erschrak, rief etwas, was Beate nicht verstand, er zog den Wagen nach rechts, Richtung Acker und versuchte, einen Zusammenprall zu vermeiden. Er bremste, hupte, doch der entgegenkommende Wagen wich nicht aus und wurde nicht langsamer. Beate umklammerte ihren Sohn, stemmte die Beine auf das Bodenblech, sie schrie etwas, Bruno schrie noch lauter, ihr Herz klopfte wie wild, als es knallte und sie das Gefühl hatte, die Zeit würde still stehen. Der Mercedes prallte mit dem linken Kotflügel auf die rechte Seite des VW und schob diesen Richtung Traktor, der auf den Acker auf der anderen Straßenseite auswich. Es knirschte hässlich, als die Bleche der Autos aneinander gerieten. Glasscherben der zerstörten Scheinwerfer wirbelten auf und landeten auf dem Rücksitz des Cabrios. Bäuerle versuchte, die Gewalt über seinen Wagen zu behalten, die beiden rechten Räder rappelten bereits auf dem Acker. Ein weiterer Knall, wie ein Schuss, ertönte, als der Vorderreifen platzte, der Wagen sich in die Erde schob und zum Stehen kam. Bruno war in den Fußraum gerutscht, wo er wimmerte. Beates Kopf knallte auf das hölzerne Armaturenbrett, dann konnte sie sich wieder aufrichten, Bruno zu sich hochziehen, gegen die Tür drücken und ins Freie fliehen. Oh nein, nein, verdammt, rief der Fahrer, als er schließlich das Lenkrad loslassen konnte, sich zu seinen beiden Beifahrern umwandte und sah, dass sie ausgestiegen waren.

Bruno weinte los, aber es waren vor allem der Schrecken und der Blick auf das Gesicht seiner Mutter, die sich die Stirn rieb, von der Blut tropfte. Bäuerle stieg ebenfalls aus. Ohne auf den gegnerischen Fahrer zu achten, eilte er zu den beiden, zerknirscht, voller Mitgefühl, besorgt, hilflos, verärgert, traurig, ängstlich und fragte, ob das Kind verletzt sei, wie es ihr ginge. Er sah, dass ihre Stirn leicht aufgeplatzt war, ein Riss in der Haut, aus der Blut lief.

„Das tut mir so leid, das tut mir so leid", wiederholte er, „so ein Arschloch."

Das Kind zeigte auf den kaputten Reifen, das beschädigte Auto, schluchzte noch einmal auf und sagte „Kaputt!".

Bäuerle ging zurück zum Autoradio, stellte die Callas ab, die weiter dramatisch gesungen hatte. Dann wandte er sich dem Fahrer des VW zu. Voller Wut baute er sich vor ihm auf, hielt sich aber zurück, schrie nicht. Der andere Mann war relativ jung, sein Gesicht war verzerrt, er fasste sich auf die Brust, krümmte sich nach vorn, der Fahrer des Traktors, ein älterer Bauer mit Hut, kam ebenfalls dazu und schimpfte in breitem Schweizerdeutsch auf den jungen Mann ein, ob er verrückt sei, völlig wahnsinnig. Der Fahrer des VW stöhnte, hielt sich an seinem kaputten Auto fest, stotterte herum, er habe den anderen nicht gesehen, wegen der Sonne, was aber Unsinn war, denn die Sonne stand über dem See, also hinter ihm. Inzwischen war ein weiteres Schweizer Auto aufgetaucht, das nicht vorbeifahren konnte, weil der Unfall die Weiterfahrt behinderte. Ein Mann und eine Frau stiegen aus, die den jungen Mann und auch den Bauern kannten. Die Schweizer einigten sich darauf, die Polizei zu verständigen, worauf der Mann und die Frau umdrehten und zurückfuhren.

Der Bauer stapfte zu Beate und Bruno, erkundigte sich, wie es den beiden ginge, sah sich die Wunde auf Beates Stirn an und fragte, ob es sehr wehtäte. Beate verneinte, winkte ab. Bäuerle hatte aus seinem Kofferraum eine Decke geholt, legte sie am Straßenrand aus und bat Beate und ihren Sohn, sich hinzusetzen, denn sie müssten warten, bis die Polizei komme. Auch er fragte nach, ob sie Schmerzen habe, was mit Bruno sei, aber sie gab ihm zu verstehen, dass es gehen würde. Dann schauten sich Bäuerle und der Traktorfahrer den Schaden am Mercedes an. Die linke Seite des Autos sah ziemlich lädiert aus, und der rechte Vorderreifen war geplatzt, vermutlich weil im Acker ein scharfer Stein gelegen hatte. Der junge Mann hielt sich weiter die Brust, vermutlich war er gegen das Lenkrad geprallt. Er torkelte auf den Acker und übergab sich, dann richtete er sich mühsam auf, schwankte zu der Decke, wo Beate und Bruno saßen, murmelte „Entschuldigung, tut mir leid" und ließ sich auf der Decke nieder. Seine langen Haare klebten ihm im Gesicht, er legte sich hin, ganz gekrümmt. Bruno rückte von ihm ab und betrachtete ihn wie ein fremdes Insekt. Beate fragte, was mit ihm sei, ob er starke Schmerzen habe, aber er stöhnte nur. Bäuerle stand mit dem Bauern zusammen, sie überlegten, ob sie den VW zur Seite schieben sollten, aber sie beschlossen, auf die Polizei zu warten, damit diese den Unfall besser nachvollziehen konnte, auch sollte der Mercedes erst aus dem Acker gezogen werden, wenn die Polizei da war.

Bäuerle wollte den jungen Mann von der Decke vertreiben, aber Beate hielt ihn davon ab, denn möglicherweise sei er ja verletzt. Oder betrunken, meinte Bäuerle. Schnell näherte sich ein Motorrad mit Polizeisirene. Der Polizist nahm seinen weißen Helm ab, stellte sich als „Odermatt, Kantonspolizei Thurgau" vor, schaute sich um, begrüßte „Urs", den Traktorfahrer, und ließ sich von ihm berichten, was geschehen war. Er beugte sich zu dem jungen Mann, der immer noch auf der Decke lag, bat ihn aufzustehen und zu schildern, warum er überholt habe, obwohl ein Fahrzeug entgegengekommen sei. Er fragte ihn, ob er wieder getrunken habe. Walter, der junge Mann, schüttelte den Kopf, nein, getrunken habe er nicht, aber die Sonne hätte ihm ins Gesicht geschienen. Der Polizist schüttelte den Kopf, als müsste er sich ständig mit solch unsinnigen Antworten auseinandersetzen, trat dann zu Bäuerle, Beate und Bruno und bat sie zu erzählen, was aus ihrer Sicht geschehen war. Als alle ihre Versionen des Geschehens vorgetragen hatten, die bis auf die seltsame Variante Walters übereinstimmten und seine Schuld an diesem Unfall klar machten, durften Urs und Herr Bäuerle den VW zur Seite schieben und den Mercedes vom Acker ziehen. Bäuerle zog sich dazu sein sauberes Oberhemd aus, sein weißes Unterhemd und die helle Haut kamen zum Vorschein. Beate stand da und schaute zu, mit Bruno an der Hand, der Zeuge eines der interessantesten und spannendsten Vorgänge in seinem bisherigen Leben wurde. Immer wieder streckte er den Finger aus, zeigte auf das Motorrad, auf den Polizisten, den Traktor, das kaputte Mercedes-Cabrio, dessen Schäden ihn mindestens genauso schmerzten wie den Besitzer.

Inzwischen war das Ehepaar zurückgekehrt und hatte eine weitere Frau zum Ort des Geschehens gebracht, die Mutter von Walter, der sich erneut auf die Decke gelegt hatte. Die Mutter beugte sich zu ihrem Sohn, befragte ihn, er wandte sich um, stand dann mühsam auf, offenbar hatte er noch immer Schmerzen. Die Frau ging auf Beate zu, streckte ihre Hand aus und stellte sich als „Frau Zumtobel“ vor. Sie wollte sich entschuldigen für ihren Sohn, der Schuld an diesem Unfall habe, sie würde natürlich für alles aufkommen, das könne Beate ihrem Mann sagen, dann beugte sie sich zu Bruno, schaute ihn an, tätschelte ihm den Kopf. „Ein ganz ein Süßer“, meinte sie, „meiner war auch mal so.“ Aber irgendwann sei sie allein mit ihm gewesen, ohne Mann, das Kind ohne Vater, das sei eine ganz blöde Sache, Beate solle froh sein, dass sie einen Mann habe, irgendwann machen die Kinder Dummheiten, ihr Sohn, der Walter, der treibe sich mit seltsamen Langhaarigen rum, gehe oft nach Konstanz, dort hörten sie laute Musik und würden Zigaretten mit Rauschgift rauchen, das ihn ganz wirr im Kopf machte, vermutlich sei dies der Grund für seinen idiotischen Fahrstil.

Sie schaffte Walter in den Wagen des Ehepaars, wo er zusammensackte, sprach mit dem Polizisten, der eindringlich auf sie einredete, sie nickte, grüßte Bauer Urs und Herrn Bäuerle, dann stieg auch das Ehepaar wieder ein, und sie kehrten um. Während der Mercedes mithilfe des Traktors wieder festen Boden unter die Räder bekam, machte sich der Polizist Notizen und füllte Blätter aus, von denen eines auch Herr Bäuerle unterschreiben musste. Er gab auch Beate die Hand, entschuldigte sich für die Unannehmlichkeiten, sie müsse wahrscheinlich „einvernommen werden", also eine Aussage machen, dies könne aber die deutsche Polizei übernehmen, denn sie arbeiteten grenzüberschreitend gut zusammen. Bruno staunte weiter über die Vorgänge, die er hier beobachten konnte. Noch spannender als Autofahren schien ihm im Moment der Zustand des lädierten Autos zu sein, so vergaß er seinen Schrecken. Auch Beate schaute gespannt zu, wie jetzt der Kofferraum geöffnet wurde, ein Wagenheber und ein großes metallenes Kreuz hervorgeholt wurden. Damit löste Bäuerle die Schrauben am Rad, der Wagenheber wurde angesetzt, das Auto hochgebockt, bis das kaputte Rad frei in der Luft hing. Bauer Urs schaute ebenfalls zu, kommentierte gelegentlich, wollte aber ansonsten das teure Auto nicht anfassen. Er bot an, den Mercedes ins nächste Dorf zu schleppen, was Herr Bäuerle aber ablehnte. Es dauerte nicht allzu lange, da hatte er den Ersatzreifen aus dem Kofferraum gezogen, ihn angebracht und den geplatzten Reifen wieder verstaut. Seine schöne helle Hose wies jetzt einige dunkle Streifen und Flecken auf, was ihn aber nicht zu stören schien.

„Das kriegt man wieder raus", wusste er, „ist nur Dreck, kein Öl, das wäre schlimmer, ich geb's in die Reinigung."

„Aber nein, das kann ich doch machen", bot sich Beate

an. Doch er schüttelte nur den Kopf. „Niemals", sagte er, „möchte ich, dass Sie, Frau Adler, mir meine Wäsche waschen."

Beate verstand nicht, was er damit sagen wollte, aber es gefiel ihr. Überhaupt war sie erstaunt, wie dieser feine Herr, der einen Spielzeugwarenladen betrieb, so souverän mit dieser unangenehmen Situation umging, vor allem, dass er einen Reifen wechseln konnte. Sie musste zugeben, dass sie ihm das nicht zugetraut hätte. Bäuerle verstaute das Werkzeug wieder im Kofferraum, wischte sich seine schmutzigen Hände an einem Lappen ab, gab Bauer Urs die Hand, der fragte, ob sie wirklich allein zurecht kommen würden, was Herr Bäuerle bestätigte. „Sie sollten mit Ihrer Frau zum Arzt gehen", sagte er noch, dann stieg er auf seinen Traktor und fuhr davon. „Ich würde mir gerne die Hände waschen, eine kleine Stärkung täte uns sicher gut", meinte Bäuerle, und Beate, die am liebsten umgekehrt wäre, nickte. Was für eine blöde Situation, mit einem Mann unterwegs zu sein, den sie bisher nicht mochte, und mit ihm in der Schweiz zu stranden. Es passte so richtig, sich hier eine Beule zu holen. Morgen würden das alle kommentieren, Gitta, die Kollegen, und was sollte sie dann erzählen? Wortlos stieg sie wieder ein, nahm Bruno auf den Schoß und schaute geradeaus. Der Mann ging noch einmal um das Auto herum, besah sich den Schaden am Kotflügel genau, dann stieg er mit der Erklärung ein, dass er den Wagen morgen in die Werkstatt bringen würde, aber es sei, nach seinem Dafürhalten, kein größerer Schaden entstanden, nur Blech, das man auswechseln könne.

Sie fuhren in die nächste Ortschaft, die Leichtigkeit war weg, die Landschaft links und rechts, auch der See vor ihnen, hatten allen Zauber verloren, waren nur noch schlichte Landwirtschaft und Schifffahrt. Sie hielten an einem dieser typischen Schweizer Gasthöfe, vor denen eine Schweizer Flagge wehte und es Tische mit karierten Tischdecken und kleinen Blumensträußen gab. Sie parkten am

Straßenrand. Bäuerle stieg als Erster aus, eilte um den Wagen herum, öffnete die Tür für Bruno und Beate, die noch immer das Taschentuch am Kopf hielt. Bäuerle hatte sich sein sauberes Hemd umgehängt, aber nicht zugeknöpft, um es nicht zu beschmutzen. So gingen sie, etwas lädiert, auf das Gasthaus zu; neben ihnen fuhren Autos vorbei.

Einen dieser vorbeifahrenden Wagen würden Beate und Bruno erkannt haben, wenn sie ihn gesehen hätten. Allerdings erblickte der Fahrer des Lieferwagens Beate, Bruno und den Spielzeug-Bäuerle mit umgehängtem Hemd. Max Sauter befand sich auf dem Weg in den Steinbruch nach Rorschach, um rohen Sandstein für die Fassade des Salemer Münsters zu kaufen. Er hatte den Steinbruchbesitzer angerufen und ihn gebeten, ihn am Sonntag zu empfangen, Anton gefragt, ob er mitkommen wolle, aber der hatte verneint, er wollte lieber an seinem heiligen Ignatius arbeiten. Der alte Sauter verlangsamte seine Fahrt, als er Beate und Bruno erkannt hatte, überlegte, ob er anhalten sollte, wunderte sich über den kaputten Mercedes und den Spielzeughändler mit umgehängtem Hemd, und fuhr dann weiter. Er schüttelte den Kopf, nickte und grinste. Ich hab's ja gewusst, murmelte er vor sich hin, ich hab's ja gewusst.

Bäuerle hatte sich die Hände gewaschen, seine Hose abgeputzt und das Hemd wieder ordentlich angezogen. Beate wusch sich ihre Verletzung auf der Stirn aus, auch das Taschentuch des Herrn Bäuerle, das sie ihm wieder zurückgab. Die Beule war nicht groß und die Platzwunde nicht schlimm, aber sehr deutlich sichtbar, was Beate ärgerte, aber es passte zu der beschissenen Situation, in der sie sich befand. Sie hatte auch Bruno Gesicht und Hände gewaschen, zum Glück war dem Kleinen nichts weiter geschehen. Sie setzen sich zu Herrn Bäuerle an den Tisch, der sich erneut bei „Fräulein Adler“ entschuldigte, aber das sei eben höhere Gewalt. Beate hatte sich wieder gefasst, bedankte sich, weil er ruhig geblieben war, obwohl sein teures Auto nun beschädigt sei, lobte ihn auch dafür, wie er das mit dem

Reifenwechsel so gut und schnell hinbekommen hatte. Zwischen den dreien machte sich eine entspannte Ruhe breit. Sie hatten ein gemeinsames Abenteuer bestanden, waren nur leicht verletzt einer gefährlichen Situation entkommen. Was zwischen zwei Menschen, die sich auf unbekanntem Terrain begegnen, oft erst nach einer Periode von langen Gesprächen, wiederholten Begegnungen oder gar Konflikten möglich ist, konnten die junge Frau und der Mann überspringen. Es stellte sich eine Atmosphäre ein, die es ihnen ermöglichte, ihre höfliche Schutzhülle abzustreifen und ehrlich miteinander zu sprechen.

Bäuerle erzählte, dass er nicht immer Kaufmann gewesen sei, sondern gelernt habe, mit seinen Händen zu arbeiten. Sein Vater war Schuster, in der Nähe von Stuttgart, und als er noch ein Kind gewesen sei, hätte er oft in der Werkstatt mithelfen müssen, wenn neues Leder hereinkam, das geglättet werden musste. Der Verkauf der Schuhe ging ihm leichter von der Hand als das Anfertigen von Schuhen, was auch irgendwann sein Vater einsah und ihm erlaubte, eine Einzelhändlerlehre zu machen in einem großen Kaufhaus in Stuttgart. Die Fähigkeit, einen Reifen zu wechseln, einen Nagel gerade in die Wand zu schlagen oder beim Transport eines Schranks mitanzupacken, war das Mindeste, was er als handwerkliches Erbe von seinem Vater behalten musste.

Sie bestellten Kuchen, tranken Kaffee, und Bruno bekam Ovomaltine vorgesetzt. Beate gestand, dass sie eigentlich lieber länger zur Schule gegangen wäre und Abitur gemacht hätte, aber ihre Mutter hatte bestimmt, dass sie etwas „Richtiges“ lernen sollte und sie in eine Schneiderlehre gesteckt. Sie bereute es nicht, mit den Händen zu arbeiten, ein Handwerk zu können, aber ihr Sohn sollte einmal die freie Wahl haben. Überhaupt, wie konnte man einem jungen Menschen vorschreiben, was er werden soll oder wen er heiraten muss? Die Welt änderte sich, empörte sich Beate, aber in Konstanz verstand man das offenbar nicht. Bäuerle schaute sie aufmerksam an, fühlte sich verstanden, überlegte, ob der Zeitpunkt schon gekommen sei, ihr das Du anzubieten, doch er entschied sich dagegen. Wie sich ihre Beziehung nach dem heutigen Tag entwickeln würde, war noch nicht absehbar. Auch Bruno fühlte sich wohl, er quengelte nur wenig, als sie sich auf den Rückweg machten und hielt sich mit emotionaleren Unmutsäußerungen zurück. Auf der Rückfahrt versuchte sich Herr Bäuerle zu erklären. Er wisse, dass das Fräulein Adler verlobt sei und eine Heirat mit Herrn Sauter plane, er wolle sich da auch gar nicht einmischen, aber er empfinde für sie und ihren entzückenden Bruno den größten Respekt, auch so etwas wie Zuneigung; er wolle sich keinesfalls aufdrängen, verstünde auch, wenn sie ihn zurückweise, doch empfinde er ihre Situation und auch seine eigene als irgendwie „offen". Vielleicht könnten sie sich ja hin und wieder einmal sehen, zumal der heutige Ausflug durch diesen Unfall so eine unerwartete Wendung genommen hatte. Beate nickte, ihr gefiel seine höfliche Art, sie fand aber nicht die richtigen Worte, um seine Erklärungen zu erwidern. Sie merkte, wie sie sich danach sehnte, mit einem erwachsenen Menschen über sich, ihr Leben, ihre Situation zu sprechen, mit jemandem, der nicht Mutter, Tante oder Gitta war, mit einem Vertrauten, einem Freund, der höflich zuhörte, nachdachte und einfühlsam war. Nach dem missglückten Ausflug schaute sie Bäuerle anders an, er gefiel ihr jetzt besser, sie fand ihn nicht mehr ganz so affig, obwohl er ihr immer noch viel zu alt vorkam und sie seinen schwäbischen Dialekt nicht mochte, wobei sie selbst ja auch Mundart sprach, die sich von seiner gar nicht so sehr unterschied. Aber an diesem Teil des Bodensees und in Baden war es eben üblich, auf die Schwaben zu schimpfen, obwohl Beate nicht einmal genau wusste warum, vermutlich hatte es damit zu tun, dass die meisten Schwaben Mercedes fuhren und mehr Geld hatten als die Badener.

Als sie wieder vor dem Haus in der Mangoldstraße angekommen waren und Herr Bäuerle Beate zur Haustür gebracht hatte, sagte sie ihm, sie würde sich freuen, wenn er sich wieder einmal bei ihr und Bruno melden würde, um den missglückten Ausflug nachzuholen. Beate spürte, dass sie freundlichere Gefühle für diesen Mann empfand als zu Beginn des Tages, mehr wie für einen Freund, mit dem sie reden oder Musik hören könnte, aber nicht wie für einen Mann, den sie anfassen wollte.

An diesem Abend schlief Bruno bald ein; nur Schlaf konnte die wilden Erlebnisse dieses Tages einordnen und heilen. Beate sah ihm beim Schlafen zu und dachte plötzlich über die Mutter von Anton nach, die bestimmt auch einmal so am Bett ihres Sohnes gesessen hatte. Aber dann hatte sie die Verbindung zu ihrem Kind verloren, ihn an ihren harten Mann abgegeben, der vor allem einen Erben wollte, der sein Lebenswerk fortführen konnte. War Antons Mutter deswegen innerlich so zerfallen, hatte sie sich deswegen aufgelöst und war früh gestorben, weil sie keinen Platz mehr hatte neben Mann und Sohn? Beates Beziehung zu ihrem Sohn würde immer anders sein, gerade weil sie die letzten drei Jahre selbst für ihn verantwortlich gewesen war und sein Vater nur eine Nebenrolle spielte.

Annegret hatte den freien Sonntag genutzt, um die Illustrierten zu lesen, die ihr ihre Schwester Erika immer überließ, nachdem sie die Kreuzworträtsel gelöst hatte. Später wollte sie ihr die Heftchen zurückbringen und sich mit ihren beiden Schwestern treffen. In der „Quick" wurde ausführlich über Prinz Philip und die Vorbereitungen des Deutschlandbesuchs berichtet. Seine Royal Highness, stand da, hatte sich gegen die Berater des Außenministeriums gestellt, die insgesamt vierzig Sicherheitsberater mit auf die Reise nehmen wollten, doch der Prinz hielt zwanzig für ausreichend, die Deutschen würden sonst nur die grauen britischen Anzüge der Aufpasser und Spione sehen, anstatt die farbenfrohen Kleider der Queen. Da der größte Teil der königlichen Reise in einem Zug durchgeführt werden sollte, müssten außerdem weitere Waggons angehängt werden, was dem Prinzen überhaupt nicht gefiel. Es würde der Eindruck von unzeitgemäßem Pomp entstehen, den er auf jeden Fall vermeiden wollte. Offenbar war in seinem Umfeld auch überlegt worden, wie man die Deutschen davon abhalten könnte, „Heil"-Rufe auszubringen, und was besser passen würde. Da Prinz Philip des Deutschen mächtig war, zog man ihn in dieser wichtigen Frage zu Rate. Würden die Deutschen „Heil" rufen, so wurde argumentiert, könnte man in der internationalen Presse auf die Idee kommen, die deutsche Demokratie wäre noch unreif. „Heil Elizabeth" wäre zu nah an „Heil Hitler". Undenkbar, wenn einige Deutsche, ohne nachzudenken, den falschen Namen rufen würden, ein unfassbarer Skandal. Und wenn die Deutschen „Hoch" beim Anblick der Königin von England rufen würden, dann wäre das selbstverständlich ein Angriff auf das gesamte Commonwealth, auf das Empire, weil die Königin verhältnismäßig klein sei und man sie mit „Hoch"-Rufen provozieren würde. Man hatte sich mit den deutschen Offiziellen darauf geeinigt, dass ein schlichtes „Elizabeth" die beste und modernste Möglichkeit war, die Königin in Deutschland zu begrüßen. Annegret hielt diese Berichte einerseits für ziemlich blödsinnig, aber sie gaben ihr trotzdem eine Ahnung, wer der Mann war, von dem sie glaubte, ihr Bruder habe ihn getroffen, einen Adligen, der sich für seinen jüdischen Lehrer eingesetzt hatte.

Annegret legte den kleinen Stapel bunter Illustrierter auf dem Couchtisch ab, wo bereits die grau-grüne Karteikarte von Theo Gothe lag, daneben stand ein voller Aschenbecher. Sie nahm die Karteikarte in die Hand, setzte sich und schaute Erika und Theresa an. Sonntags verzichteten Erika und Theresa meistens auf ihre Kittelschürzen. Theresa hatte eine grüne Bluse und schwarze Hosen angezogen, ihre kurzen schwarzen Haare waren frisch gewaschen, sie sah gut aus, aufgeräumt. Erika hatte ihre hellen Haare mit einer Spange hochgesteckt, was ihren Hals länger machte, auf ihren Lippen lag ein leichtes Rot, die Wimpern waren, wie fast immer, getuscht, sie trug ein helles Kleid, das nach

Sommer aussah. Auch Annegret hatte sich zurecht gemacht, sie trug ein blau gemustertes Kleid, das hoch abschloss; in ihren grauen Haaren konnte man noch die Striche des Kamms sehen, mit denen sie ihre Frisur in Form gebracht hatte. An Annegret wirkte fast alles, was sie trug, irgendwie praktisch, obwohl ihr Körper noch immer rund und weiblich war, weniger kantig als der ihrer Schwester Theresa. Vielleicht lag es an ihrer Kurzhaarfrisur, die sie sich zugelegt hatte, nachdem alle ihre Haare grau geworden waren.

„Er war in Dachau?", fragte Annegret völlig erstaunt. Weder darüber, was ihm eigentlich vorgeworfen wurde, noch darüber, wie es ihrem Bruder im KZ Dachau ergangen war, ob er dort ermordet wurde oder ob er möglicherweise in ein anderes KZ verlegt worden war, konnte die Karte Auskunft geben. „Judenfreundlich eingestellter Schwätzer", las Annegret vor. „Diese Arschlöcher!"

Die Angaben auf der Karteikarte von Max Sauter halfen ihnen leider auch nicht weiter bei der Suche nach dem Verräter ihres Bruders.

„Wir könnten den Nazi-Müller in die Mangel nehmen", überlegte Theresa.

„Oder den alten Sauter", ergänzte Erika.

„Und wie soll das aussehen?", fragte Annegret, „wollt ihr den Müller und den Sauter entführen, ihnen die Fingernägel rausreißen oder so ähnlich?"

Theresa fand dies keine schlechte Idee, allerdings hatte sie keine Vorstellung, wo und wie dies geschehen könnte. Sie bräuchten dazu ein Auto und einen geeigneten Keller. Die Zange, um ihm die Fingernägel rauszureißen, könnte sie allerdings beibringen. Erika bat ihre beiden Schwestern, mit diesem Gerede aufzuhören, ihr würde es schon schlecht, wenn sie nur daran denke.

„Stell dich nicht so an", kommentierte Annegret, „meinst du, die sind mit Theo und all den anderen, die nicht zu den Braunen übergelaufen sind, netter umgegangen?"

„Aber wir sind nicht wie die", beharrte Erika. „Und wie

willst du es dann rausbekommen, wenn wir sie nicht ein wenig härter anfassen?", wurde sie von Theresa angeranzt.

„Hat sich dein Camille wieder gemeldet?", fragte Annegret, „der hat doch Erfahrung mit so was."

Erika nickte, ja, er hatte sich wieder mit ihr in Verbindung gesetzt, war unten im Schreibwarengeschäft aufgetaucht. Allerdings glaubte sie, dass sie einiges an Überzeugungsarbeit aufbringen müssten, um ihn zu einer so brutalen Sache zu überreden. Er wolle vor allem seinen Weinberg auf Vordermann bringen, dazu brauche er Geld.

„Also wenn wir ihm Geld beschaffen, dann macht er es?", fragte Annegret nach.

„Keine Ahnung, wir haben kein Geld", antwortete Erika, „wir müssen mit ihm reden. Wie wäre es, wenn du mal wieder ein paar Flaschen guten französischen Rotwein beschaffen würdest, dann laden wir ihn ein und besprechen mit ihm, was wir machen."

Theresa und Annegret schauten sich an. Theresa gefiel nicht, dass sie Camille einweihen würden, andererseits könnte er tatsächlich ein paar Ideen beisteuern, und vielleicht war er nicht so zimperlich wie ihre Schwester Erika. Annegret stimmte zu, sie bat Erika darum, heute nach Feierabend im „Domkeller" vorbeizukommen, dann würden sie ein paar Flaschen aus dem Keller holen.

„Wann hast du Schluss?", erkundigte sich Erika. „Halb zwölf." Erika nickte, sie würde da sein.

Die Kolleginnen und Kollegen aus der Küche verabschiedeten sich nacheinander. Der Koch und seine beiden Stellvertreter hatten schon vor zwei Stunden Feierabend gemacht, am längsten blieb noch Frau Weinzierl, die für die kalte Platte zuständig war, denn späte Gäste wollten oft noch Aufschnitt oder Käse zum Wein oder Bier essen. Neben Annegret gab es noch zwei Spülerinnen, die für das Geschirr der Gäste zuständig waren, meist aber nur stundenweise arbeiteten. Annegret putzte die Herde, die Töpfe, wischte die Arbeitsplatten ab und half auch mal Frau Weinzierl, wenn eine größere Gruppe Gäste besondere Wünsche hatte. Aber sie durfte nicht mit Lebensmitteln arbeiten, dazu hätte sie eine besondere Prüfung machen müssen, was sie nicht wollte und absurd fand, weil sie jahrelang einen Gemüseladen geleitet hatte. Mehr verdient hätte sie mit Möhrenschnippeln und Kartoffelschälen sowieso nicht, also wischte und spülte sie weiter, um ihre schmale Hinterbliebenenrente aufzubessern.

Sie hatte sich angewöhnt, für ihre Arbeit Gummihandschuhe zu tragen, die vom Restaurantbesitzer bezahlt wurden. Ihre Hände waren immer rauer und mürber geworden, und die neuen Handschuhe, die es jetzt gab, waren eine große Erleichterung, auch wenn ihre Haut sich ganz welk und feucht anfühlte, wenn sie die Dinger wieder auszog. Das Besondere ihrer Position brachte es mit sich, dass sie Zugang zu den Vorratsräumen hatte, wo neues und altes Kochgeschirr aufbewahrt wurde, wo die Handtücher und Spülmittel lagerten, die Bürsten, Schürzen und auch Kisten mit neuem Besteck. In einem dieser Kellerräume befand sich die Tür zum Weinkeller, der immer gut gefüllt war. Der Restaurantbesitzer, Herr Ehlert, ein junger Mann aus Mersburg von der anderen Bodenseeseite, hatte sich vorgenommen, den „Domkeller" mit besonderen Weinen auszustatten.

In den meisten Weinstuben der Konstanzer Altstadt gab es die regionalen Weine zu trinken, aber im „Domkeller" sollte es auch teure Weine aus Frankreich und Italien geben. Einige Regale standen voll mit stark verstaubten Flaschen, mit Weinen, die schon Jahrzehnte hier lagerten und von denen niemand wusste, ob sie überhaupt noch genießbar waren, aber Herr Ehlert war stolz auf seinen Weinschatz. Die Küche konnte mit der Qualität der Weine nicht mithalten, vor allem, weil die Köche ziemlich einfallslos waren, von ihren Braten mit Soße und dem Schnitzel mit Kartoffeln und Karotten nicht abweichen wollten. Der Chefkoch bildete sich etwas auf seine Bratensoßen ein, die er mit billigem Cognac und französischem Wein verfeinerte. Die männlichen Gäste, die glaubten, etwas Besseres zu sein, weil sie einen Platz im Konstanzer Stadtrat ergattert hatten oder Handwerksmeister waren, mochten die Küche des „Domkellers". Sie waren zufrieden und satt, wenn ihre Bäuche rund und fest nach vorne standen, nachdem sie einen Vorspeisenteller mit Wurstaufschnitt, eine Hauptspeise mit Braten und Kartoffeln und eine Nachspeise mit Käse und Eis verdrückt hatten. Dazu tranken sie Wein oder das eine und andere Bier.

Annegret musste für den Koch die Wein- und Cognacflaschen aus dem Keller holen, wenn er seinen Soßenzauber vollführte. In dem alten Gewölbe roch es etwas feucht, weshalb es dort ein, zwei Luken zu einem Hof gab, die immer offen standen, um Luftzirkulation im Keller zu ermöglichen. Von einer der Luken hing ein dunkles Seil herunter. Annegret hatte es vor zwei Jahren entdeckt, weil es im Winter besonders kalt geworden war und vorgeschlagen wurde, die Kellerluken zu schließen. Niemand kannte sich aus mit der Mechanik der halbkreisförmigen Fenster, also hatte sie sich alles etwas genauer angesehen und eine interessante Möglichkeit entdeckt, Dinge von unten nach oben zu schaffen, nämlich mithilfe dieses Seils, an dessen unterem Ende sie einen Beutel befestigte, der von oben hochgezogen werden konnte. Die beiden Luken blieben weiter offen, weil Annegret Herrn Ehlert erklärt hatte, dass dies so bleiben müsse, auch an kalten Tagen. Sie und ihre Schwestern hatten diesen Weg schon einige Male für Weinnachschub genutzt, manchmal auch für ein Stück Fleisch oder ein gutes Messer. Annegret sah diese Beschaffungen als fairen Ausgleich für die schlechte Bezahlung an, für die Arroganz des Bürschchens, der das Restaurant leitete, aber nicht kochen konnte. Deswegen glaubte der fette Wirt, sich alles herausnehmen zu dürfen. Er bediente sich ungeniert bei allem, was die Küche so hergab, auch bei den Brüsten, Hintern und Schenkeln der Spülerinnen. Nicht bei ihr, denn sie war in seinen Augen uninteressant, ein alter Gaul, der fleißig und gehorsam seine Arbeit tat.

Erika wartete oben im Hof und hatte eine Hand auf das dunkle Seil gelegt, um zu spüren, wenn Annegret von unten daran rüttelte und ihr damit das Zeichen gab, das Seil hochzuziehen. Erika mochte es eigentlich nicht, nachts in diesem dunklen Hof zu knien und ein Seil aus der Tiefe zu ziehen; sie fürchtete, entdeckt zu werden, spürte schon eine Hand im Nacken, die sie packen, zur Rede stellen und zur Polizei zerren würde. Doch in dem Hof standen nur ein paar Mülltonnen, lagen alte Steine, streunten Katzen herum, es roch nach Urin und nassen Teppichen.

Annegret hatte drei Flaschen Côte du Rhône ausgesucht. Flaschen, die im Glas Prägungen des Weinguts hatten. Vielleicht war das ja ein guter Wein, sie wusste es nicht, verstand nicht wirklich etwas davon. Die Flaschen lagen im Beutel, sie gab das Signal, kurz danach wanderte der Beutel nach oben, wo Erika die Beute in Empfang nahm. Annegret schloss den Weinkeller ab und ging zurück in den kleinen Raum, wo die Angestellten ihre Spinde hatten. Sie hängte ihre Schürze in den Blechschrank. An diesem Abend war sie die Letzte, die aus der Küche kam, wie eigentlich meistens. Sie legte den Schlüsselbund für die Vorratskeller in eine kleine Schale, winkte einem der Ober zu, der Spätdienst hatte. Am Gasthaus vorbei bog sie in die nächste Gasse ein, wo Erika mit dem Fahrrad auf sie wartete. Am Fahrradlenker hing der Beutel mit den Flaschen. Annegret erkundigte sich, wann Camille kommen würde, und Erika berichtete, dass er schon morgen käme. Annegret nickte nur, wünschte ihr eine gute Nacht und ging weiter. Sie war müde, wollte schlafen, merkte, dass ihr nicht mal mehr so ein kleiner Diebstahl besondere Genugtuung verschaffte, so ein winziges Triumphgefühl, das Schicksal überlistet zu haben, das die einen beschenkte und den anderen nahm. Sie dachte an ihren Mann, der bestimmt irgendwo im Himmel den Kopf schütteln würde über die Machenschaften, die sie mit ihren Schwestern ausbrütete, aber was wussten Männer schon von den Notwendigkeiten des wirklichen Lebens, des kleinen miesen Alltags? Selbst tote Männer hatten davon keine Ahnung.

Am nächsten Tag hatten Erika, Theresa und Annegret eine der Rotweinflaschen auf den Tisch gestellt, doch Erika hatte vorgeschlagen, zunächst Kaffee zu reichen, da es ja erst vier Uhr nachmittags war, es standen also vier Kaffeetassen auf dem Couchtisch in dem kleinen Wohnzimmer. Annegret war etwas nervös, denn sie konnte an diesem Tag die Nachtschicht nicht schwänzen oder zu spät kommen, sie wollte rechtzeitig in der Küche des Gasthauses sein, musste hören und sehen, ob irgendein Verdacht aufgekommen oder alles ruhig geblieben war.

Camille kam kurz nach vier, brachte einen großen Strauß Frühlingsblumen mit, was bei den Frauen zufriedenes Nicken auslöste und Erika ein Strahlen ins Gesicht zauberte. Sie sah sich in der Rolle der Gastgeberin, fragte, ob er Kaffee trinken wolle oder lieber gleich ein Glas Wein. Sie nahm die Blumen mit in die Küche, fand eine Vase und stellte den Strauß voller Stolz auf den Couchtisch. Theresa rückte ihn zur Seite, vor die Weinflasche, um freie Sicht auf den Gast zu behalten. Camille wirkte ein wenig verunsichert, weil er so nah mit den drei Frauen zusammensitzen musste. Er wusste auch nicht so genau, was sie von ihm wollten, verstand es als eine Art Familienbesuch, das Vorstellen des neuen Liebhabers im Kreis der Schwestern, was Erika offenbar wichtig war. Theresa hatte ihm kühl die Hand gedrückt und ließ sich keine Küsschen rechts und links geben. Annegret schon, denn sie wusste, wie man Franzosen begrüßte.

Als sie alle Kaffee in ihren Tassen hatten, begann das vorsichtige Abtasten. Camille berichtete, dass er mit seinem Bruder, gesprochen habe, ob er oder andere Offizielle im französischen Militär Möglichkeiten hätten, Denunzianten zu enttarnen, ob es so etwas wie Listen von Nazikollaborateuren geben würde. Der Kommandant hatte wohl keinen Zugang zu solchen Informationen, doch hatte er versprochen, sich zu erkundigen. Seitdem Adenauer und de Gaulle vor zwei Jahren einen Freundschaftsvertrag unterschrieben hatten, wollte man die Fehler, die in der Vergangenheit zwischen Deutschland und Frankreich gemacht worden waren, vermeiden. Camille hatte sehr staatstragend gesprochen, was bei Theresa nicht besonders gut ankam. Welche Fehler er denn meinte, fragte sie spitz. Wie sich die Franzosen hier aufgeführt hatten, nach dem Krieg, diese finstere Zeit, als sie in Konstanz hungern mussten und sie froh war, wieder nach Berlin gehen zu können, wo die Amerikaner wenigstens Zigaretten zum Tausch anboten? Bessere Zigaretten als das Kraut, das die Franzosen rauchten, diese Gauloises, bei denen man keine Luft mehr bekam, wenn man die einatmete.

Camille blieb ruhig, nickte nur und sagte, dass die autoépuation, er schaute hilfesuchend zu Erika, die aber auch nicht sagen konnte, was das auf Deutsch hieß, also beschrieb er es als etwas, was die Deutschen selbst machen sollten, die Nazis rauswerfen, dass dieses Rauswerfen der Nazis in diesem Teil des Landes nicht gut geklappt hätte. Annegret sagte „Entnazifizierung"; ob er das meinte, das die Deutschen in Süddeutschland nicht hingekriegt hätten, und gab ihm recht, ja, das hatte nicht geklappt. Camille nickte. In Frankreich hätten sie auch Kollaborateure, die man nicht so einfach aus ihren Positionen vertreiben könne. Erika übernahm nun das Wort und berichtete, dass sie an Informationen gelangt seien, aus denen ziemlich klar hervorging, dass der alte Sauter ein Nazispitzel war und ihren Bruder verraten hatte. Camille schaute sie an und fragte sich, was diese Aussage mit ihm zu tun habe; er wollte vermeiden, dass es zu irgendwelchen Spannungen kam, auf jeden Fall sollten die Frauen sehen, dass er guten Willens sei. Wenn sie das beweisen könnten, dann würde er das dem Kommandanten mitteilen, der bestimmt etwas machen würde. Welche Art von Beweisen sie denn hätten, fragte Camille vorsichtig nach. Die drei Frauen schauten sich an, Annegret nickte, und Theresa legte die Karteikarte auf den Tisch, die Max Sauter als Informanten auswies.

„Was ist das?“, fragte Camille und drehte das grünliche Teil in seinen Händen.

„Das ist eine Nazikarteikarte“, sagte Erika, „die wir bekommen haben.“

„Hattest du mir nicht erzählt, ihr wolltet bei einem alten Nazi einbrechen? Habt ihr das etwa gemacht?“, fragte er nach.

„Das ist doch jetzt egal, wie wir rangekommen sind; es ist klar, dass er ein Spitzel war“, stellte Annegret klar. Camille grinste sehr breit und nickte anerkennend, weil er begriff, dass die Frauen in der Lage waren, selbst eine illegale Aktion durchzuführen.

„Aber wen er verraten hat, steht da nicht“, sagte Camille. „Was ist mit dem Nazi, hat der noch mehr Informationen?“

„Man müsste sie aus ihm rausholen“, sagte Theresa und schaute Camille direkt an, „ihn ein wenig härter anfassen.“

Camille trank von dem Kaffee, schaute hilflos Erika an, wand sich auf dem Sessel und erklärte, dass er Weinbauer sei, nichts weiter; klar, damals hätten sie so einiges unternommen, aber heute, heute seien die Zeiten anders. Theresa nahm die Karteikarte wieder vom Tisch und blickte Erika mit einem ‚Hab ich es dir nicht gesagt, dass er ein Feigling ist‘-Blick an. Annegret schaute auf ihre Uhr, verkündete, dass sie bald zur Arbeit müsse und leider nicht so viel Zeit habe.

Camille spürte, wie die Stimmung eisiger wurde, sich gegen ihn richtete, also ging er in die Offensive. „Angenommen“, sagte er, „wir würden den Nazi entführen und ein wenig äh torture machen“, die drei nickten, dieses Wort kannten sie, „angenommen, der Nazi würde sagen, was man von ihm will, weil alte Männer schneller zusammenbrechen als jüngere, was hätte man davon?“

„Wir wüssten, dass Sauter ein Schwein ist, wir würden weitererzählen, was er gemacht hat und ihn unter Druck setzen, damit er nicht weiter die Hochzeit meiner Tochter mit seinem Sohn blockiert“, kam von Annegret.

„Aber vielleicht war Sauter gar kein Verräter. Was macht ihr dann?“, fragte Camille.

Theresa schnaubte verächtlich aus.

„Und wenn er ein Verräter war, wen interessiert das heute noch?“, hakte Camille nach und schaute die Frauen eindringlich an. „Niemanden mehr, weder bei uns in Frankreich, noch hier bei euch in Deutschland. Alle wollen nur noch ihr kleines Leben leben, sich ein Auto kaufen, schöne Kleider, die Kinder in gute Schulen schicken. Oder? Wer will denn noch wissen, wer wen verraten hat, wen interessiert denn noch die Vergangenheit? Wen interessiert, was wirklich geschehen ist?“ Er sprach engagiert, voller Überzeugung.

„Mich“, zischte Theresa, „ich muss wissen, wer meinen Bruder ins Gefängnis gebracht hat.“

„Die Faschisten. Es waren die Faschisten“, sagte Camille leise.

Empört stand Theresa auf, stellte sich vors offene Fenster und zündete sich eine Zigarette an.

„Oui“, sagte Camille sanfter, „hat der Mann Geld?“ Erika nickte ihm zu, ja, deswegen soll doch die Heirat zustande kommen, damit Annegrets Tochter kein armes, uneheliches Kind aufziehen muss, nur weil der Alte sich wegen der Hochzeit querlegt.

„Aber sie sind doch beide erwachsen“, hakte Camille nach.

Annegret stand auch auf, stellte sich neben Theresa und zündete sich ebenfalls eine Zigarette an. Erika legte Camille eine Hand aufs Knie.

„Der Anton, der Vater von dem Kleinen, ist eben ein Schlappschwanz“, bemerkte sie.

„Schlappschwanz?“

„Ein Idiot, er ist ein Idiot, aber der Vater von dem Jungen."

Camille nickte wieder, schaute auf die Flasche Wein, die da auf dem Tisch hinter dem Blumenstrauß herumstand, nahm sie in die Hand, nickte und sagte: „guter Wein, sehr teuer, sehr gut."

Die beiden Frauen am Fenster drehten sich um, schauten Camille und Erika an. Camille lehnte sich zurück, atmete tief ein, holte eine Packung Gauloises aus der Tasche und nahm sich eine Kippe. „Im Krieg", erzählte er, „haben wir den Nazis mit Autobomben ziemlich zugesetzt, und nach dem Krieg, wenn wir etwas von einem Kollaborateur haben wollten, weil er ein salaud war, haben wir es genauso gemacht. Bomm!"

„Eine Autobombe?", fragte Annegret nach.

„So was kannst du?", staunte Erika.

„Eine wird nicht reichen", sagte Theresa leise. „Oui", Camille nickte, „eine nicht, drei, dann knicken sie meistens ein."

Theresa setzte sich wieder hin und sah Camille scharf an, ihr Interesse war jetzt erwacht, vielleicht war der Typ doch zu etwas zu gebrauchen.

„Ich muss gleich los", sagte Annegret, „du willst ihn mit Autobomben erpressen?"

Camille zuckte die Schulter. „Ich nicht", sagte er, „aber ich kann Geld gut gebrauchen."

„Gibt dir dein Bruder kein Geld?", wollte Erika wissen.

„Compliqué", war seine Antwort.

„Aber du weißt, wie man das macht?", hakte Annegret nach. Camille nickte, klar, das wusste er; er brauchte allerdings einige Zutaten, er brauchte einen Arbeitsraum, eine Werkstatt, wo ihn niemand störte. Auch Annegret nickte jetzt, sie schaute Theresa an, sagte: „Gut, dann macht doch mal diese Flasche da auf und besprecht das weiter. Ich komm morgen wieder vorbei, ich hab jetzt Schicht."

Als Annegret aus der Tür war, stand Erika auf, nahm sich

die Flasche und entkorkte sie. Camille schaute zu, wie sie drei Gläser füllte, er nahm sein Glas hoch, roch daran, sehr vorsichtig, schloss die Augen, dann nahm er einen kleinen Schluck und stellte das Glas wieder ab. Auch Theresa und Erika hatten getrunken, aber weniger zeremoniell. Sie besprachen jetzt die Details. Camille sagte, was er bräuchte. Vor allem Ammoniumnitrat war wichtig, ob sie das irgendwo auftreiben könnten, das würde oft als Dünger verwendet. Erika schaute Theresa an und meinte: „Sie arbeitet in einer Gärtnerei." Einen Arbeitsplatz würden sie hier im Haus einrichten können, unterm Dach, da käme nie jemand hoch. Camille schrieb weitere Komponenten auf: Töpfe, Gefäße, Handwerkszeug, Brenner, alles, was man für die Herstellung einer Autobombe brauchte. Dann war noch zu besprechen, was in dem Erpresserschreiben stehen würde, wer es schreiben und wie Sauter es erhalten sollte. Theresa interessierte sich besonders für den zweiten und den dritten Schritt, also wenn er nicht zahlte, was sie dann machen würden. Erika wollte wissen, was geschehe, wenn Vater und Sohn verletzt würden, oder es noch schlimmer käme.

„Du meinst, wenn sie ...", sagte Theresa, „wenn Bruno zum Halbwaisen wird?"

„Ja, dann haben wir ein Problem."

Camille nickte, der Wein war wirklich gut, er würde gerne auch so hochwertigen Wein herstellen, meinte er. Das wäre toll, lächelte Erika, worauf Theresa den Kopf schüttelte, weil sie ihre Schwester für naiv hielt. Wie konnte sie sich mit so einem einlassen?

„Und was machen wir mit dem Nazi?", fragte Erika Camille.

„Habt ihr ihm die ganze Kartei geklaut?", fragte er zurück, „dann gebt sie meinem Bruder, der ist sehr interessiert daran."

Theresa und Erika schauten sich an und lächelten. Erika fragte nach: „Macht das dein Verhältnis zu deinem Bruder einfacher?“ Sie schenkte ihm ein weiteres Glas von dem guten Wein ein.

„Peut-être.“

„Eins nach dem anderen“, erklärten die beiden Schwestern Camille. Jetzt lächelten alle drei, prosteten sich zu. Von der Terrasse wehte eine Brise warmer Wind ins Zimmer, der ihnen für einen Moment die Illusion gab, als ob alles leicht wäre in der Welt, in der sie lebten.

Max Sauter hatte ziemlich gute Laune, als er an diesem Morgen in die Werkstatt kam. Er pfiff sogar vor sich hin, das war schon lange nicht mehr vorgekommen. Er nahm sich den Besen und kehrte Staub zusammen; eine Arbeit, die eigentlich immer nach Feierabend gemacht werden musste, doch morgens, wenn die Sonne hereinschien, sah man den liegen gebliebenen Dreck besser. Er kehrte gerne, die gleichmäßige Bewegung mit den weichen Borsten war ein guter Auftakt in den Tag. Anton kam für gewöhnlich etwa eine Stunde nach seinem Vater; er wollte nicht mehr mit ihm frühstücken, schenkte ihm den kleinen Triumph, früher als sein Sohn aufstehen zu können. Der alte Sauter ließ sich nichts anmerken, als er Anton sah, der mit der Hand über die Stelle des abgeschlagenen Arms der Ignatiusfigur strich.

Er trat neben seinen Sohn, betrachtete still das Unglück, sah sich erneut die Stelle im Stein an, die porös war und zu dem Bruch geführt hatte. Der Alte war etwa einen Kopf kleiner, sein eng anliegendes Haar war weiß und dünn, die rechte Augenbraue machte einen Bogen in die Stirn hinein, was zu einem vergrößerten rechten Auge führte und insgesamt zu einer deutlichen Teilung seiner beiden Gesichtshälften. Diese Verschiebung der Symmetrie des Gesichts unterstrich seine Autorität, weil es so aussah, als würde er mit seinem rechten Auge schärfer blicken können als andere Menschen.

„Da steckt man nicht drin“, kommentierte der Alte. Es klang wie ein Akzeptieren von Antons Missgeschick, und entsprechend erstaunt drehte sich Anton zu seinem Vater, dem Meister, um, der nicht mehr pünktlich nach Salem liefern konnte.

„Wir kleben, das merkt keiner. Hauptsache, er steht da, wenn die Königin kommt. Dann machst du eine neue Figur, und wir tauschen sie später aus."

„Du willst kleben?"

Max Sauter zuckte mit der Schulter.

„Mir ist das auch schon passiert."

Anton war nun wirklich erstaunt.

„Und mit was? Mit Epoxidharz?"

Der alte Sauter nickte. „So ein Arm ist ja nicht schwer, das hält schon eine Weile."

„Und dann mache ich die gleiche Figur noch mal? Aber die sieht dann nicht genauso aus."

„Nun stell dich doch nicht so an! Mach den Arm!" befahl der Meister seinem Sohn. Die Sonne stand nun so, dass sie die beschädigte Figur des Ignatius beleuchtete, Staub tanzte in der Luft. Beide Männer traten unwillkürlich in den Schatten und wandten sich ab, überließen den steinernen Ignatius von Loyola dem göttlichen Licht. Der echte Ignatius war eigentlich nicht am Arm, sondern am Bein von einer Kanonenkugel verletzt worden, was ihn zum Studium theologischer Schriften bewegt hatte und zur Gründung seines Ordens, der sich durch Exerzitien hervortat.

Anton fragte den alten Sauter, wie es in Rohrschach war, sie hatten sich am Sonntag nicht mehr gesehen und gesprochen.

„Gut", antwortete der Alte, „er kann schnell liefern, morgen schon." Er machte eine Pause und bemühte sich, das Folgende beiläufig klingen zu lassen, „Ach, weißt du, wen ich gesehen habe?" Anton wandte sich ihm zu, in der Hand einen Hammer. „Die Beate und den Bäuerle, mit dem Bruno. Sie saßen in einem Kaffee in der Schweiz, alle drei." Anton stellte den Hammer sanft und vorsichtig auf einem Stein ab, runzelte die Stirn.

„Beate und der Spielzeug-Bäuerle?", fragte er ungläubig nach.

„Ja, ich hab's auch nicht gleich geglaubt, bin extra langsamer gefahren, damit ich's genauer seh'. Sein Auto war ganz eingedellt, der fährt ja so ein Angebercoupé, vielleicht hatten sie einen Unfall, weil er sich nicht richtig auf die Straße konzentrieren konnte. Mit dem Bruno hat er gelacht, als ob sie nicht zum ersten Mal zusammen Eis essen waren. Und seine Hand lag auf Beates Bein..."

„Das glaube ich jetzt nicht. Das erfindest du!"

„Frag sie doch! Aber sie wird dich wieder anlügen."

„Sie lügt mich nicht an!"

„Jedenfalls vergiss es mit der, die hat einen Neuen."

„Nein, das glaub ich nicht."

Anton begann, in der Werkstatt auf und ab zu gehen, sein Herz pochte ihm heftig Blut in den Hals. Gern hätte er geschrien oder etwas kaputt gemacht. Im Vorbeigehen nahm er den Hammer wieder auf, pendelte damit hin und her, fasste ihn kräftiger, suchte nach etwas, was er zerstören könnte, nahm den von der Sonne erhellten heiligen Ignatius in Blick, ließ den Hammer aber wieder sinken und stellte ihn erneut ab. Anton setzte sich auf einen Schemel in eine Ecke und schaute seinen Vater prüfend an, der jetzt langsam zu ihm kam, sich einen anderen Hocker schnappte und sich seinem Sohn gegenüber niederließ. „Das ist immer Scheiße, wenn man betrogen wird, egal von wem. Aber es ist besser so. Du musst wieder Ordnung in dein Leben bringen. Was willst du mit so einer?"

Sie hatten in ihrem Leben nie viel miteinander gesprochen, auch nie besonders lang, schon gar nicht über Fragen der Liebe, über Verrat oder seelische Schmerzen. Oft über das Geschäft, über Geld, über die Konkurrenz, aber nie über Gefühle. Der Alte legte Anton seine Hand auf die Schulter, wie um Verständnis für dessen schwierige Situation zu zeigen. Am liebsten hätte er ihm gesagt, dass er sich nicht so anstellen, sondern sich zusammenreißen, aufstehen und arbeiten solle. Aber die Zeiten waren andere, Männer waren heutzutage nicht mehr nur hart, so wie es ihm sein Vater beigebracht hatte. Anton schaute auf seine Schuhe, scharrte mit einem Fuß, fühlte sich von der Freundlichkeit seines Vaters bedroht, wusste, dass das, was der Alte gesehen hatte, ein mächtiges Instrument war, um seine Liebe zu Beate endgültig zu zerstören.

„Wer weiß, wie lange das schon geht", sagte Sauter Senior leicht.

„Aber sie wird doch jetzt katholisch, damit wir heiraten können."

„Sagt sie, aber ob sie es durchhält?"

„Und warum schuften wir schon so lange an der Wohnung?"

„Ich glaub ihr schon, dass sie dich heiraten will", lachte der Alte, „aber aus anderen Gründen, als du meinst."

Anton musste aufstehen und dem bedrückenden Gespräch in der Ecke entkommen; gerne wäre er in der Sonne umhergegangen und hätte nachgedacht, wie er sich befreien könnte aus dieser Zwangslage zwischen Vater, Beate und dem Kind. „Ich komm da nicht mehr raus", entfuhr es ihm. Das war das Stichwort für Max Sauter, auf das er gewartet hatte.

„Doch. Wenn es Zweifel gibt, dass du der leibliche Vater bist, weil die Frau zum Beispiel noch mit einem anderen zusammen war, kannst du zum Jugendamt gehen und zurückziehen."

„Was denn zurückziehen?"

„Na ja, das, was du blöderweise erklärt hast: dass du der Vater bist."

„Das könnte ja jeder machen."

„Man muss das schon begründen."

„Und wie?"

„Eine Erklärung von dem anderen. Beim Anwalt."

„Vom Bäuerle?"

„Nein, Mensch! Von einem, der etwas Geld braucht."

Anton drehte sich zu seinem Vater. Er war ganz gefangen von den Wendungen, die sein Leben gerade nahm, seine Gedanken rasten. Er glotzte den Alten ungläubig an.

„Wir bezahlen einen dafür, dass er behauptet...?"

„Nun stell dich nicht so an!"

Anton wandte sich wieder seinem Hammer zu, ergriff den Meißel, begann einen Stein zu bearbeiten, klopfte ein paar größere Stücke heraus.

„Du machst jetzt mal ne Pause", befahl der Alte.

„Ich hab doch noch gar nicht angefangen."

„Dann drehst du eine Runde."

Anton nickte, legte das Werkzeug ab und ging aus der Tür. Die anderen Kollegen in der Werkhalle nebenan blickten ihm nach, als er wie betäubt aus der Werkstatt wankte. Max Sauter nahm seinen Besen in die Hand und kehrte die Steinbrocken seines Sohnes zusammen. Er summte wieder vor sich hin.

Thomas Golombeck hatte inzwischen einen kleinen Bauch, früher hatten er und Anton zusammen Fußball gespielt, auf einem sandigen Platz auf der anderen Seite des Rheins. Manchmal wurde Thomas von den Sauters für Arbeiten an einem Bau angeheuert, aber er war eigentlich für schwere Arbeiten nicht zu gebrauchen, er war einfach zu schwach. Sie trafen sich in einer Weinstube in einem alten Keller der Altstadt, dessen Deckengewölbe mit Trauben und Weinranken bemalt war. Die Tische und Stühle waren aus schwerem Holz, auf jedem Tisch stand eine kleine Lampe aus bräunlichem Glas, das die Weinstube in schummriges Licht tauchte. Die Gäste, die dem günstigen Wein gut zusprachen, mochten die gedämpfte Atmosphäre. Thomas hatte schon ein Glas Weißwein vor sich, als Anton auftauchte. Sie begrüßten sich zurückhaltend. Thomas streckte die Hand aus, die Anton zögerlich drückte. Thomas war einigermaßen erstaunt, dass ihn Anton hierher gebeten hatte. Sie hatten sich lange nicht gesehen. Er fragte, wie es denn gehen würde, ob er ausgelernt habe, ob er den

Meister machen werde? Anton bat den Wirt, einen hageren, verschlossenen Mann, der hinter seiner Theke einen englischen Radiosender hörte, um ein Glas Rotwein. Zögernd antwortete Anton, begann aber gleich, das Fragespiel umzudrehen. So erfuhr er, dass Thomas Golombeck noch immer bei seiner Mutter lebte, Gipser gelernt hatte, ein Berufsstand, der in der Hierarchie der Handwerker nicht viel galt, weil die Arbeit mit viel Dreck verbunden war. Er könne nicht viel Geld zur Seite legen, würde gerne eine eigene Wohnung beziehen, aber noch wichtiger sei sein Traum, ein eigenes Auto zu fahren, denn mit einem Auto konnte man ein Mädchen beeindrucken. Ohne Auto kein Mädchen. Anton trank seinen Wein ziemlich schnell aus, hörte nicht wirklich zu, winkte dem Wirt, bestellte ein weiteres Glas. Thomas fragte, was denn aus dem hübschen Mädchen geworden sei, hatte Anton inzwischen nicht auch ein Kind? Anton brummte, ja, das Mädchen gebe es noch.

„Wie hieß die noch mal?"

„Beate."

„Ja! Beate! Beate Adler. Granate."

„Wie alt ist euer Kind?"

„Drei. Weiß nicht genau..."

Das nächste Glas Rotwein kam, und Anton trank schnell, als ihn Thomas verwundert anschaute. Wie sollte er jetzt aussprechen, was er von Thomas wollte, wie machte man das, einen anderen zu bestechen und zu einer Lüge zu verleiten? Anton hatte nicht gedacht, dass es so schwer sein würde, einen Betrug zu begehen, Beates Liebe zu verraten, seine Vaterschaft zurückzuziehen, alles, was er ihr in den letzten drei Jahren versprochen hatte, zu widerrufen und einen Idioten wie Thomas Golombeck zum Mitwisser zu machen. Anton schwitzte, trank wieder. Er konnte das nicht, es war verdammt schwer; er sollte wieder gehen, weggehen, Beate heiraten oder ohne Beate aus Konstanz verschwinden. Er konnte nicht mehr ganz klar denken.

„Du weißt nicht, wie alt dein Sohn ist?"

„Ich weiß nicht, ob es mein Sohn ist."

„Aber ihr seid doch verheiratet!"

Anton schüttelte den Kopf, wischte sich den Schweiß ab, trank wieder, spürte, wie ihn der Alkohol betäubte, er hätte vorher etwas essen sollen, egal, dann trank er eben, es war jetzt sowieso egal.

„Nicht verheiratet."

„Wahnsinn. Das Kind ist von nem anderen?"

Im Hintergrund war ein englischer Radiosprecher zu hören, mehrmals fiel das Wort „Queen Elizabeth", „His Highness Prince Philip" und „Germany", dann setzte Musik ein, es wurde ein Stück der Beatles gespielt *„It's been a hard day's night, and I've been working like a dog..."* Thomas erkannte das Lied und sagte: „Das sind die Beatles. Wahnsinn!"

Anton winkte erneut dem Wirt, der sogleich mit einem weiteren Glas Wein angeschlurft kam.

„Hast du ein Auto?", fragte Thomas.

Anton schüttelte den Kopf, „keine Zeit", sagte er.

„Manche haben sogar ein Radio im Auto. Wahnsinn", fand Thomas.

Anton fingerte in seiner Hosentasche und zog drei Hundertmarkscheine hervor, die er Thomas über den Tisch schob. „Anzahlung", murmelte er, mit bereits belegter Stimme, „für dein Auto." Er sagte eher „Audo" statt „Auto".

„Echt! Wahnsinn."

„Wenn du noch einmal Wahnsinn sagst, nehm ich das Geld wieder weg."

„Sag ich halt so. Und was mache ich dafür?"

„Du kriegst noch mal dreihundert."

„Echt. Wa... Warum?"

„Du hast mit Beate geschlafen."

„Ich? Nein! Ha, schön wär's. Also, ich mein das nicht so. Sie sieht toll aus!"

„Du sagst, du hast mit Beate geschlafen."

„Nein, wirklich nicht!"

„Ich will, du sollst..."

Anton fiel es schwer, in Worte zu fassen, was er von Thomas wollte, denn er wollte das alles eigentlich gar nicht. Er trank erneut, ihm war klar, dass er dabei war, eine Grenze zu überschreiten. Wenn er jetzt einen Schritt weiterging, würde er wirklich ein Arschloch sein.

„Also, du sagst, vor drei, nein, vor vier Jahren hast du was mit Beate gehabt, an Fasnacht. Bei einem Anwalt sagst du das. Und dann noch dreihundert."

Thomas Golombeck schaute Anton an, schüttelte den Kopf, trank ebenfalls sein Weinglas aus.

„Bin ich dann der Vater von dem Kind?"

Anton schüttelte den Kopf. „Weiß man nicht, wer der Vater ist."

„Hätt ich nicht gedacht, dass die so eine ist."

„Ist sie nicht."

Jetzt kamen zwei weitere Männer und eine ältere Frau in das Lokal. Sie riefen Jimmy hinter der Theke ein Hallo zu und bestellten Wein, zündeten sich Zigaretten an, schauten sich nach Anton und Thomas Golombeck um.

„Kann nichts passieren. Komm einfach dahin. Unterschreib, und es ist gut." Anton stand schwer auf, ging zum Wirt, der ihn kritisch anschaute und vier Finger hob. Anton legte ein Fünfmarkstück auf das Holz, drehte sich um und zog sich die steile Treppe hoch ins Freie.

Er ging ein Stück, schaute in die Nacht, ein paar Sterne waren zu sehen, einige Leute gingen an ihm vorbei, aber die nahm er nicht wahr, in seinem Kopf drehte es sich. Er musste sich an einer Regenrinne festhalten, als in seinem Magen eine Welle von Übelkeit aufstieg. Er erbrach sich, ging in die Knie, erbrach sich erneut, wollte sich schon auf das alte Kopfsteinpflaster legen, zog sich aber hoch, als ihm die sauren Dämpfe des Erbrochenen in die Nase stiegen.

Am nächsten Vormittag ging er nicht in die Werkstatt.

Oma Annegret wollte ihre Zeitung lesen, immer diese blöde Zeitung, fand Bruno, denn heute hatte er nicht richtig Lust, rauszugehen, um mit seinen Autos auf dem Sandhaufen zu spielen. Aber die Oma bestand darauf. „Frische Luft", sagte sie, „du brauchst frische Luft." Also setzte er sich mit seinem Eimer voller kleiner Autos auf die Treppen der Eingangstür und schaute sich um, wo seine Autos fahren könnten. Er beschloss, die möglichen Straßen aus der Luft zu erkunden, nahm einen kleinen VW-Käfer in die Hand und stellte sich vor, dass der fliegen könnte. Die kleine Hand mit dem kleinen Metallauto startete, überquerte den kiesigen Eingangsweg, flog darüber hinweg, zog etwas tiefer, um die Grasbüschel, die am Zaun zum Nachbargrundstück standen, genauer zu erkunden. Das Gras und auch der erste Löwenzahn wuchsen recht dicht, für ein fliegendes Auto eine Art Wald, ziemlich undurchdringlich. Der kleine VW beschloss, zu landen und sich hinter einem Grasbüschel zu verstecken. Bruno trat einen Schritt zurück, merkte sich die Stelle, ging zurück zu seinem Eimer, nahm ein weiteres Auto in die Hand und startete erneut. Diesmal flog er Richtung Gehweg und Straße, ein Bereich, den er eigentlich nicht betreten sollte, weil dort Gefahren lauerten. Hunde liefen entlang, Fahrräder fuhren vorbei, und auf der Straße kam immer mal wieder ein Auto. Aber da, wo der Eingangsweg auf den Gehweg mündete, gab es ein kleines Mäuerchen, hinter dem er den Opel Rekord verstecken konnte. Ein weiteres Mal wurde ein Auto in ein Flugzeug verwandelt, diesmal ein Kipplaster, der in Richtung Hof flog, dort, wo Otto und seine Mutter lebten. Im Hof standen Fahrräder und zwei Mülltonnen aus Blech. Hinter diesen Mülltonnen landete der Laster. Als Bruno wieder zu seinen Schätzen zurückkehrte, stand Otto im Hof, nur mit einer bunt karierten Unterhose bekleidet.

„Autos können gar nicht fliegen", verkündete er. Bruno drehte sich erschrocken zu ihm um, überlegte, ob er antworten sollte, nahm ein weiteres Auto, diesmal das neue Mercedes-Cabrio, und startete damit in die Luft. Bruno beschloss, sich nicht stören zu lassen, in ihm ertönten Fetzen der Arien, die er im Autoradio gehört hatte, als sie mit Herrn Bäuerle unterwegs gewesen waren. Der Mercedes bekam die Aufgabe, die versteckten anderen Autos zu suchen, und weil es ein kluges Auto-Flugzeug war, wusste es, wo es suchen musste. Es flog blitzschnell zum kleinen Mäuerchen am Gehweg, entdeckte den Opel Rekord, und zusammen flogen sie zurück. Otto kam einige Schritte näher. „Autos können nicht fliegen", sagte er erneut. „Brrumm" machte Bruno und startete mit seinem Mercedes zum Versteck des VW-Käfers. „Hast du die überall versteckt?", wollte Otto wissen, als Brunos Mercedes über den Grasbüscheln schwebte und neben dem VW-Käfer landete. Er nahm auch den VW in die Hand, hielt ihn in die Luft, beide Autos schwebten jetzt, blickten sich an, Auge in Auge. Dann flogen sie frontal aufeinander zu, wichen im letzten Augenblick aus, die beiden Flanken berührten sich. Bruno sang einen hohen Ton, es klang wie der Schmerz der verletzten Autos, war aber ein klangliches Zitat der Callas. Otto hatte sich neben Bruno und seine Flugzeugautos gestellt, er roch nach Marmelade und fragte, ob er mitspielen dürfe. Bruno senkte die Arme, die Hände umschlossen seine beiden Spielzeuge.

„Nein", sagte er, „darfst du nicht." Otto schaute, wie Bruno zu seinem Eimer zurückkehrte und die Autos ablegte. Bruno rannte zu der Mülltonne, hinter der der Kipplaster versteckt lag. Otto holte Bruno ein, staunte, als der Laster zum Vorschein kam und schaute schnell hinter die andere Mülltonne. Aber da war nichts. „Hast du noch mehr versteckt?", fragte Otto. Brunos Lastwagen flog durch die Luft, langsam, schließlich war es ein Schwertransporter. Jetzt stellte sich Otto vor Bruno, sagte noch einmal, dass Autos nicht fliegen können, was Bruno aber nicht abhielt, mit seinem fliegenden Auto Kurs zu halten. Er rammte den kleinen Lastwagen in die nackte Brust von Otto, der erschrocken aufschrie. Der Lastwagen verwandelte sich jetzt in ein Kampfflugzeug und attackierte Otto mehrmals. Lautes

Geschrei. Otto schlug Bruno den Lastwagen aus der Hand, der nun ganz alleine durch die Luft flog und auf dem Gehweg landete. Bruno schrie ebenfalls auf, verlor die Kontrolle über sich. Ein Wutanfall schüttelte ihn. Er trat auf Otto ein, der dem schreienden Knirps nichts entgegensetzen konnte, Bruno war diesmal stärker. Otto stolperte auf dem Kies entlang, vorsichtig, weil er barfuß ging, er fiel auf ein Knie. Bruno trat erneut nach ihm. Otto rappelte sich schreiend auf, in seinem blutenden Knie steckten ein paar Kieselsteinchen. Annegret betrat die Szene der kämpfenden Kinder, ebenso Ottos Mutter von der anderen Seite.

„Jetzt ist genug“, sagte Annegret und fasste Bruno an der Hand. „Wie läufst du denn hier rum?“, schimpfte Ottos Mutter ihren Sohn, der laut weinte, den Kopf vor Schmerzen in den Nacken warf. Sie blickte auf sein verletztes Knie und sah Blut. Die Mutter sagte, dass man das auswaschen müsse. Bei Annegret beschwerte sie sich über Bruno, der ihren armen Sohn geschlagen und geschubst hätte. Bruno würde immer Streit anfangen, anstatt friedlich mit ihrem Ottolein zu spielen. Annegret lachte nur über diesen Unsinn und meinte, ein zwei Jahre älterer Junge könne sich wohl locker gegen einen Dreijährigen verteidigen; es sei Otto, der Bruno ständig provoziere, und es war an der Zeit, dass ihr Enkel sich endlich mal gewehrt habe. Bruno hatte sich von Annegrets Hand losgemacht und seinen Laster aufgehoben, dem zum Glück nichts passiert war. Interessiert schaute er dem Streit der beiden Frauen zu; ohne Mitleid betrachtete er den heulenden Otto. Auf seiner Stirn bildete sich eine erste strenge Falte. Bruno trug seinen fliegenden Lastwagen zum Plastikeimer mit den anderen Autos, legte ihn ab, nahm den Eimer auf und ging zurück in die Wohnung. Annegret folgte ihm. Sie nahm sein immer noch wütendes Gesicht zwischen Daumen und Zeigefinger, drehte es zu sich und blickte ihn an. Sie lachte über den Trotz, der dem Kleinen noch immer im Gesicht stand. „Dem hast du es aber gegeben, gut gemacht!“, lobte sie Bruno.

In der Schneiderei wussten sie, dass Professor Schmidt Prostatakrebs hatte, oder gehabt hatte, und als er nun aus der Kur zurückgekommen war, passten ihm seine Anzüge nicht mehr wie früher, denn er hatte zehn Kilo Gewicht verloren. Beate steckte bereits die dritte Hose ab; sie fragte ihn, wie es ihm in der Kur ergangen sei, und er berichtete, dass man ihn mit allen möglichen Übungen gequält habe, aber er hatte auch Zeit gehabt, um zu lesen. „Haben Sie Romane gelesen oder etwas für Ihre Arbeit?", wollte Beate wissen, wobei ihr nicht wirklich klar war, welcher Arbeit Professoren der Philosophie eigentlich nachgingen. „Ein wenig Sartre", antwortete Herr Schmidt, „er schreibt, es gibt das Böse, und wenn man Krebs hat, so wie ich, ist man geneigt, ihm viel eher zuzustimmen, als wenn man gesund ist. Gut haben mir seine Überlegungen der Beziehungen zum anderen gefallen. Jede Beziehung ist zum Scheitern verurteilt, weil der andere nicht aus sich heraus kann, alles ist von Negativität bestimmt. Das werden Sie als junge Frau vermutlich anders sehen, Sie sind noch voller Hoffnungen. Es ist natürlich nicht alles zum Scheitern verurteilt. Sie sind frei zu entscheiden. Aber nur, weil Sie überall auf Widerstände treffen, können Sie sich entscheiden, diese zu überwinden. Wenn Sie im Gefängnis sitzen und fliehen wollen, dann können Sie Pläne zur Flucht schmieden, Sie können sich aber auch entscheiden, nicht zu fliehen..."

Der Professor stand auf einem kleinen Holzpodest im Ankleideraum und trug eine graue Hose, deren Hosenbund Beate hinten um drei Zentimeter zusammenzog und mit zwei Stecknadeln feststeckte. Sie arbeitete mechanisch, ihre Gedanken schweiften schon in dem Moment ab, als er gesagt hatte, dass das Böse existiere. Sie nahm noch eine Nadel aus dem Nadelkissen, das sie sich über das Handgelenk gezogen hatte, und steckte diese Nadel ebenfalls in die Falte der Hose. Professor Schmidt schrie auf, und als Beate aus ihrer gedanklichen Abwesenheit aufwachte, sah sie, dass die Nadel horizontal in dem Hosenstoff steckte und offenbar auch die Haut des Kunden durchstoßen hatte. Der Mann zappelte, wand sich nach rechts und links, machte einen Schritt nach vorne, stolperte von dem kleinen Podest und fiel auf ein Knie. Beates Blick war auf die heraussstehende Nadel gerichtet; sie beugte sich zu dem gestürzten Mann und zog die Nadel wieder heraus. Er wirkte nun ganz zusammengefallen und tat ihr leid, wie er da so auf dem Boden kauerte. Die Hose schlackerte an ihm, und als sie ihn am Arm griff, um ihm aufzuhelfen, spürte sie den Knochen unter seiner dünnen Haut.

„Was machen Sie denn da?“, empörte sich der Professor mit weinerlicher Stimme. „Tut mir leid“, entschuldigte Beate sich, „tut mir leid. Sie können die Hose wieder ausziehen.“

Jetzt stand der Mann wieder, er war kleiner als sie, sein Hemd schien viel zu weit, er drehte sich um und ging hinter den Vorhang. Beate stiegen Tränen in die Augen. Sie ging aus dem Ankleideraum zurück in die Schneiderei, setzte sich hinter ihre Maschine, wischte sich übers Gesicht. Gitta sah von ihrer Arbeit auf und fragte, was denn mit ihr los sei. Beate bat sie, den Herrn Professor zu übernehmen, sie habe ihn gestochen, was ihr noch nie passiert sei.

„Das gibt es halt mal“, kommentierte Gitta, stand auf und ging nach nebenan.

Beate hörte die kräftige Stimme ihrer Freundin, die sich für Frau Adler entschuldigte, der es heute nicht so gut ginge. Professor Schmidt antwortete ihr, aber Beate hörte nur ein Quengeln, wie von einem großen Kind. Sie schaute auf ihre Hände, mit denen sie arbeiten musste, drehte sie, rieb sich über die Handflächen. Wenn ihr die Hände nicht mehr gehorchten, weil sie mit den Gedanken bei Anton und bei Bruno war, dann war sie verloren. Sie brauchte ihre Konzentration, wollte ihre Klarheit wiederhaben, auf die sie sich immer viel eingebildet hatte; doch die ganze Antonsache nahm in ihrem Kopf viel Platz ein, verdrängte jetzt sogar ihre Fähigkeit, gut zu arbeiten. Sie hatte einem Kunden in den Rücken gestochen, das durfte nicht passieren.

Zum Glück waren heute der Chef und Herr Martin nicht da. Herr Martin besuchte seine Mutter im Krankenhaus, und Möbius beriet eine Kundin, die neue Vorhänge wollte und auf Chefbehandlung bestand. Gitta kam zurück und berichtete, dass sie Professor Schmidt beruhigt habe, der Mann aber tatsächlich ziemlich klapprig sei, traurig. Beate bedankte sich bei ihrer Freundin. Leider sei sie ziemlich durcheinander, sie wisse auch nicht, wie sie da wieder rauskommen könnte. Gitta wollte wissen, ob sie Anton gesehen habe. Nein, dafür aber den Bäuerle, der sie und Bruno am Sonntag auf eine Fahrt in die Schweiz abgeholt habe. Aber es gab einen Unfall, nichts Schlimmes, es war so typisch, dass dies geschehen musste. Gitta zeigte auf die Beule auf Beates Stirn, nahm ihre Thermosflasche, schraubte sie auf, goss Kaffee für sie und Beate in ihre Tassen nach und rückte näher.

„Und, wie ist er so?", fragte Gitta nach.

„Eigentlich ganz nett, ziemlich gesprächig. Nach dem Unfall schien er mir nicht mehr so geleckt, so glatt zu sein. Er konnte selbst den Reifen wechseln, und er kennt sich mit Opern aus", erzählte Beate. „Aber das ist doch toll!", fand Gitta. „Der passt doch zu dir."

Doch Beate schüttelte den Kopf, nein, sie mochte ihn irgendwie, den Bäuerle, vielleicht zum Reden, aber nicht als Mann, sie liebte ihren Anton und wollte ihn auch nicht aufgeben. Gitta winkte ab. „Ich glaube", sagte sie, „das ist dumm. Halt dir den Bäuerle warm, falls es mit dem Anton doch nichts wird. Der nimmt dich, obwohl du ein Kind hast."

Gitta grinste, sie war am Sonntag auch in der Schweiz gewesen, erzählte sie, bei dem Mann, den sie neulich im „Schwarzen Raben" kennengelernt hatte. Werner, ein Witwer, ohne Kinder, sehr nett. Er besaß einen Schlossereibetrieb. „Ich glaube, da wird mehr draus", bekannte Gitta. „Er ist lustig und wenn er lächelt, dann hat er so kleine Fältchen an den Augen. Sehr süß."

„Du bist ja verliebt!", kommentierte Beate das Abenteuer

ihrer Freundin. Gitta grinste, zuckte mit der Schulter, ja, vielleicht war sie verliebt, auf jeden Fall war der Mann eine gute Partie, er hatte ein Haus in Kreuzlingen und ein tolles Auto, einen amerikanischen Schlitten. Beate staunte über die Dinge, die Gitta bei einem Mann wichtig waren, sie hatte nie wirklich darüber nachgedacht, was Anton besaß oder nicht besaß. Er war einfach ihr Mann, mit dem sie ein Kind hatte, mit dem sie leben wollte, den sie gerne anfasste und von dem sie gerne gestreichelt wurde. Ihr war klar, dass dies dumm war und man heute, Mitte der Sechzigerjahre, darauf achten sollte, welche Dinge man sich leisten konnte, ob man ein Auto und einen Fernseher hatte und nach Italien fahren konnte. Man hörte in Deutschland inzwischen englische Musik, tanzte wild, zog sich kurze Röcke an und sprach über die Liebe wie über ein Schnittmuster für einen Rock, sachlich und interessiert. Vielleicht musste Beate das Leben auch so angehen, direkt und materiell, die Freundschaften nach dem Wert beurteilen, die sie für einen selbst hatten.

„Sag mal, dein Zimmer", begann Beate, „könnte ich mit Anton mal wieder..."

„Auf jeden Fall, ich bin Freitag mit Werner verabredet, er will mich zum Essen einladen. Mal schauen, was dann noch so passiert..." Gitta grinste breit.

„Mach es dir schön mit Anton, verführ ihn, mach es anders als sonst, zeig ihm, dass du ihn willst", ermunterte Gitta ihre Freundin.

„Das hört sich so billig an. Aber vielleicht hast du recht", seufzte Beate. Ihre Hand lag auf dem Seidenfutter, das sie in die Anzugjacke einnähen musste, sie strich leicht darüber hinweg und dachte an Haut, die Haut von Bruno, die so weich und sanft war. Das Kind sollte einen Vater haben, dafür musste sie kämpfen, das war ihre Verantwortung.

Theresa hatte eine eigene kleine Kammer mit einem Fenster zur Terrasse, ein Stockwerk über der kleinen Wohnung, in der sie mit ihrer Schwester Erika lebte. In der

Kammer gab es ein schmales Bett, eine Kommode mit Theresas persönlichen Dingen und einen stabilen kleinen Tisch, den sie oft als Werkbank nutzte. Wenn sie auf dem mit Kerben überzogenen Tisch einen Teller abstellte, weil sie alleine essen wollte, dann legte sie eine Plastiktischdecke auf. Es kostete sie Überwindung, Camille zu erlauben, in ihre Kammer zu kommen und sich umzusehen, ob dieser Raum für seine Arbeit geeignet wäre. Sie hatte einen Sack Dünger aus der Gärtnerei mitgebracht. Das Blaukorn, das sich in dem Düngemittel aus der Schweiz befand, enthielt einen hohen Anteil AN, Ammoniumnitrat. Weitere Inhaltsstoffe wie Kalk standen auf der Packungsseite aufgedruckt, gleich neben dem Namen „Landi", der großen Händlerorganisation für Bauern in der Schweiz. Camille las genau, was sich in dem Düngemittelsack befand, nickte dann, sagte „très bien" und klopfte auf den kleinen Tisch, den er für ausreichend stabil hielt. Es sei nicht ungefährlich, Sprengstoff in einer Wohnung herzustellen, erklärte er, sie hätten das früher in einem Schuppen gemacht; zwar sei nie etwas passiert, aber man könne ja nie wissen. Erika und Theresa standen neben Camille in der kleinen Kammer, beide in einem Zustand von Anspannung, denn jetzt begann der gefährlichere Teil ihrer geplanten Operation. Theresa machte einen Schritt zu ihrem Bett, setzte sich, schaute Erika und Camille ziemlich missmutig an. Die Aussicht, dass ihr kleines Zimmer und ein Teil des Hauses in die Luft fliegen könnten, weil Camille der falsche Mann für ihr Vorhaben war, behagte ihr gar nicht. Camille zählte auf, was er noch brauchte: einen Elektrokocher, zwei Glasbehälter, ein Thermometer bis 200 Grad, einen Trichter und Filterpapier. Mehrere kleine Stücke Metallrohr, kurze Rohrnippel, die an beiden Seiten ein Gewinde haben sollten, um sie mit zwei Endkappen verschrauben zu können, wobei eine durchbohrt werden müsste. Dort würde dann der Zünder eingeführt werden. Außerdem Kohlepulver oder Diesel. Weder Erika noch Theresa hatten sich aufgeschrieben, was Camille aufgezählt hatte, sie hatten einfach zugehört und schwiegen nun. Keine fühlte sich richtig zuständig, die Dinge zu besorgen, die Camille für seine Bomben brauchte.

„Müssen wir dem alten Sauter nicht erst mal schreiben, was wir von ihm wollen?", fragte Erika, die sich nach der Aufzählung von Camille unwohl fühlte.

„Was denn schreiben?", schnauzte Theresa.

„Na ja, so was wie: Bring, ich weiß nicht wie viel, zum Beispiel fünfhunderttausend Mark in zwei Tagen da und dort hin, sonst knallt's", schlug Erika vor. „Und wenn er das nicht macht, dann Bumm."

„Ihr seid Anfänger", bemerkte Camille.

„Jetzt komm uns nicht so! Wie sollen wir wissen, dass das mit dir überhaupt klappt? Kannst du das denn wirklich? Ich hab' keine Lust, dass mir die Bude hier um die Ohren fliegt", beschwerte sich Theresa und stand wieder auf.

Camille verzog leicht den Mund und sagte: „Bon, ich kann wieder gehen, kein Problem."

„Es ist schon gefährlich", merkte Erika an. Sie wollte nicht, dass Camille wieder ging, aber sie hielt die Bedenken ihrer Schwester auch nicht für grundlos.

„Lass uns doch mal alles in Ruhe besprechen."

„Non, ich leite die Sache, ich sage an, ihr besorgt, was ich brauche, dann wird es gut", erklärte Camille bestimmt. „Wenn ihr nicht wollt, gehe ich. Ganz einfach. So eine Operation braucht eine Leitung, sonst geht es schief." Camille hatte ruhig und klar gesprochen wie ein Anführer, der weiß, was er will. Theresa schaute Camille aufmerksam an; sie wusste, es würde jetzt an ihr liegen, sich zu entscheiden, ob sie diese ganze verrückte Sache machen würden oder nicht. Annegret hatte ebenfalls große Autorität, aber Theresa musste gegenüber Erika Stärke zeigen, denn wenn Erika wankte, konnten sie alles vergessen.

„Das klingt vernünftig", sagte Theresa. „Wenn es schiefgeht, haben wir noch die Nazikartei, damit können wir etwas anfangen. Es gibt da Leute, die möchten nicht, dass bekannt wird, für wen sie gespitzelt haben."

„Wenn mein Bruder die Kartei bekommt, kann er uns schützen", meinte Camille.

„Vor was denn schützen?", wollte Erika wissen.

„Vor der Polizei", antwortete Theresa etwas unwirsch.

„Also was hast du vor?", wandte sie sich wieder an Camille: „Wenn du hier der Anführer bist, musst du ja wissen, wie es geht."

Camille nickte wieder, schaute die beiden Frauen intensiv und ernsthaft an und gab beiden die Hand, die jede von ihnen drückte. Er drückte Theresas Hand und schaute ihr in die Augen. Er drückte auch Erikas Hand und schaute ihr in die Augen, so wie sie es damals gemacht hatten, bevor sie einen Anschlag durchgeführt hatten. In Camille kam das alte, warme Gefühl der Résistance wieder auf, er hatte nicht gewusst, dass es noch in ihm wohnte. Auch Erika und Theresa waren berührt von der heiligen Ernsthaftigkeit, die von diesem Mann jetzt ausging.

Camille erklärte, was gemacht werden musste. Zunächst würde er Wasser destillieren. In diesem Wasser musste dann der Dünger gelöst werden, der Kalk würde sich absetzen und über dem Kalk würde sich eine klare Lösung mit dem Ammoniumnitrat bilden. Nach zwei Tagen könnte man diese Lösung abschöpfen und erneut kochen, bei genau 150 Grad, dann abkühlen, bis sich Kristalle bilden. Er habe dies früher oft gemacht und Erfahrung in diesen Dingen. Wenn alle gut zusammenarbeiteten, dann könne nichts passieren. Bei jedem Anschlag sei es wichtig, genau zu wissen, welche Gewohnheiten das Opfer habe, was es wann mache, wie es sich verhalte. Und was die Summe angeht, wollte Camille wissen, ob der Mann wirklich fünfhunderttausend habe oder vielleicht nur dreihunderttausend. Es sollte ihm möglich sein, das Geld aufzutreiben, sonst könnte die Sache auch daran scheitern. Sein Anteil wäre, egal wie hoch sie gehen würden, auf jeden Fall einhunderttausend. Theresa und

Erika wollten nicht allein entscheiden, wie hoch ihre Forderung sein würde. Annegret musste in diese Frage miteinbezogen werden. Ein Schreiben an Max Sauter sollte es aber auf jeden Fall geben, am besten aus Schnipseln einzelner Wörter, die aus Erikas Illustrierten ausgeschnitten würden.

„Und wo soll er das Geld hinbringen?", fragte Erika.

„Wir sagen ihm nur, dass er später genauere Informationen bekommt. Er soll zunächst das Geld besorgen", antwortete ihr Camille. Damit waren die Hierarchien und das weitere Vorgehen klar, die Operation konnte beginnen.

Camille räumte zusammen mit Theresa den kleinen Tisch frei und stellte den Sack mit dem Dünger daneben ab. Aus ihrer Kochnische holte Theresa den Elektrokocher mit zwei Platten und zwei Töpfen. Camille hantierte ruhig und besonnen, die Frauen konnten sehen, dass er das nicht zum ersten Mal machte. Am heutigen Tag gab es nicht mehr viel zu tun, denn das Granulat, welches er in das destillierte Wasser schüttete, würde sich erst in zwei Tagen aufspalten, dann würde sich das Ammoniumnitrat lösen und auf dem Wasser schwimmen.

Sie gingen eine Treppe tiefer in das Wohnzimmer, Erika holte aus dem hinteren Raum, wo sich die beiden Betten der Frauen und große Stapel mit ausgelesenen Zeitschriften befanden, einige Ausgaben der „Quick". Sie schnitt unter der genauen Anleitung von Camille einzelne Wörter heraus, die sie auf dem Couchtisch auslegten, bis sie Sätze ergaben. Ihre Forderung würde auf ein Blatt Papier geklebt, in einen Umschlag gesteckt und Max Sauter mit der Post zugestellt werden. Theresa fragte Camille, ob er ein Glas Wein trinken wolle, denn sie hätten noch eine Flasche von dem guten. Camille staunte über ihr Angebot und stimmte gerne zu. Dann schmeckten sie die angenehm fruchtige Säure des Weins im Mund, schenkten sich nach und schauten, ohne zu reden, auf das Abendlicht, welches das Blech der Terrasse vor dem Fenster gelb färbte. Camille fragte, warum sie nicht mehr Stühle dort draußen hätten, er würde gerne dort im

Freien sitzen. Die Deutschen hätten die Angewohnheit, in ihren Häusern zu hocken. Sich im Freien aufhalten zu können, würde für ihn auch frei sein bedeuten, er sitze lieber draußen als drinnen. Also stellten sie zu dem einen Stuhl zwei weitere, setzen sich dort zusammen hin, tranken und rauchten, als ob sie das schon immer so gemacht hätten. Bald war die Flasche leer, und Erika bot Camille an, ihm zu zeigen, wo die Sauters wohnten, was nicht weit von ihrer Wohnung entfernt war, und ihn dann zu seinem Hotel zu begleiten. Theresa hatte dagegen keine Einwände. Es entsprach ihrem langjährigen Prinzip, nützliche Beziehungen wie die zwischen Erika und Camille nicht zu hintertreiben. Sollte ihre Schwester allerdings romantische Gefühle entwickeln, würde sie einschreiten müssen.

Erika ging neben Camille durch die Gassen der Konstanzer Altstadt, der Himmel war noch nicht schwarz, eher blau. Hinter dem Haus, wo die beiden Sauters wohnten, stand der kleine Lastwagen mit der Aufschrift „Steinmetz Sauter“. Das Fenster der Seitenscheibe, in die Beate einen Stein geworfen hatte, war noch nicht repariert worden, es stand einfach auf. Camille entschied sich, den Moment zu nutzen und bat Erika aufzupassen. Er öffnete die Wagentür und legte sich unter das Lenkrad, fingerte an den Kabeln herum, besah sich den Mechanismus des Zündschlosses. Mit einem Riegel öffnete er die Motorhaube, schaute hinein, wobei er nicht viel sehen konnte, denn das Licht der trüben Straßenlampe half ihm nicht. Erika stand einen Meter entfernt, sah immer wieder nach Camille, von dem wenig zu hören war, spähte in die kleine Straße, die zum Hof führte und hoffte, dass sie nichts würde unternehmen müssen. Dann machte es „klack“, und Camille stand wieder neben ihr. Er klopfte sich die Hände an der Hose ab, lächelte Erika breit an und küsste sie spontan auf den Mund. Erika erwiderte den Kuss, es war gut, seine Umarmung zu spüren; ihr Herz klopfte, mehr wegen der Aufregung dieser nächtlichen Aktion als wegen Camille. Sie nahm seine

Hand, und sie gingen an den dunklen Häusern vorbei wie ein Paar, das sie eigentlich noch gar nicht waren, aber der heutige Abend hatte sie zu Verbündeten gemacht. Sie überquerten die Bahnlinie, kamen zum Hafen, bogen Richtung Schweizer Grenze ab und gelangten zu seinem Hotel. Ganz in der Nähe standen ein paar leicht bekleidete Frauen herum. Ein kleiner Eiffelturm in rotem Licht über der Eingangstür zu einer Nachtbar, aus der leise Musik kam, beleuchtete Erikas hellen Beine. Er fragte Erika, ob sie noch mit ihm hochkommen würde. Sie hatte diese Frage erwartet und sich die Antwort schon vorher überlegt. „Heute geht nicht", sagte sie Camille, küsste ihn, lächelte ihn an. Was das bedeutete, ließ sie offen; ob sie ihre Tage hatte oder noch eine Verabredung oder einfach nicht wollte, sollte er sich selbst zusammenreimen. Sie spürte, es war noch nicht der richtige Zeitpunkt, erneut mit ihm ins Bett zu gehen. Die Spannung, die gerade durch die Aktion, die sie vorhatten, entstand, aber auch ihre erotische Nähe sollten aufrechterhalten bleiben.

Die Wände in der Anwaltskanzlei waren bis auf Augenhöhe mit dunklem Holz verkleidet. Ging man über die Teppiche, die im Flur und Büro lagen, so hörte man die Dielen knirschen. Der Anwalt hatte graue Haare, die eng an seinem Kopf lagen, sein Anzug war dunkelbraun wie die Wände. Auf seiner Nase hockte eine Brille mit halbrunden Gläsern, über die er aus großen Augen hinwegschaute, als er Max Sauter, seinem Sohn Anton und Thomas Golombeck die Hand drückte und sie bat, auf den drei Stühlen vor seinem Schreibtisch Platz zu nehmen. Er schaute in die Papiere, die vor ihm lagen, las, was dort stand, aufmerksam, als ob seine Sekretärin es gerade erst für ihn hingelegt hätte. Die Männer auf den Stühlen saßen aufrecht, nur Max Sauter lehnte sich an.

„Sehen Sie", begann der Anwalt unvermittelt, „es ist nicht von Belang, wer der Vater des Kindes von Frau Adler ist. Wenn besagte Dame mit mehreren Männern zur gleichen Zeit verkehrte, geschlechtlich verkehrte, und sie zu diesem Zeitpunkt nicht verheiratet war, dann liegt das Risiko einer Schwangerschaft bei ihr."

Anton wollte etwas sagen, wusste aber nicht, wie er es formulieren sollte. Er hatte beim Jugendamt erklärt, er sei der Vater des Jungen, zahlte Beate jeden Monat Unterhalt, glaubte aufrecht gehandelt zu haben, auch sein Versprechen, sie zu heiraten, hatte er nicht leichtfertig gegeben, er meinte sie zu lieben, aber irgendwie waren die Dinge ins Rutschen geraten.

„Für die Einrede des Mehrverkehrs, der Exceptio Plurium, ist die gesetzliche Empfängniszeit zwischen dem 302. und dem 181. Tag vor der Geburt entscheidend", begann der Anwalt erneut. „Ihre bisherige Erklärung, der Vater des besagten Bruno Adler zu sein, wird aufgrund des neuen Sachverhalts, wonach Herr Thomas Golombeck ebenfalls Verkehr, geschlechtlichen Verkehr, mit Frau Beate Adler in der gesetzlichen Empfängniszeit hatte, nichtig, Herr Sauter."

Die Formulierung „geschlechtlicher Verkehr" sprach der Anwalt mit einer gewissen Zackigkeit aus, vermutlich um dem Vorgang, den die beiden Worte bezeichneten, jegliche körperliche Dimension oder auch nur die Erinnerung daran zu nehmen. Der alte Sauter fragte nach, ob das bedeuten würde, dass Anton keinen Unterhalt mehr zu zahlen habe. Der Anwalt bestätigte und unterstrich, dass Anton keine Zuwendungen, auch nicht auf freiwilliger Basis wegen schlechten Gewissens oder noch bestehender Zuneigung, leisten sollte.

„Und äh, wie ist es mit mir?", erkundigte sich nun Thomas Golombeck. „Das Gleiche gilt selbstverständlich für Sie auch, keine Verpflichtung, keine Zahlungen. Sie erklären den unwissentlichen Mehrverkehr, diese Erklärung wird dann dem Jugendamt zugeleitet, das ohnehin die Vormundschaft über das Kind ausübt."

„Damit fallen auch alle Erbansprüche weg", ergänzte der Alte.

„Richtig, ein Niemandskind erbt so oder so nicht." Der Anwalt stand auf, nahm ein dickes rötliches Buch aus einem der Regale voller Bücher, blätterte in den dünnen Seiten, legte das Buch ab und las vor: „Paragraph 1589, ein uneheliches Kind und dessen Vater gelten nicht als verwandt." Max Sauter nickte zufrieden. „Sie sind rechtzeitig gekommen, denn diese Thematik wird gerade intensiv im Bundesjustizministerium diskutiert. Früher oder später wird diese Regelung fallen, und uneheliche und eheliche Kinder werden vor dem Gesetz gleich gestellt. Was ja nur recht und billig ist. Meine Meinung. Aber noch gilt dieses Gesetz, und damit sind Sie aus dem Schneider sozusagen. Herr Golombeck, wenn Sie bitte das hier unterschreiben würden?"

Der Anwalt zog einen Bogen Papier aus seinen Unterlagen hervor, schob ihn über den Schreibtisch und legte seinen Füller daneben. Thomas Golombeck stand auf, schaute Anton und Max Sauter an, der ihm aufmunternd zunickte, trat an den Schreibtisch und unterschrieb. Der Alte stand auf, ebenso Anton. Nacheinander gaben sie dem Herrn im braunen Anzug die Hand, der knapp nickte und sie entließ. Auf dem Flur eilte eine junge Frau im engen Kostüm mit einem Turm aus Haaren, zusammengehalten von viel Haarspray, herbei, öffnete die Tür der Kanzlei und wünschte den Herren einen schönen Tag.

Sie verabschiedeten sich nicht wie Männer, die nach erfolgreicher Vertragsunterzeichnung bei einem Notar zur Feier des Tages noch ein Glas miteinander trinken wollten. Anton hob nur leicht die Hand, wandte sich schnell ab und ging. Der Alte zückte seinen Geldbeutel, entnahm ihm drei blaue Geldscheine und drückte sie Golombeck in die Hand. Dann drehte sich auch Max Sauter um und ließ den jungen Mann einfach stehen, ohne sich von ihm zu verabschieden. Der Verrat war besiegelt, was gab es da noch zu bereden?

Es hatte zu regnen begonnen, nicht ungewöhnlich für den Mai am Bodensee, für ein paar Tage kühlte es ab. Beate wollte eigentlich heute nicht in den Konvertitenkurs, glaubte aber, ihren Kampf um Anton aufzugeben, wenn sie jetzt nicht hingehen würde. Sie lief mit ihrem Schirm durch den Regen, einem Schirm, der grau und eigentlich viel zu klein war, einen Knick hatte, sich aber gut zusammenschieben und in der Handtasche verstauen ließ. Ein paar Kinder sprangen durch die Pfützen und lachten laut auf, aber Beate achtete nicht auf sie. Wie stand es um sie und Anton wirklich, würde sie es schaffen, müsste nicht auch er sich bewegen?, fragte sie sich. Wie konnte es geschehen, dass ihre Liebe so zerrann, war das normal, wenn man sich ein paar Jahre kannte und heiraten wollte? Zum ersten Mal dachte sie darüber nach, wie es wäre, weiter alleine mit Bruno zu leben, ohne die Hoffnung auf Anton. Ob es nach ihm noch andere Männer geben würde, Männer wie Bäuerle? Nein, er war bestimmt kein Ersatz für Anton, sie mochte ihn nach dem Unfall in der Schweiz etwas mehr, aber sie empfand für ihn nicht das Gleiche wie für Anton. Anton begehrte sie, das spürte sie, wenn sie an ihn dachte, Bäuerle nicht.

Beate kam wieder einmal zu spät, entschuldigte sich leise, bekam einen tadelnden Blick von Pfarrer Sernatinger zugeworfen. Frau Watzke hatte die Bibel in der Hand und las daraus vor: „*Des Nachts auf meinem Lager suchte ich ihn, den meine Seele liebt. Ich suchte ihn und fand ihn nicht. Aufstehen will ich, die Stadt durchstreifen, die Gassen, die Plätze, ihn suchen, den meine Seele liebt. Ich suchte ihn und fand ihn nicht.*“ Frau Watzke schaute auf, lachte und sagte: „Also, wenn mein Mann nicht auf meinem Lager liegt, weiß ich schon, wo ich ihn suchen muss, ich glaube, die Kneipe heißt ‚Zum Hecht'. Beate fühlte sich irgendwie ertappt, warum standen ihre Gedanken in diesem Buch? Hatte sich Sernatinger das so ausgedacht? Frau Watzke gab die Bibel weiter an Schlodinger und zeigte mit dem Finger auf die Stelle, die er lesen sollte. Herr Schlodinger machte ein ernstes Gesicht während er las, er stockte immer wieder, schluckte, wurde leiser, dann hörte er auf.

„Schön bist du, meine Freundin, wie Täubchen sind deine Augen, dein Haar fließt gleich einer Herde, die herabsteigt von den Bergen. Wie Scharlach deine Lippen, wie lieblich dein Plaudermund, deine Brüste zart wie junge Zicklein. Wie sind deine Schritte so schön…" Die Fenster waren wegen des Regens geschlossen, in dem Raum staute sich die Hitze, der Pfarrer hatte Schweiß auf der Stirn und lächelte versonnen. Der Pole stöhnte leicht und rieb seine schweren Hände aneinander. Frau Watzke grinste breit und schüttelte den Kopf. Herr Schlodinger wirkte betroffen. Angelica schaute mit großen Augen Beate an, die sich ebenfalls mit ihrem Blick in den Augen des Mädchens festsaugte. War Angelica die Frau, von der hier gesprochen wurde, oder war es Beate?

„Die Liebe ist das Abbild Gottes zu den Menschen", begann Sernatinger erneut, „deswegen ist die Ehe ein Heilszeichen, weil sie die Liebe schützt." Seine Stimme klang belegt, knarzig, als ob er Staub geschluckt hätte.

„Ich würd mal sagen, das ist eher ein Liebesgedicht, die zwei sind ziemlich verschossen", fand Frau Watzke. Nachsichtig nickte Sernatinger und sprach davon, dass sich in dem Gedicht die Liebe Christi zu seinem Volk und zu seiner Kirche ausdrückte. In dem Hohelied des Salomon würde die Sehnsucht der Frau nach ihrem Mann beschrieben; aber erst nach der Hochzeit könnten sie zueinander finden, deswegen sei die Ehe heilig. Wenn man seine Begierden nicht zügeln könne, solle man heiraten.

Wenn man es aber könne, so wie er, solle man ledig bleiben. Denn sei man verheiratet, dürfe man sich nicht wieder trennen. Der Mensch solle nicht trennen, was Gott zusammengefügt habe. Amen.

Beate schaute aus dem Fenster, wo das Wasser an den Scheiben herunterlief. Sie und Anton hatten ihre Begierden nicht gezügelt, sie wollte ihn heiraten, weil sie zusammen ein Kind hatten und sie als Frau nur so die Sicherheit bekommen würde, die sie brauchte. So war es in ihrer Welt, in dieser Stadt, vielleicht konnten anderswo Menschen, die sich liebten und Kinder hatten, auch ohne den Segen einer Kirche zusammenleben, aber hier in Konstanz war das unmöglich. Außerdem wollte sie, dass sich Anton zu ihr bekannte. Das war ihr an der Hochzeit eigentlich das Wichtigste, er sollte „Ja“ zu ihr sagen und sich nicht mehr drücken können.

Die Stühle wurden gerückt, Sernatinger kam auf Beate zu und bat sie, noch einen Moment zu bleiben. Die anderen drückten dem Pfarrer die Hand, winkten ihr zu, verabschiedeten sich. Er schob einen Stuhl vor sie hin, fasste ihre Hand und sagte, dass er eine traurige Nachricht für sie habe. Der Termin für die Hochzeit wäre von Herrn Sauter nun endgültig abgesagt worden. Es tue ihm sehr leid, sie müsse jetzt stark sein. Beate entzog ihm die Hand und richtete sich auf. „Welcher Sauter hat die Hochzeit abgesagt? Das war der Alte. Oder?“

Sernatinger nickte, ja, Herr Max Sauter hatte ihn informiert.

„Aber wie kann das gehen?“, wunderte sich Beate, „ich will doch Anton Sauter heiraten, nicht seinen Vater. Dürfen erwachsene Menschen nicht selbst darüber entscheiden, wen und wann sie heiraten?“

Beate war aufgestanden, erstaunt merkte sie, dass sie nicht wütend war. Sie müsse jetzt stark sein, meinte Pfarrer Sernatinger noch einmal. Er trat einen Schritt auf sie zu, fasste sie an den Schultern, zog sie zu sich und drückte sie. Sie roch seinen Schweiß, sah kurz den braunen Rand auf dem Kragen seines weißen Hemds, schob ihn von sich.

„Das ist noch nicht entschieden“, erklärte Beate. „Wir leben doch nicht mehr im Mittelalter, wo der Vater bestimmen kann, wen sein Sohn heiratet und wen nicht.“

Sernatinger lächelte nachsichtig, sagte „Gott liebt dich, mein Kind“ und empfahl ihr, sich alles gut zu überlegen, sie wäre auf jeden Fall weiter willkommen.

Vor dem Gemeindezentrum hatte Angelica unter der Dachrinne Schutz vor dem Regen gesucht. Beate und das

Mädchen lächelten sich an. „Ich habe einen Schirm dabei", sagte Beate.

„Aber ich bin mit dem Rad da."

„Soll ich dich begleiten? Wo wohnst du?"

„Drüben, auf der anderen Rheinseite."

„Dann warte ich noch ein wenig mit dir, bestimmt hört es bald auf." Beate stellte sich neben Angelica unter den Vorsprung, spannte ihren kleinen Schirm auf und hielt ihn über ihre beiden Köpfe. Angelica trug ein rosafarbenes Kleid und darüber eine graue Strickweste, ihre Schuhe und die Söckchen waren weiß.

„Hübsches Kleid hast du", begann Beate.

„Danke. Sie sehen auch immer so schön aus."

„Magst du Beate zu mir sagen?"

Angelica nickte, beide schauten in den Regen.

„Der Pfarrer ist manchmal komisch, finde ich", begann Angelica, „wie er so redet. Gerade heute. Er hat doch keine Frau."

„Ich fand das auch seltsam", stimmte Beate zu, „vielleicht hätte er gern eine Frau."

„Kann er denn nicht aufhören, Pfarrer zu sein, wenn er sich zum Beispiel verliebt?"

„Pfarrer Sernatinger verliebt? Ich glaub nicht." Beate dachte über den Mann nach, der sie gerade gedrückt hatte, der ihren Körper an seinem Körper spüren wollte, aber sich nicht eingestehen durfte, dass er eine große Sehnsucht nach Berührung hatte.

„Ich bin, glaube ich, verliebt", gestand Angelica leise.

„Das ist schön! Wie heißt er denn?"

„Peter."

„Ist er auch in dich verliebt?"

„Weiß nicht. Wir haben uns verabredet. Soll ich ihm sagen, dass ich ihn mag?"

„Warum nicht?"

„Weil ich schwarz bin und nicht katholisch."

„Aber ist das nicht egal? Wenn man verliebt ist?"

„Ich glaub nicht."
„Dann musst du einfach mutig sein."
„Bist du mutig, Beate?"
Beate antwortete nicht sofort, diese Frage hatte sie sich noch nie gestellt.
„Hm, nein, sonst wäre ich nicht hier."
„Aber du hast doch ein Kind und bist nicht verheiratet?"
Beate streckte die Hand aus, um zu fühlen, ob es noch regnete. Sie schüttelte den Schirm aus und faltete ihn zusammen.
„Es hat aufgehört", sagte sie, „ich weiß nicht, ob ich noch mal wiederkomme."
„Echt?" Angelica schaute Beate entsetzt an. „Aber dann kannst du nicht heiraten!"
Beate lächelte Angelica an, sie merkte, dass sie das Mädchen mochte, jetzt, wo sie so offen miteinander gesprochen hatten. War es nicht seltsam, dass fremde Menschen ihre Nähe suchten?
„Wenn du nicht kommst, geh ich da auch nicht mehr hin", stellte Angelica trotzig fest. Beate schaute das schwarze Mädchen, das fast so groß war wie sie, aufmerksam an.
„Also gut. Aber dann du musst mir erzählen, wie es mit Peter ausgegangen ist."
Angelica gab ihr die Hand, lächelte sie an und eilte zu ihrem Fahrrad. Beate schaute ihr nach, wie die rosafarbenen Rockschöße flatterten und Angelica ihren schwarzen Kopf nach vorne über die Lenkstange schob, als ob sie so schneller nach Hause käme.
An diesem Abend, nachdem Beate ihren Sohn ins Bett gebracht hatte, setzte sie sich zu ihrer Mutter in die Küche. Annegret saß über der Tageszeitung, dem „Südkurier", las aber nicht besonders aufmerksam. Sie blickte Beate kurz an und wusste sofort, dass etwas nicht stimmte. Annegret hatte die Fähigkeit, wie vermutlich jede Mutter, ihren Kindern ins Herz zu blicken. Aber sie fragte nicht, was los war, sie eröffnete lieber ein Gespräch zu einem anderen Thema,

das sie selbst interessierte, und ermöglichte so ihrer Tochter einzusteigen. Annegret hatte dieses sprachliche Umkreisen bei ihren beiden Söhnen gelernt, die als Kinder immer ziemlich unwillig waren, zu beichten, wenn sie etwas angestellt hatten, oder wenn sie von starken Gefühlen durchdrungen waren. Wenn sie sehr bockig waren, mit einer Verletzung nach Hause kamen, die sie nicht erklären wollten, hatte Annegret sie auch schon mal geohrfeigt, um sie zum Erzählen zu zwingen, aber eigentlich wollte sie ihre Kinder nicht schlagen. Annegret brachte also das Gespräch auf eines ihrer aktuellen Lieblingsthemen, den Besuch der englischen Königin und Prinz Philips. Sie berichtete von einem Artikel in einer Illustrierten, in welchem dem Prinzen unterstellt wurde, außereheliche Affären zu haben. Auch hatte sie in Erfahrung gebracht, dass der Prinz in den vergangenen Jahren immer wieder zu Besuch auf Schloss Salem gewesen war, um auf die Jagd zu gehen. Beate hatte das Interesse ihrer Mutter für das königliche Paar, vor allem für Prinz Philip, nie so ganz verstanden. Denn eigentlich war ihre Mutter eine bodenständige Frau, die Menschen, die nicht selbst arbeiteten, ablehnte. Was hatte sie nur immer mit diesem Prinz Philip?

„Willst du jetzt rauskriegen, ob der eine Freundin in Salem hat?", erkundigte sich Beate etwas spöttisch.

„Könnte doch sein. Der sieht fesch aus, findest du nicht?", entgegnete ihre Mutter.

„Na und. Deswegen muss er nicht gleich überall eine Liebschaft haben."

„Na ja. Er ist auch nur ein Mann."

„Nicht jeder Mann ist untreu."

„Stimmt. Ja, das stimmt. Trotzdem, ich würde den gerne mal von Nahem sehen, ihm mal die Hand schütteln."

„Dem Prinz Philip? Und der Königin?"

„Ach, die interessiert mich nicht."

Beate wunderte sich tatsächlich über ihre Mutter, atmete tief ein, um diese Verrücktheit zu verdauen, dann änderte sie das Thema und sprach von dem, was in ihr brannte. Sie erzählte von dem seltsamen katholischen Kurs, in dem der Pfarrer schlüpfrige Gedichte aus der Bibel vorlesen ließ, und ihr dann die Mitteilung gemacht hatte, dass der alte Sauter den Hochzeitstermin abgesagt habe.

„Er ist und bleibt ein Arschloch!", stellte Annegret fest. Beate hatte die Hände auf das Wachstischtuch gelegt, nickte, gab ihrer Mutter recht. Jetzt kamen doch ein paar Tränen. Warum musste es nur so schwer sein, was war denn an ihr nicht richtig, was machte sie falsch?

„Du hast nicht genug Geld", stellte Annegret brutal fest, „wärst du gestopft, hätte er dich schon längst geheiratet."

„Aber die haben doch selbst ausreichend Geld, da brauchen die doch nicht noch mehr. Ich versteh das nicht", schluchzte Beate. „Wie kann man nur so sein?"

Annegret konnte ihr keine Erklärungen liefern, reiche Leute waren so, Beate würde das auch noch kapieren. Sie stand auf, nahm eine Flasche Bier aus dem Kühlschrank, schenkte zwei Gläser ein und stellte eines vor Beate.

„Was machst du jetzt?"

„Ich red mit Anton. Dann muss es eben eine andere Lösung geben."

Annegret trank von ihrem Bier. Sie wusste, dass es keine andere Lösung geben würde, aber sie wusste auch, dass ihre Tochter selbst gegen die Wand laufen musste. Lange genug hatte sie zugesehen, wie Beate sich Illusionen machte, immer wieder hingehalten und enttäuscht wurde. Beate liebte Anton aufrichtig, aber der Mann würde immer eine Enttäuschung für sie sein. Leider würde sie nie ganz von ihm loskommen, weil sie ein Kind zusammen hatten, das sie immer an ihn erinnern würde.

„Dann wirst du doch nicht katholisch?"

„Keine Ahnung. Ich geh weiter hin. Ich hab's der Angelica versprochen."

„Na denn. Und was hast du mit dem Herrn Bäuerle ausgemacht?"

„Nichts."

„Wollte der nicht nach Salem zur Königin fahren und zuschauen?"

„Kannst ja mitfahren und deinem Prinz Philip winken."

„Würde dich das stören, wenn ich mitfahre?"

„Wohin?"

„Nach Salem, wenn die Königin kommt."

„Du und ich und der Bäuerle?"

„Mit Bruno."

Beate trank von ihrem Bier und schaute ihre Mutter verwundert an. So wie eine Mutter ein Kind durchschauen kann, so kann ein Kind auch in seine Mutter hineinschauen, allerdings nicht ganz so tief wie umgekehrt. Beate spürte, dass ihre Mutter etwas im Schilde führte. Es würde zu nichts führen, wenn sie nachfragen würde. Ihre Mutter konnte ihre Geheimnisse ziemlich gut für sich behalten, aber immerhin konnte Beate ihr ansehen, dass sie welche hatte.

„Das wird nichts mit dem Bäuerle und mir."

„Hab ich das etwa gesagt?"

Beate nahm noch einen Schluck. Es war egal, was sollte schon passieren. Vielleicht würde es ja nett werden.

„Von mir aus", stimmte sie ihrer Mutter zu, die auch von ihrem Bier trank, um dann ihre Hand auf die Hand ihrer Tochter zu legen, eine Geste der Nähe, die selten vorkam und deswegen umso stärker signalisierte, dass Annegret auf ihrer Seite stand. Das tat Beate gut, das brauchte sie jetzt.

Auf dem Tisch in Theresas Kammer lagen vier kurze Metallrohre nebeneinander, zwei hatten auf einer Seite ein Gewinde, die beiden anderen waren einfach abgesägte Rohre, auf denen noch alter Lack zu sehen war. Camille nahm sie prüfend in die Hand und schaute sie sich an. Er war nicht zufrieden, das konnte Erika sehen. Die einen Rohre habe ihre Schwester aus einem alten Fahrrad geschraubt und die anderen aus einem alten Wasserrohr aus dem Keller abgesägt, erläuterte sie ihm. Schließlich könnten sie ja nicht einfach in ein Eisenwarengeschäft reinspazieren und sich Rohrlinge kaufen. Die Polizei würde sofort herausbekommen, wer der Käufer war und sie verhaften.

Camille nickte, stöhnte. Er besah sich den Topf, in dem inzwischen eine wässrige Brühe schwamm; was sich darin abgesetzt hatte, konnte man nicht sehen. Mit einer Suppenkelle löffelte er das trübe Wasser heraus, bis ein schlammiger, graubrauner Brei zum Vorschein kam. Den Topf mit dem Brei stellte er auf den Elektrokocher und schaltete ihn ein. Dann nahm er die Rohrstücke wieder in die Hand, drehte sie hin und her. Die beiden Stücke, die an einem Ende ein Gewinde hatten, befand er für tauglich, wenn das andere Ende verschlossen werden könnte, zum Beispiel, indem man eine Kappe aufschweißen würde. Je fester der Verschluss, desto höher die Explosionskraft.

Erika fragte ihn, woher er das alles wisse, wo er das gelernt habe? „La Résistance", war Camilles Antwort. Camille hielt das Thermometer in den Topf, in dem die Masse zu blubbern anfing. Er rührte mit einem Löffel um und schaute auf den silbernen Streifen des Thermometers, der auf achtzig Grad angestiegen war und weiter nach oben kletterte.

Erika fragte weiter: „Was habt ihr denn da gesprengt?"

Camille antwortete nicht gleich, denn er musste sich konzentrieren.

„Eisenbahn", sagte er.

Erika fragte wieder nach, sah aber ein, dass er jetzt nicht reden konnte. Als das Thermometer einhundertfünfzig Grad anzeigte, zog er den Topf von der heißen Platte. Das Gemisch im Topf war heller geworden und flockiger, in dem kleinen Raum hing ein ätzender Geruch, der nur langsam aus dem offenen Fenster entwich. Camille ging nicht auf Erikas Fragen ein, berichtete aber von seinen Erkundungen über Max Sauter, der jeden Morgen kurz nach sechs das Haus verließ; sein Sohn ging etwa eine Stunde später weg. Um zwölf Uhr nachmittags kam der Alte wieder zurück, blieb eine halbe Stunde und fuhr dann mit dem

Auto los, bisher immer allein. Camille hatte auch die Werkstatt ausgekundschaftet und herausgefunden, dass der Alte meistens später am Tag mit dem Lieferwagen zur Werkstatt fuhr, um etwas aus- oder einzuladen. Nur einmal in den wenigen Tagen seiner Beobachtungen waren Vater und Sohn zusammen in dem Auto unterwegs gewesen, da waren sie sehr früh gefahren und spät abends zurückgekommen.

„Hast du das Schreiben fertig?", erkundigte sich Camille bei Erika.

Sie nickte, nahm eine Illustrierte in die Hand, blätterte sie auf und zeigte ihm den Erpresserbrief, der zwischen den bunten Seiten lag. Zusammengesetzt aus unterschiedlichsten Buchstaben und ausgeschnittenen Wörtern stand da:

„MAX SAUTER! ES REICHT! WIR FORDERN 500 TAUSEND MARK IN DREI TAGEN NEUE ANWEISUNG FOLGT WIR MEINEN ES ERNST ZAHLST DU NICHT KNALLT ES!"

„Es reicht? Hm, na gut. Und die fünfhunderttausend?"

„Annegret meint, die hat er auf jeden Fall."

Camille nickte. „Hast du Handschuhe benutzt?", wollte er wissen.

„Ja."

„Das da wird er nicht ernst nehmen. Nach der ersten Bombe wird er vielleicht nachdenken und die Polizei einschalten."

„Sollen wir noch draufschreiben, dass er keine Polizei rufen darf?", fragte Erika.

„Non, das ist egal, so einer überlegt sich zweimal, ob er die Polizei ruft."

Camille warf einen weiteren kritischen Blick auf die erkaltende Masse, die den Sprengstoff für die Rohrbomben bilden sollte. Er nahm die Eisenstücke in die Hand und fragte Erika, ob Theresa sich darum kümmern werde. „Es muss wie eine Büchse sein, die man fest verschließen kann, nur mit einem winzigen Loch für einen Draht", sagte er eindringlich.

Erika nickte und schaute auf das Erpresserschreiben: „Dann bringe ich das zur Post. Kommst du mit?“, fragte sie ihn.

Er hob die Augenbrauen.

„Wer sind wir, wenn uns jemand fragt? Sind wir gute Bekannte, ein Liebespaar, Bruder und Schwester, haben wir uns zufällig im Zug getroffen oder im Kino? Wir können nicht mehr einfach so umhergehen, man wird uns sehen, sich Fragen stellen. Wer sind die beiden?“

Erika lächelte, das waren Fragen nach ihrem Geschmack, sie konnten sich eine romantische Liebesgeschichte ausdenken und sie dann mit ihrer eigenen Wirklichkeit füllen oder auch nicht.

„Du bist mein Verlobter, mit einem Weingut in Frankreich“, bestimmte sie, „gefällt dir das?“

Camille lächelte vor sich hin. Die Vorstellung, Erikas Verlobter zu sein, gefiel ihm, aber er stellte eine Bedingung, sie müsse einen Ring von ihm tragen, einen Verlobungsring. Erika stand auf, ging auf ihn zu und küsste ihn auf den Mund.

Sie gingen nach unten. Erika zog ihre Handschuhe an, mit denen sie abspülte, faltete den Brief an Max Sauter und steckte ihn in einen Briefumschlag, den sie bereits vorbereitet hatte. Auch die Adresse auf dem Umschlag bestand aus ausgeschnittenen Buchstaben, sehr akkurat aneinandergereiht, es sah aus wie gedruckt.

Dann gingen sie zur Post an der Marktstätte. Erika kaufte fünf Briefmarken, eine davon klebte sie auf den Brief und steckte ihn vor dem Gebäude in den gelben Kasten. Sie nahm Camille an die Hand. Sie gingen Richtung Bahnhof, die Schranken zu den Gleisen waren unten, sie warteten mit anderen Fußgängern, die ebenfalls Richtung Hafen wollten, bis der Zug vorbeigefahren war, dann überquerten sie die Schienen, schlenderten weiter in den Stadtgarten, wo die Möwen kreisten, die auf auslaufende Schiffe warteten und auf das alte Brot der Kinder, das sie gekonnt in der Luft auffangen konnten. Erika hatte ihre Fragen nicht vergessen, und jetzt, nachdem sie zumindest der Verabredung nach verlobt waren, fragte sie noch einmal nach, wollte mehr von Camilles Vergangenheit hören. Der frische Wind nach den regnerischen Tagen tat gut, auch Camille. Er begann, von den letzten Kriegsjahren zu erzählen, als er sich in der Nähe von Marseille einer Gruppe der Résistance angeschlossen hatte. Zunächst war es seine Aufgabe gewesen, die Bomben an den Bahngleisen zu legen, über die die Truppentransporte der Deutschen kamen. Dann wurde sein Genosse Jean Fabron verhaftet, der die Bomben gebaut hatte, also musste Camille ran, weil er wusste, wie es ging. Er beherrschte es bald ziemlich gut, auch weil sie an richtigen Sprengstoff rangekommen waren, den hatten sie der Mafia von Marseille abgenommen.

Camille machte eine Pause, die Bilder von damals kamen in ihm hoch, dann erzählte er weiter, eher sachlich, als ob es von keiner großen Bedeutung gewesen wäre, woran er damals beteiligt war. „Sagt dir Paul Carbone etwas?", fragte er Erika, die verneinte.

„Er war der Gangsterboss, damals in Marseille, zusammen mit François Spirito, sie beherrschten das Prostitutionsgeschäft, hatten Opium importiert, Heroin gekocht und an die Amerikaner verkauft, sie waren wirklich groß. Carbone hatte immer so eine grüne Brille auf und konnte wie ein Engel lächeln. Sie machten mit den Deutschen gemeinsame Sache, halfen ihnen, Streiks niederzuschlagen, spitzelten für die Gestapo, schickten ihnen Frauen, und die Deutschen ließen sie dafür in Ruhe. Dann sprengten wir einen Zug in die Luft, in dem Carbone mit deutschen Soldaten saß. Es hat ihm die Beine weggerissen. ‚C'est la vie', hat er noch gesagt. Wir wussten nicht, dass sie Dynamit im Zug hatten, es ist nicht mit hochgegangen. Glück für uns."

„War dein Bruder auch bei der Résistance?", fragte ihn Erika.

Camille verneinte. „Obwohl mein Bruder es so darstellt.

Er war in der Stadtverwaltung von Marseille. Als die Deutschen 1943 einen Teil der Altstadt abrissen, Tausende Juden verhafteten und in ihre Lager brachten, blieb das Maison Diamantée verschont; dort war mein Bruder für die Vichy-Regierung tätig. Gut, er hat auch einigen Deutschen zur Flucht verholfen, einige deutsche Schriftsteller lebten ja im Süden, in Dörfern. Wer Geld hatte, denen half mein Bruder, zusammen mit meiner Mutter. Ja, meine Mutter. Sie war die Geliebte von einem Nazi, auch sie setzte sich für Exilanten ein, natürlich nur, wenn sie zahlen konnten."

Camille atmete tief ein, schüttelte den Kopf. „Wir haben uns nicht so gut verstanden, weißt du", sagte er und schaute Erika an, die seine Hand nahm. „Für meine Geschäfte mit dem Wein waren die Kontakte zu ihm nützlich, aber ich hab das Geld immer abgeben müssen. Die Résistance brauchte Geld, weißt du. Ein Jahr vor Kriegsende wurde mein Bruder dann ein wichtiger Mann. Als er merkte, wie sich der Wind drehte, und hörte, die Alliierten würden bald einmarschieren, schloss er sich de Gaulle an. Wir sollten uns seiner Armee unterordnen, aber ich hatte keine Lust, den Befehlen meines Bruders und seiner Leute zu folgen. Non, ich machte meine eigenen Geschäfte und ging nach dem Krieg auf das Weingut."

Er drehte sich zu ihr um, sein Gesicht offen. Bitterkeit war um seinen Mund. „Und jetzt bin ich hier."

„Jetzt bist du hier", wiederholte Erika. Sie kam noch etwas näher an ihn heran, legte ihren Arm um seine Taille und er seinen um ihre Schulter. „Komm, wir kaufen einen Ring." Erika strahlte ihn an. „Wegen der Tarnung", ergänzte Camille.

Am Abend berichtete Erika ihrer Schwester Theresa, dass sie den Brief an Sauter weggeschickt hatte. Sie beschrieb ihr das Problem mit den Rohrstücken, die fest verschließbar sein müssten, sonst würde die Explosionskraft nicht ausreichen. Theresa sah müde aus. Im Gegensatz zu Erika, die die

Ereignisse und die Nähe zu Camille sichtlich belebten, hatte Theresa das Gefühl, sie würde an Kraft verlieren. Wenn sie sich zu dritt trafen, waren sie unschlagbar, Theresa spürte dann, warum sie dies alles machten. Wegen Theo, der Nazis, des Krieges, wegen der ganzen Scheiße, die sie erlebt hatten, seit ihre Eltern tot waren. Erika sah Theresas Erschöpfung, ihre Anspannung, denn diesmal hatte sie keine schnelle, machbare Lösung für die Rohre zur Hand. Erika setzte sich neben ihre Schwester und nahm ihre Hand. Theresa ließ es zu, wurde weich. Erika umarmte sie. „Seid ihr jetzt verlobt?", erkundigte sich Theresa, noch während Erika ihre Schultern hielt. Erika schaute auf den Ring an ihrer Hand, nahm ihn ab und lächelte.

„Camille meinte, wir brauchen eine glaubhafte Tarnung. Wenn jemand fragt, dann kann ich sagen, mein Verlobter mit dem französischen Weingut." Beide betrachteten den einfachen Ring, den ein kleiner Stein zierte.

„Das ist doch schön", sagte Theresa, eine Antwort, die Erika alarmierte, denn eigentlich hatte sie ein paar abfällige Sprüche über Camille erwartet.

„Ich kümmere mich um die Rohre." Theresa stand auf und zog ihre braunen Halbschuhe an, schnürte sie. „Jetzt? Wo gehst du denn jetzt hin?"

„Gewinde schneiden. Frag nicht. Das willst du nicht wissen."

Erika hörte, wie Theresa nach oben in ihre Kammer ging und etwas einpackte, vermutlich die Rohrstücke, und dann wieder die Treppe nach unten lief. Was würde aus Theresa werden, wenn sie wirklich mit Camille wegginge, nach Frankreich, auf sein Weingut? Erika nahm sich die Illustrierten vor, aus denen sie Buchstaben und Wörter ausgeschnitten hatte, zerriss sie und warf sie in den Mülleimer. Dann schaltete sie das Radio an, in dem zu ihrer Freude Beethoven gespielt wurde, dessen wuchtige, emotionale Musik sie liebte.

Theresa hatte sich auf ihr Fahrrad gesetzt, die Rheinbrücke nach Petershausen überquert und war Richtung Alemannenstraße geradelt. Sie hatte ihr kleines Bündel mit Werkzeug und die Taschenlampe dabei. Durch die Nacht zu fahren, tat ihr gut, vertrieb ihr die Müdigkeit und die schweren Gedanken. Eigentlich wollte sie Erika vor Camille warnen, aber der Zeitpunkt war nicht gut, auch fehlte ihr die nötige Überzeugungskraft. Was konnte sie schon gegen diesen Mann einwenden, der ihnen helfen würde, an Geld zu kommen und vielleicht auch die alten Dämonen zu besänftigen. Sie hatte das gemeinsame Leben mit ihrer Schwester öfter in Frage gestellt, aber es hatte sich so ergeben, dass sie immer wieder zusammenkamen. Was sollte sie mit ihrem Leben anfangen, wenn Erika mit Camille wegginge? Vielleicht würde dann für sie etwas Eigenes, etwas Neues beginnen.

Theresa stellte ihr Fahrrad wieder eine Straße weiter ab, an der Stelle, von wo aus sie zum ersten Mal in die Wohnung und in den Schuppen von Müller eingedrungen waren. Es war ihr keine andere Werkstatt eingefallen, die die notwendigen Werkzeuge bereit hielt, als die im Schuppen von Müller. Es war riskant, erneut dort aufzukreuzen, aber es würde nicht viel Lärm machen, ein paar Gewinde auf die Rohre zu schneiden, und wenn alles klappte, auch nicht lange dauern. Theresa ging durch die Schatten des großen Hofes, vermied es, auf Kies zu treten, suchte sich Grasnarben aus und die geteerten Wege, die zu den Schuppen führten. Müller hatte ein neues Vorhängeschloss angebracht, diesmal ohne Nieten, ein neues Ding mit einem Stiftschloss, was ihn vermutlich einiges gekostet hatte. Möglicherweise ging er auch manchmal Streife oder bat den jungen Mann, der italienische Musik hörte und im Nebenschuppen seine Mädchen flachlegte, um erhöhte Aufmerksamkeit. Aber vermutlich hatte er gar nicht so großes Aufheben um den Einbruch im Schuppen gemacht, denn es war ja nur die Kassette mit der Gestapokartei gestohlen worden. Das konnte er der Polizei schlecht melden, wahrscheinlich hatte er nur den Wohnungseinbruch angezeigt.

Theresa wollte gerade mit dem Öffnen des Schlosses beginnen, als sie ein Motorengeräusch hörte; ein Moped näherte sich, und tatsächlich fuhr der Nachbar mit seinem Mädchen vor. Theresa eilte an das andere Ende der Schuppenreihe und wartete, bis leise Musik ertönte. Dann ging sie zurück. Sie hatte ihren flach gefeilten Schraubenzieher dabei und das Sägeblatt einer Metallsäge. Der Schraubenzieher diente als Spanner, den sie zuerst in den Schlosszylinder einführte, und das Sägeblatt als Piker, um die Stifte im Schloss nach oben zu drücken. Eigentlich war das Knacken der modernen Schlösser noch einfacher, wenn man wusste wie. Sie hörte noch kurz, was sich im Nachbarschuppen tat, aus dem nun italienische Schnulzenmusik erklang. Das Mädchen beschwerte sich über irgendetwas, die Stimme des Mannes brummelte, es klang nach schlechter Laune. Ein paar Handgriffe später hatte Theresa das Vorhängeschloss auf, nahm es ab, öffnete die Schuppentür und zog sie wieder zu.

Vor ihr stand das BMW-Motorrad, sie befühlte es, es war kalt, nicht genutzt. In dem Schuppen war es wegen des Motorrads enger als beim letzten Mal, aber es musste auch so gehen. Sie wusste, wo sie die Gewindeschneider finden würde, zog die Schubladen auf und staunte erneut über das wertvolle Sortiment, das Müller angesammelt hatte. Vielleicht sollte sie sich, falls das alles klappte, wie sie es sich ausgemalt hatten, mit ihrem Anteil auch eine so gut ausgestattete Werkstatt einrichten. Theresa spannte die Rohrstücke nacheinander in den Schraubstock, setzte den passenden Gewindeschneider an und drehte ein Gewinde auf. Aus dem bereitstehenden Fläschchen gab sie ein paar Tropfen Öl auf das Metall, um den Schneidevorgang zu unterstützen. Sie drehte gleichmäßig, aber kräftig, ein paar Umdrehungen reichten aus, um eine Schraubenmutter aufsetzen und festschrauben zu können. Das Paar, das von ihr nur durch Bretterwände getrennt war, wurde laut, irgendetwas fiel um, der Mann hob seine dunkle Stimme, das Mädchen antwortete schrill.

Nachdem Theresa die Arbeit zu ihrer Zufriedenheit beendet hatte und die Rohrstücke wieder in ihrer Tasche lagen, bückte sie sich und achtete darauf, auch die Gewinde reste vom Boden zu klauben und einzusammeln. Müller sollte nicht merken, dass bei ihm erneut eingebrochen worden war. Sie ging zurück zur Schuppentür, als sie von nebenan ein Klatschen hörte und die harte Zurechtweisung des Mannes. Offenbar hatte er das Mädchen geohrfeigt, denn jetzt schrie sie laut: „Du blödes Arschloch!" Er ohrfeigte sie offenbar erneut und mahnte sie, ruhig zu sein, andernfalls würde er wieder zuschlagen. Theresa hörte das Weinen des Mädchens, sie hatte den Impuls, rüberzugehen und dem Mädchen zur Hilfe zu eilen, hielt sich aber zurück. Die Tür des anderen Schuppens ging auf, sie hörte leichte Schritte, die sich schnell entfernten. Dann wurde die Tür wieder zugezogen, es klapperte, und erneut ertönte Musik. Er hatte sie gehen lassen und betrank sich vermutlich jetzt. Theresa drückte die Tür auf, schob den Metallriegel vor, hing das Schloss ein und klickte es zu. Schnell ging sie in die andere Richtung davon und verschwand in der Dunkelheit des Hofes. Sie war jetzt hellwach, voller Energie, weil alles gut gegangen war. Als sie wieder auf dem Fahrrad saß, lachte sie bei dem Gedanken, die Werkstatt eines Ex-Gestapomannes genutzt zu haben, um einen seiner Spitzel zu erpressen.

Camille sah, wie eine schöne junge Frau in einem hellblauen Kleid mit gelben Blumen, die er nicht kannte, um sieben Uhr morgens im Hof neben dem Lieferwagen von Steinmetz Sauter wartete. Die Sonne kroch gerade über die Dächer und schickte etwas Licht auf den dunklen Boden. Anton Sauter kam aus dem Haus, sah sie, lächelte unwillkürlich, machte aber dann ein ernstes Gesicht. Die junge Frau legte dem Mann eine Hand auf die Brust, neigte den

Kopf etwas, schaute ihn an und sagte offenbar etwas Freundliches zu ihm. Anton Sauter nickte leicht, sie redeten ein wenig hin und her, dann stimmte er ihr zu. Die junge Frau erwartete offenbar einen Kuss von ihm, aber den gab er ihr nicht, also verabschiedeten sie sich mit einem Nicken voneinander. Camille überlegte kurz, wem er nachgehen sollte, dann entschied er sich, der jungen Frau zu folgen, denn Anton würde wieder zur Steinmetzwerkstatt gehen. Also lief er in einigem Abstand hinter ihr her, etwa fünfundzwanzig Minuten lang, durch einige Gassen und über Straßen, bis sie beim Herrenschneider Möbius angekommen waren. Der Schritt der Frau schien ihm beschwingt zu sein, energisch und zielgerichtet: eine junge Frau, die wusste, was sie wollte. Jetzt hatte Camille das Paar, um das es ging, zumindest vom Ansehen kennengelernt, das war also Annegrets Tochter. Als Beate im Laden verschwunden war, blieb er noch einen Moment, hing seinen Gedanken nach und wunderte sich, wie ein Mann sich weigern konnte, so eine Frau, mit er auch noch ein Kind hatte, zu heiraten. Lag es an den Deutschen generell, waren die so verbohrt, trotz ihres neuen Wohlstands? Es könnte auch sein, dass der junge Mann borniert oder dumm war. Vielleicht lag es an den Leuten hier im Süden des Landes, die hinter ihrer freundlichen, netten Fassade offenbar keine besonders offenen Menschen waren. Camille kehrte um, er wollte zu Erika, um zu erfahren, ob sich bei den Rohren etwas getan hatte. Er ging durch die mittelalterlichen Gassen, die ihm hier, in Konstanz, weniger grau erschienen als die in Marseille, obwohl dort die Sonne viel höher stand. Möglicherweise war es aber auch seine Erinnerung, die allmählich grauer wurde, denn seit dem Krieg war er nicht mehr in Marseille gewesen.

Beates Arbeitsbeginn sollte um sieben Uhr sein, heute kam sie eine halbe Stunde zu spät, entschuldigte sich beim Chef, versprach, eine halbe Stunde länger zu bleiben, aber Möbius murrte nur ein wenig, dann setzte sich Beate an ihre Nähmaschine, neben Gitta, die sie neugierig anschaute. Beate nickte ihr zu, was bedeutete, ja, er kommt, danke für deine Wohnung. Gitta grinste breit und konzentrierte sich dann wieder auf ihre Naht. Beate stand gleich wieder auf, wechselte ein paar Worte mit Herrn Martin, fragte ihn nach seiner Mutter, der es wieder besser ging, und stellte dann die geänderten Hosen und Anzugjacken für den Professor zusammen, der heute früh kommen wollte. Sie öffneten das Geschäft um acht Uhr, kurz danach bimmelte schon die Klingel der Ladentür, und Beate hörte die Stimme von Professor Schmidt und die von Möbius, der ihn begrüßte. Sie ging dem Kunden entgegen und bat ihn in den Ankleideraum, wo sie die Kleidungsstücke bereit hielt. Er zog sich um und zeigte sich ihr, sie fasste mit zwei Fingern in seinen Hosenbund und überprüfte, ob die Hose gut saß. Sie fragte ihn, ob es so gut sei, und er bedankte sich. Auch die Jacke, deren Rückennaht sie etwas zusammengenommen hatte, passte gut. Beate sagte ihm leise, wie leid es ihr tue, wegen der Nadel und des Vorfalls neulich, es sei ihr schrecklich peinlich gewesen. „Alte Männer stürzen gelegentlich“, sagte Schmidt „und Ihr kleiner Pikser, der hat mich aufgerichtet. Ich spüre diesen Teil meines Rückens wieder. Erstaunlich. Da kneten sie wochenlang an mir rum, geben mir Kamillentee, den ich hasse, und dann ein Nadelstich einer jungen Frau – zack, fühle ich mich befreit.“ Beate lachte auf und errötete. Der Professor ging wieder hinter den Vorhang, zog seine Hose aus, probierte die nächste an und kam wieder zum Vorschein. „Habe ich Ihnen nicht von Sartre berichtet? Ja, hab ich. Das klingt jetzt ein wenig besserwisserisch, sehen Sie es einem alten Mann nach...“

„Sie sind nicht alt, Herr Professor.“

„Sehr freundlich. Der Sartre schreibt: Wenn du furchtsam und zart mit deinen Leiden umgehst, so stechen sie dich wie die Brennnesseln, wenn man sie nur leicht berührt. Aber wenn du die Brennnesseln, wie deine Leiden, herzhaft und derb handhabst, verletzen sie dich nur wenig.“

Er schaute Beate an, ob sie verstand, was er ihr gesagt hatte. „Ja, Ihr Stich und mein Straucheln waren derb, aber wirksam." Sie überprüfte den Sitz auch dieser Hose, hing den Sätzen des Mannes nach, überlegte, was sie damit anfangen sollte. „Ich bin ja erst Sartre-Anfänger, wissen Sie, die Franzosen sind noch nicht so übersetzt. Aber er hat schon recht, manchmal muss man etwas härter zupacken, damit sich die Dinge ändern. Finden Sie nicht, Fräulein Adler?" Beate stimmte ihm zu und fand ihn irgendwie süß, verschroben. Die anderen Hosen und Jacken wollte er nicht mehr anprobieren, er vertraue ihr, heute werde ein schöner Tag, da wolle er noch ein wenig an den See gehen, aufrecht und frei. Herr Schmidt ging nach vorne, Möbius kassierte ab, die Ladentür klingelte. Möbius kam nach hinten und fragte: „Was haben Sie denn mit dem Professor gemacht, Beate? Der war ja richtig fröhlich heute, obwohl er ziemlich abgemagert aussieht." Beate lächelte still vor sich. „Er hat mir was von Brennnesseln erzählt, die man kräftig anfassen muss, dann piksen sie nicht", berichtete sie Möbius und den Kollegen. Was das mit der Schneiderei oder mit dem Leben überhaupt zu tun hatte, konnte sie nicht sagen. Weil sie es nicht genau wusste. Noch nicht.

Bruno eilte schon voraus, als Annegret in den Laden von Herrn Bäuerle kam. Sie hatte den Kleinen ermahnt, dass es heute nichts geben würde, er sich ruhig verhalten solle, nicht betteln, keine Schnute ziehen oder sonst irgendwie auffallen dürfe. Sie müsse mit dem Herrn Bäuerle nur kurz etwas bereden, dann würden sie wieder gehen. Bruno hatte selbstverständlich zugestimmt, war aufmerksam, wie ein junger Hund, dem man eine Belohnung versprochen hat, wenn er sich brav auf den Hintern setzte. Angesichts der Fülle der Spielzeuge, die vor ihm glitzerten, vergaß er seine Vorsätze und Versprechungen und fühlte sich betäubt. Herr Bäuerle sprach mit einer Kundin, einer sehr großen Frau mit schwarzen Haaren, die ein hellgrünes Kleid trug, dazu eine hellgrüne Handtasche am Arm baumeln hatte und in hellgrünen Schuhen steckte. Sie war allein, redete intensiv auf den Ladenbesitzer ein, der sich Notizen machte, nachfragte, ihr eine große Puppe zeigte, dann noch eine. Die Frau in Hellgrün schaute auf die Waren herab, genau wie auf Herrn Bäuerle, verzog ihren Mund nach links, dann nach rechts und gab schließlich die Anweisung, wohin die Puppen zu liefern seien. Annegret hörte „Seestraße eins" und wusste, dass dies das schöne Eckhaus an der Rheinbrücke war. Sehr prominent. Herr Bäuerle begleitete die Frau zur Ladentür und wandte sich dann Annegret und Bruno zu, machte „Puh, zehn Puppen." Er kniete sich zu dem Kleinen hin und fragte, ob er ihm etwas zeigen dürfe. Bruno schielte zu seiner Großmutter hoch, fragend, und sie tadelte Herrn Bäuerle dafür, dass er Bruno verwöhnen würde. Sie wollte sich erkundigen, wie es ihm gehe, begann sie, das war ja schrecklich mit dem Unfall. „Schon besser, war nur ein Kratzer, das Auto ist in der Werkstatt, kommt aber schon bald wieder zurück", was Bruno zur Bemerkung veranlasste: „Können wir wieder Ausflug machen." Sowohl Bäuerle als auch Annegret lachten, als sie zusammen bei einer Spielzeugeisenbahn ankamen, die auf einer großen Tischplatte aufgebaut war. Bäuerle legte einen Schalter um, und die kleine Eisenbahn begann, sich in Bewegung zu setzen, in Augenhöhe von Bruno; sie fuhr an einem Bahnhof vorbei, an kleinen Häusern, verschwand in einem Tunnel, kam wieder hervor. Der Herr über diese Wunderdinge zeigte Bruno, wie man mit der Eisenbahn rangieren konnte, vor- und zurück, indem man den dicken schwarzen Schalter auf dem blauen Trafo nach links oder rechts drehte. Er ermunterte ihn, es selbst zu versuchen, was Annegret nicht recht war, denn sie wusste schon, dass er dem Jungen eine neue fixe Idee einpflanzen würde und Bruno sie mit dem Wunsch nach einer Spielzeugeisenbahn mindestens bis Weihnachten nerven würde. Aber gut, das war der Preis, wenn man sich mit einem Spielzeugwarenhändler einließ. Bäuerle schaute sie freundlich an und war gespannt, was ihr nächster Schritt zur Verkupplung ihrer Tochter Beate mit ihm sein würde. Sie begann also damit, dass Beate ihr erzählt habe, dass er plane, zum Besuch der Königin und Prinz Philips nach Salem zu fahren, was sie für eine ganz tolle Idee halte. Das freute Herrn Bäuerle, er müsse allerdings die Hoffnungen dämpfen, denn ob sein Auto rechtzeitig fertig sein würde, konnte er noch nicht sagen. Bruno schaltete auf dem Trafo, setzte die Eisenbahn in Fahrt, hielt sie wieder an, fuhr rückwärts und vorwärts.

„Stimmt es, dass Sie in der Gegend Leute kennen?", fragte Annegret.

„Na ja, mein Bruder hat eine Wirtschaft in Oberuhldingen."

„Da gehen Sie bestimmt manchmal zum Essen hin."

„Schon, na ja, mein Bruder und ich, hm, wir sind nicht so... Die haben jetzt alle Hände voll zu tun, es kommen sehr viele Leute wegen des hohen Besuchs."

„Das kann ich mir vorstellen. Der Prinz Philip, der war in den letzten Jahren öfter in Salem, zur Jagd, hab ich gelesen, weil er vor dem Krieg dort zur Schule ging."

„Stimmt, mein Bruder hat vor ein paar Jahren ein Reh gekauft, das der Prinz geschossen hat."

„Wirklich?! Dann kennt er bestimmt den Förster, der mit dem Prinzen unterwegs war."

Es schepperte, und Bruno sagte „Oh!", als die Eisenbahn entgleiste. Bäuerle setzte sie einfach wieder auf die Gleise, fuhr dem Jungen durch die Haare, lächelte ihn an und ermunterte ihn, weiterzuspielen.

„Ich denk schon..."

„Es ist so, Herr Bäuerle, vor dem Krieg, da hat mein Bruder Theo – er ist tot – dem Markgraf Berthold immer Fisch und Sachen aus unserem Kolonialwarengeschäft gebracht. Mit seinem Boot. Damals, als der Prinz dort das Internat besucht hat. Jetzt habe ich mich gefragt, ob es sein könnte, dass der Prinz mit dem Theo bekannt war. Das interessiert mich. Einfach so."

„Ich glaub nicht, dass Sie an Prinz Philip rankommen."

„Das glaub ich auch nicht, aber so ein Förster oder andere, die mit ihm jagen gehen. Verstehen Sie?"

„Schon. Hm, ich kann gerne mal fragen."

„Das wäre wirklich... für uns alle... Fragen Sie nach Theo Gothe, Kolonialwaren."

Bäuerle schaute die Frau aufmerksam an. Es war eine seltsame Bitte, er verstand nicht, warum ihr das so wichtig war, aber er hatte ja jeden Tag mit den seltsamsten Leuten und Wünschen zu tun.

„Sie wollen also wissen, ob Prinz Philip vor dem Krieg ihren Bruder getroffen hat?"

„Ja, genau und wenn, dann wird er sich sicher daran erinnern, der Prinz Philip."

Bäuerle versicherte ihr, dass er sich mal umhören werde, aber versprechen könne er natürlich nichts. Wenn das Auto rechtzeitig fertig sei, dann freue er sich auf einen weiteren Ausflug mit Beate und Bruno. Annegret gab Bruno ein Zeichen für den Aufbruch, schaute ihn streng an, was ihn an sein Versprechen erinnern sollte, und Bruno zog ganz langsam die Hand von dem schwarzen Schalterknopf. Sehnsüchtig schaute er der Eisenbahn zu, wie sie an winkenden kleinen Plastikmännchen vorbeituckerte, die sehr grünen Bäumchen fast streifte, die grauen Häuschen mit roten Dächern begrüßte und fröhlich weiterzog. Annegret sah Brunos Wünsche mit jeder Sekunde, die seine Blicke auf der Eisenbahn ruhten, wachsen. Sie nahm seine Hand und zog ihn zum Ausgang. Dann drehte sie sich noch einmal zu Herrn Bäuerle um.

„Würde es Ihnen viel ausmachen, wenn ich auch mitkäme nach Salem?" Bäuerle war überrascht von ihrer Frage.

„Ähm, nein, also, wie gesagt, wenn das Auto fertig wird."

„Ach, schön, dann wird es fast wie ein Familienausflug. Bis dann."

Annegret drehte sich um, lächelte maliziös, öffnete die Ladentür und stolzierte mit ihrem Enkel auf den Obermarkt. Sie schaute auf die bunte Fassade am „Haus zum hohen Hafen", an dem in einem Wandgemälde der Besuch von Wilhelm II. in Konstanz festgehalten wurde. „Oma", kam von Bruno, „so eine Eisenbahn, ist die teuer?"

Beate hatte eine Flasche Weißwein gekauft und in den Kühlschrank gelegt, etwas Käse, den sie in kleine Würfel schnitt und anschließend, mit einzelnen Trauben, auf Holzspieße steckte. Sie rollte Scheiben der Salami, die er gerne aß, zu kleinen Röllchen zusammen. Auch rosa Schinken, geschnittenes Brot und Gürkchen hatte sie besorgt. In Gittas Wohnung war nicht viel Platz: das kleine Zimmer mit dem engen Bett, das zum Hof hinausging, wo es heute mal nicht nach Zwiebeln roch, die winzige Küche und eine Toilette. Anton und sie hatten sich hier schon öfter getroffen, wenn sie allein sein wollten. Manchmal war es sehr schön gewesen, zärtlich, öfters aber auch fremd. Meistens drängte er sie ungestüm, nahm sich keine Zeit, aber immer war er danach fröhlich gewesen. Beate hoffte auf einen friedlichen Abend, wollte ihn überzeugen, ihm keine Vorwürfe machen, sondern ihm das sichere Gefühl geben, dass sie zusammengehörten. Sie legte eine der vier Platten auf, die Gitta besaß. Sie hatte gerade die neue Platte „Today and Yesterday" des schwarzen Sängers gekauft, den sie neulich im „Schwarzen Raben" gehört hatten. Bei Gitta musste man an die Tür klopfen, es gab keine Klingel, und als Anton klopfte, atmete Beate tief ein und trat einen Schritt zurück, um ihn hereinzulassen. Er sagte nicht „Hallo", gab ihr keinen Kuss, stand etwas unschlüssig in der Küche, sah, was sie zubereitet hatte, stemmte die Hände in die Hüften.

„Jetzt setz dich erst einmal hin", forderte Beate ihn auf, öffnete den Kühlschrank, nahm die Flasche Wein heraus und entkorkte sie. Als sie ihm ein Glas einschenkte, sagte er: „Da hast du dich ganz schön in Unkosten gestürzt." Sie hörte die Ironie, aber sie ging nicht darauf ein, hielt ihr Glas hoch und sah ihm in die Augen, damit er ihr nicht weiter ausweichen würde. Er nahm auch sein Glas in die Hand und trank. Immerhin maulte er nicht, fragte nicht nach Bier, welches er gerne nach Feierabend trank. Beate konnte sehen und auch ein wenig riechen, dass er sich keine große Mühe für das Treffen mit ihr gegeben hatte; nur die Arbeitskleidung gegen die Alltagskleidung gewechselt und die Hände gewaschen. Sie fragte ihn nach der Figur, ob der Arm wieder dran sei oder ob er noch mal ganz von vorne anfangen musste.

„Der Arm ist dran, aber das ist eigentlich Pfusch. Sieht keiner, vor allem keine Königin aus England. Die Figur steht in einer Nische. Morgen bringen wir sie hin. Dann mach ich's noch mal."

„Die ganze Figur?"

„Klar, irgendjemand merkt es. Dann heißt es Pfusch vom Sauter. Das will ich nicht."

„Finde ich gut. Man muss sauber arbeiten."

Darin waren sie sich einig, beide hatten nie daran gezweifelt, dass der andere ein guter Handwerker war, die Figuren, aber auch die Grabsteine, die sie von ihm gesehen hatte, fand sie immer sehr schön gearbeitet. Ob sie etwas von ihrem Handwerk verstand, konnte er nicht beurteilen, denn mit Anzügen und Hemden kannte sich Anton nicht aus, obwohl sie ihm schon oft gesagt hatte, sie würde ihm sehr gerne einen Anzug machen.

„Der Pfarrer hat mir gesagt, dass dein Vater den Hochzeitstermin in der Kirche abgesagt hat."

Er steckte sich ein Stück Salami in den Mund und zuckte mit den Schultern.

„Wir müssen ja nicht kirchlich heiraten", ergänzte sie. Er schaute sie an, kaute, trank Wein, war angespannt, wollte es aber nicht zeigen. Immerhin war sie wegen ihm und seinem Vater in den Katholikenunterricht gegangen, aber sie wollte nicht darauf herumreiten.

„Ich fand schön, wie du mir neulich das von deinem Vater gesagt hast, dass es schwer für ihn ist, allein zu sein. Du erzählst sonst nicht so viel, wie das ist, mit euch beiden."

„Wie soll das schon sein", brummelte er.

„Also ich möchte nicht mehr lange mit meiner Mutter zusammenwohnen."

„Dann zieh halt aus."

„Und Bruno und die Arbeit? Das ist nicht so einfach, Anton."

„Bei mir auch nicht."

Wie sollte sie nur an ihn rankommen, wie ihn zu einem Gespräch über ihre gemeinsame Zukunft verführen? Er war offenbar noch ganz Handwerker, hatte heute auf Steine eingehauen, Befehle gegeben, Anweisungen von seinem Vater empfangen, sich Staub aus dem Gesicht gewischt. Das steckte in ihm, nichts an ihm war weich.

„Schmeckt dir die Wurst?" Er nickte, nahm sich nach, trank.

„Ich wollte halt mit dir reden, wie es jetzt weitergeht. Was wir jetzt machen?" Beate trank ihr Glas aus, schenkte ihm und sich nach, spürte den Wein, konnte aber nichts essen. Er antwortete ihr nicht, schaute sie mit harten Augen an, wollte ihr seine Gedanken nicht preisgeben. Sie hörten, wie die Musik im Hintergrund aussetzte und der Arm des alten Plattenspielers ein leises Quietschen von sich gab, als er sich in seine Ausgangsposition zurückbewegte. Beate stand auf, atmete tief ein, ging ins Zimmer nebenan, beugte sich zu dem Plattenspieler hinunter, drehte die Platte um. Neben ihr stand das Bett, in der Ecke der weiße Schrank, unter dem sie den Staub bemerkte. Vielleicht sollte sie es doch einmal mit den Ratschlägen von Gitta versuchen. Beate knöpfte ihre Bluse auf, stellte sich in die Küchentür, schaute zu Anton, öffnete weitere Knöpfe, bis ihr BH zum Vorschein kam. Ihr Herz klopfte heftig, sie wusste nicht, wie man einen Mann verführte und ob es ihr gelingen würde, seine Mauern zu durchbrechen. Als Anton ihre etwas unbeholfenen Versuche, ihn zu verführen sah, lachte er auf. Immerhin eine Reaktion, auch wenn nicht so, wie von ihr erhofft.

Zwischen ihnen entstand jetzt eine Spannung, von der Beate nicht wusste, ob sie sie würde kontrollieren können. Wie er dasaß, sie anschaute, die Beine breit, dachte sie kurz, dass es eine blöde Idee gewesen war, ihn hierher einzuladen, freundlich zu ihm zu sein, ihn verführen zu wollen. Beate fühlte sich schlecht, aber sie griff hinter ihren Rücken, entriegelte ihren BH und ließ Bluse und BH zu Boden gleiten. „Das machst du ja wie ein Profi", sagte er, und schnell umschloss sie ihre nackten Brüste mit den Armen. Anton stand auf, ging auf sie zu, schob sie zum Bett und drückte sie runter. Sie fiel fast auf den Rücken, schnell griff er ihr unter den Rock und zog ihr die Unterhose aus. Er veränderte seine schroffe Haltung nicht, er tat ihr weh, benutzte sie, er wollte ihr zeigen, wie er sie benutzte. Es ging alles sehr schnell, nicht einmal die Dauer eines Liedes, sie hatte nicht mitbekommen, ob er sich überhaupt die Hose ausgezogen hatte. Beate schaute zur Decke, wo ein Spinnennetz zwischen dem Lampenkabel und der Decke hing. Es musste dort oben eine kleine Luftbewegung geben, denn die kleine Spinne schaukelte hin und her wie in einer Hängematte. Beate kam es vor, als ob sie verprügelt und dann nackt auf eine grobe, ungehobelte Baudiele geschubst worden wäre. Noch immer hielt sie mit den Armen ihre Brüste bedeckt, er hatte sie nicht einmal angefasst, sie nicht angeschaut. Sie weinte, die Tränen liefen ihr einfach so aus den Augen, ihr Körper wusste, dass dies das Ende war, auch wenn ihr Kopf noch nicht denken, nicht begreifen konnte, was gerade mit ihr geschah.

Langsam richtete Beate sich auf, griff zum Schallplattenspieler, nahm den Arm von der Platte und schaltete aus. Sie hörte Anton nicht, wusste aber, dass er wieder in der Küche saß; sie schaute auf ihre Füße in den Sandalen, nahm sich ihre Unterhose, legte ein Papiertaschentuch hinein, zog sie sich an, hob den BH und die Bluse auf. Es war sehr still, als ob die Zeit stehen geblieben sei, nichts bewegte sich, nichts war zu hören. Dann spürte sie die Tränen auf ihrer Wange, die sie sich mit den Handrücken wegwischte. Beate strich sich die Haare zurück, zog sich ganz an. Er hockte wieder auf dem beigefarbenen Stuhl in der Küche, hatte die Arme aufgestellt und hielt seinen Kopf in den Händen. „Was habe ich dir eigentlich getan? Wann bist du so ein Arschloch geworden?", fragte sie ihn. Anton antwortete nicht gleich, schaute sie nicht an, sie konnte sehen, wie er in sich zusammengesunken war. „Ich weiß es auch nicht", murmelte er, goss sich den letzten Rest aus der Weinflasche ins Glas und trank es aus. „Du kannst nicht alles auf deinen Vater schieben oder auf deine tote Mutter", Beates Stimme klang scharf, „oder auf mich." Anton stand auf, schaute auf den Boden und ging zur Tür.

„Ich glaub', das wird nichts mehr mit uns. Tut mir leid", sagte er noch. Er öffnete die Tür, drehte den Kopf zu ihr um.

„Du solltest dich wirklich schämen", gab sie ihm noch mit auf den Weg. Dann schloss sich die Wohnungstür wieder. Anton war weg, und alles war anders. Auf dem kleinen Tisch in der Küche standen die leeren Gläser, die Weinflasche und die Spieße mit den Käsestückchen und den Trauben. Er hatte nur von der Salami gegessen. Beate nahm die Gläser und das Geschirr, das sie benutzt hatten und stellte die Reste der Mahlzeit in den Kühlschrank. Dann zog sie das Betttuch gerade, Flecken hatten sie keine hinterlassen. Sie schüttelte das Bett und das Kissen auf und steckte die Schallplatte wieder in die Hülle zurück. Die Spinne hatte sich von der orangefarbenen Lampe ein wenig herabgelassen. Normalerweise mochte Beate Spinnen nicht, aber jetzt schien es ihr, als ob dieses Tier eine Zeugin für ihre Erniedrigung durch den Mann, den sie einmal sehr geliebt hatte, geworden war.

Weil sich Beate mit Anton verabredet hatte, nahm Annegret an diesem Abend den Kleinen mit zu ihren Schwestern. Sollte er sich eben dort hinlegen. Sie mussten zusammen reden, hatten wichtige Fragen zu entscheiden, vor allem würde Camille ihnen sagen, wie es jetzt weiterginge. Erika,

Theresa und Camille saßen bereits. Wie immer war der Raum voller Zigarettenrauch. Auf dem länglichen Couchtisch standen eine Flasche Wein ohne Etikett, zwei Flaschen Bier und Gläser. Als Annegret und Bruno eintraten, stand Camille auf, gab ihr die Hand und ein Küsschen, links und rechts. Camille gab auch Bruno die Hand und meinte, dass es gut wäre, einen weiteren Mann im Haus zu haben. Danach kümmerte er sich aber nicht mehr weiter um den Kleinen. Annegret setzte sich mit Bruno auf das Sofa, ganz nach hinten, wo es mit der Wand abschloss. Auf dem vorderen Ende zur Küche hin nahm Theresa Platz. Camille zeigte auf die Weinflasche, die er von seinem Weingut mitgebracht hatte, die letzte Flasche. Annegret nickte, Theresa holte ihr ein Glas; für Bruno gab es Sirup-Saft. Im Hintergrund trällerten deutsche Schlager aus dem Radio. Annegret suchte den Blickkontakt mit Erika und Theresa, sie war neugierig, wollte über den Stand der Vorbereitungen Bescheid wissen. Seit sie mit Bruno gekommen war, stieg die Spannung merklich. Nur Camille saß zurückgelehnt in seinem Sessel und betrachtete aufmerksam die Frauen, mit denen er sich zu der Aktion verabredete hatte. So viele Jahre nach dem Krieg würde es noch einmal richtig spannend werden. Camille trank keinen Wein, nur Wasser, weil er heute Nacht einen klaren Kopf brauchte. Annegret erzählte von ihrem Besuch bei Bäuerle und dem bevorstehenden gemeinsamen Ausflug nach Salem, wenn Prinz Philip und die Queen kommen würden. Erika fiel gleich auf, dass ihre älteste Schwester zuerst den Prinzen und dann die Königin genannt hatte, denn es war doch der Staatsbesuch der Königin, Philip kam schließlich nur mit. „Aber er hat das alles organisiert, weil er will, dass wir uns mit den Engländern aussöhnen“, betonte Annegret. Sie sagte das so, als ob sie eine offizielle Erklärung abgeben würde.

„Das glaubst du ja selber nicht“, wandte Theresa ein, „der muss halt mit, weil er ihr Mann ist.“ Erika grinste: „Der ist ein schöner Mann, der Philip, ein halber Deutscher.“ Annegret wollte sich nicht von ihren Schwestern vorführen lassen, sie war nicht in Prinz Philip verknallt, also wirklich, sie wollte herausfinden, was damals mit Theo geschehen war. Camille konnte dem schnellen Ping-Pong der Schwestern, das zudem in ihrem Dialekt ausgetragen wurde, nicht folgen, er wusste aber von dem bevorstehenden Besuch der Queen am Bodensee. „Es wäre gut, wenn die Engländer und die Deutschen sich auch versöhnen würden, so wie die Franzosen sich mit den Deutschen", meinte er staatsmännisch.

„Ha, nur weil der Adenauer und dein de Gaulle einen Vertrag unterzeichnet haben, sind wir noch lange keine Freunde", platzte Theresa heraus. Erika und Annegret schauten sie mit einem Muss-das-denn-sein-Blick an. Theresa merkte, dass sie etwas Falsches gesagt hatte und schob nach: „Also ich mein jetzt nicht dich, Camille, sondern so generell, es waren ja Deutsche, die bei euch einmarschiert sind, nicht umgekehrt." Camille nickte, er kannte inzwischen ja Theresas direkte Art. Immerhin wusste er, woran er bei ihr war. Er rieb sich die Hände, um zu signalisieren, dass sie jetzt zur Sache kommen sollten und warf einen Blick auf Bruno, der mehrere Autos vor sich aufgebaut hatte. Annegret verstand die Aufforderung, das Kind ins Bett zu bringen. Sie verkaufte Bruno es als ganz tolle Sache, dass er heute im Bett von Tante Ricke schlafen dürfe, gleich nebenan. Bruno durchschaute sie sofort und schnitt eine Schnute. Er wollte noch nicht schlafen gehen; bei den Erwachsenen zu sitzen, war viel interessanter. Annegret wurde bestimmter, denn es war die übliche Zeit für Bruno, zu Bett zu gehen. Sie stand auf, forderte ihn auf, seine Autos zusammenzuräumen. Missmutig und langsam kam er ihrer Aufforderung nach. Es gelang Annegret, ihn in Erikas Bett zu bugsieren, sie musste allerdings versprechen, das Nachttischlämpchen anzulassen.

Als sie wieder auf dem Sofa saß, rückten die vier etwas näher zusammen. Camille zeigte mit dem Kopf nach oben.

„Sie sind fertig", sagte er, „heute Nacht baue ich die erste ein."

„Heute Nacht schon?", Annegret war erstaunt.

„Wenn er die Dinger fertig hat, auf was sollen wir noch warten?", fragte Theresa.

Erika, Theresa und auch Camille schauten Annegret an; offenbar war es an ihr, das Einverständnis zu geben, dass es losgehen sollte.

„Haben wir denn schon gesagt, wo die Sauters das Geld abliefern sollen?", fragte Annegret. Nein, hatten sie nicht. Das war die entscheidende Frage, davon hing letztlich alles ab. Wo und wie konnte eine Geldübergabe stattfinden, ohne dass die Polizei auf der Lauer lag?

„Wie habt ihr das damals gemacht?", fragte Erika Camille.

„Entweder am Hafen, wo sehr viele Leute sind, mit einem Schiff oder einem Zug", war seine Antwort. Der Konstanzer Hafen kam nicht in Frage, es waren vermutlich nicht so viele Menschen unterwegs wie im Hafen von Marseille. Sie besprachen die Möglichkeiten einer Übergabe mit einem Schiff, aber ein schnelles Boot, schneller als das Polizeiboot, das die Beute von einem Passagierschiff entgegennehmen konnte, würden sie nicht auftreiben. Die Ablieferung auf einem entlegenen Steg überdachten sie auch, aber die Polizei könnte in der Nähe versteckt auf der Lauer liegen und ihnen in die Quere kommen. Also blieb noch die Eisenbahn; die Strecke von Konstanz nach Radolfzell würde sich eignen. Das gefiel allen vier am besten, ja, das könnte gehen; sie einigten sich auf die Einzelheiten. Sie hatten jetzt das Gefühl, einen klaren Plan zu haben. Doch vor der Geldübergabe mussten sie wissen, ob die Sauters die geforderte Summe wirklich hatten. Nachdem die erste Bombe gezündet worden war, würde das nächste Briefchen kommen und die Sauters auffordern, ein grünes Tuch ins Küchenfenster, das zum Hof ging, zu hängen.

Annegret wollte sehen, was das für Bomben waren, für die sie ja mit verantwortlich war, also gingen Camille, Theresa und sie nach oben. Auf dem Holztischchen lagen drei unterschiedlich kurze Metallrohre nebeneinander. Alle hatten sechskantige Metallkappen, die sie abschlossen, wobei jeweils an einem Ende ein Metalldraht heraushing. Es roch etwas nach Dieselbenzin in dem kleinen Raum. „Kann man das anfassen?", wollte Annegret wissen. Camille schüttelte den Kopf. Wegen der Fingerabdrücke war es nicht ratsam, die Bomben zu berühren. Wobei erst etwas passieren würde, wenn Strom auf das Kabel kam. Annegret schaute beeindruckt auf die drei kompakten Teile in mattem, metallischem Grau vor ihr, die einiges auslösen würden, das ihr weiteres Leben veränderte.

Sie wollte wissen, wie Theresa „die Dinger" beschafft hatte, doch ihre Schwester wollte keine Details verraten, nur, dass sie eben die Gewinde aufgedreht und die Metallverschlüsse in einem Metallwarengeschäft in Kreuzlingen gekauft hatte. Camille lobte Theresas Arbeit, alles sei sehr professionell, worauf Theresa nur brummte, denn mit Lob konnte sie nicht gut umgehen. Als sie wieder unten bei Erika waren, fand sich Annegret ein wenig außen vor, weil sie an den praktischen Vorbereitungen der Erpressung nicht teilgenommen hatte. „Du kannst ja dann das Geld einsammeln", schlug Theresa vor. Damit zeigte sich Annegret einverstanden. Es würde also heute Nacht losgehen. Weder sie noch ihre Schwestern, auch nicht Camille, waren besonders aufgeregt, sie zogen das jetzt durch, weil es gemacht werden musste, so wie sie schon oft in ihrem Leben wichtige Dinge angepackt hatten.

Annegret ging nach nebenan, wo die Nachttischlampe brannte und der kleine Bruno auf dem Bett von Erika schlief, neben sich seine Spielzeugautos ausgebreitet. Sie sammelte die Spielsachen in ihre Tasche und nahm dann vorsichtig den Jungen hoch. Er war ganz warm. Sie packte ihn auf den Arm, legte eine Decke um ihn herum und ging los. Mit Brunos Leben hatte dieses ganze Vorhaben begonnen; weil es ihn gab, hatten sie über ihre eigene Zukunft und über die des Kindes nachgedacht, ihre gemeinsame Vergangenheit war hochgekommen. Annegret war sich bewusst, dass nicht nur die Vergangenheit, sondern auch die Zukunft nach dieser Nacht anders sein würde. Sie dachte darüber nach, welche Ereignisse ihr Leben wesentlich verändert hatten: die Liebe zu ihrem Mann Günther, die Nachricht von seinem Tod, die Flucht aus Karlsruhe und die Bombe im Auto von Max Sauter.

In dieser Nacht legte Annegret ihren Enkel Bruno in das Bett im Zimmer ihrer Tochter Beate, die nicht schlafen konnte. Nachdem sie Bruno ein Küsschen gegeben hatte, stand Beate auf und folgte ihrer Mutter in die Küche. Annegret sah Beates verweinte Augen und wusste, dass auch Beates Leben anders verlaufen würde, als es sich ihre Tochter erhofft hatte. „Er hat gesagt, dass es nichts mehr mit uns wird", berichtete Beate. Annegret ging an den Kühlschrank, holte eine Bierflasche heraus, öffnete sie und goss sich und Beate ein Glas ein. Beide tranken, ohne zu reden, und beide wussten, dass sie noch enger zusammenrücken würden.

In dieser Nacht wurde Camille, nachdem er sich ein paar Stunden auf das Bett in Theresas Kammer gelegt hatte, von Erika geweckt. Es war vier Uhr früh, Erika brachte ihm eine Tasse Kaffee, was ihn freute, denn früher, als sie solche Sachen gemacht hatten, war er nie von einer Frau mit heißem Kaffee geweckt worden. Er fand das sehr aufmerksam von ihr. Camille wickelte eine der Rohrbomben in ein Tuch ein, nahm sich die Taschenlampe und das wenige Werkzeug. Alles zusammen packte er in eine von Erikas Handtaschen, eigentlich nicht so passend, aber es würde ihn hoffentlich niemand mit einer Damenhandtasche sehen. Erika war ebenfalls angezogen. Sie sagte, dass sie mit ihm mitkommen würde, damit er sich in den Gassen nicht verliefe und sie Schmiere stehen könnte. Ursprünglich hatte er vorgehabt, das ganz allein durchzuziehen, aber eigentlich war es nicht falsch, wenn jemand aufpasste.

In dieser Nacht gingen Erika und Camille durch die dunklen Konstanzer Gassen bis in den Hof, wo der Pritschenwagen von Max Sauter, „Steinmetz seit 1873", stand. Erika blieb in der Nähe des Hofeingangs im Dunkeln stehen, wo sie aufpassen konnte, falls jemand vorbeikäme. Camille trat an den Opel-Blitz-Lieferwagen, aber leider war die Seitenscheibe inzwischen wieder erneuert worden. Es war also etwas aufwändiger, die Fahrertür zu knacken und die Verriegelung für die Motorhaube zu ziehen. Dann beugte er sich in den Motorraum, leuchtete hinein, besah sich den Kabelstrang, der zum Anlasser führte, zog das braune Kabel ein wenig heraus, schnitt an einer Stelle die Isolierung auf, legte das Kupfer frei und verband es mit dem freien Kabel, das aus der Rohrbombe hing. Wenn der Anlasser betätigt wurde und Strom floss, sollte die Bombe zünden, es würde dann mindestens die Motorhaube oder mehr in die Luft fliegen. So genau konnte er nicht einschätzen, wie wirksam diese Bombe war; besser wäre es gewesen, sie hätten Gelegenheit gehabt, sie vorher auszuprobieren.

In dieser Nacht schlief Anton nicht gut, er ging in die Küche, öffnete den Kühlschrank, nahm sich die Milchflasche heraus und schenkte sich ein Glas davon ein. Er machte kein Licht, setzte sich an den Küchentisch, trank von der Milch und dachte über Beate und Bruno nach. Vermutlich würde er die beiden längere Zeit nicht mehr sehen können. Jetzt, in dieser Nacht, tat es ihm weh, ein Ziehen kam in ihm auf, etwas wie Sehnsucht, vielleicht war es falsch gewesen, was er Beate angetan hatte und noch antun würde. Aber da war auch das schöne Gefühl, nicht mehr gebunden zu sein, nicht mehr Rücksicht nehmen zu müssen. Welches Gefühl stärker sein würde, der Schmerz um die Frau, die er geliebt hatte, und den Sohn, dem er nie mehr nah sein würde, oder das Gefühl, frei zu sein, wusste Anton noch nicht. Er hörte im Hof ein blechernes Geräusch, achtete nicht darauf, weil er seinen dunklen Gedanken nachhing, stand dann doch auf und schaute in den Hof. Es war dunkel, wie immer um diese Zeit, er schaute in den Nachthimmel, sah ein paar Sterne, erkannte kein Sternbild. Er sollte Sternbilder kennen, dachte er, um sie Bruno zu zeigen, doch dann verwarf er die Idee sofort wieder, denn er würde nach dieser Nacht nie mehr gemeinsam mit seinem Sohn in die Nacht schauen. Anton legte sich wieder ins Bett, schlief aber erst früh am Morgen ein, kurz bevor der Wecker klingelte. Er stand auf, zur gleichen Zeit wie sein Vater, denn heute würden sie den heiligen Ignatius mit dem angeklebten Arm zusammen nach Salem bringen.

Camille und Erika hatten ungesehen den Hof mit dem Lastwagen verlassen, ohne Eile, aber bestimmt. Erika wollte zurück zu ihrer Schwester und ihr berichten, wie es gelaufen war. Camille ging zurück in sein Hotel, um zu schlafen. Beide waren sie müde und aufgeregt zugleich. Sie küssten sich in einem Hauseingang; er lächelte sie breit an, stolz und irgendwie frech. Erika konnte jetzt sehen, dass er einmal ein Gangster gewesen war, sein Selbstbewusstsein und seine Männlichkeit gefielen ihr. Zwischen ihnen war erst ein Anfang, aber sie spürte, wie sie ihn wollte. Sie wünschte sich weitere Abenteuer mit ihm, und es wäre schön, einfach Zeit mit ihm zu verbringen. Sie legte ihm die Hand auf die Brust, schaute ihn an, blickte ihm in die Augen, die im Halbdunkel nur schwer zu sehen waren, dann wandte sie sich ab.

Theresa war noch wach und lag auf dem Sofa, aus dem Radio klang leise Musik. Theresa konnte an Erikas Gesicht sehen, dass es gut gelaufen sein musste. Sie erklärte, dass sie gleich morgen früh am Hof der Sauters vorbeifahren wolle, um zu sehen, was passiert war. Anschließend würde sie in die Schweiz zur Arbeit gehen, wie auch Erika für den Vormittag im Schreibwarenladen eingeteilt war.

Max Sauter und sein Sohn Anton stiegen kurz nach sechs Uhr – die Zeit, zu der Max Sauter täglich aus dem Haus ging – ins Auto und fuhren zur Werkstatt rüber, wo sie die Figur für Salem und einige Steine für die Fassade des Münsters, die vor Ort zu bearbeiten waren, auf den zehn Jahre alten Opel-Lieferwagen luden. Anton hatte Ringe unter den Augen, sein Körper fühlte sich schwer an, es kam ihm vor, als ob er krank sei, ein Gefühl, das ihm sehr fremd war, denn eigentlich war er sehr selten krank. Sein Vater schien ganz munter zu sein, es gefiel ihm, nach Salem fahren zu können, eine wichtige Arbeit zu erledigen, der Meister aus Konstanz zu sein, der bedeutende Arbeiten ausführte. Es schmeichelte ihm, mit seinem Sohn zusammen zu fahren, mit ihm ins Salemer Münster zu kommen, seinem Sohn, der auch Meister werden würde und den er von dieser unpassenden Beate, ihrer Mutter Annegret und diesen anderen Gothe-Weibern, die er schon lange hasste, wegbekommen hatte. Zusammen hatten sie die Steine verladen und die Figur, die in einem Holzverschlag steckte. Max Sauter verschnürte die Ladung sachgerecht, klappte die Lade hoch und verriegelte sie. Dann wuschen sich die beiden Männer die Hände und starteten den Wagen erneut.

Theresa war zunächst an dem Hof, wo die Sauters wohnten, vorbeigeradelt, aber da stand kein Lastwagen mehr, also fuhr sie weiter zur Werkstatt neben dem Konstanzer Münster. Dort stand das Tor offen, und sie sah von Weitem, wie die Männer die Steine auf die Ladepritsche wuchteten. Sie fuhr langsam vorbei, blickte nur kurz hinüber, senkte den Kopf und war auch schon vorbei. Sie wusste, dass es anders als geplant ablief, aber sie ahnte nicht, was geschehen war, denn ihre Schwester hatte doch berichtet, dass alles wie verabredet geklappt hatte. Warum hatte es noch nicht geknallt? Theresa wendete ihr Fahrrad Richtung Schweiz und ging zu ihrer Arbeit in die Gärtnerei.

Anton und Max Sauter stiegen wieder in ihren Lieferwagen. Anton setzte sich ans Steuer und fuhr los. Langsam schob sich die Sonne hoch. Zu dieser frühen Zeit des Tages kam sie über den östlichen Bodensee, leuchtete über das große Wasser und beschien den Rhein und die Brücke, die die beiden Teile von Konstanz miteinander verband. Der alte Sauter schaute zufrieden in das weiche Licht, das die frühen Dunstschlieren vertrieb, er fühlte sich gewärmt. Eine Gruppe Möwen schwebte über einem Boot, in dem ein Mann aufrecht stand, die rechte Hand am Außenborder, als es plötzlich einen lauten Knall gab. Die Motorhaube krachte vor den Augen des Alten in die Höhe, es war laut, sehr laut, der ganze Wagen wurde erschüttert. Anton schrie etwas, bremste heftig, zog den Wagen nach links, weg von der Brüstung, die die Fahrbahn von der Bahnlinie, die auch über die Brücke ging, trennte. Die Windschutzscheibe zersplitterte, als die abgerissene Motorhaube in sie hinein donnerte. Der Wagen ging auf der rechten Seite in die Knie, der Kotflügel schlitterte über die Straße, ein Reifen platzte, und die schweren Steine auf der Ladefläche verloren ihr Gleichgewicht, prallten auf die Seitenplanke, drückten sie aus ihrer Verankerung und landeten auf dem Asphalt. Die Autos, die dem explodierenden Wagen entgegenkamen, konnten rechtzeitig bremsen und der Gefahr ausweichen. So früh am Tag gab es noch nicht viel Verkehr auf der Rheinbrücke. Nur wenige kamen in ihren Autos von Petershausen in die Altstadt, um dort in den Büros ihre Arbeit zu beginnen.

Eine Frau, grell geschminkt, hatte ihren VW-Käfer zum Stehen gebracht, als der kleine Lastwagen kurz vor ihrem Auto liegen blieb. Anton drückte die Fahrertür auf, sein Gesicht war blutig, Glasstücke der geborstenen Windschutzscheibe hatten sich in seine Stirn gebohrt. Die Splitter standen ab, rot gefärbt; die Sonne reflektierte kleine rosa Blitze. Antons linker Arm hing leblos an seiner Schulter, baumelte irgendwie herab. Der Arm hatte sich aus dem Schultergelenk ausgekugelt, als Anton an den Türholm geknallt war. Aus seiner rechten Hand tropfte Blut, als er sich, mehr oder weniger mechanisch, die Scherben aus der Stirn zog. Die Frau, die diese gespenstische Erscheinung so früh am Morgen unmittelbar vor sich ansehen musste, schrie laut, sprang aus ihrem Auto, torkelte zur Seite, eilte hinter ihren VW und bückte sich, wie um sich vor einer weiteren Explosion zu schützen. Anton ging an der zerstörten Wagenfront vorbei, der nackte Motorblock lag offen da und gab weißen Qualm in rhythmischen Stößen ab, als ob er Signale senden wollte zur Beifahrertür, hinter der sein Vater hing.

Der Kopf des alten Sauter, der sein Bewusstsein verloren hatte, lag auf dem harten Armaturenbrett, das aus Blech bestand. Aus einer Kopfwunde tropfte Blut auf seine gekrümmten Beine und verdrehten Füße. Anton versuchte die Wagentür zu öffnen, was ihm aber nicht gelang. Sein linker Arm reagierte nicht auf die Kommandos seines Kopfes. Große Schmerzen schossen plötzlich durch Antons Schulter und den ausgekugelten Arm. Er gab einen lauten Schrei von sich. Anton drehte sich mehrmals um sich selbst, wie um wieder in ein Gleichgewicht zu kommen, seine Ohren klingelten noch von dem lauten Knall, immer mehr Schmerzen machten sich in seinem Körper breit. Ein Mann hatte sich seine Anzugjacke ausgezogen und krempelte sich die Ärmel seines weißen Hemdes hoch, während er schnell zu Anton eilte. Der Mann sah die verängstigte Frau hinter ihrem VW und schrie ihr zu, sie solle einen Krankenwagen verständigen. Die Frau wusste erst gar nicht, wie sie das anstellen sollte, drehte sich dann aber um, entdeckte eine weitere Frau, die ebenfalls aus ihrem Auto ausgestiegen war und die sie kannte, ging schnell auf sie zu und sagte: „Jesses Gott! Einen Krankenwagen!“ Die beiden Frauen gingen zur Brückenseite, wo sich jetzt einige Menschen angesammelt hatten, immer wieder sagte die Frau „Krankenwagen“.

Der Mann im weißen Hemd stemmte sich mit einem Fuß gegen die verklemmte Beifahrertür und zog mit beiden Händen an der Klinke. „Das wird nichts“, sagte er. Dann kam ein weiterer Mann dazu, gemeinsam umrundeten sie den beschädigten Wagen und schauten durch die Fahrertür zu Max Sauter, der sich nicht bewegte. Anton krümmte sich vor Schmerzen, sah aus den Augenwinkeln, wie es den beiden Männern gelang, seinen Vater über den Fahrersitz aus dem Auto zu ziehen und ihn auf den Boden zu legen. Da bekam der steinerne Mantel seines Ignatius plötzlich einen Sonnenstrahl ab. Die Figur lag zwischen den zerbrochenen Brettern, die sie hatten schützen sollen, aber nicht gehalten hatten. Anton ging darauf zu, trat mit dem Fuß eines der Hölzer zur Seite und legte Ignatius frei, der auf dem Rücken lag. Der angeklebte Arm hatte gehalten, aber der Ordensgründer war ohne Kopf. Anton wandte sich zu seinem Vater, der lang gestreckt auf der Straße lag, sein Kopf war von dem Mann im weißen Hemd auf ein rosarotes Badehandtuch gebettet worden, das eine Frau bereitgestellt hatte. Als Anton laut „Papa!“ rief und sich zu Max Sauter beugte, öffnete dieser die Augen. Er atmete in kurzen, schnellen Atemzügen. „Ich werde erpresst“, brachte Max Sauter heraus, „sie wollen fünfhunderttausend von mir.“ Er sagte es, ohne Anton anzusehen, in den immer blauer werdenden Himmel hinein. Anton hörte, was er sagte, verstand es aber nicht. Er ging in die Knie, sank bei dem Alten zusammen und legte sich neben ihn, auf die mit Blut und Glassplittern gemusterte Straße. So lagen sie beide nebeneinander, zwei verletzte Körper; unter ihnen floss der Rhein und über ihnen flogen ein paar Möwen vorbei, die sich gegenseitig mitteilten, dass es hier kein Brot zu holen gab. Ihr Kreischen wurde vom Lalülala einer Polizeisirene übertönt.

„Es genügt nicht, dass der Gedanke zur Verwirklichung drängt, die Wirklichkeit muss sich selbst zum Gedanken drängen."

Karl Marx

3

Draußen machte es wiederholt „Dong", „Dong". Bruno kannte das Geräusch, es kam von einem Ball, der auf den Boden geworfen wurde. Auf der Straße standen vier Jungs in kurzen Hosen, einer dozte immer wieder mit einer Hand einen Ball auf den Bürgersteig. Offenbar warteten die vier auf jemanden. Auf wen? Bruno rief seiner Oma zu, dass er rausgehen würde zum Spielen. Annegret saß wie so oft in der Küche vor ihrer Zeitung, in der sie intensiv las; offenbar gab es da etwas, was wichtiger war, als sich zu erkundigen, was er vorhabe. Sie blickte nur kurz zur Seite, nickte und las weiter. Bruno öffnete die Wohnungstür und ging ohne Eile nach draußen zur Straße, wo der Ball aufschlug. Die anderen waren alle fast einen Kopf größer als er und schauten skeptisch zu ihm hin. Sie hatten jemand anderen erwartet, nicht diesen Zwerg. Kurz nach Bruno kam von hinten im Hof Otto an, er hatte ein dickes Pflaster auf dem rechten Knie und trat vorsichtig auf, fast humpelte er. „Was hast du denn da?", fragte der Junge mit dem Ball. Otto schaute zu Bruno, der interessiert zurückblickte; beide lauerten, ob es erneut zu einem Streit kommen würde. Auf Brunos Stirn bildete sich die einzige Falte, zu der er fähig war, und Otto sagte einfach: „Bin hingefallen."

„Kannst du spielen?" Otto schüttelte den Kopf.

„Und im Tor?"

„Ich glaub nicht", sagte er leise.

„Pff", machte der Anführer mit dem Ball, „und jetzt? Einer muss doch ins Tor!"

Da schauten die großen Jungs alle auf Bruno.

„Warst du schon mal im Tor?“

„Nein.“

„Aber einen Ball halten kannst du?“

„Kann der das?“, fragten sie Otto, der auf Bruno blickte und eine schwere Entscheidung treffen musste. Sollte er den Nachbarsjungen bloßstellen als kleinen Scheißer, oder war der Besitzer von wunderbaren Spielzeugautos es wert, seinen Platz im Tor einzunehmen? Hasste er ihn oder respektierte er ihn? Sein Vater hatte ihn ermahnt, sich zu vertragen, sonst würde er andere Saiten aufziehen, was für Otto noch mehr Schmerzen bedeutete. Also zuckte Otto nur die Schulter und sagte: „Glaub schon.“ In Bruno lächelte es, als er den Jungen mit dem Ball mit großem Ernst anschaute.

„Wie heißt du?“

„Bruno.“

„Das ist Hans, das Adriano. Rainer, und ich bin Jürgen. Gehen wir. Kommst du auch mit?“ Die Frage ging an Otto. Sie liefen los, die vier großen Jungs mit dem Ball trabten voraus, Bruno rannte hinterher, er hatte kürzere Beine. Dann folgte Otto, der zurückfiel, weil er vorsichtig auftreten musste. Das war ein großer Moment im Leben von Bruno, denn zum ersten Mal durfte er bei den Großen mitspielen, sie hatten sogar ihre Namen genannt, ihm eine wichtige Funktion zugedacht, er musste im Tor stehen und den Ball halten.

Zwei Straßen weiter, an dem Weg, den er oft mit seiner Oma nahm, um in der Schweiz Zigaretten zu kaufen, lag eine leere Wiese, auf der Gänseblümchen standen. Mit zwei Stecken, die sie unter dem einzigen Baum auf der Wiese fanden, wurde ein Tor auf der Wiese markiert. Dort musste sich Bruno hinstellen. Rainer und Jürgen spielten gegen Hans und Adriano, etwas abseits stand Otto und schaute zu. Rainer war ein runder Junge, mit starken, kurzen Beinen und einem roten Kopf. Jürgen war schlank, er trug schon eine Brille, die etwas zu klein für den Kopf war. Rainer nahm sofort den Ball vor die Füße und schoss ihn zu

Jürgen. Das hatte der zierliche, drahtige Hans, mit einem Gesicht voller Sommersprossen, schon so erwartet und fing den Ball ab, schoss ihn zu Adriano, den alle Adi nannten, dem kräftigsten der Fußballjungs. Seine schwarzen Haare standen vom Kopf ab. Adriano konnte sehr geschickt den Ball zwischen den anderen hin- und herschieben, bis er kurz vor Bruno stand, der konzentriert überlegte, was er jetzt machen sollte. Adi lächelte etwas spöttisch und zielte neben Bruno, doch eine Grasnarbe fälschte den Torschuss ab, der Ball sprang in die Höhe und landete auf dem Kopf von Bruno, von wo er wieder ins Spielfeld sprang. Es sah aus, als ob Bruno den Ball mit dem Kopf abgewehrt hätte, dabei hatte er nur still gewartet. Die vier Jungs staunten über den geschickten kleinen Torwart. Jürgen nutzte die kurze Irritation, rannte auf den Ball zu und schoss auf das Tor, doch der Ball ging am linken Pfosten vorbei. Bruno schaute dem Ball nach, blickte kurz zu Jürgen, der ihm zunickte und zu verstehen gab, dass es die Aufgabe des Torwarts war, sich um die Beschaffung des Balls zu kümmern.

Bruno rannte dem Ball hinterher, der jedoch ein seltsames Eigenleben begann, als ob er durch den Tritt von Jürgen befreit worden wäre, als ob die Gesetze der Physik außer Kraft seien. Er sprang auf und nieder, segelte nach links und nahm durch einen Luftstoß angetrieben neuen Schwung auf. Brunos Blick blieb starr auf den Lauf des Balls gerichtet, der schließlich doch liegen blieb: unter einer Kuh. Das braune Tier riss mit seinem großen Maul Grasbüschel um Grasbüschel aus, es ratschte bei jedem Biss. Der Leib der Kuh war seltsam dreieckig geformt. Zur Wiese hin war der Kuhbauch breiter als oben, wo eine mächtige Wirbelsäule und Rippen die vielen Mägen umschlossen. Um den Hals hing der Kuh eine kräftige Kette, verlängert durch ein Seil, das an einem in die Erde geschlagenen Metalldorn verknotet war. Im Schatten des Bauches der Kuh blieb der Ball liegen. Bruno musste nur warten, bis sich die Kuh weiter vorgearbeitet hatte, dann würde der Ball wieder für ihn zugänglich sein. Die Jungs warteten zunächst, dann kamen sie zu Bruno, dem Ball und der Kuh. Was konnten sie gegen so einen mächtigen Körper ausrichten? War eine Kuh gefährlich, konnte sie einen Menschen verletzen? Sie hatte spitze Hörner, die sie mit ihrem großen Kopf drehte, als die Fußballer neben ihr standen. Ruhig und sehr entspannt schauten die großen Augen der Kuh die kleinen Menschenjungen an, während ihre Zähne das Gras zerlegten; dann trat sie einen Schritt nach vorne, um an frische Nahrung zu gelangen. Der Ball lag jetzt hinter der Kuh, aber noch in Trittnähe ihrer Hufe. Noch trauten sie sich nicht, den Ball wieder in Besitz zu nehmen. Und so einfach wollte es die Kuh ihnen auch nicht machen. Sie hob ihren großen Schwanz hoch, krümmte den Leib, zog den Bauch an und entlud sich mit einem kräftigen Strahl von Kuhscheiße, die sich auf den unschuldigen Ball ergoss, wie zur Strafe für seine Eigenmächtigkeit. Die Kuh bekräftigte ihr Geschäft mit einem lauten Muh, ging noch einen Schritt weiter und ratsch, ratsch wurden weitere Grasmengen in den Bauch geschaufelt.

„Der Torwart muss den Ball holen", sagte der kleine dicke Rainer. Adi lachte und murmelte etwas in Italienisch, was niemand verstand. Bruno machte einen Schritt auf den Ball zu, unschlüssig, ob es wirklich seine Aufgabe war, den mit Scheiße bedeckten Ball aufzuheben. Jürgen rannte los, zog die beiden Torbegrenzungen aus der Erde und kam zurück. Mit diesen beiden Instrumenten zog und schob er den Ball über die Wiese, bis er einigermaßen von den Exkrementen gereinigt war. Was für Bruno als Heldengeschichte begonnen hatte, endete nun in Scheiße, ohne dass er oder seine neuen Kumpel es so hätten aussprechen können. Aber so fühlten sie sich und hatten keine Lust mehr, weiter Fußball zu spielen.

Zusammen mit Otto, der nicht mehr so stark hinken musste, folgte Bruno den älteren Jungs. „Aber gut gehalten", sagte Otto. Die Oma stand in der Hauseingangstür, sah erstaunt, dass Bruno zusammen mit Otto ankam, der friedlich weiter nach hinten in den Hof ging.

„Wo warst du?!“, fragte Annegret streng. Bruno zeigte Richtung Straße, und jetzt fiel ihm wieder ein, dass er sich eigentlich nicht vom Haus wegbewegen durfte.

„Fußball gespielt“, erklärte Bruno.

„Du und Otto?“

Bruno schüttelte den Kopf.

„Mit Jürgen, Rainer, Adi und ähm, Hans.“

„Du hast Fußball gespielt?“

„Ich war das Tor. Die Kuh hat Kacka gemacht.“

„Welche Kuh? Komm jetzt rein, wir müssen los!“

Annegrets Gedanken waren ganz woanders, sie konnte sich nicht auf die merkwürdigen Gedankensprünge ihres Enkels einlassen. Es hatte geknallt, und es stand auf der ersten Seite der Zeitung.

Theresa war noch nicht von der Arbeit zurück, deshalb traf Annegret, mit Bruno im Schlepptau, nur Erika an. Sie hatte den „Südkurier“ dabei, den sie sofort auf den Couchtisch legte. „Autobombe?“ wurde da prominent gefragt. Erika nickte nur, sie hatte den Artikel auch schon gesehen. Annegret und Erika schauten sich an, sie wollten vor Bruno nicht offen über das sprechen, was passiert war. „Hast du ihn getroffen?“, fragte Annegret. Erika nickte: „Er weiß es auch nicht...“ Bruno spürte die Spannung zwischen seiner Tante und seiner Oma, also meldete er sich mit seiner viel wichtigeren Information, dass er im Tor gestanden und einen Ball gehalten habe. Erika wandte sich ihm zu und lächelte; sie hatte nicht wirklich verstanden, was Bruno berichtete. „Im Tor, aha?“, sagte sie nur, „in welchem Tor?“

„Die Kuh hat Kacka gemacht. Auf den Ball“, ergänzte Bruno.

Jetzt wurde auch Annegret hellhörig. „Welche Kuh?“

„Die Kuh!“ erklärte ihr Bruno, denn es gab in seinem Leben schließlich nur die eine Kuh, an der sie so oft vorbeifuhren – auf ihrem Weg in die Schweiz.

„Die Kuh?“, verstand nun Annegret. „Da warst du? Ich hab dir doch gesagt, dass du nicht vom Haus weggehen sollst?!“, pflaumte sie ihn an. Bruno machte schon ein weinerliches Gesicht.

„Fußball“, sagte er.

„Was denn für ein Fußball?“, schnauzte Annegret ungeduldig, als Theresa zur Tür hereinkam. Sofort ging die Aufmerksamkeit auf sie und weg von Bruno, der noch „Ich war im Tor“ herausbrachte.

Die Frauen wollten reden, vor allem Annegret musste informiert werden.

„Weißt du was, Bruno? Wir essen ein Eis!“, verkündete Erika, „dann erzählst du mir alles.“ Brunos Miene war sofort hell wie ein Sonnentag; er schaute zur Oma, der Herrscherin über seine Geschicke, die nur nickte.

Sobald das Kind und die Tante aus der Tür waren, zündeten sich die beiden anderen Schwestern Zigaretten an.

„Er weiß nicht, warum das erst auf der Rheinbrücke hochging, irgendein Wackelkontakt oder so.“

„Wie geht es den beiden?“

„Ich war nicht im Krankenhaus. Sie sind halt verletzt.“

„Dann muss Beate hin“, bestimmte Annegret.

„Und die Polizei hat zwei Tage gebraucht, um zu merken, dass das eine Bombe war?“, fragte Annegret ihre Schwester.

„Oder die wollten es nicht früher veröffentlichen. Frag deinen Sohn.“

Annegret nickte, auch das würde sie erledigen. Sie hatte in ihrem Leben bewiesen, dass sie mit schwierigen Situationen gut umgehen konnte. Jedenfalls sah sie sich selbst so. Aber das hier war eine neue Qualität. In gewisser Weise ging es wieder um Leben und Tod, um die Zukunft ihrer Familie, aber der Krieg, den sie mit den Sauters begonnen hatten, fühlte sich anders an. Spannender. Sie waren diesmal nicht einfach die Opfer, sie standen auf der Kommandobrücke, sie entschieden, wie es weiterging, sie bestimmten. Es fühlte sich gut an, solange sie die richtigen Schritte machten.

„Und jetzt?“

„Wenn die aus dem Krankenhaus raus sind, legen wir nach“, erklärte Theresa.

Annegret nickte.

„Es war immer klar, dass es drei solcher Dinger braucht“, flüsterte Theresa eindringlich. Auch das fand Annegret sinnvoll.

„Wie sieht sie es?“, fragte sie.

„Erika? Ein wenig nervös, aber behält die Nerven.“

„Und er?“

„Alles gut. Wie ein Profi. Wartet, dass es weitergeht.“

„Dann reden wir morgen Abend, wenn Beate im Krankenhaus war und ich mit Erich gesprochen habe.“

„Und wo?“, wollte Theresa wissen.

„Erika und er sind ja offiziell verlobt. Da könnten wir ihm ein wenig die Gegend zeigen. Wie wär's, wenn wir rüber nach Meersburg fahren?“

„Familienausflug?“

Annegret bejahte, obwohl sie wusste, dass das Theresa gar nicht gefallen würde.

„Wir müssen uns zeigen, wir haben nichts damit zu tun, sind sehr erschrocken, wollen nur, dass Beate und auch Erika bald heiraten können.“

Theresa drückte missmutig ihre Zigarette aus. „Aber nicht vor fünf. Kannst du überhaupt?“

„Morgen schon“, antwortete ihr Annegret, „morgen habe ich Bauchweh.“

Herr Möbius hatte Beate schon kurz nach der ersten Pause die Zeitung gezeigt, in der nach einer Autobombe gefragt und über die verletzten Sauters geschrieben wurde. „Ist das nicht Ihr Verlobter?“, fragte er sie mit einem vorwurfsvollen Ton. Wie konnte man mit jemandem verlobt sein, der möglicherweise Opfer eines Verbrechens war? Beate hatte den Artikel überfolgen, danach konnte sie sich nicht mehr richtig auf die Arbeit konzentrieren, schaute immer wieder auf die Uhr. Wann konnte sie endlich hier weg, wann war es Mittag? Gitta und Herr Meier hatten spekuliert, dass es bestimmt nur ein kaputter Motor wäre, so was könne eben passieren, denn schließlich würden die Dinger mit Benzin betrieben. Wer sollte denn in Konstanz eine Autobombe zünden? Was für eine absurde Idee. Obwohl Beates Gefühle für Anton auf Eis lagen und sie nichts für seinen Vater Max empfand, sorgte sie sich. Was, wenn ihnen etwas Schlimmes passiert war, wenn sie lange im Krankenhaus bleiben müssten? In ihrem Kopf spulten sich Szenarien ab, die viel mit Blut, mit gebrochenen Knochen, Schmerzen und Tränen zu tun hatten. Sie sah sich schon in ihrer gemeinsamen Wohnung als Pflegerin von Anton, der dankbar sein würde, wenn sie ihm die Verbände wechselte und der sie lieben würde, weil sie so fest zu ihm hielt. Als endlich Mittagspause war, entschied sie sich, ins Krankenhaus zu gehen, um Anton und Max zu besuchen. Sie fragte Gitta, ob sie Möbius sagen sollte, dass sie ins Krankenhaus gehe, aber die winkte nur ab. „Klar gehst du da hin, das ist ein Notfall!" Beate nickte und machte sich auf ins Vincentius-Krankenhaus an der oberen Laube, das war das der Rheinbrücke am nächsten gelegene Krankenhaus.

Unterwegs hatte sie sich noch überlegt, ob sie Bruno holen sollte, doch sie entschied sich dagegen; erst musste sie selbst sehen, wie stark die beiden verletzt waren.

Die Krankenschwestern wollten sie erst nicht zu den Verletzten lassen, denn sie war ja keine Verwandte, sie konnte irgendwer sein, von der Zeitung oder so. Erst als Beate laut wurde und der Stationsschwester klarmachte, dass Anton Sauter und sie ein Kind hätten, das ebenfalls in diesem Krankenhaus zur Welt gekommen sei, glotzte die Schwester sie verwirrt an und sagte ihr die Zimmernummer. „Aber nur zehn Minuten."

Die beiden lagen in einem großen Raum mit acht Betten, von denen vier leer waren und in einer Reihe standen. Alle vier Patienten lagen in der anderen Reihe. Am Fenster lag

Max, daneben Anton, dann ein Mann, dessen Bein vergipst an einer Schlinge hing, und ein vierter Mann, dessen Kopf verbunden war.

Beate hatte sich vorgenommen, sich zurückzuhalten, keinesfalls emotional zu reagieren, keine Tränen zu zeigen. Das gelang ihr auch ganz gut, als sie Vater und Sohn nebeneinander liegen sah, beide verletzt, beide bewegungsunfähig. Anton hatte einen Verband um die Schulter und über der Stirn, er saß aufrecht und blickte sie an, er wirkte schwach, blass. Max Sauter lag flach, die Augen geschlossen, in seinem Mund hing ein Röhrchen, in seinem rechten Arm steckte eine Nadel, Schläuche führten zu einer Infusionsflasche.

„Hallo", sagte Beate, legte ihre Hand auf Antons Arm. „Tut's weh?"

„Die Schulter war ausgerenkt, hier ein paar Kratzer, nicht so wild. Aber den Papa hat's schlimm erwischt."

Anton sprach leise, nicht, weil er ein Geheimnis zu berichten hatte, sondern weil er keine Kraft hatte. Sie drehte den Kopf zu dem verletzten Max Sauter, dem Mann, der ihre Liebe zerstört hatte, und hörte Anton zu, der von den starken Prellungen seines Vaters redete, von einem Schock, inneren Verletzungen, aber das würde sich erst nach weiteren ärztlichen Untersuchungen herausstellen. Beates Blick blieb noch einen Moment auf dem Alten haften, sie merkte, wie eine Genugtuung in ihr aufkam, verschloss sich zunächst diesem Gefühl, aber es war anwesend.

„Was ist denn passiert?"

„Ein heftiger Knall, eine Explosion, den rechten Kotflügel hat es weggerissen", flüsterte Anton.

„In der Zeitung steht was von einer Bombe."

„Ja, die Polizei war schon da."

„Aber das ist Quatsch. Oder?"

„Keine Ahnung..."

„Wie? Wer sollte denn euch...?"

„Ich weiß von nichts."

Aus Beate wich auf einmal jedes Mitleid mit diesem Mann, sie merkte, wie er etwas verbarg. Anton wollte ihr nicht sagen wollte, was der Grund für diesen Unfall war. Da lagen diese beiden Männer schwer verletzt in ihren Krankenhausbetten und glaubten immer noch, etwas vor ihr verbergen zu müssen.

„Kann ich etwas für dich tun?“, fragte sie.

„Was kannst du schon tun?“, antwortete er. Sie hätte gerne „du Arschloch“ zu ihm gesagt, aber das war vermutlich nicht angemessen in einem Krankenhaus, außerdem hörten noch andere Männer zu.

„Wissen sie in der Werkstatt Bescheid?“

„Der Vorarbeiter war schon da, er übernimmt das Kommando, bis ich wieder raus bin“, erklärte Anton schwach.

„Und wann bist du raus?“

„Der Arzt sagt, morgen.“

„Ja dann, ich muss auch wieder, die Mittagspause ist gleich vorbei. Gute Besserung.“

Sie zog die Hand zurück, die noch immer auf seinem Arm gelegen hatte, stand auf und lächelte, wie man lächelt, wenn man nicht lächeln möchte, ging zur Tür, murmelte „schönen Tag noch“ und war draußen.

Beates ganze wirre Vorstellungen von einem dankbaren Mann, den sie pflegen würde, waren wie weggeblasen. Anstatt Mitleid mit den Verletzten zu haben, kam ihr nur ein „Geschieht euch recht“ in den Sinn.

Annegret ging zur Polizeiwache, um Erich zu sehen. Aber ihr Sohn hatte überhaupt gar keine Zeit für sie, schien zum ersten Mal in seinem Leben unter Stress zu stehen, er war unrasiert, die pomadisierten Haare sahen schmierig aus, er schaute sie strafend an. Wie konnte sie nur auf die Idee kommen, ihn jetzt, in dieser außergewöhnlichen Situation, zu behelligen? Er sagte nur „Mutter!“, was er noch nie zu ihr gesagt hatte, bisher hieß sie „Mutti“.

„Vielleicht kommst du heute Abend einfach mal vorbei, die Beate ist bestimmt auch da“, lud sie ihn ganz freundlich ein und signalisierte ihm, dass sie sich keineswegs aufdrängen wollte. „Du kriegst ein Bier und was zu essen."

Erich nickte, dachte nach, ob das in den schwierigen Ermittlungen, die er vor sich hatte, überhaupt möglich war, stimmte dann aber zu. Annegret wusste, dass er kommen würde, er musste sich aussprechen, seinen Stress los werden. Und wo ging das besser als bei seiner Mutter?

„Beate ist auch da? Hm, ich müsste sie dann mal sprechen!", erklärte Erich mit seiner Dienststellenstimme.

„Das ist bestimmt gut", lächelte Annegret und verabschiedete sich. Sie nahm Bruno an die Hand, der nicht dazugekommen war, zu fragen, wann denn die versprochene Mitfahrt in einem Streifenwagen stattfinden würde.

Annegret hatte frische Kartoffeln und Spargel eingekauft, beides gab es jetzt wieder auf dem Markt. Früher, vor dem Krieg, hatten sie oft selbst Spargel verkauft, sie liebte die weißen Stangen, genauso wie ihr Sohn Erich. Als Beate den Spargel in der Küche sah, fragte sie gleich, ob etwa Onkel Erich zum Essen kommen würde. Annegret schaute Beate prüfend an, erkundigte sich, ob sie schon im Krankenhaus gewesen sei.

„Ja", sagte Beate. Sie setzte sich auf den Küchenstuhl, seufzte, nahm ihren Sohn auf den Schoß. Bruno berichtete, dass er mit Tante Eri ein Eis essen war und auf der Polizeiwache den Onkel gesehen habe. Zunächst wandte sich Beate dem Kleinen zu, fragte nach, ob er sich für das Eis bedankt habe, und Bruno nickte. Dann fasste sich Beate ein Herz: „Hör mal, Bruno, es hat schon wieder einen Autounfall gegeben. Der Lastwagen von Opa ist explodiert."

„Explodiert. Kaputt?"

„Ja, das Auto ist kaputt, und der Papa und der Opa sind im Krankenhaus."

„Der Mercedes kaputt."

„Nicht der Mercedes, aber der Lastwagen."

Bruno musste einen Moment nachdenken, dann zeigte er ein Gesicht, in dem sich starkes Bedauern ausdrückte.

„Hat der Papa ein Pflaster?“, fragte er.

„Ja, aber morgen kommt er aus dem Krankenhaus. Der Opa muss noch länger bleiben.“

„Wie lange?“, wollte Annegret wissen, ihre Frage hatte einen scharfen Unterton, der Beate aufhören ließ.

„Ich bin ja keine Angehörige. Der Arzt wird es mir nicht sagen. Anton meint, es gibt weitere Untersuchungen.“

„Und Anton kommt morgen raus?“

„Seine Schulter war ausgerenkt und ein paar Splitter halt. Zum Glück nichts in die Augen.“

„Da hat er noch mal Glück gehabt“, meinte Annegret, es klang spöttisch.

Beate schaute auf den Boden, um ihre Gefühle zu sammeln, setzte Bruno ab, der in das Zimmer nebenan ging und sich mit Lastwagen und Mercedes bestückte.

„Er ist so ein Idiot!“, zischte Beate ihrer Mutter zu, als Bruno um die Ecke war. „Er sagt nichts, obwohl er bestimmt was weiß.“

„Warte, bis Erich da ist“, beruhigte sie Annegret. Mit finsterer Genugtuung begann Annegret, Spargel und Kartoffeln zu schälen. „Übrigens, da ist Post für dich, vom Jugendamt.“ Beate nahm den grauen Brief vom Küchenschrank, machte ihn auf und las „Einbestellung“. Sie wurde aufgefordert, sich schon in zwei Tagen beim Jugendamt zu melden. „Um neun. Die spinnt doch. Die weiß genau, dass ich arbeiten muss. Was will die denn schon wieder von mir! Wie ich das hasse!“ Annegret schaute kurz auf und runzelte die Stirn.

„Geh hin, sonst gibt’s noch mehr Ärger.“

„Wann hört das endlich auf?“, wollte Beate wissen, „das ist doch die reine Schikane.“

„Auch das hört einmal auf. Ich bin froh, wenn sie nicht auch noch herkommt“, sagte Annegret. Eine Spargelstange brach auseinander, weil sie sie nicht sanft genug geschält hatte.

Kurze Zeit später kochten zwei Töpfe mit Wasser, als es

klingelte. An der Tür klingelte es. Draußen stand Klaus, in der Hand ein Einkaufsnetz, das er in die Höhe hielt. „Ich hab' gehört, dass es hier was zu essen gibt. Da dachte ich, ich kauf Schinken, vielleicht passt das."

„Warst du auf der Wache?", fragte Annegret, ohne ihn zu begrüßen, was dann Beate übernahm. „Großer Bruder. Das ist aber schön, dass du auch kommst!"

„Es ist ja viel los gerade", kommentierte Klaus, beugte sich zu Bruno hinunter, streichelte seinen Kopf und begutachtete die Spielzeugautos.

„LKW kaputt, Mercedes ganz." Klaus lachte. „Dann weißt du ja schon alles. Warst du im Krankenhaus?", fragte er seine Schwester. Beate bat, das Gespräch auf nachher zu verschieben, wenn das Kind im Bett sei.

Erich kam, wusch sich als Erstes die Hände über dem Waschbecken in der Toilette, überprüfte sein Aussehen im Spiegel, zog einen Kamm aus der Hosentasche und strich sich damit die Haare glatt an den Kopf. Er trug ein weißes Hemd, dazu eine graue Hose und einen hellen Blouson, seine Feierabendaufmachung. Sein ernstes Gesicht, die Bartstoppeln, die Ringe unter den Augen, zeigten einen Mann, der in bedeutende Vorgänge verwickelt war. Er sagte leise „Hallo", nickte Bruno nur zu, fand keine Zeit für Kinderkram. Seine Geschwister und seine Mutter sollten spüren, in ihm erkennen, dass auch ein Polizist schwere Arbeit verrichten musste, um den Staat und seine Bürger gegen Verbrecher zu schützen, die er gnadenlos jagte.

Klaus sah die Ernsthaftigkeit, die von seinem ansonsten eher leichtlebigen Bruder ausging, senkte den Kopf etwas, schaute von unten auf, wie um ein Fachgespräch zu führen. Ob sie allein die Ermittlungen durchführten oder ob auch „Freiburg" dabei sei, wollte er wissen. „Das machen wir", war die Antwort von Erich, „aber wir haben Kriminaltechnik angefordert." Annegret servierte ihren Söhnen und ihrer Tochter jeweils ein Bier. Sie freute sich, dass mal wieder alle um einen Tisch versammelt waren, die ganze Familie. Jeder bekam drei, vier Spargelstangen auf den Teller und mehrere Kartoffeln. Bruno mochte keinen Spargel, erhielt aber eine Kartoffel und Schinken. Beate wollte etwas einwenden, aber Annegret legte ihr nur die Hand auf den Arm, hob das Bierglas und prostete allen zu. „Gibt es was zu feiern?", fragte Klaus. „Eigentlich nicht", sagte Annegret. „Guten Appetit." Sie tranken Bier, und als sie so tranken, war es, als spülten sie alles aus sich heraus, was an Spannungen auf ihnen lastete.

Erich stellte die Bierflasche auf den Tisch, machte „Ahh", und während noch eine Hand an der Flasche war, begann er zu erzählen. „Was so ein Kriminaltechniker alles herausfindet, ist wirklich erstaunlich. Bisher habe ich nur davon gelesen, aber wenn man diese Leute mal bei der Arbeit sieht. Unglaublich, wie genau die rangehen. Echt, die haben von den kleinsten Dingern, die rumgeflogen sind, Fingerabdrücke genommen. Die mögliche Substanz wird in alle chemischen Bestandteile zerlegt. Jede Bremsspur wurde genau vermessen und auf ein Schaubild maßstabsgetreu übertragen. Aber die Schlussfolgerungen machen natürlich wir, als Kriminaler."

„Bist du jetzt Kriminaler?", fragte Klaus nach.

„So gut wie. Das ist jetzt meine Chance."

„Neulich wolltest du noch aufhören", erinnerte ihn Annegret.

„Quatsch, natürlich überlegt man sich, welches der richtige Karriereschritt ist, wenn man in so einem großen Organismus arbeitet."

Nur Annegret lächelte auf ihre Kartoffel, während Beate und Klaus ihren Bruder voller Respekt ansahen. So hatten sie ihn noch nie reden hören, so voller Bedeutung; fast sprach Würde aus ihm.

„Und was ist deine Aufgabe?"

„Ich vernehme Zeugen, prüfe das Umfeld, stelle Fragen, ziehe meine Schlussfolgerungen und handle." Das Wort Schlussfolgerungen hatte es ihm angetan, er sprach jeden der Vokale des schweren Wortes aus, ohne es alemannisch zu vernuscheln und die Endungen zu verschlucken. Es gefiel ihm, als ein Mann angesehen zu werden, der seine Schlüsse zog, der folgerte, der eins und eins zusammenzählen konnte und dann die harte Hand des Staates zeigte. Um Bruno loszuwerden und um nichts von Erichs eitlem Gerede zu verpassen, griff Annegret zu einer Großmutterlüge.

„Du, Onkel Erich“, sagte sie leicht, „der Bruno wünscht sich schon so lange, dass du ihn ins Bett bringst und etwas vorliest. Meinst du, du könntest das schaffen? Wir spülen schnell ab. Hm?“ Sie sagte es freundlich und bestimmt, so wie Mütter Wünsche äußern, die aber eigentlich Befehle sind, gegen die sich ihre Kinder nicht wehren können, egal, wie alt sie sind. Beate schaute auf, denn es war eigentlich ihre Aufgabe, das Kind ins Bett zu bringen, aber Bruno strahlte. Erich trank noch einen Schluck Bier. „Soll ich dich ins Bett bringen?“, fragte er Bruno, der schnell von seinem Stuhl rutschte und nach nebenan ging, gefolgt von Erich.

Für beide war es eine Premiere. Erich hatte noch nie einem Kind, das im Bett neben ihm lag, vorgelesen, er las höchstens mal eine Anzeige vor oder einen Paragrafen, aber eine Geschichte hatte er noch nie laut gelesen. Neben Brunos Bett hatten bisher nur Frauen gesessen; seine Mutter, die Oma, auch mal Tante Eri, wenn er bei ihr schlafen musste, aber ein Mann hatte ihn noch nie ins Bett gebracht. Bruno schaute aufmerksam, wie sich Erich im Zimmer umsah. Er trat zum Fenster, blickte auf den Hof, wo die Dünste der Abendessen sich sammelten, Befehle an den kleinen Otto zu hören waren, die Schlieren der Nacht sich zu einem dunklen Brei mischten. Erich zog den Vorhang vor und trat zu dem kleinen Regal mit den wenigen Büchern seiner Schwester: abgegriffenen Romanen und zwei, drei bunten Kinderbüchern wie dem „Struwwelpeter“ und den Märchen der Gebrüder Grimm. Dieses Buch kannte Erich, denn daraus hatte schon seine Mutter vorgelesen, was allerdings sehr selten vorgekommen war. Dieses Buch schien ihm für diese Premiere würdig zu sein, er schlug es auf und überblätterte den „Wolf und die sieben Geißlein", „Der Fischer und seine Frau", „Der Froschkönig" und „Rapunzel". Erich staunte, was für umfangreiche Geschichten hier versammelt waren, es fiel ihm schwer, sich für eine zu entscheiden, sollte sie doch nicht zu grausam sein, damit Bruno ihn nicht als bösen Erzähler in Erinnerung behalten würde. Er entschied sich für „Hans im Glück".

Wie aufregend, die dunkle Stimme des Onkels zu hören, der von einem Jungen sprach, welcher sieben Jahre hart gearbeitete hatte und als Lohn einen Klumpen Gold erhielt. Gold sei ziemlich schwer, erklärte Erich, und sehr wertvoll. Aber weil es dem kleinen Hans viel schöner erschien, auf einem Pferd zu reiten, denn er wollte ja zurück, nach Hause zu seiner Mutter, tauschte er das Gold gegen ein Pferd, auf dem er ein Stück seines Weges reiten konnte. Unterwegs hatte er Durst, wollte Milch trinken und traf einen Bauern, der ihm seine Kuh gegen das schöne Pferd eintauschte.

„Kuh macht Kacka auf den Ball", kommentierte Bruno. Erich sah auf den Jungen neben ihm, verstand nicht, was das zu bedeuten hatte. Er erzählte von dem Schwein, welches gegen die Kuh eingetauscht wurde, und der Gans, der das Schwein Platz machte. Und schließlich erreichte er die Stelle, wo Hans die Gans gegen einen Schleifstein und einen Feldstein tauscht, immer im Glauben, ein wirklich gutes Geschäft zu machen. Erich schüttelte den Kopf, er würde das nie so handhaben wie Hans, er würde seinen Goldklumpen behalten – wobei, vielleicht würde er sich ein neues Auto kaufen. Er sprach aus, was er dachte. Bruno pflichtete ihm bei, ein neues Auto zu kaufen, fände er auch gut.

Dann las Erich den Schlusssatz und musste lachen.

„So glücklich wie ich bin, rief er aus, gibt es keinen Menschen unter der Sonne. Mit leichtem Herzen und frei von aller Last ging er nun fort, bis er daheim bei seiner Mutter angekommen war."

Erich beugte sich zu Bruno, wuschelte ihm durch die Haare und sagte: „Schlaf gut!“ Er spürte das leichte Herz von Hans in sich, das Glück, ein Kind in den Schlaf begleitet zu haben; die ganze Last der Polizeiarbeit hatte er auf einmal vergessen. Ein Kind ins Bett zu bringen, war nicht schwer. Erich konnte sich zum ersten Mal in seinem Leben vorstellen, ein Vater zu werden. Bruno lächelte, als er die Augen schloss, hörte der Kuh zu, wie sie mit ihren Zähnen Gras ausriss, sah ein Schwein vor sich her traben, sah sich eine Gans in den Armen halten und schaute den zwei Steinen nach, die in ein tiefes Wasser fielen. „Hans im Glück“ sollte ein paar Jahre später die erste Komposition, das erste Stück heißen, das er sich als junger Komponist vornahm und vertonte. Es wurde eine kleine symphonische Ballade über die Heiterkeit des Verzichts, der Armut und Stille, über den Klang eines Steins, der ins Wasser fällt und zarte Wellen bildet. Für diese Haltung wurde Bruno von seinen politischen Musikerfreunden heftig kritisiert. Was sollte an Armut schön sein? Wem wollte er das erzählen? Den armen Leuten, die hart arbeiten mussten und die es nie zu einem Goldklumpen bringen würden? Aber von all diesen Dingen ahnte Bruno noch nichts, als er in seinen tiefen Kinderschlaf fiel.

Als Erich zurück in die Küche kam, hatte er einen heiteren Glanz auf dem Gesicht. Locker setzte er sich an den Küchentisch, er war wieder der Erich, der gerne lebte, nicht mehr der Erich, der Polizist war. „War gar nicht schwer“, bekannte er. Beate und Annegret schauten sich an, sie kannten den Alltag mit dem Jungen besser.

Endlich konnten sie zu den wirklich wichtigen Fragen kommen. War es wirklich eine Bombe gewesen? Wie ging es Anton? Wie dem Alten? Gab es wirklich keine Heirat?

„Ein Dieselmotor fliegt ja nicht einfach in die Luft“, erklärte Erich, „klar war das eine Bombe!“

„Und wer tut so was?“, fragte sich Klaus, der noch nie in seinem Leben mit dem Gedanken an eine Bombe gespielt hatte.

„Ist dir der Anton in letzter Zeit irgendwie komisch vorgekommen?", wandte sich Erich an seine Schwester.

„Ja, das kann man so sagen", bestätige sie, „sehr komisch sogar."

„Könntest du das genauer eingrenzen?"

„Bist du jetzt wieder Polizist? Der Anton, der ist nicht mehr der ... er macht, was sein Vater will, und nicht, was er selbst will."

„Das ist ja nichts Neues", fand Annegret.

„Aber seit drei Jahren reden wir vom Heiraten, und dann fällt dem Alten ein, dass es nicht geht, weil ich evangelisch bin..."

„Der Anton springt über jedes Stöckchen, das der Alte ihm hinhält!", schimpfte Annegret weiter.

„Ihr redet gerade so, als ob Beate die Bombe gelegt hätte", fand Klaus.

„Dazu hätte ich große Lust!", bekannte sie.

„Das hilft uns auch nicht weiter", befand Erich, „es geht doch darum, was beim alten Sauter passiert ist. Warum wird er bedroht?"

Sie schwiegen alle, hatten aber keine Antwort, bis auf eine der Anwesenden – die aber aus bekannten Gründen keine geben wollte.

„Und die Heirat ist jetzt abgeblasen?", fragte Klaus in die Stille, denn er hatte an seine Frau Adelheid gedacht und ihre Pläne für den Sommerurlaub; vielleicht würde sie schwanger werden, wenn sie zusammen wegfuhren und es im Urlaub versuchten.

„Ich denk schon", bekannte Beate. Annegret seufzte hörbar.

„Der alte Sauter war schon immer ein Schwein. Da sind wir vermutlich nicht die Einzigen, die so denken", kommentierte sie.

Erich nickte, griff den Gedanken auf. „Hat er sich Feinde gemacht?"

Jetzt musste Annegret lachen.

„Vielleicht andere Steinmetze, die auch ans Münster wollen“, sagte Klaus. Erich blickte auf seinen Bruder und fand das plausibel.

„Du hast doch mal erzählt, dass der Alte ein Nazi war“, erinnerte sich Klaus. Beate schaute ihre Mutter an.

„Bis auf unsere Mutter und ihre beiden Schwestern waren doch hier alle Nazis“, meinte Erich und grinste.

„Vielleicht war es jemand, dem er damals geschadet hat. Du hast doch mal erzählt, der Sauter hätte den Onkel Theo verraten.“ Klaus schaute Annegret an, Beate runzelte die Stirn, das war neu für sie, sie drehte sich ebenfalls zu Annegret. Die öffnete das Küchenfenster, zündete sich eine Zigarette an, blies den Rauch in die Dämmerung und überlegte, wie sie antworten konnte, dass es möglichst harmlos klang.

„Da gab es viele Vermutungen“, sagte sie nur. Mit der rechten Hand hielt sie die qualmende Zigarette vor ihr Gesicht.

„Es kann auch nur eine Erpressung sein. Weil der Sauter Geld hat“, stellte der Polizist Erich fest, „aber dazu brauchen wir konkrete Spuren.“

„Habt ihr denn Spuren?“, ließ sich Annegret verlauten.

Erich schüttelte den Kopf. „Noch nicht, die Kriminaltechnik sucht weiter, aber ich glaub, die finden nichts. Nur durch Ermittlungsarbeit im Umfeld kommen wir weiter. Das habe ich dem Chef auch schon gesagt.“ Annegret rauchte wieder aus dem Fenster, also keine Spuren, sie hatte die Information, die sie brauchte.

„Also, wer will Geld vom alten Sauter?“, fragte Beate.

„Außer dir, Schwesterherz“, lachte Erich. Beate winkte ab.

„Aber das ist genau die richtige Frage. Wenn wir die beantworten können, schlagen wir zu!“, erklärte der Polizist selbstbewusst.

„Dann schlag mal zu“, spottete Annegret, die von den kriminalistischen Fähigkeiten ihres Sohnes und seiner Konstanzer Kollegen nicht sonderlich überzeugt war.

„Du wirst schon sehen, und ich werde zum Kriminalisten befördert." Erich schien an seine Mission zu glauben.

„Such du dir lieber ne Frau, die bei dir bleibt, und werd Vater. Du kannst gut mit Kindern", lächelte ihm Annegret zu.

„Das schließt sich ja nicht aus", meinte Erich und stand auf; gleichzeitig mit seinem Bruder Klaus. Im Stehen erkundigte sich Erich nach Anton und dessen Vater. Beate berichtete, was sie wusste, ohne großes Mitleid, sie sprach nüchtern, wie bei der jährlichen Inventur, beim Zählen der Stoffballen in den Regalen der Schneiderei.

Die beiden Männer verabschiedeten sich von Schwester und Mutter. Annegret ging ihnen bis zur Wohnungstür nach, die qualmende Zigarette noch in der Hand. Beate war am Küchentisch sitzen geblieben und trank einen letzten Schluck Bier. Annegret drückte die Zigarette aus, schloss das Küchenfenster und setzte sich zu Beate an den Tisch.

„Das mit dem alten Sauter und Onkel Theo hast du mir nie erzählt", sagte Beate; es sollte nicht wie ein Vorwurf klingen.

„Ich möchte, dass die alten Sachen beerdigt bleiben. Ihr Kinder müsst nicht mit dem ganzen Ballast herumlaufen."

Beate versuchte ihrer Mutter für diese Haltung dankbar zu sein, was ihr aber nicht leicht fiel. Musste man nicht die Wahrheit sagen? Was war die Wahrheit ihrer Mutter? Hielt sie den Großvater ihres Kindes für einen Verräter? Für denjenigen, der Onkel Theo ins KZ gebracht hatte? Wie konnte man mit so einer Wahrheit leben? Doch all das wollte sie ihre Mutter heute nicht mehr fragen. Es war, als ob ein Bild in kleine Puzzleteile geschnitten und über den Küchentisch verstreut worden wäre. Aber niemand wollte die Teile wieder zusammensetzen, denn das Bild wäre dann völlig anders.

„Und jetzt?"

„Jetzt? Jetzt beginnt alles wieder von vorn", bestätigte Annegret.

Das Jugendamt roch nach Kohlrouladen, einer Mischung aus altem Bratenduft und Schweiß auf Nylonhemden. Seit dem Krieg hatte man die Flure nicht mehr gestrichen. Einige Elektrokabel waren ausgewechselt worden, man konnte die mäandernden Linien von Gips sehen, der einen Gelbton angenommen hatte und sich von dem bräunlichen Untergrund abhob. In Zimmer vierhundertfünfzehn residierte Frau Reschke, die ihrer Aussprache nach aus einem nördlichen Bundesland kam, eine dicke Brille trug und einen riesigen Busen hatte, der fast auf der Schreibtischplatte lag. An die Wand links neben sich hatte sie Alpenpanoramen aufgeklebt, ehemalige Kalenderblätter, von denen sie die Datumszahlen abgeschnitten hatte. Hinter ihr auf dem Fensterbrett standen Grünpflanzen in Plastiktöpfen, daneben eine grellgrüne Gießkanne mit einer spitzen Tülle. Über den Pflanzen hing eine Gardine, die in Wellenform abschloss.

Beate hatte das Schreiben in der Hand, mit dem sie einbestellt worden war. Frau Reschke schaute auf, erkannte Beate sofort. Bevor sie sprach, atmete sie erst einmal ein, was wie ein Röcheln klang.

„Fräulein Adler, schön, dass Sie kommen konnten", säuselte sie.

„Meinem Chef gefällt es leider nicht, wenn ich während der Arbeit aufs Amt muss, Frau Reschke", machte Beate ihr klar.

„Was soll ich machen? So sind eben die Publikumszeiten. Wir wollen auch nicht in der Nacht arbeiten. Das wird ihr Chef verstehen."

Sie kramte eine Akte hervor, die sie sich für Beates Besuch zurechtgelegt hatte, klappte sie auf und las. Sie röchelte wieder und fixierte Beate durch die dicken Brillengläser.

„Das gefällt mir gar nicht, Fräulein Adler. Ganz und gar nicht. Es liegt mir hier das Schreiben eines Notars vor, in dem ein Mann erklärt, also quasi amtlich, er habe in der gesetzlichen Empfängniszeit, also zwischen dem 181. und dem 302. Tag vor der Geburt Ihres Sohnes Bruno mit Ihnen, Frau Adler, geschlechtlichen Verkehr gehabt." Frau Reschke schaute Beate prüfend an.

„Aber der Anton Sauter hat die Vaterschaft doch anerkannt", stammelte Beate. Die Grünpflanzen hatten begonnen, langsam an den Wänden entlangzuwachsen, sie krochen auf Beate zu, schoben ihr ihre Tentakel entgegen.

„Nicht der Herr Sauter! Ein weiterer Herr!", donnerte Frau Reschke. Beate schaute sie an und verstand nicht, was sie ihr sagen wollte.

„Bitte? Was denn für ein Herr? Was soll das denn jetzt?"

Die grünen Blätter wurden größer, begannen die Arme und Brüste von Frau Reschke zu umschließen, die sich räkelte, als ob sie gestreichelt würde.

„Aber das steht hier, schwarz auf weiß. Das sieht nicht gut aus, Fräulein. Der Herr Sauter hat seine Vaterschaftsanerkennung bereits zurückgezogen. Auch die Unterhaltszahlung hat er eingestellt."

„Was hat er?"

„Ja, tut mir leid. So sieht es aus."

Die fleischigen Stängel verließen jetzt die Amtsfrau und wanderten zu Beate hin, wie lüsterne Finger schoben sie sich ihr entgegen.

„Aber das kann doch alles gar nicht sein. Ich habe nie mit einem anderen Mann Verkehr gehabt. Nur mit Anton. Er ist der Vater meines Sohnes. Was soll das?!"

Beates Stimme war heiser geworden, sie begann zu weinen, obwohl sie das nicht wollte, nicht vor dieser Frau, diesem Monstrum, das sie belästigte mit ihren Fragen, Kalenderblättern und ihren unverschämten Wucherpflanzen. Sie schlug auf den Tisch, um das Grünzeug zu erschrecken.

„So nicht Fräulein!", mahnte Frau Reschke, „jetzt beruhigen Sie sich mal wieder." Sie richtete sich auf und hob ihren gewaltigen Busen hoch, als ob sie ein Geschütz auffahren würde.

„Es kann ja sein“, fing sie an, „es ist schon vorgekommen, dass Männer, die sich neu orientieren, also anders binden wollen, ihre Anerkennung wieder zurückziehen. Wenn wir feststellen, dass sie sich einfach vor der Zahlung drücken, schreiten wir ein. Hier haben wir es allerdings mit einem notariellen Vorgang zu tun.“

„Wir wollen doch... ich bin doch in den Katholischkurs gegangen, damit wir im Münster heiraten können.“

„Sie konvertieren für Ihren Bräutigam?“

Beate nickte und wischte sich die Tränen aus dem Gesicht. Die Stängel und Blätter der Pflanzen richteten sich nun auf und tanzten ein wenig vor ihrer Nase hin und her. Frau Reschke blätterte wieder in ihren Akten.

„Dem kleinen Bruno geht es ja gut bei Ihnen und Ihrer Mutter, das weiß ich. So ein süßer Bengel. Reichen Sie mir doch Ihre letzten Lohnstreifen rein, für die Akte. Sie arbeiten ja Vollzeit. Nicht wahr? Ich will Ihnen das Kind nicht wegnehmen. Die Erziehungsheime sind voll von Unehelichen.“

„Frau Reschke. Das ist alles eine große Sauerei. Ich weiß nicht, von wem das kommt. Es gab und gibt keinen anderen.“ Es war so peinlich, sich vor dieser Frau entblößen zu müssen, deren grüne Monster sich um den Stuhl, auf dem Beate saß, herum wanden und versuchten, sie in die Höhe zu heben. Angeekelt stand Beate auf.

Die Frau, die sie wie eine Insektenforscherin anglotzte, hätte gern noch ein wenig mehr Tränen und Schmerzen der schönen jungen Frau aufgesogen.

„Wenn wir gut zusammenarbeiten, kriegen wir das hin, nicht wahr, Fräulein Adler? Dann mal los auf Arbeit, damit Ihr Chef Sie nicht so lange vermissen muss.“ Das war heiter gemeint, zugewandt, die Pflanzen hatten sich nun vollständig um Frau Reschke herumgewunden, nur noch ihre Brille schaute heraus, es schmatzte und röchelte aus dem Kokon aus Blättern, als Beate die Tür von Zimmer vierhundertfünfzehn hinter sich schloss. Der Boden, über den sie ging, klang nach Stahl, der Kohlrouladenduft war intensiver geworden.

Annegret stand vor dem kleinen Spiegel in der Küche neben dem Spülbecken, malte sich die Lippen an, was selten vorkam, aber wenn sie mit ihren Schwestern und Camille aufs Schiff ging, wollte sie gepflegt aussehen. Im Spiegel sah sie ihre Tochter die Küche betreten, sie wandte sich kurz um.

„Du, wir gehen mit Camille, von dem habe ich dir doch erzählt, dem Freund von der Erika, aufs Schiff nach Meersburg."

Ohne ihre Mutter zu begrüßen, hatte sich Beate auf einen Küchenstuhl gesetzt.

„Ich hab schon Kartoffeln gekocht", sagte Annegret noch. Dann wandte sie sich doch zu Beate, vom Schweigen ihrer Tochter irritiert.

„Sie haben ein Schreiben von einem Notar. Ein Mann behauptet, mit mir ... mit mir... Ich soll mit einem anderen Mann geschlafen haben, neben dem Anton. Deswegen zahlt er mir keinen Unterhalt mehr."

Bruno kam in die Küche gestürmt, umarmte Beate, die ihn fest in die Arme schloss und küsste. Beate schaute ihren Sohn an. Als er sie anstrahlte, ganz bei ihr war, empfand sie diese tiefe Liebe zu ihm, unerschütterlich; und gleichzeitig war sie ganz überlegt, kühl, fast ohne Gefühl hing sie ihren Überlegungen nach, wie es wohl zu dieser ungeheuerlichen Anschuldigung gekommen sein mochte. Wer hatte diese Behauptung in die Welt gesetzt? Warum? Wer profitierte davon?

Annegret musste Beates Gesicht in ihre Hände nehmen und zu sich drehen, um ihre Aufmerksamkeit zu bekommen.

„Entschuldigung", sagte Beate, schaute ihrer Mutter in die Augen und sprach aus, was sie dachte.

„Das kann doch nur vom Sauter kommen. Von beiden. Es geht doch kein Mann freiwillig zu einem Anwalt und sagt, ich habe mit dieser Frau geschlafen. So einen Mann gibt es doch nicht. Oder?"

„Diese Saukerle!"

„Wenn er mich nicht mehr will, kann er mir das doch sagen. Wenn er nicht mehr zahlen will, kann er das auch sagen. Ich kann selbst für mich und den Bruno sorgen. Aber warum schicken sie einen anderen, der erklärt, mit mir ... Und wer soll das überhaupt sein? Sag du es mir bitte."

Annegret hatte keine schnelle Erklärung parat, sie musste auch erst verdauen, was sie da gehört hatte, was das bedeutete, für Beate, für sie und ihre Pläne.

„Ich muss leider sofort los, ich bin schon spät dran." Annegret stand wieder auf, nahm ihre Handtasche und das Kopftuch, wollte Beate noch etwas sagen, wusste aber nicht, wie sie es jetzt formulieren sollte, denn der Zorn, der in ihr aufstieg, durfte sie nicht unvorsichtig werden lassen.

„Vielleicht haben die ja noch eine zweite Bombe", gab Beate ihrer Mutter mit auf den Weg. Sie sagte das so dahin, als ob sie ihrer Mutter in den Kopf schauen könnte. Sie küsste Bruno, fragte ihn, ob sie das Abendessen zubereiten solle, ob er schon Hunger habe, lächelte ihre Mutter an, die sie ertappt anschaute, den Kopf schüttelte, was wie eine Missbilligung von Beates Gedanken aussehen sollte, aber eher dazu diente, wieder klar denken zu können.

Sie fanden zwei freie Bänke auf dem Oberdeck, im Freien. Auf der einen Bank saßen Annegret und Theresa, auf der anderen Camille und Erika. Erika und Annegret hatten sich Kopftücher umgebunden, um ihre Frisuren zu schützen, Theresa mochte keine Kopftücher, vielleicht hätte sie eine Mütze angezogen, aber das passte nicht für einen abendlichen Frühlingsausflug. Camille genoss die Fahrt auf dem Dampfer. Er blickte zurück auf den Konstanzer Hafen, der sich von ihnen entfernte. Der Wind drückte den schwarzen Rauch aus dem Schornstein über den See zur Schweizer Seite hin, die Schiffsschraube produzierte ein kräftiges weißes Band, welches das Schiff hinter sich herzog. Möwen begleiteten sie, kreischten, forderten Brot, das sie ihnen aber nicht geben konnten, denn daran hatten sie nicht gedacht, ihnen war anderes wichtig. Annegret musste berichten, sie hatte mit Beate und ihrem Sohn Erich, dem Polizisten, gesprochen. Sie beugten sich etwas vor, bis auf Camille, der zuhören und sich gleichzeitig die Gegend anschauen konnte. Er nickte, wenn er verstanden hatte. Die Polizei hatte also keine Spur und keine Idee, wer die Bombe gelegt haben könnte. Anton war aus dem Krankenhaus raus, aber der Alte musste noch länger bleiben.

„Die Frage ist, ob Anton ohne seinen Vater entscheiden kann", überlegte Theresa.

„Der macht nichts allein. Sie haben der Beate angehängt, dass sie mit einem anderen im Bett war, es also nicht bewiesen sei, dass Anton der Vater ist. Ein Notar hat dem Jugendamt geschrieben. Das ist so eine Schweinerei. Jetzt zahlt er keinen Unterhalt mehr", empörte sich Annegret.

„Aber warum machen die so was?", wollte Erika wissen.

„Schätze wegen dem Erbe", antwortete Theresa.

„Das wird es sein", stimmte Annegret zu.

„Solche Scheißkerle", schimpfte Erika. Camille schaute sie an und lächelte; er mochte es, wenn sie fluchte.

„Also, Nummer zwei. Dort, wo es noch mehr wehtut", fand Erika. Theresa nickt, sie dachten nach, wo sie die Sauters am besten treffen könnten.

„Ihre Werkstatt", schlug Annegret vor.

Camille stand auf, hielt sein Gesicht in den Wind, er war ganz entspannt. Solche Gespräche gefielen ihm, sie erinnerten ihn an die Zeiten, als sie mit ihren Aktionen die Geschicke des Krieges beeinflussen konnten.

„Bon", sagte er, „Werkstatt ist gut."

„Aber erst müssen wir denen wieder schreiben. Wenn ihr nicht das und das macht, dann knallt's wieder." Erika blickte ihre Schwestern und Camille an, ob sie ihr zustimmten. Alle nickten.

„Wie wissen wir, ob sie bereit sind zu zahlen? Wir können ja nicht anrufen“, meinte Annegret.

„Warum können wir nicht anrufen?“, wollte Erika wissen.

„Weil sie dann wissen, dass es Frauen sind oder ein Franzose. Deswegen“, beschied ihr Theresa.

„Stimmt auch wieder“, gab ihre Schwester zu, „wie also? Im Krieg habt ihr ja auch keine Telefone gehabt.“ Erika stupste Camille an, der sich wieder zu ihr setzte. Er zog ein Taschentuch aus seiner Hose und winkte damit, zuckte dann mit der Schulter und lächelte leicht.

„Comme ça, so haben wir das gemacht. Ein Tuch im Fenster. Und wenn kein Tuch kommt: Bumm! Bis eines kommt.“

„Also, dann soll er ein grünes Tuch ins Fenster hängen“, fand Annegret.

„Der hat bestimmt kein grünes Tuch, vielleicht ein weißes oder ein kariertes, aber doch kein grünes“, kommentierte Erika.

Der Hafen von Meersburg kam näher. Die Fahrt dauerte keine dreißig Minuten, bis das Schiff am anderen Bodenseeufer anlegte und die wenigen Passagiere von Bord gingen. Sie wollten eine Stunde in einem Weinlokal am Ufer bleiben und dann wieder zurückfahren. Sie hatten sich schließlich auf das grüne Tuch geeinigt, denn in den Beständen der verstorbenen Frau Sauter würde es bestimmt ein grünes Kopftuch geben. Erika sollte wieder den Text aufkleben, wieder mit Handschuhen, um jede Spur zu vermeiden; auch die Briefmarke auf dem Umschlag sollte nicht abgeleckt werden, weil man nicht wüsste, wie gut die Freiburger Kriminaltechniker wirklich seien.

Obwohl sie eine große innere Spannung fühlten, gaben sich die drei Frauen und der Mann ganz heiter und entspannt, als sie das Meersburger Restaurant am Ufer betraten, sich einen Tisch am Wasser suchten und drei Weißwein und ein Glas Rotwein bestellten. Erika erklärte Camille, dass es in Meersburg eine Burg gebe, deswegen ja auch der

Name der Stadt. In der Burg stehe ein Wasserrad, in das man Münzen werfen könne, und wenn es sich dann drehte, könnte man sich etwas wünschen. Aber heute wäre nicht der richtige Zeitpunkt für einen Besuch des Wasserrads.

Als sie wieder auf dem Passagierdampfer zurück nach Konstanz saßen, hatten sie nicht mehr viel zu bereden. Camille nahm Erikas Hand in seine, was Annegret und Theresa zur Kenntnis nahmen, aber nicht kommentierten, denn Camille war wichtig, und er durfte gerne glauben, dass er mit Erika verlobt sei. Die Sonne ging langsam unter und tauchte die Insel Mainau, die rechts von ihnen zu sehen war, in ein gelbliches Licht. Erika erzählte Camille, dass es dort Bananenbäume gebe und Palmen. Wie in Marseille? fragte Camille. Marseille, sagte Erika, zeigst du mir das mal? Camille drückte sie an sich.

Beate saß in ihrem Traum wieder in dem dunklen Kohlenkeller fest. Das kleine Kellerfenster, das sie mit der Hand versuchte sauber zu wischen, um mehr Licht in die Dunkelheit zu bekommen, brach auf einmal und eiskalte Luft strömte herein. Nach und nach kamen große und kleine Möwen durch das Fenster und setzten sich auf die schwarzen Kohlen. Sie setzten sich einfach, als ob sie brüten würden, bedeckten die schwarzen Kohlen mit ihren weißen und grauen Körpern und starrten sie an. Beate betrachtete die Köpfe der Vögel und schaute, ob das Gesicht der alten Frau darunter sein würde, aber sie konnte es nicht erkennen. Alle Möwen sahen gleich aus. Es wurde immer kälter. Beate kroch auf dem Kohlenberg weiter nach oben, bis sie die Kellerdecke berührte. Dort konnte sie Stimmen hören, die undeutlich durch den Boden kamen, tiefe Stimmen von mehreren Männern, dann Schläge und Hämmern. Da öffnete sich die Kellertür, ihre Mutter kam mit dem Kohleneimer herein, pflückte die Möwen vom Boden weg und warf die Tiere in den Eimer. Ihre Mutter schalt sie aus. „Was hast du denn da schon wieder gemacht?!“, sagte sie böse und knallte die Tür zu. Beate wollte zu ihr hinrennen, aber sie kam nicht mehr von dem Kohlenberg herunter, sie war eingeklemmt zwischen den Kohlen und der Decke, sie fror.

Als sie erwachte, war ihr kalt, sie brauchte einige Zeit, um im Tag anzukommen und mit dem aufgeregten Bruno fertig zu werden, denn heute würden sie zusammen mit Annegret nach Salem fahren, um die Königin zu sehen. Auch Herr Bäuerle wirkte melancholisch, er war dunkler gekleidet als sonst, lächelte sie und ihre Mutter aber höflich an, kniete sich zu Bruno und erklärte, dass der Mercedes wieder repariert sei und er sich auf den Ausflug mit ihm freue. Der Mann hatte tatsächlich mehr Lust, mit dem Jungen herumzufahren, als mit Beate und ihrer Mutter. Als sie losfuhren, war es noch etwas kühl und wolkenverhangen, das Verdeck des Wagens war noch geschlossen. Er versprach es aufzumachen, sobald die Sonne herauskam. Sie fuhren durch Konstanz, über die Rheinbrücke, als sich Herr Bäuerle erkundigte, ob es schon etwas Neues gäbe, aber Beate schüttelte den Kopf. Er hatte natürlich von der Autobombe erfahren, so etwas sprach sich schnell rum in Konstanz. Als Annegret bei ihm vorbeikam, um die Verabredung für diesen Tag festzumachen, hatte sie ihn kurz informiert und ihm gesagt, wie schwierig es für Beate sei, mit der Situation umzugehen. Herr Bäuerle wollte eigentlich in diese seltsamen Vorgänge nicht verwickelt werden, sich schon gar nicht mit dem Gesundheitszustand von Anton und Max Sauter auseinandersetzen müssen, er verstand aber, wie sehr Beate davon betroffen sein musste. Er konnte allerdings nicht ahnen, was für eine wütende Entschlossenheit sich in ihr ausgebreitet hatte.

Sie nahmen die Straße an Allensbach vorbei nach Radolfzell und fuhren dann weiter Richtung Überlingen. Langsam entspannte sich Beate, wandte sich nach hinten, wo Bruno saß, aus dem Fenster schaute und beobachtete, was der Fahrer mit dem Lenkrad und dem Ganghebel machte. Er zeigte auf das Radiogerät, aber Herr Bäuerle ging diesmal nicht auf ihn ein. Es schien ihm heute nicht passend, klassische Musik zu hören, und Schlager mochte er nicht. Also übernahm Annegret die Funktion der Unterhalterin und erzählte, was in der Zeitung über den bisherigen Verlauf der Reise des Königspaares aus England berichtet wurde.

„Der Zug hat fünfzehn Wagen, stellt euch das mal vor, vierhundert Meter ist der lang, für das ganze Personal und die vielen Kleider, die eine Königin so braucht. Der Adenauer wollte sie ja nicht sehen, er hat ihr Baccararosen geschickt, die duften nicht mal. Der Lübke, diese Witzfigur, und der Erhard, dieser Säufer, haben sie empfangen... egal, wenn es dem Frieden hilft. Wie geht das denn mit so einem langen Zug im Bahnhof Salem?"

„Sie haben genau abgemessen, wo die Lok anhalten muss und wo die Königin und der König aussteigen. Dort wurde eine kleine Holztreppe aufgestellt und ein Teppich ausgerollt", wusste Herr Bäuerle zu berichten.

„Er ist nur Prinz, nicht König", korrigierte Beate. Bäuerle lachte. „Meiner Mutter ist das wichtig, sie schwärmt für Philip."

Annegret machte eine wegwerfende Handbewegung. „Sie waren schon in Bonn, in Wiesbaden, in München nur wenige Stunden, obwohl die sich dort monatelang vorbereitet haben. Tausende Polizisten, was das alles kostet. Die Königin mag ja eigentlich keine Oper, aber die Bayern mussten ihr unbedingt den ‚Rosenkavalier' vorführen."

„Ich mag das Stück", sagte Herr Bäuerle, was Annegret irritierte; sie hatte noch nie einen Mann getroffen, der sich mit Opern auskannte.

„Ich hab für sie eine Verabredung gemacht, Frau Adler", erklärte er Annegret.

„Was denn für eine Verabredung?", wollte Beate wissen.

„Mit Frau von Hochstein, sie war mit Prinz Philip auf der Jagd", sagte er zu Beate.

„Es geht um den Theo, der hat damals ins Schloss Salem geliefert, als der Prinz dort zur Schule ging", erklärte Annegret unwillig. „Vielleicht sind sich der Philip und der Theo ja mal begegnet."

„Und was hat diese Frau damit zu tun?"

„Sie könnte den Duke of Edinburgh", Bäuerle machte eine kleine Kunstpause, um die beiden Frauen darauf aufmerksam zu machen, dass er sehr wohl wusste, wie die richtige Bezeichnung des Prinzen war, „fragen, ob er Ihren Onkel kannte, sollte sie ihn während des jetzigen Aufenthalts oder später einmal wiedersehen."

„Hat die was mit dem Prinzen?", fragte Beate direkt und schaute Annegret an, die offenbar über alle Fragen, die den adligen Herrn betrafen, bestens informiert zu sein schien.

„Weiß ich doch nicht", pampte Annegret, „ist mir auch egal."

Beate grinste, auch Herr Bäuerle lächelte. Bruno wollte wissen: „Wann sind wir daa?"

Die Autos und Omnibusse der Zuschauer wurden auf einer großen Wiese geparkt; die meisten kamen aus der näheren Umgebung mit Rädern oder zu Fuß. Züge fuhren an diesem Tag bis zur Abreise der Queen am nächsten Tag keine mehr. Es waren etwa tausend Menschen in ihren Sonntagskleidern an dem kleinen Bahnhof von Salem versammelt. Der Fanfarenzug stand bereit, auch eine Kutsche mit vier Pferden, davor fünfzehn Polizeimotorräder, die sie begleiten würden. Die Straße wurde freigehalten durch ein Spalier von einigen Hundert Schülerinnen und Schülern aus Schloss Salem, alle in grauer Kleidung, in der Hand einen kleinen Blumenstrauß.

Beate fühlte sich heute etwas verloren angesichts der vielen Menschen, die so strahlend zusammengekommen waren, sich artig aufreihten, höflich warteten, um einen Blick auf die Adligen zu erhaschen, damit sie später sagen konnten, sie wären auch dabei gewesen, als die Königin zu ihnen kam. Langsam tauchte die Sonne alles in ein warmes Licht, Kühe grasten auf den grünen Weiden, die Obstbäume trugen weiße Blüten, es roch wie gewaschen, ein wenig nach frischer Seife. Beate fröstelte trotzdem. Sie hatte Bruno an der Hand, der sie Herrn Bäuerle und ihrer Mutter hinterherzog und alles genau sehen wollte. Herr Bäuerle hatte sich mit seinem Bruder, dem Wirt aus Oberuhldingen, verabredet, der die Honoratioren aus der Gegend kannte und wusste, welche Mühe sich die Menschen hier gemacht hatten, um die hohen Gäste angemessen zu empfangen. Er berichtete, dass die Gräfin Theodora und ihr Sohn Max, der jetzige Markgraf von Baden, am Gleis standen, zusammen mit sechs Würdenträgern aus der Region, den Bürgermeistern, dem Pfarrer, dem Landrat. Als die Lokomotive sichtbar wurde, begann der Fanfarenzug zu spielen, es klang falsch, aber das machte nichts, einige schwenkten deutsche, britische und badische Fahnen – die später wieder abgegeben werden mussten – und riefen schon mal probeweise „Elizabeth!“ Man lachte, weil es sich etwas komisch anfühlte, gemeinsam laut einen Namen zu rufen. Der Zug hielt an der markierten Stelle, und nach einigen Minuten erschien die englische Königin vor dem kleinen Salemer Bahnhof. Sie trug ein blaues Kleid und eine Perlenkette um den Hals. Einen Schritt hinter ihr stand Prinz Philip im grauen Anzug, beide lächelten und winkten in die Menge. Hinter Prinz Philip zeigte sich seine Schwester in einem Seidenkleid und Fuchspelz um den Hals, neben ihr Markgraf Max in einer weißen Uniform. Beate nahm das Kleid und den Schnitt des Anzugs in sich auf, sah das Schnittmuster vor sich, erkannte Details und nahm sich vor, sie aufzumalen. Sie könnte Möbius vorschlagen, ebenfalls solche englischen Anzüge zu schneidern.

Die Queen schien vor allem an den Pferden vor der Kutsche interessiert zu sein, sie machte eine Bemerkung zu ihrem Mann. Der Fanfarenzug spielte jetzt ein anderes Stück.

„Sie haben immerhin zwei auf Lager“, wie Herr Bäuerle wusste. Die Menge rief laut „Elizabeth!“. Kein „Hurra“, kein „Heil“, was ausdrücklich untersagt worden war. Die

Polizisten auf den Motorrädern fuhren vorneweg, dann schloss sich die Kutsche an. Herr Bäuerle hatte Bruno auf seine Schulter genommen, damit er alles sehen konnte. Er zeigte aufgeregt auf die Königin, die Motorräder und die Pferde, dann setzte Herr Bäuerle den Kleinen wieder ab und meinte, dass er ganz schön schwer sei. Herr Bäuerle richtete sich auf, lächelte Beate jetzt offen an. Sie erwiderte sein Lächeln. „Mit Anton und mir ist es aus", sagte sie ihm, während alle die Köpfe nach dem Umzug reckten, nachdrängten, sich umschauten. Sie hätte nie gedacht, dass sie einmal diesen Satz sagen würde, schon gar nicht einem Mann wie Bäuerle, der sie einen Moment lang anstarrte, reflexartig Bruno an die Hand nahm und nur „Tut mir leid" sagte. Dann zeigte er Annegret eine schöne Frau mit zurückgebundenen schwarzen Haaren, die neben einem der Würdenträger stand. „Das ist Frau von Hochstein, die Frau vom Bürgermeister in Salem, Baron von Hochstein. Sie ist seine zweite Frau." Auf einen Blick war der Altersunterschied von etwa zwanzig Jahren zwischen dem Bürgermeister, einem drahtigen Mann mit weißen Haaren, und der Frau sichtbar. Annegret und Beate betrachteten sie skeptisch; sie wirkte nicht wie die brave Gattin eines Dorfbürgermeisters, sie strahlte Eleganz aus, zeigte einen großen Ausschnitt und trug ein enges helles Kleid, was sich von dem schwarzen Anzug ihres Mannes deutlich abhob. Sie lächelte der Kutsche mit Elizabeth und Philip hinterher, selbstsicher, erwartungsvoll. Auf jeden Fall hob sie sich deutlich ab von den Dorfmenschen und den Zuschauern. Beate und Annegret blickten sich an, beide glaubten zu erkennen, was diese Frau im hellen Kleid fühlte.

Anton stand an diesem Tag in der Werkstatt – zum ersten Mal nach den Ereignissen auf der Rheinbrücke. Über seiner Schulter trug er noch einen Verband, auf der Stirn ein Pflaster, manchmal drehte er den Kopf leicht, um ein Summen loszuwerden, das sich seit der Explosion immer wieder in seinen Ohren meldete. Heute war Samstag, die

Arbeiter blieben zu Hause bei ihren Familien oder Freundinnen, er war allein. Den beschädigten Opel-LKW, die Steine für Salem und die Ignatiusfigur ohne Kopf hatte die Polizei auf einen Hof bringen lassen, weil die Kriminaltechniker noch ein paar Untersuchungen machen wollten. Die Sonne fiel durch die hohen Fenster der Werkstatt, in der sein Vater so gerne den Staub zusammenkehrte. Anton betrachtete das gut sortierte Werkzeug, die verschiedenen Meißel und Hämmer, die Schleifmaschinen und Steinsägen. Ob sein Vater wieder gesund werden würde? Musste er jetzt schon die Verantwortung für das alles übernehmen? Er hatte das neue Erpresserschreiben mit den aufgeklebten Buchstaben im Briefkasten gefunden, als er aus dem Krankenhaus gekommen war. Immer wieder überlegte er, wer wohl dahinterstecken konnte, warum sein Vater und auch er selbst so hart getroffen worden waren. Ging es nur um Geld? Oder hatte diese Tat etwas mit der Vergangenheit seines Vaters zu tun, mit Geheimnissen, die er nicht kannte? Würden sie wieder zuschlagen? Anton dachte auch an Beate, die bestimmt wütend auf ihn war. Sie hatte allen Grund dazu, er hatte sich wie ein Schwein verhalten, weil ihn sein Vater dazu gedrängt hatte. Er sehnte sich nach ihr und dem Jungen, nach ihren Augen, nach der kleinen Hand von Bruno. Aber als er so in der leeren Werkstatt stand, versuchte er, sich frei zu fühlen, und stellte sich vor, alles hinter sich lassen zu können. Wie wäre es wegzugehen, als Bildhauer zu arbeiten, als Künstler? Keine Grabsteine mehr, keine Treppen und Fensterbänke, keine Kirchenfiguren.

Aber Anton wusste auch, dass er nicht genügend Fantasie hatte, nicht wütend genug war, um so einen eigenen Weg zu gehen. Wo sollte er auch hin? Er kannte die Welt nicht. Als Steinmetz würde er bestimmt überall Arbeit finden, aber dann müsste er ausführen, was andere ihm auftrugen, er hätte Chefs und Kollegen, die er nicht mochte; er müsste in einer Stadt leben, die er nicht kannte. Es war besser, in Konstanz zu bleiben. Mit Beate würde es nichts mehr werden.

Die Wohnung, die er mit ihr ausbaute, sollte zu seinen eigenen Wänden werden. Irgendwann würde er wieder zur Fasnacht gehen und eine Frau finden, die er heiraten konnte. Sollte doch Beate von hier weggehen, auch sie würde einen anderen finden, sie sah ja gut aus. Er war jung, warum sollte er mit der ersten Frau, in die er sich verliebt hatte, gleich sein ganzes Leben verbringen? Auch andere Mütter hatten schöne Töchter, sagte sein Vater immer wieder.

Anton nahm den Besen in die rechte Hand und schob ihn vor sich her; die linke Seite musste er noch schonen, zumindest für ein paar Tage. Er zog den Besen über den Boden, ohne wirklich zu kehren. Staub stieg auf, durch den die Sonne schien, dann ließ er den Besen einfach fallen. Anton entschied sich, er würde das durchstehen, zusammen mit seinem Vater, aber er wollte genau wissen, warum sie Opfer einer Autobombe geworden waren. Nachher würde er ins Krankenhaus gehen und mit ihm die nächsten Schritte besprechen. In dem neuen Schreiben wurde gefordert, dass er am Sonntag ein grünes Tuch ins Küchenfenster hängen sollte, um anzuzeigen, dass sie bereit seien, das geforderte Geld zu bezahlen. Sollte kein Zeichen zu sehen sein, würde es erneut „Bumm" machen. Hatte sein Vater überhaupt fünfhunderttausend Mark? Das war ungeheuer viel Geld. Er hatte sich nie um die finanzielle Seite der Steinmetzfirma gekümmert, vermutete aber, sie wären wohlhabend. Ob sein Vater nachgeben würde? Anton konnte sich das nicht vorstellen. Was sollte er ihm raten? Was wäre, wenn sein Vater nicht mehr handlungsfähig und das Geschäft an ihn übertragen oder er es erben würde?

Wenn es sein müsste, würde er schnellstmöglich seinen Meister machen und den Steinmetz Sauter leiten. Ja, das würde er schaffen. Die Erpresser sollten kein Geld bekommen, egal, was sein Vater früher einmal getan hatte. Er, Anton Sauter, war nicht erpressbar, er würde vor niemandem in die Knie gehen, vor keiner Frau mit Kind, vor keinen Verbrechern. Das hier, was seine Vorfahren aufgebaut hatten, würde sein Eigentum werden. Er schaute sich noch einmal um. Zum ersten Mal sah er sich als Chef und Besitzer dieser Werkstatt, des Hauses, in dem er mit seinem Vater lebte, und des anderen Hauses, in dem er die Wohnung ausbaute. Er würde das alles übernehmen. Kein grünes Tuch. Das nahm sich Anton vor, als sich der Steinstaub um ihn herum langsam gelegte hatte und er allein in der Werkstatt stand, in der man Steine formte und zerschlug.

Als die Kutsche mit den hohen Herrschaften am Markgräflich Badischen Gasthof Schwanen vorbeigezogen war, erreichten sie das Torhaus des Schlosses, das in einem frischen Rosa gestrichen worden war. Die Schaulustigen verstreuten sich, stiegen auf ihre Fahrräder, setzten sich in ihre Autos oder in ein Gasthaus, die Adligen verschwanden in ihrem Schloss. Annegret und Beate hielten sich an Herrn Bäuerle, der sich kurz mit seinem Bruder absprechen wollte. Der Wirt aus Oberuhldingen hatte nicht viel Zeit, er gab ihnen zwar die Hand, entschuldige sich aber, er müsse dringend wieder zurück in sein Gasthaus. Die Brüder trennten sich grußlos. „Entschuldigung“, wandte er sich an Annegret, „aber mein Bruder ist immer in Eile.“ Das distanzierte Verhalten seines Bruders war ihm sichtlich unangenehm, er hatte sich offenbar mehr davon erhofft, mit einer ganzen Familie zu erscheinen, sich in Gesellschaft von zwei Frauen und einem Kind zu zeigen. Annegret interessierte sich nicht weiter für Herrn Bäuerles Bruder, sie wollte mit der Frau sprechen, die Zugang zu Prinz Philip hatte. Beate ahnte den Abgrund, der zwischen dem höflichen, gut gekleideten Herrn Bäuerle und seinem bulligen Bruder bestehen musste. Bruno zog sie Richtung Bahnhof, er wollte den besonderen Zug ansehen, in dem die Königin reiste. Herr Bäuerle eilte zu den Herren in den schwarzen Sonntagsanzügen, zwei trugen sogar Zylinder, in deren Nähe auch Frau von Hochstein stand und angestrengt lächelte. Als Herr Bäuerle neben ihr auftauchte und sein Anliegen vortrug, reagierte sie reserviert. Sie schaute zu Annegret, Herr Bäuerle winkte ihr, und sie kam dazu.

„Annegret Adler, grüß Gott", stellte sich Annegret vor. „Von Hochstein", sagte die Frau im hellen Kleid knapp. „Dürfte ich Sie mal einen Augenblick sprechen, Frau von Hochstein? Es geht um eine Sache von damals, als der Prinz Philip hier im Internat war."

Inzwischen hatte sich auch der Bürgermeister von Salem zu Herrn Bäuerle und Annegret umgedreht, er zeigte sein Bürgerlächeln, gab sich leutselig, vielleicht suchte jemand aus dem Städtchen über seine Frau den Kontakt zu ihm. Seine Frau kehrte ihm den Rücken zu, ging einen Schritt auf Annegret zu, ein klares Signal an ihren Mann, sich nicht in ihre Angelegenheiten einzumischen. „Wir sind dann im ‚Schwanen'", erklärte er ihr und ging mit den anderen wichtigen Männern los. Nachdem die beiden Frauen sich etwas näher gerückt waren, lächelte Annegret Herrn Bäuerle an und gab ihm zu verstehen, dass sie dieses Gespräch allein führen wollte. „Wir gehen mit Bruno zum Zug", erklärte er, verbeugte sich kurz und lief zurück zu Beate und dem Kind.

Der Zug wurde von deutschen Polizisten, die Hunde an der Leine führten, und britischen Sicherheitsleuten, die stark rauchten, bewacht. In respektvollem Abstand spazierten rechts und links des Zugs Familien mit ihren Kindern entlang, überlegten, in welchem Waggon wohl die Königin schlief, wo sie speiste, welche Waggons für ihre Kleider und die Anzüge ihres Gemahls reserviert waren. Einige der mitreisenden Bediensteten standen zwischen den Waggons und betrachteten die Deutschen, die zurückglotzten. Die Bewohner von Salem kannten sich aus mit adligen Menschen, die hierherkamen, im Schloss lebten oder ihre Kinder ins Internat schickten. Die Salemer betrachteten sich selbst als vom Schicksal gesegnete Menschen, auf die der Glanz der Mächtigen abfärbte. Die meisten in der Gegend um Salem lebten schon lange sehr gut vom Austausch mit den Schlossbewohnern, denen sie die Böden putzten, das Essen kochten, deren Kleider sie in Ordnung hielten, die sie mit Obst, Gemüse, Fischen und Fleisch belieferten, deren Pferde sie fütterten, deren Fenster sie reparierten und deren Toiletten sie reinigten, wenn sie verdreckt oder verstopft waren. Die Angestellten des englischen Königshauses waren eigentlich so etwas wie Kolleginnen und Kollegen, nur wurden die Salemer Bediensteten nicht auf große Reisen mitgenommen, weil die alternde Gräfin nicht gerne reiste und Markgraf Maximilian nicht so reich wie die Königin von England war.

Der Bahnhof von Salem strahlte eine ländliche Pracht aus; an drei weißen Stangen hingen die deutsche, die englische und die badische Flagge. Das Land Baden, so sahen es auch die flanierenden Zuschauer, durfte auf sich stolz sein, auch wenn die Badener selbst nicht wussten, worauf genau. Bruno jedenfalls war beeindruckt von den Fahnen und dem langen, gut bewachten Zug. Beate und Herr Bäuerle gingen nebeneinander her, wie ausgesetzt, beide hatten vergessen, warum sie hier waren. Wegen Bruno oder wegen Annegret? Herr Bäuerle räusperte sich, er spürte die Bedrückung, die auf ihnen lag, wie einen schalen Geschmack. „Vielleicht", begann er, „vielleicht, nur wenn es Ihnen nichts ausmacht, Fräulein Adler, sollten wir zum Du übergehen." Beate hatte eine Möwe entdeckt, die auf der britischen Fahnenstange saß. Es war ihr, als ob die Möwe sie böse anblickte, gleich würde sie einen Schrei ausstoßen und sich auf sie herabstürzen, doch die Möwe interessierte sich zum Glück nicht für sie. Beate brauchte einen Augenblick, bis die Frage ihres Begleiters bei ihr angekommen war. „Beate," sagte sie. „Josef", erwiderte Herr Bäuerle. Sie gaben sich die Hand, und in dem Moment der Berührung, des freundschaftlichen Händedrucks, gaben sie sich über ihre Handflächen so etwas wie ein Versprechen. Die Zellen ihrer Haut waren sich sofort nah, erkannten den anderen als einen Menschen, dem man vertrauen konnte und den man brauchen würde.

Es wurde ein schüchterner, zärtlicher Moment von Nähe, von Nacktheit, der ihnen nicht peinlich war. Sie kicherten beide, gingen ein paar Schritte zu Bruno, betrachteten den Zug, deuteten auf die sauberen, versenkbaren Scheiben, um ihre Gefühle zu überspielen. Beide wussten, dass ihre plötzliche Nähe keine Verliebtheit war, eher die Verbundenheit von zwei einsamen Menschen, die endlich einen anderen gefunden hatten, dem sie sich öffnen konnten, ohne sofort lebenslange Verpflichtungen eingehen zu müssen. Beate stellte sich gar nicht erst die Frage, warum Josef keine Frau hatte, nicht verheiratet war, und sie wusste, dass er ihr niemals einen Antrag machen würde. „Dein Bruder", begann sie, „ihr zwei seid nicht so eng. Hm?"

„Gut beobachtet. Ich war halt immer anders als er."

„Finde ich gut", bestätigte sie ihn.

„Wirklich?", wunderte sich Josef. Er wusste, was an ihm anders war, Beate nicht. Ihre Vorstellung von „anders sein" unterschied sich von seiner, doch letztlich war das nicht wichtig.

Aus einem der vorderen Waggons wurden zwei kleine Hunde herausgebracht und auf die Erde neben den Gleisen gesetzt. Die kleinen Tiere hatten Leinen um den Hals, die von einem ältlichen Mann gehalten wurden, der ein rotes Livree mit Goldknöpfen trug. Die Hunde aus dem Königszug nahmen Witterung auf, liefen ein paar Schritte, zuerst hob der eine ein Bein, dann der andere, danach zogen sie an den Leinen, um den kleinen Bahndamm hinunterzukommen. Dort begannen sie, sich zu erleichtern. Dieser Vorgang wurde von einem der deutschen Wachhunde misstrauisch beobachtet und mit lautem Bellen angezeigt. Der große deutsche Hund zog kräftig an seiner Leine, die dem unaufmerksamen Polizisten aus der Hand glitt, der gerade seinem Kollegen von den nächtlichen Schwierigkeiten seines jüngsten Sohnes erzählte, der wegen des gerissenen Trommelfells im linken Ohr nicht schlafen konnte. Die Aufmerksamkeit des Publikums wie auch der königlichen

Angestellten wandte sich sofort dem lauten Spektakel zu, das die drei Hunde veranstalteten. Als die deutsche Bulldogge laut kläffend auf sie zugerannt kam, entschlüpften die englischen Corgis den lockeren Halsbändern und suchten das Weite. Der Gehweg neben dem Bahndamm schien zunächst eine geeignete Piste für ihre Flucht zu sein, doch ihr Verfolger war auf dem heimischen Asphalt viel schneller, also schlugen die königlichen Hunde einen Haken und versuchten, zwischen den Beinen der Zuschauer zu entkommen. Sowohl der deutsche Hundehalter als auch der Hundeführer im Dienste seiner Königlichen Majestät riefen laut nach ihren Tieren, doch die Jagd- und Fluchthormone hatten längst die Macht in deren Gehirnen übernommen.

Bruno fühlte instinktiv mit den kleineren Hunden, die ihm geradewegs entgegenrannten. Er spürte die Gefahr, die wie eine Welle auf ihn zugerollt kam, schrie und heulte los. Bruno klammerte sich an das nächststehende männliche Bein, das Josef Bäuerle gehörte, der ihn sogleich vom Boden hob und festhielt. Beate drängte sich ebenfalls an Josef, als die Hundejagd neben ihr vorbeitobte. Die meisten der Anwesenden lachten und zeigten den Hundeführern, wo sie zupacken sollten; einige mutige Männer sprangen vor und versuchten auf die Hundeleine der Bulldogge zu treten. Dem Polizisten gelang es schließlich, seinen Hund mit einem scharfen Befehl zu stoppen, er nahm die Leine kurz, zog den Übeltäter streng am Hals, der Hund jaulte etwas auf, doch schien er ganz zufrieden damit zu sein, wie er die kleinen Tölen vertrieben hatte. Der englische Hundeverantwortliche hatte etwas mehr Mühe, „Honey“ und „Sugar“ zur Rückkehr zu bewegen, doch als das Gekläffe des großen Hundes verstummt war, schauten sich die beiden Corgis kurz um, setzten sich gehorsam auf ihre königlichen Hundehintern und warteten darauf, aufgenommen zu werden. Jeweils einen Hund unter einem Arm, Schweiß auf der Stirn, mit sehr ernster Miene, einer Mischung aus Enttäuschung über die ausgebüxten „Honey“ and „Sugar“ und großem Widerwillen, sich durch den ländlichen deutschen Plebs bewegen zu müssen, trat der Mann im roten Livree den Rückzug zur sicheren Eisenbahn an. Der Polizist, der den ungehorsamen Hund zurückführte, konnte sich ein Grinsen nicht verkneifen, als er wieder bei seinem Kollegen eintraf. Er schimpfte vorschriftsgemäß mit der Bulldogge, griff aber dann in seine Hosentasche und fütterte den Hund zur Belohnung, weil er wachsam gewesen war und die englischen Eindringlinge am Leben gelassen hatte.

Nur Bruno wollte sich nicht so schnell beruhigen. Beate nahm ihn aus Josefs Armen, aber Bruno weinte weiter. Auch die Hinweise des freundlichen Publikums, dass die Gefahr vorbei und alle Hunde wieder an der Leine seien, konnten ihn nicht überzeugen. Die Tränen ihres Sohnes setzten auch die Tränen von Beate in Gang. Sie wusste gar nicht genau, warum sie ausgerechnet jetzt heulen musste. Aber die nebensächliche Aufregung um die Hunde, die Angst Brunos, sein Aufschreien hatten Beates mühsam aufgebaute Härte erodieren lassen. Der unbegreifliche Verrat Antons, die irren Anschuldigungen, die seltsamen Unfälle und gewaltsamen Vorgänge um sie herum, auch die dunklen Träume, überschwemmten sie. Annegret kam auf sie und Bruno zu, fragte entsetzt, was denn geschehen sei, und weil Beate nicht reden, sondern nur schluchzen konnte, gab Herr Bäuerle die wenig zufriedenstellende Antwort und berichtete von der Hundejagd.

„Aber deswegen heult man doch nicht“, stellte Annegret fest, woraufhin Beate Bruno absetzte und ihre Mutter anfauchte, dass sie selbst bestimme, wann und warum sie weinen müsse.

Zur trüben Stimmung passend begann es zu regnen, als sie zur Rückfahrt aufbrachen. Sie sprachen nicht viel, Herr Bäuerle war mit seinen Gedanken bei seinem Bruder und den wenigen Sätzen, die er mit Beate wechseln konnte. Seine Fantasie galoppierte, er fuhr langsam, um die Konzentration nicht zu verlieren. Bruno und Beate hatten sich nach hinten gesetzt, Bruno hockte auf dem Schoß seiner Mutter und schlief irgendwann ein, erschöpft von den wilden Eindrücken.

„Was hat die Frau Hohenstein erzählt?", erkundigte sich Beate bei der vor ihr sitzenden Annegret nach einigen Kilometern des Schweigens.

„Nicht viel. Ich hab' mehr erzählt", antwortete sie wortkarg.

„Sehr ausführlich", bemerkte Beate schnippisch. Annegret atmete hörbar ein, eigentlich wollte sie nicht reden.

„Sie ruft an, wenn sie den Prinzen getroffen hat."

„Wen ruft sie an?", fragte Beate nach.

„Na, den Herrn Bäuerle, wir haben ja kein Telefon!"

„Ach, Frau von Hohenstein ruft mich an?", brachte sich jetzt auch Herr Bäuerle ins Gespräch ein.

„Ich hoffe, das ist Ihnen recht, weil Sie doch die Verabredung gemacht haben?" Annegret schaute ihn an, um seine Zustimmung einzuholen, die er nicht verweigern konnte.

„Jetzt kann er nicht mehr Nein sagen", kommentierte Beate.

„Was ist dir denn über die Leber gelaufen?", wandte sich Annegret an ihre Tochter.

„Wir fahren alle extra wegen dir nach Salem, wegen diesem Prinzen Philip und dieser aufgedonnerten Salemer Bürgermeisterin, und dann erzählst du kein Wort!", zischte Beate.

„Ich wollte nur wissen, ob der Theo damals den Prinzen getroffen und den Schulleiter über den See in die Schweiz gebracht hat", sagte Annegret knapp.

„Den Schulleiter? Den von Salem?"

„Ja, den!"

„Aber warum?"

„Weil er Jude war, warum denn sonst."

„Das hat Onkel Theo gemacht?", fragte Beate verwundert, der langsam die Dimension dieser ganzen Zusammenhänge bewusst wurde. Um Bruno nicht zu wecken, hatten die beiden leise gesprochen.

„Hat er so was öfters gemacht?", fragte Beate nach; ihre schlechte Laune war großer Neugier gewichen.

„Keine Ahnung", meinte Annegret und setzte trotzig hinzu, „wir waren immer gute Kommunisten."

Jetzt schaute auch Herr Bäuerle irritiert, und Beate beugte sich nach vorne.

„Ihr wart Kommunisten?"

„Nein, nicht wirklich. Das sagt man halt so! Wer nicht dafür war, der war Kommunist. Das ist doch heute nicht anders. Oder?" Annegret schaute Herrn Bäuerle scharf an, ob er eine gegenteilige Meinung zu äußern wagen würde. Der lachte auf, grinste und gab ihr vollkommen recht. „Genauso war es! Wer nicht machte, was alle machten, wer nicht lebte, wie alle lebten, war Kommunist und konnte, wenn es ihm nicht passte, in die DDR auswandern."

Beate setzte sich zurück, schüttelte den Kopf und streichelte über den Kopf ihres geliebten Sohnes, der weiterhin friedlich schlief.

An diesem Samstag fuhr Theresa zweimal hinten am Haus der Sauters vorbei. Das Küchenfenster stand meist offen, aber wie sie alle vermutet hatten, hing kein grünes Tuch aus dem Fenster. Sie mussten also wieder zuschlagen. Der alte Sauter gab sein Geld nicht her, nur, weil sein Auto in die Luft geflogen war. Mehr war schließlich nicht geschehen, ein kaputter LKW, der Alte hatte ein paar gequetschte Rippen und eine Gehirnerschütterung, die Schulter des jungen Sauter war aus- und wieder eingerenkt worden. Es gab Schlimmeres. Erika hatte gehofft, dass die beiden schon nach der ersten Explosion einknicken würden, aber sie war eben naiv und vermutlich verliebt. Das kannte Theresa schon, das kam vor bei ihrer Schwester Erika. Sie hoffte, dass es nichts Ernstes werden würde. Sie alle mussten einen kühlen Kopf bewahren und einen Schritt nach dem anderen machen. Ihr gefiel, wie Camille die ganze Aktion leitete, wie er genau wusste, was zu tun war. Er hatte sich auch schon überlegt, wie man mit der Gestapokartei verfahren und seinen Bruder, den französischen Kommandanten, einbeziehen konnte, damit keiner von ihnen Belästigungen und Fragen der deutschen Polizei befürchten musste.

Sie hatten überlegt, einfach noch eine der Rohrbomben an der Werkstatt zu deponieren und sie mit einer Batterie, einem Zündmechanismus, also einer Uhr, zu versehen. So eine Bombe konnte man leicht in eine Einkaufstasche packen und an die Eingangstür hängen, oder man schlug ein Fenster ein, kletterte hinein, hinterließ das Ding dort und wartete einfach ab, wann es knallte. Eine erneute Explosion wirkte allerdings spektakulär. War das angebracht? Solche Aktionen, wie sie im direkten Kampf gegen Unterdrücker erprobt waren, passten nicht unbedingt zu einer Erpressung, wie sie sie vorhatten. Camille hatte dann einfach „Molotow" gesagt und sie und Erika fragend angesehen. Weil sie nicht wussten, was er damit meinte, nahm er die Weinflasche, die vor ihm stand zur Hand und sagte: „Statt Wein Benzin, statt eines Korkens ein Lappen, statt trinken anzünden." Dann machte er eine Werfbewegung mit der Hand, lächelte und sagte dann leise „Bumm" zu Erika.

„Und was ist Molotow?"

„War ein Russe. Hat man nach ihm benannt, Molotowcocktail", erläuterte Camille. „Haben die Finnen gegen die Russen geworfen und die Juden gegen die Nazis."

Sie wogen das Für und Wider der beiden Methoden, die Werkstatt der Sauters zu beschädigen, ab und entschieden sich dann für die Flasche mit dem Benzin.

So ein Feuer konnte auch ziemlich zerstörerisch sein, es musste nicht gleich alles in die Luft fliegen, überlegten sie. Deshalb wollten sie darauf achten, dass keines der Nachbarhäuser oder das in der Nähe gelegene Münster in Brand geraten würde; auch sollte niemand verletzt werden. Die Feuerwehr müsste rechtzeitig zur Stelle sein. Dafür konnten sie ja selbst sorgen, ein Anruf aus einer Fernsprechzelle genügte. Camille hatte vorgeschlagen, schon jetzt die Polizei auf eine bestimmte Spur zu lenken. Er fand es sinnvoll, sie mit einem Motiv für den Anschlag zu füttern, sie wären sonst kopflos, ohne Ermittlungsziel, und könnten dann zufällig auf sie stoßen. Die Gestapokarteikarte, die Sauter als Nazispitzel auswies, könnten sie doch so zurücklassen, dass die Polizei sie finden würde, dann wäre schnell klar, dass die Aktionen gegen die Sauters mit dessen Vergangenheit während der Hitlerzeit zu tun hätten. Theresa hatte gegen diese Idee ganz pragmatisch eingewendet, dass man nicht verhindern könne, dass die Karte eventuell verbrannte, denn wie schnell oder wie langsam die Konstanzer Feuerwehr anrücken würde, läge nicht in ihrer Macht. Erika war nicht prinzipiell gegen Camilles Idee, aber sie fand es noch zu früh, die Katze aus dem Sack zu lassen. Vielleicht sollten sie die Gestapokarteikarte der Zeitung schicken oder direkt der Polizei? Sie konnten sich nicht einigen, was die klügste und beste Verfahrensweise wäre, also beschlossen die beiden Schwestern, sich mit Annegret zu beraten, was Camille zwar nicht passte, aber er wehrte sich auch nicht dagegen. Die richtige Taktik, das hatte er während des Widerstands gelernt, entschied über Sieg oder Niederlage. Damals hatten sie gesiegt, weil sie ein wenig länger nachgedacht hatten, bevor sie zuschlugen.

Eine schwarze Nacht. Der Himmel war bedeckt, als die drei aufbrachen, um die Werkstatt der Steinmetze anzuzünden. Erika würde in der Nähe der Telefonzelle warten und die Feuerwehr anrufen. Theresa sollte auf ihrem Fahrrad die Flasche mit dem Benzin transportieren, verborgen und eingewickelt in einer alten Decke. Camille kam zu Fuß, er kannte sich inzwischen ganz gut in den Gassen der Altstadt aus. Sie gingen um viertel vor drei Uhr nachts los, leise, überlegt, als wenn sie zur Arbeit gingen. Erikas Augen waren etwas geweitet, weil sie müde und aufgeregt war, aber sie zeigte ihre Gefühle nicht. Theresa schaute sie streng an, ermahnte sie aber nicht mit einem „reiß dich zusammen". Camille schien wie immer in sich zu ruhen. Sein Körper und sein Geist erinnerten sich an die Aktionen vor einigen Jahrzehnten, seine Zellen wussten, welchen Zustand sie brauchten, um erfolgreich zu sein.

Theresa kam als Erste in der Nähe der Steinmetzwerkstatt an und lehnte das Fahrrad gegen eine Wand. Bald darauf kam Camille, der bereits einen kräftigen Stein in der Hand hielt. Alle drei hatten sich verabredet, Handschuhe anzuziehen, um keine Fingerabdrücke zu hinterlassen. Über die Handschuhe hatte es kleine Streitereien zwischen Erika und Theresa gegeben. Theresa hatte vorgeschlagen, die alten Winterhandschuhe aus Leder zu benutzen und diese dann wegzuwerfen, was Erika überhaupt nicht sinnvoll fand, weil sie unhandlich waren und zu dick. Sie würde ihre schönen Lederhandschuhe nicht wegwerfen, das war ausgeschlossen. Dann hatte Theresa überlegt, aus der Gärtnerei Gartenhandschuhe mitzunehmen, die gäbe es dort in den verschiedenen Größen, auch für Camille. Er hatte der Diskussion dann ein Ende gemacht und sich bereit erklärt, über die Schweizer Grenze zu gehen und dort Spülhandschuhe zu kaufen. Spülhandschuhe seien unverdächtig, Frauen hätten so etwas, fand Camille, und er würde dann auch mal spülen, wenn es ein Paar in seiner Größe im Haushalt gäbe.

Camille nickte Theresa zu, die die Flasche mit dem Benzin aus dem Fahrradkorb nahm. Sie hatten sich für eine Bierflasche entschieden, die sie mit einem Korken verschlossen. Das Münster ragte noch schwärzer in die Nacht als sonst. Die alten Steine, die neben der Kirche hinter einem Maschendrahtzaun lagerten und darauf warteten, bearbeitet oder erneuert zu werden, strömten eine modrige Kälte aus, die Theresa Gänsehaut machte. Sie entkorkte die Bierflasche und reichte sie Camille, zusammen mit einer Stoffserviette. Er stopfte die Serviette in die Flasche, bis der Stoff das Benzin erreichte, dann gab er ihr die Flasche zurück. Camille ging über die Straße auf die großen Fenster der

Werkstatt zu, mit der rechten Hand umklammerte er den Stein, den er in einer der Gassen aus dem Pflaster geklaubt hatte, in der linken Hand hielt er ein Feuerzeug. Er bewegte den Stein mehrmals vor und zurück, bis er sicher war, dass er die richtige Flugbahn nehmen würde. Er warf und spürte, wie sein Ellenbogen knackte, als er den Arm stärker als sonst streckte. Es gab ein lautes Klirren, als die Glasscheibe zerbrach. Die Glasscherben, die auf die Straße fielen, warfen silberne Lichter. Für ein paar Sekunden warteten sie und horchten, aber das leise Summen des nächtlichen Konstanz veränderte sich nicht.

Gleich würde es im Kirchturm drei Uhr schlagen, erst vier kurze Schläge, um die volle Stunde anzuzeigen, dann drei dunklere Schläge für die Uhrzeit. Sie atmeten gleichzeitig ein und aus, Theresa schaute auf ihre Armbanduhr von Hanna, aber es war zu dunkel, die Zeiger reflektierten nicht. Als der erste Glockenton ertönte, nahm Camille Theresa die Flasche aus der Hand, zündete den Stofflappen an, lief nah an die Werkstatt und warf in weitem Bogen den brennenden Molotowcocktail in die dunklen Räume. Wie ein heißer Atem setzte der entzündete Lappen auf der fliegenden Flasche einen schönen leuchtenden Akzent in dieser Nacht, in der sie zum zweiten Schlag ausholten. Als die Klöppelkugel die große Glocke, genannt die „dicke Ursula", zum ersten Mal anschlug, gab es einen Knall. Die Flasche und das Benzin explodierten, mischten sich in den dunklen Ton der Glocke mit einem ätzenden, hellen Klirren. Camille zog die Handschuhe aus, stopfte sie sich in die Jackentasche und ging rasch nach links weg, Theresa setzte sich auf ihr Fahrrad und fuhr nach rechts in Sichtweite von Erika an der Telefonzelle vorbei.

Erika betrat das Telefonhäuschen, steckte die beiden Zwanzig-Pfennig-Münzen oben an dem großen grauen Kasten in den Schlitz, nahm den Hörer ab und wählte „112". Doch die Münzen fielen durch. Erika klaubte die beiden Zehnermünzen aus dem Kippbehälter, was ihr mit den behandschuhten rosa Fingern nicht leicht fiel. Sie warf die Münzen erneut ein, doch sie fielen wieder durch. Jetzt wurde sie nervös, zog die Handschuhe aus, fingerte erneut die Münzen aus der Schale unten rechts und warf sie nochmal ein. Doch wieder fielen sie durch. Wie konnte das sein? Sie schlug mehrmals auf den grauen Kasten ein, als sie sah, wie in der Nähe hinter einigen Fenstern Licht gemacht, einige Fenster geöffnet wurden und Leute herausschauten. Bald hörte sie eine Polizeisirene heulen. Sie entschied sich, den Notruf nicht wieder zu versuchen, sondern das Telefonhäuschen zu verlassen. Auf der Fassade und den Fenstern der umliegenden Häuser spiegelten sich die tanzenden Flammen. Die Polizeisirene näherte sich, und Erika konnte mit der Gewissheit, dass das Feuer entdeckt worden war, in die Gassen abtauchen. Einige riefen laut „Feuer" und „Jesses Gott! Es brennt!". Sie ging um einige Ecken, überlegte, ob sie sich das Spektakel ansehen sollte, entschied sich dann aber dagegen. Sie atmete heftig, als ob sie gerannt wäre. Sie würde zurück gehen, es war besser, wenn niemand sie sah, wenn alle drei unerkannt in ihre Betten steigen konnten. Sie wäre jetzt gerne Camille nah gewesen, hätte gerne seine Hände auf ihrem Rücken gespürt, aber sie musste zurück und Theresa treffen, sich versichern, dass alles gut gegangen war. Das Missgeschick mit den durchfallenden Münzen würde sie ihr nicht erzählen. Erika ging die dunkle Treppe im Haus hoch, ohne das Flurlicht anzumachen, eigentlich idiotisch, dachte sie noch, wer würde so früh am Morgen das Licht sehen.

Theresa saß auf dem Sofa im Dunkeln und trank Bier. Es roch leicht nach Benzin in ihrem kleinen Wohnzimmer. Erika warf ihre rosa Handschuhe auf den Tisch, sie fielen auf die Handschuhe von Theresa, es sah aus wie vier erschöpfte Hände, die übereinander lagen. Sie redeten beide nicht mehr viel, zogen sich aus und gingen in ihre Betten. Von der Nacht blieb nicht mehr viel übrig. Die gelb erleuchteten Hauswände, die die Flammen reflektierten, und das

Geräusch der durchfallenden Münzen, lebten hinter Erikas Augen und Ohren weiter.

Am nächsten Morgen tranken sie wie immer ihren schwarzen Kaffee. Sie waren müde und angespannt, aber als sie mit ihrer Arbeit begannen, Erika in dem Schreibwarengeschäft und Theresa in der Gärtnerei, gaben sie sich freundlich, so wie man versucht, einen schlechten Traum zu vergessen.

Beate hatte Angelica versprochen, noch einmal in den Katholischunterricht zu kommen. Sie hatte hin und her überlegt, ob sie zu Beginn oder zum Schluss kommen sollte, sich aber für das Ende entschieden. Beate dachte, es wäre höflich und gehörte sich so, sich von den anderen zu verabschieden. Als sie den Raum betrat, war es ruhig. Pfarrer Sernatinger schaute nur kurz zu ihr auf, runzelte die Stirn, schaute dann wieder ernst auf seine gefalteten Hände. Plötzlich sprang er auf, voller Wut ging er ein paar Schritte zu einer an der Wand befestigten Schale, die unter einem Kreuz hing. Er nahm die Schale in die linke Hand, ging auf Beate zu, tunkte die rechte Hand in die Schale, in der Wasser war, und spritzte damit Beate nass. Sie scheute zurück, erschrocken, wischte sich voller Ekel das Wasser aus dem Gesicht und stand auf.

„Du bist es! Du bist die Schlange! Satan!", donnerte der Pfarrer Beate an. Er kam nah zu ihr hin, schaute ihr intensiv und voller Wut ins Gesicht. Sie roch seinen Schweiß, seinen schlechten Atem.

„Du warst es. Du hast sie alle verdorben. Liederliches Weib!" Er zeigte auf Beate, nahm eine Bibel auf und hielt sie vor sich. Beate verstand nicht, für was er sie bezichtigte und sah die schwarze, rechteckige Bibel vor sich, wie eine winzige Tür, die für sie zugeschlagen worden war. Die anderen im Raum machten sich bemerkbar, Unruhe entstand. Gerade hatten sie noch gedacht, sie könnten gehen, wären befreit von den Belehrungen und schwülstigen Gefühlen des Pfarrers.

„Entschuldigung. Was hat sie denn damit zu tun?“, fragte Frau Watzke.

„Jeder von uns hat andere Gründe.“

„Der Herr Pfarrer ist böse“, flüsterte Herr Kowalski.

Herr Schlodinger schaute betrübt auf den Boden und seufzte hörbar. Sernatinger trat auf Angelica zu, die noch überlegt hatte, wie sie Beate zur Hilfe kommen sollte, die nun selbst den Zorn dieses Mannes zu spüren bekam. Er bedrohte auch Angelica mit seiner Bibel. „Auch du! Schwarze! Aus dir glotzt die Fratze des Teufels!“

„Bitte, was soll das denn?“, fragte Frau Watzke erneut. Sie war aufgestanden und neben Angelica getreten. Sernatinger hob die Bibel über seinen Kopf, wandte sich wieder zu Beate. Seine Stimme war jetzt lauter geworden und vibrierte. Beate machte einige Schritte rückwärts hielt sich die Arme vor die Brust, wie um sich vor Schlägen zu schützen.

„Im Namen und in der Kraft unseres Herrn Jesus Christus beschwören wir dich, oh Herr, jeglicher unreine Geist, jegliche satanische Macht, jegliche feindliche Sturmschar der Hölle, jegliche teuflische Legion, Horde und Bande: Ihr werdet ausgerissen und hinausgetrieben aus der Kirche Gottes. Weiche, Satan, Erfinder und Lehrmeister jeglicher Falschheit, Feind des menschlichen Heils. Mach Platz für Christus, mach Platz für die eine heilige katholische und apostolische Kirche, die Christus selbst mit seinem Blut erkauft hat.“

Sernatinger schrie jetzt, schwenkte die Bibel zwischen Beate und Angelica hin und her, Schweiß rann ihm übers Gesicht, seine Augen waren aufgerissen, der Mund verzerrt. Kowalski hatte sich angesichts dieses Ausbruchs auf die Knie geworfen, die Hände verschränkt und über den Kopf gehoben. Frau Watzke stellte sich schützend vor Angelica, Schlodinger umarmte seine Knie, Beate senkte den Kopf. Schlodinger nuschelte immer wieder „Das wollte ich doch nicht“ vor sich hin. Beate drängte sich an Sernatinger vorbei, sah ihn nicht an, nahm Angelica an die eine Hand,

Frau Watzke nahm ihre andere Hand. „Also wirklich, der ist doch", sagte Frau Watzke. Beate, Angelica und Frau Watzke gingen aus der Tür, Sernatinger verfolgte sie, bedrohlich donnerte er weiter sein „Satan weiche! Mach Platz für Christus!" Über dem dunklen quadratischen Flur, der an den Gemeindesaal anschloss, thronte eine weiße Kuppel, rechts und links gingen zwei Türen zu Toilettenräumen ab, aus denen es nach Putzmitteln roch. Sernatinger stellte sich breitbeinig unter die Kuppel, zischte, Speichel spritzte aus seinem Mund: „Gott des Himmels, Gott der Erde, Gott der Jungfrauen, befreie uns mit deiner Macht von List, Täuschung und Bosheit der verruchten höllischen Geister und Weiber und bewahre uns mit deiner Gnade unversehrt. Befreie uns von den Nachstellungen des Teufels."

Da ging die Eingangstür auf, und auf einmal wurde es hell im Flur. In der Tür stand die Haushälterin des Pfarrers, man sah zunächst nur die Silhouette einer runden, untersetzten Frau, die den Weg versperrte. Als sie Sernatinger mit Schaum vor dem Mund sah, trat sie ein und schob die beiden Frauen und das Mädchen nach draußen. Sie ging auf den Mann zu, holte Luft, baute sich vor ihm auf und stemmte die Hände in die Hüften. Für ein paar Sekunden blieb die Szene wie eingefroren. Sernatinger hörte auf zu beschwören, schaute seine Haushälterin an und kam zur Besinnung. Er senkte die Bibel und den Kopf. „Es ist gut, Richard", flüsterte die Frau, „sie sind weg."

In sich zusammengesunken stand der Pfarrer vor ihr wie ein Kind, das seinen Weg verloren hatte, und endlich war seine Mutter gekommen, um es nach Hause zu geleiten. Langsam legte er seinen nassen Kopf auf die Schulter der um einiges kleineren Frau ab, beide Armen hingen an ihm herab, die Bibel hielt er in einer Hand fest umklammert. Sie legte ihm eine Hand auf die Schulter, die sie leicht tätschelte. Das Klappen ihrer Hand auf seiner Anzugjacke hallte trocken von der Kuppel zurück. Die beiden Männer,

Schlodinger und Kowalski, die in der Tür erschienen waren, sahen, wie der erschöpfte Sernatinger, gebeugt und schlurfend, von der runden Frau zur leuchtenden Eingangstür gedrängt wurde. Sie schob und sie zog an seiner Hand.

Vor dem Gemeindesaal trösteten Beate und Frau Watzke Angelica, die zu weinen begonnen hatte. Als Sernatinger herauskam, rückten sie noch etwas enger zusammen, aber aus dem Mann war alle Wut gewichen, er wimmerte leicht, flüsterte Unverständliches, während ihn die Haushälterin zum Pfarrhaus bugsierte.

„Wir gehen weg von hier, mein Mann hat eine Stelle in Hamburg gefunden. Was soll ich da noch katholisch werden?", sagte Frau Watzke.

„Hamburg?", fragte Beate nach. Das war ganz weit weg, sie wusste, dass es da einen Hafen gab und die Reeperbahn, aber mehr wusste sie nicht. Vielleicht sollte sie ja auch weggehen.

„Warum sind Sie denn nicht mehr gekommen, Beate?"

„Er will nicht mehr." Beate zuckte mit den Schultern, als ob dies ein ganz normales Missgeschick sei.

„Aber Sie haben doch ein Kind!"

Beate lächelte stumm. Angelica wischte sich mit ihrem Ärmel durchs Gesicht und schüttelte sich, um den Spuk loszuwerden.

„Er ist ...", sagte Angelica und machte eine Wischbewegung vor ihrem Gesicht.

„Aber wirklich. Der hat sie doch nicht mehr alle. Ein Glück sind wir hier durch", bestätigte Frau Watzke.

Jetzt erschienen Schlodinger und Kowalski, beide ziemlich erschüttert; sie wollten wissen, wo der Pfarrer abgeblieben sei. Schlodinger trat auf die drei Frauen zu, Kowalski folgte ihm.

„Sollen wir, zusammen...?", fragte Kowalski, „ein Eis oder eine Wein? Ich würde gerne eine Schnaps. Er war ziemlich... Puh! Wütender Mann. Nicht schön. Pfarrer immer denkt, Frauen sind Satan, weil sie sie nicht kennen. Er hat Angst vor der Schönheit. Aber Frauen sind Göttin, nicht Teufel. Ja, so ist das. Ich bin froh, so ist besser, ich bin schon in polnischer Kirche. Meine Frau hat mir Brief geschickt."

Umständlich nestelte er seine Schlüssel, einige Münzen und dann einen Brief aus seiner offensichtlich tiefen Hosentasche hervor. Er faltete das Blatt auf, auf dem ein handgeschriebener polnischer Text zu sehen war. Kowalski zeigte mit seinen kräftigen Fingern auf den Text und sagte: „Jetzt wird alles gut." Dann faltete er das Blatt wieder zusammen, stopfte es in seine Hosentasche, drehte sich zu Schlodinger um, fasste den Mann rechts und links an den Schultern, klopfte ihm Mut zu. „Es kommt neue Frau, so viel Schönheit in Deutschland, schau mal hier." Er zeigte Schlodinger die drei Frauen, die vor ihm standen, als ob er sich nur eine aussuchen müsste, und sein Glück wäre gemacht.

„Ich wusste gar nicht, dass Sie verheiratet sind", mischte sich Frau Watzke ein. „Ich wusste auch nicht mehr", lachte Herr Kowalski, „aber jetzt weiß ich wieder. Frau hat mir geschrieben."

Doch Schlodinger war nicht so einfach aus seiner dunklen Stimmung aufzuwecken. Er fixierte Beate.

„Frau Adler, also, das mit dem Brand. In der Werkstatt von den Sauters. Also. Das ist wirklich... Schon wieder. Wissen Sie schon mehr?"

Beate blickte auf den traurigen Kaufmann, verstand nicht, was er sagte, und fragte: „Was für ein Brand denn?"

Schlodinger deutete durch den Gemeindesaal hindurch auf die andere Seite des Münsters. „Drüben bei den Sauters in der Werkstatt hat es heute Nacht gebrannt", erklärte er.

„Was?" Beate verstand immer noch nicht ganz, dann drehte sie sich verwirrt um, ging los, und die vier anderen folgten ihr.

Noch vor gar nicht langer Zeit hatte Beate hier den alten Sauter herausgefordert, er hatte angezweifelt, dass Bruno sein Enkel sei. Und dann musste sie aufs Jugendamt, weil jemand behauptet hatte, mit ihr im Bett gewesen zu sein, vor etwa vier Jahren, als sie sich in Anton verliebte und schwanger wurde. Jetzt stand sie vor den Resten der Steinmetzwerkstatt, die die Polizei mit Bändern abgesperrt hatte. Am stets offenen Hoftor hing ein altes Blechschild „Steinmetz Sauter seit 1873“ und „Münsterbauhütte“. Das einstöckige flache Gebäude war schwarz, aber nicht ganz abgebrannt. Die Scheiben fehlten, aber sonst schien seit der Löschung des Brands nicht viel verändert zu sein. Sie hatte noch die Aufzählung der himmlischen Mächte im Ohr, die katholischen Beschwörungen, den Versuch des Priesters, ihr den Satan auszutreiben. Sernatinger würde ihr bestimmt auch die Schuld an diesem Brand geben. Aber war es nicht eher so, dass der Alte für etwas bestraft wurde, von dem sie noch gar nichts wusste? Was hatte er getan? Wer steckte hinter diesen beiden Anschlägen? Oder waren das Unfälle? Hatte ein gerechter Gott zugeschlagen? Rechts und links neben Beate standen Frau Watzke und Angelica, hinter ihr Schlodinger und Kowalski. Beate nahm die Hand von Angelica und nickte den schwarzen Mauern zu.

„Wie kann es denn in einer Steinwerkstatt brennen?“, fragt Angelica. „Steine brennen doch nicht.“

„Scheinbar doch“, fand Beate und musste unwillkürlich lachen. Schlodinger gefiel ihre Reaktion nicht. „Das sieht nach Brandstiftung aus“, empörte er sich.

„Es scheint noch andere zu geben, die die Sauters nicht mögen“, entgegnete ihm Beate.

„Aber du hast deinen Mann doch geliebt?“, fragte Angelica.

„Ja, hab ich, trotzdem ist er nicht mein Mann.“

„So ist das mit der Liebe, meine Kleine“, fiel Frau Watzke Beate ins Wort.

„Und warum willst du eigentlich nicht mehr katholisch werden?“, fragte Frau Watzke Angelica.

„Beate hat mir geraten, ehrlich zu sein. Ich hab’s ihm gesagt“, erklärte Angelica.

„Peter?“, fragte Beate. Angelica nickte.

„Ist er katholisch?“, fragte Frau Watzke.

Angelica nickte erneut. „Er sagte, es sei ganz egal, was ich glaube, doch er liebt mich nicht. Aber er lügt. Wir haben uns geküsst, und deswegen weiß ich es. Er liebt mich auch. Vielleicht haben es ihm seine Eltern verboten, weil ich schwarz bin.“

Beate umarmte Angelica und küsste sie auf den Kopf.

„Das ist schon ein seltsames Land hier, mit dem Glauben und der Hautfarbe. Das war bei uns nicht so wichtig“, meinte Frau Watzke, „bei uns drüben ist nur wichtig, ob man für oder gegen die Partei ist. Ist aber von der Sache her auch nicht gut.“

„Hier ist wichtig: Geld“, kommentierte Herr Kowalski das Gespräch und holte, um dies zu unterstreichen, einen Zwanzigmarkschein aus seiner Hosentasche.

„Gehen wir Eis und Schnaps? Ich lade ein.“

Eigentlich wollte Beate sofort nach Hause rennen, ihrer Mutter in die Augen schauen und von ihr hören, was sie von dieser Sache hielt. Ihr Treffen mit der Frau Bürgermeisterin in Salem, ihre Fragen nach Onkel Theos Bekanntschaft mit Prinz Philip könnten mit diesem Brand und der Autobombe zusammenhängen. Doch Beate entschied sich zu bleiben. Ihre Mutter würde ihr sowieso keine Antworten auf ihre Fragen geben, das hatte sie noch nie getan. Mit ihrem Sohn würde Beate das anders machen, nahm sie sich vor. Wenn Bruno einmal nach Anton oder nach irgendetwas sonst im Leben fragen würde, würde sie ihm ehrlich und offen antworten. Er sollte eine Mutter haben, die für ihn da war und mit ihm sprach. Dieses Gefühl, ganz anders als die eigene Mutter zu sein, anders zu denken, zu fühlen, zu handeln, kannte Beate bisher nicht. Es war schön, mit diesen seltsam zusammengewürfelten Menschen, die daran gescheitert waren, Katholiken zu werden, am Münster vorbeizugehen und es links liegen zu lassen. Das Kopfsteinpflaster unter ihren Sandalen klackte, war aber weniger hart als sonst.

Sie kamen am alten Stadttheater vorbei, weit oben standen ein paar Fenster auf, sie hörte eine Frau schimpfen, ein Mann lachte, dann schrie jemand laut nach Ruhe. An den Bahngleisen mussten sie kurz warten, ein Zug fuhr vorbei, dann schwenkte die Schranke hoch. Sie schlenderten durch den Stadtgarten, in dem Beate so oft Anton getroffen hatte, und gingen zum Hafen, wo die Schiffe ankamen und abfuhren und die Möwen als freie Vögel ihre Kreise zogen.

In der Nacht des Brandes schlief Anton unruhig, als es an der Tür mehrmals laut klingelte. Er schreckte auf, spürte die Schulter, die noch etwas schmerzte, hörte erneut die Türklingel, zog ein Hemd über und öffnete. Vor ihm stand ein Polizist, der ihn fragte, ob er Herr Sauter sei. Als er bejahte, informierte ihn der Polizist, dass es in seiner Werkstatt gebrannt habe, die Feuerwehr sei noch im Einsatz. Anton zog sich Hose und Schuhe an und folgte dem Polizisten. Zusammen gingen sie ums Haus herum, die zwei Gassen hoch, dann über den Münsterplatz zur Werkstatt, wo eines der Feuerwehrautos stand. Es war kurz nach halb vier, gerade hatte die Glocke im Münster zweimal geschlagen. Ein blaues Licht blinkte, mehrere Männer in Feuerwehruniform standen um die Werkstatt herum, ein Mann hielt einen Schlauch und spritzte Wasser in das qualmende Feuer. Was einmal sein täglicher Arbeitsplatz gewesen war, zeigte sich nun als eine Ansammlung schwarzer Mauern, hinter denen kleine Feuer züngelten. Ein Teil des Daches existierte nicht mehr, die Bleche, unter denen er Steine bearbeitet hatte, die ihn vor Regen schützten und viel zu dünn im Winter waren, hingen schräg in das glühende Innere. Aus den Fenstern der umliegenden Häuser schauten die Bewohner dem nächtlichen Spektakel zu. Es gab auch welche, die die Gelegenheit nutzten, um ihre Hunde schon etwas früher auszuführen. Sie standen neben dem Polizei- und Feuerwehrwagen, unterhielten sich leise, stellten Mutmaßungen an, vermuteten einen Racheakt anderer Steinmetze, denn den alten Sauter, den mochte keiner. Sein Sohn, der war ganz nett, tuschelten sie, der grüßte wenigstens, wenn man ihn sah.

Anton ging sonst nie aus dem Haus, ohne sich vorher im Spiegel über dem Waschbecken zu betrachten. Jetzt, als er näher an den Brandherd herantrat, die Hitze spürte und ihm scharfer Rauch in die Nase stieg, strich er sich die Haare immer wieder mit den Händen nach hinten. Es schauten alle auf ihn, den jungen Sauter. Man hatte gelesen, wie es den Alten durch die Explosion auf der Rheinbrücke erwischt hatte, jetzt würde der junge Steinmetz der Chef sein müssen. Die Flammen, die gerade ihre Werkstatt zerstörten, waren ein dramatisches Signal für den Generationenwechsel. Anton hielt sich an den Polizisten, der ihn aus dem Bett geklingelt hatte und ihn zum Feuerwehrkommandanten begleitete.

„Es hat nicht übergegriffen. Wir haben noch Glück", sagte der Feuerwehrmann, dann zog er seinen Handschuh aus und drückte Anton die Hand. „Metzler. Sie sind der junge Sauter?" Anton bejahte.

„Mein Vater kommt erst morgen aus dem Krankenhaus."

„Ich kann Ihnen noch nicht viel sagen. Das Feuer ist dort ausgebrochen", er zeigte mit einem Finger auf den Werkstattraum, in dem Anton vor Kurzem noch Staub gekehrt hatte.

„Es muss ziemlich schnell gegangen sein."

„Aber, wie ... was kann denn da anfangen zu brennen?", stammelte Anton.

„Tja, da steckt man nicht drin", meinte Herr Metzler, „das sind ja nicht mehr ganz neue Gebäude. Vielleicht ein Kurzschluss? Oder jemand hat nachgeholfen? Wir schauen uns das genauer an, wenn es hell ist."

„Haben Sie denn eine Vermutung?", fragte der Polizist Anton.

„Das war kein Kurzschluss. Da wurde...", Anton sprach leise, wollte die Gedanken nicht aussprechen, die ihm jetzt durch den Kopf hämmerten. Es musste mit dem Schreiben zu tun haben. Mit der Erpressung. Mit was sonst!? Er hatte sich mit seinem Vater abgesprochen, der hart bleiben wollte. Auch Anton wollte kein grünes Tuch ins Fenster hängen, er hatte sich vorgenommen zu kämpfen, gegen wen auch immer. Wer konnte sie so sehr hassen, dass man ihnen ihre Werkstatt, die es schon so lange gab, abfackelte? Er konnte es nicht begreifen.

Einmal stand er zusammen mit seinem Vater im Steinbruch in Rohrschach, als gesprengt wurde und danach mehrere Brocken aus dem Hang stürzten. Die Steine knallten mit großer Wucht in die Tiefe, erst staubte es heftig, doch sofort wurde aus großen Schläuchen Wasser gespritzt, und die Staubwolke legte sich. Diese Bilder wechselten sich ab mit den Fragen, was jetzt seine nächsten Aufgaben sein würden, was Anton den Kollegen sagen müsste, morgen früh, wenn sie vor den Trümmern stehen würden. Es war idiotisch, dass sie kein Telefon in der Wohnung hatten, sondern nur in der Werkstatt. Er konnte niemanden anrufen, niemanden informieren.

Neben ihm tauchte ein weiterer Polizist auf, der „Hallo, Anton" zu ihm sagte. Anton drehte sich zu ihm und erkannte Erich, Beates Bruder. Wie aus Gewohnheit gaben sie sich die Hand, bestimmt wusste Erich von seiner Trennung. „Sieht schlimm aus", meinte der, „euch trifft es aber so richtig." Anton hörte keine Häme, eher aufrichtiges Mitgefühl. „Wir müssen uns mal darüber unterhalten, Anton. Nicht jetzt, aber morgen wär gut. Vielleicht hat die Sache auf der Rheinbrücke mit dem hier was zu tun. Komm einfach auf die Wache. Ich bin bestimmt bis zum Mittag da", sagte Erich eher sanft zu dem Mann neben ihm, der fast sein Schwager geworden wäre. Erich wollte diese persönliche Sache seiner Schwester nicht mit dem möglichen Verbrechen, das an den Sauters verübt wurde, vermischen. Er hatte sich auch schon oft von einer Frau getrennt, das war nie schön gewesen, zum Glück hatte es nie ein Kind gegeben. Anton sagte zu, er würde kommen. Es war gut, dass er einen Polizisten persönlich kannte, vielleicht konnte er Erich auch um Rat fragen, wie sie weiter vorgehen sollten. Mit seinem Vater konnte er bestimmt nicht vernünftig reden. Er fürchtete sich schon vor dem Moment, wenn er mit ihm, nachdem er ihn aus dem Krankenhaus abgeholt hatte, hier stehen musste.

Kurz vor sieben Uhr morgens wartete Anton vor den Trümmern auf die drei Männer, die zurzeit bei ihnen arbeiteten. Sie kamen fast gleichzeitig, näherten sich mit weit geöffneten Augen. Dann standen sie nebeneinander, sprachlos, und schauten auf die schwarzen Mauern. Sie drehten sich alle gleichzeitig weg, weil sie den Blick nicht ertragen konnten. Der älteste Kollege, Franz Iring, der schon zwanzig Jahre bei ihnen arbeitete, räusperte sich und spukte auf die Straße, um den Geschmack von Ruß in seinem Mund loszuwerden.

„Die Feuerwehr weiß noch nicht, was passiert ist, die untersuchen das noch", begann Anton zaghaft.

„Da hat uns einer die Bude angesteckt. Was sonst!", sagte Iring wütend. „So eine Scheiße! Ist der Max noch im Krankenhaus?"

„Ja, ich hol ihn nachher ab", antwortete Anton, „ich muss mit der Polizei reden und mit der Feuerwehr und mit dem Chef, wie es weitergeht."

„Und wir?", fragte einer.

„Wir gehen wieder nach Hause", erklärte Franz Iring, „oder?"

„Kommt morgen früh zu uns", schlug Anton vor.

„Zu euch? Nach Hause?"

„Im Wirtshaus sollten wir nicht reden", meinte Anton, „kommt um acht vorbei. Ich mach einen Kaffee. Vielleicht weiß ich dann schon mehr."

Die Männer klopften Anton auf die Schulter, als sie weggingen, sich noch einmal umschauten, wie um sich zu versichern, dass ihr Arbeitsplatz wirklich abgebrannt war.

Eine Stunde später betrat Anton das Vincentius- Krankenhaus. Er hatte darüber nachgedacht, wie er seinem Vater sagen sollte, was in der letzten Nacht geschehen war, aber es war ihm nichts Einleuchtendes eingefallen. Eine Krankenschwester empfing ihn, gab ihm Papiere in die Hand, die er dem Hausarzt aushändigen sollte, dem Arzt, der seinen Vater weiter behandeln würde. Anton fragte, wen sie denn vorschlagen würde. Die Frau schaute ihn erstaunt an und wollte wissen, ob sie denn keinen Hausarzt hätten. Als Anton verneinte, sagte sie ihm, er solle eben zum nächsten Arzt gehen. Anton wusste allerdings nicht, wer das sein könnte, denn seit dem Tod seiner Mutter hatte er nichts mehr mit Ärzten zu tun gehabt. Sein Vater saß angezogen auf einem Stuhl am Fenster, eine kleine Tasche stand neben ihm. Als Anton eintrat, erhob er sich gleich, nahm die Tasche auf, ging auf Anton zu, verabschiedete sich schnell von den fünf anderen Männern, es waren jetzt zwei mehr geworden, und trat hinter Anton in den breiten Flur, in dem es nach Putzmitteln und Pfefferminztee roch.

„Hast du schon aufgesperrt?“, fragte Max.

„Ja“, antwortete Anton knapp.

„Hat sich Salem schon gemeldet? Das müssen wir zuerst machen.“ Der Alte schaute ihn fragend an, weil er bemerkte, dass Anton sich nicht rasiert hatte.

Anton ging langsam neben seinem Vater durch das Krankenhaus, seine Beine fühlten sich schwer an, er passte sich dem Tempo seines Vaters an, der vorsichtiger als vor dem Unfall auftrat. Sie gingen zum hinteren Ausgang, wo es einen Parkplatz gab. Anton hatte den Mercedes aus der Garage geholt. Dieses Auto, ein 220 S, hatte sein Vater vor zehn Jahren gekauft, weil die Mutter nicht mehr nur im Lieferwagen mit ihm fahren wollte, wenn sie einen Ausflug machten. Es war das erste Mal, dass sie sich durchsetzte; jedenfalls das einzige Mal, an das sich Anton erinnerte. Vielleicht wollte sein Vater zeigen, was er sich leisten konnte, wie weit er es gebracht hatte. Obwohl Max Sauter selten mit dem Mercedes fuhr, war er stolz, dieses Auto zu besitzen. Es gehörte zu einem erfolgreichen Handwerksmeister dazu, einen Mercedes zu besitzen.

„Das hätten wir auch laufen können", maulte Max Sauter, ließ sich aber gerne auf der rechten Seite in den breiten Sitz fallen. Anton hatte sich vorgenommen, es ihm im Auto zu sagen, bevor sie losfuhren, damit er noch etwas Zeit hätte, die Nachricht zu verdauen, bevor sie an den schwarzen Mauern ankommen würden.

„Den haben sie noch nicht in die Luft gejagt", sagte der Alte. Es lag ein kleiner Triumph in seiner Stimme.

„Dafür die Werkstatt", antwortete ihm Anton.

Ruckartig drehte sich Max Sauter zu seinem Sohn um. „Quatsch!", sagte er.

„Kein Quatsch. Heute Nacht."

„Du hast doch aufgesperrt heute. Hast du gesagt."

„Ich hab den Franz und die anderen nach Hause geschickt."

„Was hast du?", fragte Antons Vater böse.

„Weil es gebrannt hat", erklärte ihm Anton leise. Er startete den Motor. Max schaute starr geradeaus, sein Atem wurde schneller, seine Hände lagen auf den Oberschenkeln und hielten sie krampfhaft fest. Anton mochte es, in diesem Auto zu fahren, es schnurrte, er mochte das große Lenkrad, die kräftigen, breiten Sitze, das edle Schwarz der Karosserie, die runden Kotflügel. Es gab sogar einen Radioapparat, der aber nie angemacht wurde, wenn er mit seinem Vater unterwegs war. Ein paar Mal hatte er sich den Wagen ausgeliehen, um mit Beate und dem Jungen an den See zu fahren, zuletzt im Sommer vor einem Jahr. Es hatte ihn stolz gemacht, mit dieser schönen Frau und seinem Sohn unterwegs zu sein. Als sie im Radio Schlager spielten, hatten sie alle drei mitgesungen. Er erinnerte sich an die schöne, klare Kinderstimme von Bruno, die so schön klang.

Anton fuhr die Laube hoch, bog nach links ab, und wenig später hielten sie vor ihrer alten Steinmetzwerkstatt.

Anton hatte den Motor abgestellt, doch Max Sauter konnte nicht gleich aussteigen. In seinem Körper zuckte es, als ob kleine elektrische Impulse ihn erst wieder zum Leben erwecken müssten. Er kümmerte sich nicht um die Absperrung, die die Feuerwehr um den Brandort gespannt hatte, auch nicht um die Männer, die zwischen den geschwärzten Steinen, den Eisen- und Stahlresten, die einmal ihre Werkzeuge gewesen waren, und den herabhängenden Dachblechen herumkrochen, um Spuren zu sichern und Indizien einzusammeln.

„He! Halt! Kein Zutritt!", riefen sie laut Max Sauter entgegen, der sie aber nicht zu hören schien.

„Papa, du darfst hier nicht...", versuchte es Anton. Der Alte stand mitten in dem Desaster, er atmete schnell und schwer, sein Gesicht war schweißnass und weiß.

„Bringen Sie den Mann weg!", befahl einer der Ermittler.

„Es ist unsere Werkstatt", versuchte Anton zu erklären.

„Sind Sie die Sauters?"

„Ja", bestätigte Anton.

„Waren Sie zuletzt hier drin?", fragte der Mann. „Haben Sie mit Benzin gearbeitet? Etwas gereinigt oder so?"

„Nein, nur gekehrt."

„Aha. Bitte bringen Sie Ihren Vater weg, das ist gefährlich hier."

Anton wusste nicht genau, wie er seinen Vater anfassen sollte, weil er ihn nie anfasste, also tippte er den wie eingefrorenen Mann an und drängte ihn zum Mercedes. Der Alte hatte kein Wort gesagt, er bewegte sich mechanisch, setzte sich auf den Beifahrersitz, zog aber die Tür nicht zu, was Anton für ihn machen musste. Als Anton sich hinter das Lenkrad setzte, war ihm klar, dass alles, was jetzt kam, in seinen Händen lag. Er würde sich um alles kümmern müssen. Um die Versicherung, um die Polizei, um seinen Vater und auch um die Erpresser.

Max Sauter saß in der dunklen Küche mit der schmalen Tür und dem kleinen Fenster, die auf eine Veranda führten, wo seine Frau immer die Wäsche aufgehängt hatte. Anton hatte Wasser aufgesetzt und Kaffee in den Papierfilter geschüttet. Die Müdigkeit betäubte ihn, er stützte seine Hände auf, schaute auf den Kessel, unter dem die Gasflamme zischte. Aus dem gelblichen Küchenschrank mit den geschwungenen Holztüren nahm er zwei Tassen und stellte sie auf den Tisch. Er zog die linke Schublade auf, in der sie einige Rezepte, Uhu-Kleber, Postkarten von Verwandten, Zettel mit Adressen und Telefonnummern aufbewahrten. Oben auf lagen die beiden Briefe mit den aufgeklebten Buchstaben. Anton nahm beide heraus und legte sie ebenfalls auf den Tisch.

„Weißt du, wer die geschrieben hat?", fragte Anton. Er erhielt keine Antwort, sein Vater bewegte sich nicht, reagierte nicht.

„Ich muss mit der Polizei reden!"

Im Kessel blubberte es, Anton stellte den Herd aus, goss Wasser auf den Kaffee, den er gemahlen in der Schweiz gekauft hatte, obwohl sein Vater das nicht mochte. Kaffeeduft breitete sich in der Küche aus. Anton machte die Kühlschranktür auf, sah hinein und erinnerte sich, dass er Milch besorgen musste.

„Es gibt keine Milch", sagte er, nahm die Kaffeekanne und goss sich und seinem Vater schwarze Brühe ein.

Max Sauter griff sich die Tasse, nahm sie in die Hand, wärmte sich seine kalten Finger daran.

„Ich weiß nicht", sagte er schließlich.

„Hast du einen Verdacht?"

Der Alte schlürfte seinen Kaffee.

„Die kriegen nichts von mir", blaffte er.

„Wer?"

„Wenn ich's wüsste, würd ich sie erschlagen!"

Anton dachte nach, ja, vermutlich würde sein Vater das machen. Zuschlagen, abschlagen, erschlagen, zusammenschlagen. In dieser Küche hatte sein Vater ihn immer wieder geschlagen. „Das schadet dem nichts, mir hat es auch nicht geschadet", beschied er seiner Frau, wenn sie sich für den Jungen einsetzte. Einmal, an einem Sonntag, waren Anton und sein Freund Heinz zusammen mit den Rädern aus Konstanz rausgefahren. Sie wollten zur Insel Mainau, hatten aber vergessen, Geld für den Eintritt mitzunehmen, und sich deshalb entschlossen, weiter am See entlangzufahren. Sie fühlten sich als Abenteurer, eines Tages würden sie die Welt erkunden, nach Afrika fahren, wilde Tiere sehen und schwarze Menschen treffen.

Aber als es Abend wurde, wussten sie nicht mehr genau, wo sie waren und wie sie nach Konstanz zurückkommen könnten. Sie hatten sich den Tag über durch Wälder auf unbefestigten Wegen fortbewegt, auch eine Schlucht hatten sie entdeckt, ihre wenigen Vorräte waren längst aufgebraucht, Wasser hatten sie aus Bächen getrunken. Sie fanden eine asphaltierte Straße, auf der sie in ein Dorf radelten. An einem Bauernhof stand eine Tür zum Kuhstall auf, und eine kräftige Frau mit einer Gabel Mist kam heraus. Sie glotzte die beiden misstrauisch an, Anton traute sich, sie anzusprechen. Er erkundigte sich nach dem Weg nach Konstanz. Sie sagte ihnen, das sei weit, sie hätten ja nicht mal Licht am Rad. Die Frau half ihnen trotzdem weiter, brachte sie zum Kaufmann des kleinen Orts, der ein Telefon hatte. Die Eltern seines Freundes Heinz besaßen keinen Telefonanschluss, nur Antons Vater, in der Werkstatt. Aber es klingelte und klingelte, niemand nahm ab. Max Sauter hatte schon Feierabend gemacht. Der Kaufmann entschloss sich, die Konstanzer Polizei anzurufen und diese zu bitten, die Familie Sauter über den Verbleib der beiden Jungs zu informieren. Zwei Stunden später, es war schon zehn Uhr nachts, erschien Max Sauter in seinem LKW, warf die Räder auf die Pritsche und brachte sie zurück nach Konstanz. In der Küche wartete seine Mutter, die weinte, als sie ihn umarmte. Sein Vater nahm einen Kochlöffel zur Hand und schwor, dass er ihm die Flausen austreiben werde. Außer sich, weil die Polizei zu ihm gekommen war, schlug der Alte lange auf

Anton ein. Die nächsten beiden Tage konnte er nicht zur Schule, auch einen Arzt durfte die Mutter nicht holen. Anton blieb im Bett, bis sein Hintern und seine Arme einigermaßen ausgeheilt waren.

„Also machen wir nichts?", wollte Anton wissen.

„Zu was haben wir eine Polizei?"

„Ich red mit dem Erich und zeig ihm die Briefe", sagte Anton bestimmt. Er wollte sich von der wütenden Hilflosigkeit seines Vaters nicht anstecken lassen.

„Was denn für ein Erich?"

„Erich Adler. Von der Polizei."

„Mit dem redest du nicht!"

Anton nahm die Briefe an sich, er musste selbst entscheiden, was zu tun war. Er ließ seinen Vater auf dem Küchenstuhl sitzen, griff sich die Schlüssel und knallte die Haustür zu.

Am Abend saßen die drei Schwestern und Camille wieder in dem kleinen Wohnzimmer, Erika hatte ein paar Flaschen Bier besorgt. Sie hatten die Fenster geschlossen, niemand sollte sie hören, es war warm und verraucht. Annegret hatte keine Neuigkeiten von ihrem Sohn Erich, obwohl sie versucht hatte, ihn in der Wache zu sprechen, aber Erich hatte frei, er schlief jetzt. Alle drei waren während des Tages alleine an den Trümmern der Steinmetzerei vorbeigegangen und hatten sich angesehen, was das Feuer übrig gelassen hatte. Annegret glaubte, die Sauters würden sich von diesem Schlag nicht mehr erholen, die Versicherung würde nicht zahlen, wenn sie herausfinden würden, dass es Brandstiftung war. Theresa war egal, ob die Sauters noch mal auf die Beine kommen würden oder nicht, sie sollten für das zahlen, was der Alte ihnen allen angetan hatte. Erika hoffte, dass die beiden Sauters ein Einsehen hätten und sie nicht noch einmal zuschlagen müssten. Jeder weitere Anschlag bedeutete neue Spuren und die Gefahr, entdeckt zu werden. Camille stimmte ihr zu, deswegen wäre es wichtig, meinte er, die Polizei auf eine andere Fährte zu lenken, nämlich auf den Gestapomann, der die Karteikarten aufbewahrt hatte. Aber, meinte Camille, sie müssten bestimmt trotzdem nachlegen. Alle schauten Annegret an, die eigentlich nur kurz bleiben wollte, denn sie musste zur Arbeit. Sie rauchte, dachte nach, überlegte laut.

„Wenn wir der Polizei jetzt die Karteikarte schicken, dann haben sie doch gleich den Müller am Wickel", sagte sie, „irgendwann gibt er zu, dass er die Kartei hatte. Aber weil er nicht weiß, wer sie gestohlen hat, hat er es nicht angezeigt."

„Dann lassen sie ihn wieder laufen", meinte Theresa.

„Eben, deswegen sollten wir das erst ganz zum Schluss machen", entgegnete ihr Erika.

„Was denn für ein Schluss?" Theresa musste ihre Schwester Erika immer erst anschnauzen, bevor sie darüber nachdachte, was sie gesagt hatte.

„Nach dem dritten Mal. Wenn dann ein Verdacht auf uns fällt, als Notwehrmaßnahme", erklärte Erika. Annegret stimmte Erika zu, aber Camille wollte es anders angehen.

„Erst legen wir die nächste Bombe. Dann geh ich zu meinem Bruder und geb ihm die Karte. Ich sag ihm, ich hab gelesen von den Anschlägen, dem Feuer, und er soll sich das mal ansehen. Die französische Armee hat nicht viel gegen die Faschisten hier gemacht. Stimmt? Jetzt kann er was machen. Wenn der französische Kommandant zur Polizei geht, dann ist der Gestapomann nicht so schnell wieder frei. Wenn wir das Geld haben, geben wir ihm alle Karteikarten. Großer Erfolg für die Armee. Et voilà."

„Was sagst du ihm, woher du die Karte hast?", wollte Erika wissen. Camille trank von seinem Bier. „Ich sag ihm, ich hab sie Müller gestohlen, aus dem Schuppen. Er wird nichts machen, ihr werdet sehen."

Annegret stand auf, sie musste los, war einverstanden mit Camilles Plan, Erika ebenfalls. Sie lächelte Camille an, sie würde ihn noch begleiten, in sein Hotel. Es gefiel ihr, wie ruhig und sicher er argumentierte, ein wenig Angst machte er ihr allerdings auch. Wenn man Männern näher kam, konnten sie unangenehm werden und ihre schlechten Seiten zeigen.

Theresa lehnte sich auf dem Sofa zurück, verschränkte die Arme vor der Brust und gab sich mürrisch. Auf was hatte sie sich da nur eingelassen? Wie lange würde ihre Wut ausreichen? Und was würde aus ihr werden, wenn alle weggingen, wie jetzt? Sie gab nur einen abfälligen Ton von sich, als ihr Erika sagte, sie bringe Camille noch ins Hotel, sie solle nicht auf sie warten, könne schon schlafen gehen.

Erika hatte sich bei Camille untergehakt, als sie mit ihm durch die abendliche Stadt ging. Ein dunkelblauer Himmel lag über dem See, auf einigen Passagierschiffen brannten noch Lichter, vermutlich für die Putzleute. Sie gingen am Hafen entlang auf den rot leuchtenden Eiffelturm zu, neben dem die stets offene Tür in das düstere Lokal einlud. Heute wartete kein Mädchen auf Kundschaft. Camille erkannte ein französisches Lied, summte ein paar Takte mit, dann waren sie am Hotel. Er hatte sich schon zu ihr umgedreht, um sie mit einem Kuss zu verabschieden, aber sie wollte nicht gehen, sie würde mit hoch kommen. Die Frau an der Rezeption schnaubte nur, als sie Erika und Camille sah, dann löste sie weiter ihre Kreuzworträtsel. Seinen Zimmerschlüssel musste Camille nicht mehr abgegeben, er war zu einer Art Dauergast geworden.

Im Zimmer öffnete er das Fenster, ließ kühle Abendluft herein, weit entfernt hörte man die Wellen und Stimmen aus den Rotlichtlokalen. Er knipste die kleine Lampe auf dem Nachttischchen an, doch Erika setzte sich aufs Bett und machte das Licht wieder aus. Beide waren jetzt blaugraue Schatten, die sich an den Händen fassten. Erika streifte ihm die Jacke herunter und knöpfte sein Hemd auf, dann öffnete sie seine Hose, die auf die Füße rutschte. Sie fasste ihm in die Unterhose, streichelte ihn, nahm sein Gesicht in ihre Hände, küsste seinen Mund. Er stand nur da, sog alles in sich auf, ihre Berührungen, ihren Geruch.

Dann zog sie sich auch aus, schmiegte ihren nackten Körper an seinen, umarmte ihn. So wiegten sie sich und hörten ihrem Blut zu, wie es immer schneller floss, ihren Atem beschleunigte. Erika nahm seine Hand, zog ihn mit sich zum Bett, wo sie sich auf den Rücken legte. Seine Augen glitten über ihren dunklen Körperschatten, er kniete sich zwischen ihre Beine und streichelte sie, langsam, im Rhythmus der Wellen. Ihr Atem und leises Stöhnen leiteten ihn, sie nahm seine Hand, zeigte ihm, wie es mit ihr ging, dann lud sie ihn in sich ein. Sie lagen noch lange im Dunkeln nebeneinander, ohne miteinander zu sprechen. Dann knipste Erika die Nachttischlampe an und fragte Camille, ob er noch eine Flasche Wein hätte, denn sie hätten noch kein einziges Mal auf ihre Verlobung angestoßen. Er zeigte ihr eine Flasche, allerdings nur deutschen Wein, denn sein Vorrat, den er aus Frankreich mitgebracht hatte, war bereits ausgetrunken. Inzwischen besaß er auch zwei Weingläser, doch nur eines davon hatte er benutzt, in der Hoffnung, das andere mit ihr zusammen einzuweihen. Jetzt war der richtige Zeitpunkt dafür gekommen. Sie schauten sich an, küssten sich, ließen die Gläser klingen.

„Jetzt sind wir wirklich verlobt, jetzt musst du mich heiraten, Monsieur Camille“, flüsterte Erika.

„Bon“, sagte er, „das mache ich.“ Beide lächelten vor sich hin, Camille bekam feuchte Augen, zeigte es Erika aber nicht. In dieser Nacht ging Erika nicht weg. Sie schliefen in dem schmalen Bett nebeneinander ein, hielten sich fest, dehnten die Zeit aus und genossen diesen Moment des Glücks, den ihnen niemand mehr nehmen konnte.

„Liebe Hanna“, begann Theresa ihren Brief, „wie geht es dir? Ich hoffe gut. Es ist lange her, seit wir uns gesehen haben. Ich weiß gar nicht, ob dich dieser Brief nach so vielen Jahren erreichen wird. Aber ich dachte, ich versuche es einmal. Ich trage immer noch deine Uhr, fast jeden Tag. Die Uhr mit dem Anker drauf. Du hast sie nach dem eiligen Aufbruch bei mir vergessen. Ich muss oft an diese schöne Nacht denken. Ich

arbeite immer noch mit meinen Händen, bin aber keine Krankenschwester mehr. Stell dir vor, ich bin Gärtnerin geworden, drüben in Kreuzlingen. Das liegt in der Schweiz. Noch immer lebe ich mit meiner Schwester Erika zusammen. Meistens geht es gut, aber oft geht sie mir auf die Nerven. Von hier nach Berlin ist ein weiter Weg, aber vielleicht setze ich mich einmal in einen Zug, fahre durch die Zone und besuch mein altes Berlin wieder. Bestimmt hat sich viel verändert in der Stadt. Ich würde mich freuen, von dir zu hören.

Deine Theresa"

Sie hatte mehrmals angesetzt, um diesen Brief zu schreiben, immer wieder das Papier zerknüllt oder zerrissen. Sie trank Bier, rauchte, schaute in den dunklen Himmel über der Terrasse, zweifelte, ob sie überhaupt schreiben sollte. Eigentlich war es idiotisch, dachte sie, sich nach so vielen Jahren zu melden. Aber was konnte schon passieren? Der Brief konnte zurückkommen, mit „Unbekannt verzogen" drauf gestempelt, Hanna konnte den Brief wegschmeißen, oder sie konnte sich melden. Erika würde nicht mehr lange bei ihr bleiben, bestimmt ginge sie mit Camille nach Frankreich. Vielleicht wurden sie auch alle verhaftet und ins Gefängnis gesperrt. Jedenfalls musste sie sich nicht mehr um ihre Schwester kümmern, ihre jahrelange Ausrede, um kein eigenes Leben zu führen.

Theresa schlief auf dem Sofa, als Erika im Morgengrauen zurückkam. Sie betrachtete ihre schlafende Schwester. Theresas Kittelschürze war verrutscht, man sah die Träger des weißen BHs, die nackten Beine und Füße, das Gesicht verdeckt von lockigen Haaren, durchzogen mit reichlich grauen Strähnen. Erika schaute ihre Schwester gern an, sie hatte im Gegensatz zu ihr kein Fett angesetzt, war schlank, vielleicht etwas zu muskulös, aber sie sollte öfter zum Friseur, sich die Haare färben, mehr aus sich machen. Wie sie sie da so liegen sah, empfand sie zärtliche Gefühle für Theresa, vielleicht, weil sie verliebt war. Sie beugte sich über den Brief, der auf dem Tisch lag, las einige Zeilen, als Theresa sich räkelte, die Augen aufschlug und Erika im Zimmer stehen sah. Theresa setzte sich auf, rieb sich die Augen, nahm den Brief an sich, faltete ihn zusammen und steckte ihn sich in die Tasche ihrer Schürze. Erika ging an ihr vorbei in die Küche hinter dem Vorhang und begann, Kaffee zu kochen. Theresa leerte den Aschenbecker aus und stellte die Bierflaschen in einen Korb in der Küche.

Dann standen sie nebeneinander und schauten in den rosa Morgenhimmel. Sie tranken von dem schwarzen Kaffee, den sie beide ohne Milch mochten.

„Ich werde ihn heiraten", sagte Erika.

„Hast du dir das auch gut überlegt?", fragte Theresa ehrlich besorgt, ohne Erika zu widersprechen oder sie zu verhöhnen.

„Wir passen zusammen. Es ist komisch, dass ich so alt werden musste, um den richtigen Mann zu finden." Das, was Erika gesagt hatte, machte Theresa froh und tröstete sie. Auch für sie gab es vielleicht eine Zukunft.

„Besser spät als nie", antwortet ihr Theresa und dachte an Hanna.

„Danke", sagte Erika leise. Theresa würde sie nicht an diesem Schritt hindern; der Brief an eine gewisse Hanna zeigte ihr, dass auch Theresa über ein neues Leben nachdachte.

In Konstanz hatte sich der Brand bei den Sauters herumgesprochen. Gerade Handwerker, die schon länger im Geschäft waren wie der Schneidermeister Möbius, machten sich Sorgen. Was, wenn es die Verbrecher auf die Geschäfte der Konstanzer Handwerker abgesehen hatten? Man erzählte sich, Sauter würde erpresst, es ginge um viel Geld. Dieser Steinmetz war bestimmt ein reicher Mann, und als Baumeister am Münster hätten er und sein Sohn immer Arbeit genug. Aber dieser Brand, dieser Anschlag auf einen Konstanzer Geschäftsmann war für Möbius ein Zeichen für das Böse, das nach Konstanz gekommen war, weil es allen inzwischen so viel besser ging, weil man Autos und

Fernsehgeräte hatte. Er profitierte von dem Aufschwung in Deutschland: Männer verdienten mehr Geld und kauften sich wieder Anzüge. Doch wo sollte das hinführen, wenn diejenigen, die mehr hatten, von anderen, die gierig waren, erpresst wurden?

Als Beate zur Arbeit erschien, wollte sich Schneidermeister Möbius bei ihr erkundigen, ob sie Genaueres wisse über den Brand in dem Geschäft ihres Verlobten. Auch Gitta und Herr Meier waren äußerst neugierig. Doch nur Gitta fragte direkt und so, dass es alle hören konnten, nach den neuesten Informationen. Aber Beate konnte ihnen nichts berichten, außer dem, was bereits alle wussten. Es hatte gebrannt, und man suchte nach den Brandursachen. Beate nutzte die Gelegenheit, um ihren Kollegen mitzuteilen, Anton Sauter und sie hätten die Verlobung gelöst. Gitta wusste es ja schon, aber Herr Meier machte ein betroffenes Gesicht. Herr Möbius runzelte die Stirn, denn er hatte die Verbindung seiner hübschen Angestellten, die gelegentlich zu Eigenmächtigkeiten neigte, mit dem Sohn eines angesehenen Bürgers der Stadt immer gut geheißen, auch wenn eine Heirat bedeutet hätte, dass er sich eine neue Schneiderin hätte suchen müssen.

Beate war in der letzten Nacht länger wach geblieben, hatte auf ihre Mutter gewartet. Sie wollte von ihr hören, was sie über den Brand dachte, ob es einen Zusammenhang mit ihren Nachforschungen zu Onkel Theos Vergangenheit gab, aber Annegret gab sich völlig erstaunt über Beates Fragen. Sie machte ein paar böse Bemerkungen über den alten Sauter, so wie immer, fand, dass es den Richtigen getroffen hatte, aber wenn Beate sich für die Brandursachen interessierte, sollte sie ihren Bruder Erich fragen, der bestimmt mehr wusste. Beate mochte nicht so recht glauben, dass es alles Zufälle waren, die diese Ereignisse in Gang gebracht hatten.

Noch vor der Arbeit war Beate an der Wache vorbeigegangen und hatte Erich getroffen. Im Hof hinter der Polizeistation standen sie zusammen: Bruder und Schwester, die ein privates Gespräch führten. Erich sah übernächtigt aus, fand Beate, und er bestätigte, er müsse viel arbeiten, jetzt, wo es noch einen zweiten Fall Sauter gäbe. Ob sie Anton gesehen habe, wollte er wissen. Nein, wir sind getrennt, das wisse er doch. Erich berichtete, Anton sei bei ihm gewesen und habe eine Aussage gemacht, aber selbstverständlich könne er ihr nichts darüber sagen. Nur so viel, die Sauters wurden erpresst. Auf Beates Frage, ob er einen Verdacht habe, schaute Erich sie aus seinen übermüdeten Augen an. Polizeigeheimnis, sagte er nur, und er müsse dringend zurück an den Schreibtisch, Berichte schreiben. Beate sagte, eigentlich ginge es sie auch nichts mehr an. Anton zahle keine Alimente mehr, kümmere sich nicht mehr um Bruno, melde sich nicht. Vermutlich würde er genauso werden wie sein Vater, ein verdammtes Arschloch. Sie hatte versucht, das leicht dahinzusagen, aber es war ihr nicht gelungen. Sie war wütend, zutiefst enttäuscht. Erich nahm sie in den Arm und hielt sie eine kleine Weile fest. Es tat gut, einen Bruder zu haben. Als Beate zur Arbeit ging, dachte sie an Anton, der einsam war, keine Geschwister, niemanden hatte. Er war allein mit seinem furchtbaren Vater und selbst schuld an seiner Einsamkeit. Er tat ihr überhaupt nicht leid, im Gegenteil, sie wünschte ihm noch schlimmeres Unglück.

In der Mittagspause hatte Beate sich mit Gitta verabredet, um ein wenig zu reden, auch um zu hören, wie es Gitta mit ihrem neuen Freund, dem Schweizer, ging. Weil sie Erich sehen wollte, hatte sie sich am Morgen zu wenig Zeit genommen und war ohne Pausenbrot losgegangen. Gitta bot an, ihr Brot zu teilen, aber Beate lehnte ab, sie würde schnell zum Metzger gehen, eine Wurst und ein Brötchen kaufen, es war ihr nach einem kräftigen Essen. Gitta setzte sich auf eine Bank, wo sie auf ihre Freundin warten wollte.

Beate stand nicht lange an, der Metzgerladen hatte sich auf die Angestellten eingestellt, die gerne mittags vorbeikamen. Sie hatten belegte Brötchen, manchmal auch warmen Fleischkäse im Angebot. Zwei kräftige Frauen mit rosa Haut, in der Farbe der Wurst, die sie verkauften, nahmen die Wünsche der Kunden schnell entgegen, bedienten zügig und lächelten, wenn sie kassierten. Beate war gerade im Begriff, den Laden zu verlassen, als sie ein junger Mann ansprach, der ebenfalls einkaufen wollte.

„Beate? Beate Adler?“ fragte der Mann, der einen kleinen Bauch hatte. Unter den wenigen dunklen Haarsträhnen schimmerte weiße Kopfhaut hervor. Beate lächelte freundlich, wie die Wurstverkäuferinnen, irgendwoher kannte sie diesen Mann.

„Du kennst mich nicht mehr! Ich bin der Thomas. Ein alter Freund vom Anton. Du, das tut mir ja so leid. Also wirklich, wer macht denn so was“, plapperte er und rückte einen Schritt nach vorne zur Theke.

„Einen kleinen Moment, Beate, warte doch mal kurz. Zwei Lyonerbrötchen, bitte.“

Beate wollte ihn eigentlich abwimmeln.

„Ich bin draußen“, sagte sie und ging hinaus.

Gleich nach ihr kam Thomas Golombeck.

„Ich wollt dir nur sagen. Das ist alles nicht auf meinem Mist gewachsen. Und jetzt, die ganzen Sachen mit dem Anton und seinem Vater. Das ist wirklich schrecklich. Ihr seid echt nicht mehr zusammen, der Anton und du?“

Beate verstand nicht, was er ihr sagen wollte.

„Nein, sind wir nicht. Hat dir das der Anton erzählt?“

„Dass er so was einer Frau wie dir antut. Ich versteh das ja nicht. Wenn du mal reden willst...“

„Meine Kollegin wartet.“

„Ja, ich muss auch wieder los. Nichts für ungut. Ich wollt halt nur sagen, es war nicht meine Idee. Du sollst nicht schlecht von mir denken.“

„Was war nicht deine Idee?“

„Das mit dem Notar und so“, gestand Thomas.

Langsam sickerte hinter dem Geschwafel dieses Kerls

eine schreckliche Wahrheit durch. Beate krampfte die Hand über dem Papier des Brötchens zusammen.

„Du? Bist du das? Hast du beim Notar behauptet, dass du mit mir…?“

„Also idiotisch, gell. Wenn das jetzt blöd für dich ist, kann ich das auch wieder …“

In Beate stieg ein Zorn auf, den sie noch nicht kannte.

„Du hast behauptet, dass du mit mir im Bett warst?“, schrie sie ihn an. Thomas Golombeck wich einen Schritt zurück, völlig überrascht von der heftigen Reaktion.

„Was haben sie dir bezahlt? Du Schwein!“ Beate zerdrückte ihr Wurstbrötchen mit der Hand. Ihr ganzer Körper war aufs Äußerste angespannt, eine kalte Energie erwachte in ihr, gefährlich wie eine scharfe Klinge. Ihre Haare, die sie jeden Tag hochsteckte, fielen ihr ins Gesicht.

„Wessen Idee war das? Los! Raus damit!“, herrschte sie ihn an. Sie beugte sich zu ihm hin, Angst stieg in ihm auf. Er war noch nie einer so wütenden Frau begegnet, wollte sich umdrehen, sah sich hilfesuchend nach den anderen Kunden um, die aus dem Laden kamen und dem Schauspiel grinsend folgten.

„Das war, das war, also Anton und sein Vater.“

„Die haben dich bezahlt, dass du zu einem Notar gehst und dort frech lügst? Du hast nicht mit mir geschlafen!“ Der Satz traf ihn, wie der Hieb einer Peitsche.

„Nein, natürlich nicht!“

„Damit der Dreckskerl mir keine Alimente mehr bezahlen muss, deswegen lügst du?“

„Aber das wusste ich doch nicht.“

„Lügner!“

Beates Finger waren zu Klauen geworden, sie wollte ihm ins Gesicht schlagen, ekelte sich aber vor dieser hässlichen, weinerlichen Fratze. Das Wurstbrötchen quoll aus dem Papier hervor, bröselte auf den Gehweg. Ihr Bauch zog sich zusammen, aber sie hielt sich aufrecht, ihr Gesicht war eine Maske aus Wut. Thomas Golombeck schlich in kleinen

Schritten rückwärts, berührte mit dem Rücken die Fensterscheibe der Metzgerei, glitt daran entlang und suchte nach einer Möglichkeit zu entkommen.

Beate lauerte weiter auf jede Bewegung von ihm, wie ein Hund, der zubeißen will.

„Dein Name und deine Adresse", zischte sie. Golombeck riss ein Stück Papier ab, das um seine Lyonerbrötchen gewickelt war, seine Finger zitterten. Ein Mann im Anzug, der dem Duell zuschaute, zückte einen Bleistift und reichte ihn weiter. Golombeck stopfte sich die Brötchen links und rechts in seine weiten Arbeitshosen, hielt das Papier mit einer Hand gegen die Scheibe. Ängstlich drehte er sich zu Beate um und vergewisserte sich, ob sie ihn nicht hinterrücks erschlagen würde, dann schrieb er mit kleiner Schrift seinen Namen und Adresse auf. Das Stückchen Papier und den Bleistift reichte er dem Mann. Beate hatte die Hände in die Hüften gestemmt, machte eine Aufforderung mit dem Kinn und entließ Golombeck. Sie wandte sich dem Mann mit dem Zettel zu, nahm ihm mit einem Ruck das Papier aus der Hand und ging weg.

Sie zitterte noch, als sie Gitta auf der Bank fand. Die eine Hand krampfte um das zerdrückte Brötchen, die andere um den Zettel. Beates Haare waren aufgelöst, die Haut schimmerte feucht. Gitta war erschrocken aufgesprungen, als sie Beate so vor sich stehen sah.

„Was ist denn mit dir passiert?", fragte sie. „Kennst du den?", wollte Beate schroff von ihr wissen. Gitta las den Namen und die Adresse von Thomas Golombeck. Sie schüttelte den Kopf.

„Den haben die bezahlt. Er hat behauptet, dass er mit mir im Bett war. So ein Schwein!"

Gitta verstand nicht gleich, was Beate ihr sagte, aber sie begriff, warum ihre Freundin so aufgelöst war. Sie umarmte Beate, was sie selten machte. Langsam löste sich die Härte in Beates Körper, sie atmete tief ein, Tränen flossen, aber es war ein stilles Weinen.

„Anton hat diesen Thomas bezahlt, damit er sagt, er war mit dir im Bett? Aber warum denn?"

Beate setzte sich auf die Bank, sie schaute auf die Straße, die Autos, die an ihnen vorbeifuhren, die Menschen auf den Fahrrädern. Sie blickte durch all das hindurch. Bisher hatte der Verrat von Anton eine große Traurigkeit und Schwere in ihr bewirkt wie ein tragisches Schicksal, das über sie gekommen war. Jetzt hatte dieser Dämon, der ihr Leben umkrempelte, ein Gesicht bekommen. Anton hatte diesen geschwätzigen, schmierigen Menschen bestochen, um sie und ihren Sohn loszuwerden.

Gitta setzte sich neben sie und legte einen Arm um ihre Schulter. Sie fragte erneut nach dem Sinn von Antons Hinterhältigkeit. Beate wandte sich ihr zu, voller Entschlossenheit und kalter Wut.

„Er will mich loswerden und nicht mehr für seinen Sohn bezahlen."

„Bestimmt steckt sein Vater dahinter. Der will nicht, dass Bruno etwas erbt."

„Der Alte ist mir so was von egal. Anton kann nicht immer alles auf seinen Vater oder seine tote Mutter schieben. Wir haben ein Kind zusammen! Drei Jahre lang hat er mir erzählt, wie er mich liebt und dass wir heiraten!" Beate schleuderte Gitta diese Sätze entgegen.

„Schade, dass die Bombe ihn nicht erwischt hat!", setzte Beate hinzu, und sie meinte es auch so. Gitta nickte nur, beeindruckt von der Wut ihrer Freundin.

„Hast du eine Ahnung, wer das war?", fragte Gitta.

Beate schüttelte den Kopf.

„Was sagt der Erich?"

„Der weiß auch nichts. Ich hab ihn gefragt. Offenbar werden sie erpresst."

„Ah ja?"

„Der Alte ist wahrscheinlich nicht erst seit heute ein Arschloch."

„Ich hab immer gedacht, dass du es richtig gemacht hast,

mit dem Anton und dem Kind“, gestand ihr Gitta, „so einen wie den Anton, den hab ich mir gewünscht. Ich hab dich beneidet.“

„Jetzt siehst du, was dabei rauskommt mit einem wie dem Anton.“

„Man kann in die Männer nicht reinschauen“, fasste Gitta ihre bisherige Lebenserfahrung zusammen.

„Stimmt, man kennt sie erst richtig, wenn es zu Ende ist und sie wieder weg sind.“

Beate stand auf, sie hatte einen Entschluss gefasst.

„Bitte entschuldige mich beim Möbius, sag ihm, ich fühl mich nicht wohl oder irgendwas. Ich muss noch was erledigen.“ Beate merkte nicht, wie sich ihre Hände zu Fäusten zusammenballten und dann wieder öffneten.

Den Schlüssel für die Wohnung, die sie mit Anton ausgebaut hatte, trug Beate immer in ihrer Handtasche mit sich. Dieser Schlüssel war so etwas wie ein Symbol für das künftige Leben, das sie führen würde.

Sie öffnete die Tür, trat in den Raum, in dem sie noch vor ein paar Wochen geträumt hatte, wie schön es sein würde, wenn Bruno hier über die Dächer der Stadt schauen könnte, wie es ihn frei machen würde. Was für eine Idiotin sie doch war. Beate ging durch die leeren Räume, legte eine Hand auf die freigelegten Holzbalken, betrachtete die Mauerreste, die sie noch wegmachen wollten. Auf den meisten Wänden klebten noch alte Tapeten, graue und gelbliche Reste, auf denen Blümchen und Streifen zu erkennen waren. Ob die Menschen, die früher hier gelebt hatten, glücklich waren, ob sie sich liebten oder hassten? Beate nahm sich ihre Arbeitskleidung, den Kittel und die Schürze, von dem Haken und zog sie über. Das einzige Werkzeug, was immer hier blieb und nicht von Anton abends wieder mitgenommen wurde, war der schwere Vorschlaghammer. Sie nahm ihn mit beiden Händen hoch und schlug auf die Querstrebe eines der Holzbalken ein. Der Hammer war schwer, und als Beate damit gegen das Holz traf, federte er zurück und zwang sie einige Schritte rückwärts. Sie musste kräftig auf dem Boden stehen und kleinere Schläge ausführen, bis das Holz splitterte. Dann schlug sie immer wieder auf einen weiteren Balken ein. Die Haut der Hände, die sie auf den Holzgriff des Hammers presste, wurde wund, die Oberarme schmerzten, denn diese schwere Arbeit kannten sie nicht. Aber als auch der nächste Balken knirschte, verschwanden ihre Schmerzen. Der brechende Balken gab einen Laut von sich, als ob ein riesiges Papier zerreißen, als ob es aufschreien würde. Beate trat zurück und sah zu, wie die Balkenkonstruktion, die einen Teil der Decke und des darüber liegenden Daches trug, zusammenbrach.

Sie hatte den Vorschlaghammer abgestellt und sich den Ärmel ihres Kittels vors Gesicht gehalten, denn eine kräftige Staubwolke stieg auf. Anstatt die Fenster mit dem Griff zu öffnen, wie sie es bisher gemacht hatte, schlug sie sie mit dem Hammer einfach ein. Es klirrte heiter, als das zersplitterte Glas in den Raum und nach draußen fiel. Sie ging in den nächsten Raum, hob den Hammer hoch und schlug kleinere Löcher in die Wände und den hölzernen Fußboden. Beate war beschwingt, wie in einem wütenden Tanz führte sie den Hammer. In der alten Küche hing noch ein gusseisernes Waschbecken, das sich leicht zertrümmern ließ. Den Wasserhahn öffnete sie etwas, ein leichter Strahl lief heraus, Beate formte eine Kuhle mit ihren roten Händen, spritzte sich Wasser ins Gesicht, rieb sich über den Nacken, so wie es Anton auch immer machte, wischte sich den Staub von der Haut. Dann band sie sich das Kopftuch ab, zog sich die Schürze aus, nahm ihre Handtasche vom Haken und hing ihre Arbeitskleidung wieder auf. Viele Monate lang war sie froh aus dieser alten Wohnung weggegangen, jede Arbeitsstunde, die sie hier mit Anton verbracht hatte, war wie ein staubiges Opfer an ein Leben gewesen, das sie hier gemeinsam verbringen würden. Ihr Sohn sollte hier aufwachsen, hier würden sie zusammen essen, und sie und Anton würden sich hier lieben. Als Beate zur Eingangstür kam, ließ sie diese Zukunft hinter sich zurück, sie hörte, wie das Wasser leise auf den Boden rann; noch steckte der Schlüssel, den sie nicht mehr brauchte, in der Tür, die sie offen stehen ließ. Beate trat in den Hausflur, schritt die Treppe hinunter, ohne Eile, eine Nachbarin im Erdgeschoss schaute aus ihrer Tür, erkannte Beate und grüßte sie. Beate lächelte nur. Sie schaute sich nicht mehr um.

Camille liebte es, am Hafen von Konstanz entlangzugehen, den an- und abgehenden Schiffen mit den fröhlichen Familien, den Männergruppen, den Freundinnen mit Kindern zuzuschauen oder den alten Frauen, die den Möwen Brotreste zuwarfen. Er ging am Stadtgarten entlang, unter den Weidenbäumen, überquerte die Rheinbrücke und lief an den großen Häusern vorbei bis zum Spielkasino, das ihn nicht interessierte, spazierte dann weiter und blickte auf die andere Seeseite, zum Schweizer Ufer hinüber, das im Dunst lag. Die Seeluft tat ihm gut, er brauchte die Bewegung, um die Tage zu überbrücken, bis er Erika wiedersehen konnte oder der nächste Schritt ihrer großen Aktion anstand. Sie hatten lange darüber gesprochen, welches der dritte Schlag sein könnte, ob sie das zweite Auto, den schwarzen Mercedes, in die Luft jagen oder eine Bombe in die Wohnung werfen sollten, aber es waren alles keine guten Aktionen. Sie wollten keinen der beiden Männer töten, zumindest er wollte das nicht, bei Theresa und Annegret war er sich da nicht so sicher. Ein paar Verletzungen gingen in Ordnung, die heilten wieder. Die Sauters sollten vor allem Angst haben und ihr Geld rausrücken.

Während Camille am See entlangschlenderte, malte er sich aus, wie er mit Erika auf dem Weingut leben würde. Die Vorstellung, diese Frau in seiner Nähe zu haben, sich jeden Abend neben ihr schlafen zu legen und mit ihr morgens Kaffee zu trinken, bevor er sich an die Arbeit mit den Weinstöcken oder den Trauben machen würde, erfüllte ihn mit Freude. Es überkam ihn eine große Gewissheit, dass es gut gehen würde; er war nicht nervös, fühlte sich nicht unter

Druck, er plante genau und überlegt. Es war gut so. Vor allem freute er sich, als er Anton auf einem der Boote, die in Ufernähe angeleint lagen, herumhantieren sah. Das Boot war kein schlichtes Ruderboot, es hatte einen kräftigen Außenborder und eine kleine Kajüte, unter der man bei Regen Schutz finden könnte: ein kräftiges, kleines Boot, mit dem man weit auf den See hinausschippern konnte. Ein gutes Anschlagsziel, fand Camille. Das Glück und seine heiteren Gedanken an Erika und seine Zukunft hatten ihm diese Entdeckung geschenkt. Camille musste nur noch herausbekommen, ob Anton allein oder zusammen mit seinem Vater hinausfahren wollte. Die Aktivitäten des jungen Mannes deuteten darauf hin, dass er das Boot klarmachte; er überprüfte, ob genügend Benzin im Tank und das Ruder gängig war. Dem alten Mann würde frische Seeluft sicher gut tun. Allerdings wollte Camille dafür sorgen, dass die Bootsfahrt mit einem lauten Knall endete, damit die Herren Sauter endlich ihr Geld ausspuckten. Er überlegte, in der nächsten Nacht die Bombe im Boot einzubauen und eine Zündvorrichtung zu installieren, die eine Explosion nach etwa fünfzehn Minuten Bootsfahrt auslöste. Vom Ufer und den anderen Schiffen aus würde man die Explosion sehen können, noch bevor die beiden Männer untergingen, wäre die Seenotrettung oder die Seepolizei da und würde die beiden retten. Das leckgeschlagene Boot würde versinken und vermutlich auf dem Grund des Bodensees verrotten.

Die Bombe für das Boot, die erst verzögert zünden sollte, war nicht so einfach zu bauen wie die Autobombe, da die Explosion auf dem See erfolgen sollte, nachdem die beiden losgefahren waren. Der Zündmechanismus musste also mit dem Bootsmotor und einer Zeitschaltung verbunden werden, außerdem mussten all diese Vorrichtungen gut und wasserdicht verpackt werden. Diesmal besorgte Camille die fehlenden Dinge, wie einen batteriebetriebenen Wecker und eine wasserdicht verschließbare Plastikschüssel, selbst im Kaufhaus Hertie. Er erledigte diese Besorgungen, noch bevor die beiden Schwestern Feierabend hatten, und machte sich an die Arbeit. Nach zwei Stunden war das Ding fertig, und er packte es in die kleine blaugemusterte Einkaufstasche. Camille hoffte, dass dies die letzte Bombe wäre, die er in seinem Leben bauen müsste. Das Pflücken und Schneiden der Reben, das Pressen der Trauben, das Filtern, Abfüllen – all die Vorgänge, um Wein herzustellen, die vielen unterschiedlichen Gerüche, erfüllten ihn immer mit Freude. Die hohe Konzentration, das kleinteilige Werkeln an einem Sprengsatz hingegen ermüdeten Camille. Für diese Tätigkeit empfand er sich inzwischen als zu alt, obwohl er es noch immer gut konnte und es ihn befriedigte, wenn seine Konstruktion schließlich funktionierte. Aber er mochte den Druck, der auf ihm lastete, nicht mehr. Früher hatte ihn diese Energie belebt, jetzt wollte er nur noch, dass es zu Ende ging und er mit Erika im Bett liegen konnte.

Meist kam Theresa etwas später von ihrer Arbeit als Erika. Als sie zu dritt waren, kam er zu ihnen hinunter, erläuterte seine Pläne und beschrieb ihnen, wo das Boot der Sauters lag. Dort würden sie sich nachts um zwei Uhr treffen, jeder sollte allein kommen. Die beiden Frauen hatten die Aufgabe aufzupassen, Schmiere zu stehen, wie es Erika nannte, während er das Boot an Land holen und die entsprechenden Dinge, er sprach es französisch aus, „les trucs", anbringen würde. Sie tranken Bier, aßen Brot und Wurst mit Senf dazu, redeten wenig, schauten vor sich hin, hingen ihren Gedanken nach. Nach dem Essen zündeten die Frauen sich ihre Zigaretten an. Theresa fragte Camille, ob er glaube, Sauter würde bezahlen. Camille zuckte die Schulter, mal schauen, vermutlich schon, jedenfalls hoffte er, es wäre endlich vorbei und etwas Neues könne beginnen. Er schaute Erika an und seufzte.

Camille war schon am Abend in die Nähe des Ufers, wo das Boot lag, gekommen und weiter in die andere Richtung am See entlanggewandert, wo man zur Insel Mainau schauen konnte. Er hatte sich eine Decke mitgenommen, sich auf eine Wiese gelegt, die Dämmerung und die Nacht abgewartet, ein wenig geschlafen. Als es kurz vor eins war, lief er langsam und schwer wie ein Mann, der nachts nicht schlafen kann, zu der verabredeten Stelle. Es war ein wenig Wind aufgekommen, leichte Wellen trieben über den See, Wolken huschten an der hellen Sichel des Mondes vorbei, der immer mal wieder das dunkle Ufer aufleuchten ließ. Erika und Theresa trafen kurz nacheinander auf ihren Fahrrädern ein. Camille wies sie an, nach rechts und links zu gehen und falls jemand auftauchen sollte, zu pfeifen. Er zog sich nackt aus, schwamm zum Boot, knüpfte das am Heck befestigte Seil, das an einer Boje hing, auf und schwamm zurück. Dann zog er das Boot mit dem am Bug verbundenen Tampen zum Land und leinte es dort an. Kurz trocknete er sich mit der Decke ab, entnahm seiner Einkaufstasche die fest verschlossene Plastikschüssel und weitere Utensilien und stieg dann in das Boot. Er befestigte Kabel an der Startvorrichtung des Bootsmotors, verband diese mit den Kabeln, die aus der Box mit der Bombe schauten, und verbarg die Kabel sorgfältig. Den Sprengsatz in dem wasserdichten Behälter verbaute er ganz vorne unter dem Bug, was ein wenig umständlich war. Er musste sich dazu ziemlich verrenken, scheuerte mit der nackten Haut auf den Bootsplanken, holte sich einen Holzsplitter in den Unterarm, was schmerzhaft war, aber nach einem leisen Fluch machte er weiter. Camille löste das Boot von der Uferbefestigung, glitt wieder in das dunkle Wasser, nahm den im Wasser schwimmenden Tampen und zog das Boot zur Boje und verknotete es fachgerecht, wie er es vorgefunden hatte. Dann schwamm er zurück, legte sich die Decke über den nackten Körper und schaute sich das kleine Stück Holz an, das ihm im Unterarm steckte. Noch bevor er den Splitter ziehen konnte, pfiff es von Erika, die einen Mann mit einem Hund entdeckt hatte. Schnell wickelte Camille seine Kleider zusammen und rannte barfuß zu Erika, mit der Decke um die Schulter, die er vor ihr auf die Erde fallen ließ. Er befahl ihr, ihre Bluse und den Rock auszuziehen und sich hinzulegen. Er legte sich nackt neben sie und schlang die Decke um sie beide herum. Ein Mann, der wie ein Wachmann gekleidet war, vermutlich vom nahen Spielkasino, befand sich mit seinem Hund auf dem Nachhauseweg. Der Hund schlug an, als er die beiden unbekleideten Menschen unter der Decke witterte. Camille sprang auf und hielt sich Erikas Rock vor sein Geschlechtsteil, als ihn der Strahl der Taschenlampe des Wachmannes traf. Schnell erlosch das Licht wieder, der Mann lachte kurz auf, sagte „Oh, Entschuldigung. Weitermachen!“, lachte erneut und rief seinen Hund zur Ordnung. Camille bat Erika, laut zu kichern, was diese gerne tat, weil sie so ihre Spannung loswerden konnte. Der Mann und der Hund entfernten sich wieder. Theresa hatte sich überlegt, ob sie eingreifen sollte, aber nachdem sich die kleine Aufregung wieder gelegt hatte, radelte sie einen dunklen Weg entlang, bog auf die Uferstraße ein, machte kehrt und wollte Erika und Camille abholen. Aber die beiden waren nicht mehr zu sehen, sie hatten sich schnell angezogen. Camille schickte Erika weg, sie sollte zurückfahren, er würde ins Hotel gehen. Er beruhigte sie, sie müsse sich keine Sorgen machen, der Wachmann habe nur ein nacktes Liebespaar gesehen. Theresa holte Erika auf der anderen Rheinseite ein, sie verständigten sich kurz, trennten sich und trafen sich in ihrem gemeinsamen Wohnzimmer wieder, wo noch die drei leeren Bierflaschen auf dem Tisch standen. Sie rauchten zusammen ihre letzte Zigarette vor dem Schlafengehen. Vielleicht, so schlug Theresa vor, wäre es ja schön, wenn sie zu dritt zuschauen könnten, was morgen auf dem See geschehe. Theresa könnte sich freinehmen, Erika sich wegen eines wichtigen Gangs zum Standesamt entschuldigen, und Annegret mit Bruno würde auch zu ihnen stoßen.

„Was glaubst du, wann fahren sie mit dem Boot raus?“, erkundigte sich Erika.

„Nicht vor fünf, die fahren immer nur abends raus. Tagsüber haben die genug mit der abgebrannten Werkstatt zu tun."

„Dann könnte die Beate auch zuschauen", meinte Erika.

„Meinst du, das gefällt ihr?"

„Sie geht doch immer gern mit uns zum Seenachtfest."

„Ganz so spektakulär wird es nicht ausfallen."

„Ich glaub, sie wird sich trotzdem freuen", meinte Erika. Die beiden Schwestern waren sich einig und grinsten voller böser Vorfreude.

Früh am Morgen fuhr Theresa bei Annegret und Beate vorbei, um beide zu fragen, ob sie Lust hätten, sich zusammen auf einem Bänkchen am Ufer des Stadtgartens zu treffen, so ab fünf Uhr, nach Feierabend. Beate erkundigte sich nach dem Anlass. Theresa meinte, es wäre so viel passiert in den letzten Wochen, und da hätten sich Erika und Theresa überlegt, dass es schön wäre, wenn sie sich als Familie treffen würden; mehr als sie vier Weiber, die beiden Söhne von Annegret und das Kind wären ja nicht mehr übrig. Annegret sagte nichts, gab jedoch ihr Einverständnis zu erkennen, das ließe sich schon machen. Beate hatte allerdings eine Verabredung mit Herrn Bäuerle, was sowohl Annegret als auch Theresa erstaunte. Sie schauten Beate erwartungsvoll an, doch die sagte ihnen nichts zum Stand ihrer Beziehung zu Josef, dem Spielwarenhändler. Sie machte ihnen allerdings klar, dass sie nicht vorhabe, ihn zu heiraten. Er sei eben so eine Art guter Freund geworden, es könne doch auch zwischen Männern und Frauen Freundschaften geben, „ohne, dass man etwas miteinander hat", sagte sie. Annegret und Theresa nickten, ja, das könne es durchaus geben, sie hätten davon auch schon gehört, dann lachten beide spöttisch.

Bruno bekam strahlende Augen, nachdem er den Namen Bäuerle gehört hatte, und zappelte herum, er wollte unbedingt mit der Mama mitgehen, doch Beate wiegelte ab, heute würde es nicht passen, aber bestimmt könnte sie ihm ein Geschenk mitbringen. Annegret versprach ihm, Brot mitzunehmen, mit dem er die Möwen und Schwäne im Stadtgarten füttern könnte. Bruno gefiel das nicht, er bestand darauf, mit seiner Mama mitzugehen, stampfte auf, wurde laut und zornig. Beate drohte ihm, wenn er nicht sofort aufhören würde, so ein Geschrei zu veranstalten, dann dürfe er am Abend nirgendwohin gehen, sondern müsse ins Bett. Sie schaute ihn streng an und hoffte, dass sie das Blickduell mit Bruno bestehen würde und sich vor Annegret und ihrer Tante Theresa als gestandene Erzieherin mit Autorität zeigen könne. Seitdem sie wusste, dass es keine Alternativen mehr zu einem Leben als alleinerziehende Frau mit Sohn geben würde, fühlte sie sich ruhig und klar, zauderte nicht, hatte kein schlechtes Gewissen mehr, hoffte nicht mehr auf eine bessere Zukunft mit Anton oder einem anderen Mann. Alles war Gegenwart, war Jetzt, Hier und Heute.

Bruno spürte diese neue Kraft seiner Mutter, ihre Entschiedenheit, schluckte seine aufkommende Wut hinunter und nuschelte ein „Ja, Mama“. Beate beugte sich zu ihm, und küsste ihn auf die Wange und forderte einen Kuss von ihm, den er ihr aufdrückte, auch umarmte er sie. Annegret und Theresa sahen das kleine Schauspiel von Unterwerfung mit Respekt und Genugtuung; die junge Frau begann Härte zu entwickeln, so wie es sich für die Frauen in ihrer Familie gehörte. Nachdem sich Beate verabschiedet hatte, blieb Theresa noch einen Moment zurück, um ihrer großen Schwester zu erzählen, was sich in der vergangenen Nacht ereignet hatte und was sie heute vom Ufer aus zu sehen bekämen. Annegret fragte nach, ob es wirklich eine gute Idee sei, sich am Ufer des Sees als Schaulustige einzufinden, während, nun ja, etwas Schlimmes geschehe. Die beiden waren vor die Haustür getreten, um ungestört, ohne Brunos Ohren, miteinander sprechen zu können. Theresa fand es richtig, anzusehen, was sie angezettelt hatten, sie hätten die Dinge in die Hand genommen, sich für Theo gerächt. Wenn der Alte sie jetzt entschädigen müsse für das, was er ihnen und auch Beate angetan hatte, so wäre das nur ein wenig „Scheiß Geld", aber heutzutage sei Geld das Wichtigste überhaupt. Hast du mit der Frau aus Salem telefoniert, wollte Theresa noch wissen, mit der, die mit dem englischen König schläft?

„Er ist kein König, und ob sie mit ihm ins Bett geht, weiß ich nicht", gab Annegret zurück. Ja, sie habe mit ihr telefoniert, werde es heute Abend erzählen.

Den Besuch der englischen Königin in Deutschland hatte Annegret in der Tageszeitung weiter verfolgt, denn nach ihren zwei Tagen auf Schloss Salem blieb die Queen noch weitere sechs Tage in der Bundesrepublik, bis sie schließlich in Hamburg auf die königliche Yacht stieg und in ihr Königreich zurückfuhr. Eine Meldung aus der britischen Presse wurde gerade in Süddeutschland begierig und interessiert aufgegriffen. Es wurde spekuliert, ob der älteste Sohn, Prinz Charles, nach Deutschland in das Internat Salem geschickt werden würde. Annegret wusste, die privaten Angelegenheiten der königlichen Familie, vor allem die Erziehung der Kinder, wurden von Prinz Philip geregelt; die Königin kümmerte sich um die Staatsgeschäfte. Also hatte offenbar der Vater von Charles den Plan gefasst, seinen Sohn nach Deutschland in seine alte Schule zu schicken, weit weg von England und Mutter. Dem jungen Charles passten wohl die strengen Regeln des schottischen Internats Gordonstoun nicht, dort regierte Kurt Hahn, der Gründer der Salemer Internatsschule, der 1933 von den Nazis ins Exil gezwungen wurde und sein Werk in Gordonstoun fortsetzen konnte. Seine pädagogischen Prinzipien hatte er auf das neue Internat in Schottland übertragen. Man musste selbst im frostigsten Winter bei offenen Fenstern schlafen, zwei Mal am Tag wurde kalt geduscht, Standesunterschiede galten nichts. Charles empfand diese Prinzipien als Zumutung, sein Leben in Gordonstoun als Hölle. Er schrieb seiner Mutter und bat sie, sich für ihn einzusetzen. Charles Vater Philip wollte von solchen Überlegungen zunächst überhaupt nichts wissen, es war an ihm, zu entscheiden, wo die Kinder zur Schule gingen. Charles war seiner Meinung nach verweichlicht, wie sollte aus dem ein würdiger Thronfolger werden? Doch dann dachte er an die schöne Frau in Salem, die Frau des Bürgermeisters, und gewann dem Gedanken, Charles des Öfteren in Deutschland besuchen zu können, einiges ab. So jedenfalls reimte es sich Annegret zusammen, denn sie hatte mit Frau von Hohenstein telefoniert.

Anders als bei ihrer ersten Begegnung am Bahnhof in Salem war die Dame sehr liebenswürdig und gesprächig. Sie berichtete, sie habe den Prinzen sprechen können, da sie von Max, wie sie den jungen Markgrafen nannte, zu einem Bankett „im kleinen Rahmen“ im Schloss eingeladen waren. Außerdem hätten sie und Philip schon zusammen gejagt. In diesem vertraulichen Gerede erkannte Annegret nicht nur die adlige Borniertheit der Frau von Hohenstein, sondern auch eine wirkliche Nähe zu dem Mann der Königin. Ihre Stimme klang weich, melodisch, dunkler, als sie von ihm sprach. Sie berichtete, er könne sich nicht genau erinnern, wie der junge Mann hieß, aber es hatte tatsächlich jemanden aus Konstanz mit einem Boot gegeben, der ihm bei der Flucht von Kurt Hahn behilflich gewesen wäre. „Philip hat sehr warmherzige Erinnerungen an diese Zeit und hob den Mut dieses Konstanzers hervor“, plauderte die Frau des Salemer Bürgermeisters. Vielleicht war es wirklich Annegrets Bruder? Der Prinz, sie sagte „Philip“, „lässt Ihren Bruder grüßen“. Annegret musste ihr mitteilen, dass ihr Bruder in einem KZ umgebracht worden war, was Frau von Hohenstein zu einem „Wie schrecklich“-Ausruf nötigte. Dann beendeten sie das Telefonat, die Dame hoffte, Annegret geholfen zu haben und wünschte ihr noch einen schönen Tag.

Josef Bäuerle schloss seinen Laden um fünf Uhr, später kamen meist keine Kundinnen und Kunden mehr. Am meisten war vormittags los, wenn die Frauen mit ihren

Kindern kamen. Der frühe Ladenschluss erlaubte ihm, sich um seine privaten Angelegenheiten zu kümmern, die Buchhaltung immer aktuell zu halten, die Bestellungen bei den Lieferanten auszufüllen und per Post oder telefonisch aufzugeben. Er freute sich, Beate zu treffen und hatte überlegt, wo er sich mit ihr zeigen könnte: in einem Café, in einer Weinstube oder ob er mit ihr einfach eine kleine Tour machen sollte. Seit dem Ausflug nach Salem hatte er viel darüber nachgedacht, wie viel er ihr von sich erzählen sollte; es gab wenige Menschen, mit denen er befreundet war, er gab sich gerne als den höflichen, gut aussehenden Verkäufer, mit dem die verheirateten Frauen flirteten, der ein geheimnisvolles Privatleben hatte, dem man Affären und Reichtum nachsagte. Dieses Schauspiel hielt er gerne aufrecht, doch Beate hatte begonnen, hinter seine Maske zu blicken.

Als Josef Bäuerle die Ladentür von außen zusperrte, kam sie von der Rosgartenstraße her auf ihn zu, lächelte nur, sagte ein leises „Hallo", streckte ihm nicht die Hand zum Gruß aus, damit er sie drücken könnte wie bei einer Kundin, was er als ein Zeichen von Nähe empfand, weil das Händeschütteln auch immer die Distanz zwischen zwei Menschen markierte. Sie überlegten gemeinsam, wo sie hingehen sollten, und entschieden sich für eine der Weinstuben in der Altstadt, ein geselliger Ort, der unverdächtig war. Beate fragte ihn nach ihrer Mutter, erkundigte sich, wann sie mit der Frau des Salemer Bürgermeisters telefoniert habe und ob er wüsste, was gesprochen worden sei. Er zeigte sich erstaunt über Beates Frage, denn selbstverständlich hätte er ihre Mutter vor zwei Tagen in seinem Büro hinter verschlossener Tür sprechen lassen. Josef machte eine Bemerkung über Beates Augenringe, offenbar müsse sie viel kämpfen, und vermutlich schlafe sie schlecht, wofür er Verständnis zeige, denn solche Phasen, in denen sich alles ändert, kenne er auch.

Beate erkundigte sich, welche Veränderungen denn ihn

schlecht schlafen ließen. Josef zögerte mit der Antwort, sagte schließlich, auch bei ihm habe es eine große Liebe gegeben, aber dies sei lange vorbei. Seit er in Konstanz lebe, schlafe er meistens ganz gut. Beate fragte nach, ob er wegen der gescheiterten Liebe hierhergekommen sei, und er bejahte. Ortswechsel täten gut, um solche Schmerzen zu verarbeiten und zu überwinden. „Aber es ging nicht um eine Frau?“, fragte Beate direkt. Er schaute sie an, offen, so direkt hatte ihn noch niemand gefragt, und er nickte nur. Sie lächelte und nahm seine Hand, um ihm zu versichern, dass sie sein Geheimnis niemandem verraten würde. In diesem Moment kam die Kellnerin zu ihnen an den Tisch, bei der sie zwei Gläser Weißwein bestellten. Anstatt ihm Versicherungen zu ihrer Verschwiegenheit abzugeben, erzählte Beate ihm, wie sie mit dem Vorschlaghammer die Wohnung, in der sie gehoffte hatte, einmal ihr künftiges Leben verbringen zu können, zertrümmert hatte, wie sie ohne schlechtes Gewissen weggegangen war und wie anders sich heute die Arbeit angefühlt hatte. Sie musste einen dunklen, grob gewebten Stoff schneiden, was sie bisher nicht gern gemacht hatte, denn oft war die Schere nicht scharf genug, aber heute mochte sie jeden Schnitt, jedes Klacken, wenn die beiden Hälften der Schere ineinander fielen, das satte Geräusch des Reißens, den der Stoff machte, das Gefühl in den Fingern, wenn sie über die Textur strich. Eine neue Aufmerksamkeit hatte sich bei ihr eingestellt, die Momente des Alltags waren intensiver geworden. Sie berichtete, wie sie Bruno am Morgen ermahnt hatte und wirklich zu ihm durchdringen konnte. Sie fand auf einmal das kühle, beschlagene Weinglas schön und erfreute sich daran, wie sie, eine nicht verheiratete Frau mit Kind, mit einem Mann wie ihm hier sitzen konnte, um sich einfach zu unterhalten. War das nicht großartig? Warum hatte sie bisher auf die Heirat gehofft wie auf eine Erfüllung? Auf einmal musste sie auch über den Konvertitenkurs lachen, erzählte von dem unglücklichen Sernatinger, der in ihr den Teufel gesehen hatte, aber ganz bestimmt mit seiner Haushälterin ein Verhältnis unterhielt, ganz ohne Ehegelübde. Josef lachte laut über Beates Erzählungen, löste seinen Krawattenknoten, streifte die Krawatte ab, strich die Haare mit der Hand zurück und sagte seiner neuen Freundin, wie schön sie sei. Aus seiner Jackentasche nahm er ein kleines Matchboxauto, ein Geschenk für den Kleinen. Sie waren sich nah; um sie herum hatte das Stimmengewirr zugenommen, einige wissende Blicke wurden ihnen zugeworfen, falsche Vermutungen angestellt über das glückliche junge Paar, die hübsche Frau, die sich einen gut aussehenden Mann geangelt hatte. Neu ankommende Besucher der Weinstube hatten nasse Haare und berichteten, dass es gleich regnen würde.

Die drei Schwestern hatten es sich auf einer der Bänke am Ufer des Stadtgartens bequem gemacht. Annegret, Theresa, Erika sahen auf den Bodensee, wie er sich zu dem kleinen Stück Seerhein zusammenschob, der sich nach einigen Kilometern, bei Gottlieben, wieder in den Untersee ergoss. Einige junge Männer ruderten ihre Frauen und Freundinnen am Ufer entlang, sorgsam die starke Strömung vermeidend, die weiter draußen jedes Boot erfasste. Bruno durfte mit altem Brot die Schwäne füttern. Er warf einige Brocken ins Wasser, doch die großen weißen Tiere waren offenbar nicht besonders hungrig, nur wenige schauten vorbei, im Gegensatz zu den Möwen, die sich begierig auf diese Nahrung stürzten, wie immer mit viel Geschrei. Es war ein kräftiges Geflatter, das um den kleinen Bruno herum entstand. Die Vögel wischten über ihn hinweg, stürzten sich ins Wasser, pickten andere weg, legten ihre Flügel zusammen, ließen sich auf dem Wasser treiben, wenn sie ein Brot erwischt hatten. Annegret trug ein graues Kleid, das mit einem dünnen Gürtel zusammengehalten wurde, Theresa neben ihr hatte eine grüne Hose an und eine blaue Bluse, Erika hatte ein rosa Kleid, mit Rüschen an den Ärmeln angezogen.

„Und der Camille?“, wollte Annegret wissen.

„Drüben auf der Mole“, wusste Erika und zeigte zum Hafen, wo ein weißes Passagierschiff anlegte.

Das Licht über dem See war heiter, gelblich, noch stand die Sonne hoch über dem Rhein und versprach einen warmen Abend. Doch dann kamen immer wieder Windböen auf, die die Vögel auftrieben. Sie stiegen hoch und bildeten Schwärme, die sich auf den Bäumen niederließen. Die drei Frauen schauten in den Himmel und entdeckten einige Wolken, die sich vom Obersee auftürmten.

„Wenn es mal wieder regnen würde. Das wäre nicht schlecht“, meinte Theresa.

„Sind sie denn jetzt schon los?“, erkundigte sich Erika.

„Woher soll ich das denn wissen?“, grummelte Theresa.

„Bruno, nicht zu nah ans Wasser!“, ermahnte die Oma ihren Enkel.

„Und was ist das jetzt mit dem Bäuerle?“, wollte Erika von Annegret wissen.

„Sie nennt ihn Josef.“

„Der passt doch nicht zu ihr“, kommentierte Theresa, „das ist doch ein Lackaffe.“

„Er mag Bruno.“

„Bruno mag ihn, weil er ihm immer kleine Autos schenkt. Kein Kunststück.“

„Ein reifer Mann ist nicht schlecht für eine junge Frau“, sagte Erika.

Ihre beiden Schwestern schauten gleichzeitig zu ihr hin, kommentierten dies aber nicht, schüttelten nur leicht den Kopf über die Männererfahrungen ihrer jüngsten Schwester.

„Vielleicht braucht er ja keine Frau“, überlegte Annegret.

„Wie meinst du das denn jetzt?“, wollte Theresa wissen.

„So wie ich es sage.“

„Aha. Du musst es ja wissen, ihr wart ja zusammen bei der Königin“, stichelte Theresa.

„Ist die jetzt wieder weg?“, erkundigte sich Erika.

„Lies halt selber Zeitung. Ja, ist sie“, beschied ihr Annegret.

Bruno hatte seine Papiertüte mit den Brotstücken an die Vögel verteilt, kam nun zu Oma und Tanten und setzte sich zwischen Annegret und Theresa.

„Das hast du gut gemacht“, lobte ihn Theresa, die den kleinen Burschen in ihr Herz geschlossen hatte und immer sehr liebevoll mit ihm sprach. Sie hätte auch gerne einen Sohn gehabt, noch lieber vielleicht eine Tochter, aber in ihrem Leben war es eben anders gekommen.

Die Wolken weit hinten am Horizont schoben sich schnell näher, immer wieder kamen starke Windböen auf, die Ruderer mühten sich ab, wieder an Land zu kommen, die Männer hatten ihre Jacketts abgelegt, mussten sich mächtig anstrengen und ihren Frauen ihre Kraft beweisen. Wie auf einer Bühne schoben sich vor den drei Frauen und dem Jungen die Schiffe, Boote und Vögel hin und her, tanzten ein chaotisches Ballett, dirigiert von der Angst vor dem Unwetter, das dort hinten aufzog. Noch immer schien die Sonne und beleuchtete wie ein riesiger Scheinwerfer die wachsenden, ineinander verschlungenen Knäuel von Wolken, wie Windungen eines Darms, der sich ausstülpte und sein bedrohliches dunkles Inneres zeigte. Die Warnlampen, die auf mächtigen Holzpfosten im Wasser in Ufernähe standen, nahmen ihre Tätigkeit auf, fingen an, sich zu drehen, und sandten orangefarbene Blinkzeichen an die Seefahrer.

Die Gesichter der Frauen waren unbewegt; konzentriert betrachteten sie das Geschehen auf dem See, der von vorne wehende Wind hob ihre Haaren an. Bruno hatte die Hände von Theresa und Annegret gefasst, Erika die Hand von Theresa – alle vier waren verbunden und sahen gespannt auf das große Schauspiel vor ihnen. Vielleicht hörte er eine dunkle Musik in sich aufklingen, jedenfalls streckte Bruno plötzlich seinen kleinen Finger waagrecht nach vorne wie ein Dirigent, der einen musikalischen Akzent setzen will, als in der Mitte des dunklen Geschehens ein Blitz aufschien und eine leise, gedämpfte Explosion zu hören war. Stoisch schauten sie weiter aufs Wasser, aber die drei Erinnyen ahnten, dass dort draußen gerade ein Kampf um Leben und Tod begann, von dem sie nicht wussten, wie er ausgehen würde oder wem sie das Leben und wem den Tod wünschen sollten.

Der helle Blitz setzte wenige Minuten später ein blau blinkendes Seenotrettungsboot in Gang, das sich schnell dem Unglücksort, den man nicht genau sehen konnte, näherte. Der Horizont hatte sich dramatisch dunkel eingefärbt, die Wolken waren über den Köpfen dieser letzten Zuschauer angekommen. Es begann zu regnen, aber noch immer saßen die drei unbewegt und angespannt. Der Erste, der unbequem hin und her rutschte, war Bruno; er entzog sich den kräftigen Händen von Oma und Tante und schlang die Arme um sich.

„Ja dann", begann Annegret, „können wir wieder gehen."

Zusammen standen sie auf, warfen noch einen Blick auf das aufbrausende Wasser, das inzwischen frei von kleineren Booten war, sahen, wie es weiter blau blinkte, dann drehten sie sich um. Den Regen, der immer kräftiger wurde, spürten sie nicht, es war wie eine Befreiung, eine Waschung, die sie gerne über sich ergehen ließen. Auch Bruno war irgendwie fröhlich, er hüpfte zwischen den Frauen, hielt sein Gesicht in den Regen und schüttelte sich wie ein kleiner Hund. Anders als seine Begleiterinnen wusste er nicht, was geschehen war. Aber etwas in ihm nahm wahr, dass sich etwas zu verschieben begann, was auch sein Leben berühren und verändern würde.

Es war keine große Explosion, die Anton und seinen Vater ins Wasser schleuderte, aber sie erschraken sich stärker als beim ersten Mal, als sie im Auto saßen. Anton hatte den kleinen Bootsausflug vorgeschlagen, weil er wusste, wie gut seinem Vater so eine Fahrt auf dem See tat. Hier konnte er vergessen, in die Weite schauen, atmen.

Anton war ziemlich schnell wieder aus dem Wasser aufgetaucht, hatte sich umgeblickt, die letzten Trümmer ihres Bootes gesehen, das schnell unterging. Sein Vater zappelte unkoordiniert, schwamm nicht, schnappte nach Luft; die immer höher werdenden Wellen schlugen über ihm zusammen. Anton war schnell bei ihm und fasste ihn mit einem Arm um den Brustkorb. Max wehrte sich leicht, er fuchtelte mit den Händen. Anton spürte, wie schwach er war. Bald kam die Seenotrettung, die ihm einen Rettungsring zuwarf, an dem er sich mit der freien Hand festhalten konnte. Die Männer auf dem Boot zogen sie beide aus dem Wasser, brachten seinen Vater Max in eine Seitenlage. Über Funk bestellten sie einen Krankenwagen, der dann am Ufer auf sie wartete. Erneut wurden sie ins Vincentius-Krankenhaus gebracht, doch diesmal musste Anton nicht behandelt werden, er war nur nass und erschöpft. Über das graue, fast leblose Gesicht seines Vaters zogen die Ärzte eine Atemmaske und schoben ihn eilig in die Intensivstation, mit Verdacht auf einen Herzinfarkt. Anton blieb noch eine Weile im Krankenhaus sitzen und wartete auf Nachricht über den Zustand seines Vaters, die aber nicht kam, bis eine Krankenschwester ihm vorschlug, nach Hause zu gehen und sich schlafen zu legen, denn er könne nichts für seinen Vater tun. Sie hatten ihm ein weißes Krankenhaushandtuch gelassen, das er sich um die Schulter legte, als er durch den Regen die Laube überquerte und durch die dunklen, nassen Gassen der Altstadt ging. Anton sah das nasse, graue Gesicht des alten Sauters vor sich wie eine Maske, die Augen starr vor Schreck. Der Regen wurde immer stärker und machte das Kopfsteinpflaster glitschig. Anton, in Gedanken, achtete nicht auf die Straße, stolperte, rutschte aus, konnte sich nicht halten, stürzte, stützte sich auf, rutschte über die Pflastersteine, riss sich die Haut an den Händen auf und blieb bäuchlings liegen. Langsam kam er wieder hoch und wischte sich den Schmutz mit dem Handtuch des Krankenhauses von den Händen ab. Kleine Linien von Blut sickerten nach.

Er zitterte noch etwas, als er in der Küche Licht machte, sich ein Bier und eine harte Wurst aus dem Kühlschrank nahm. Am Vormittag hatte er eingekauft, um gemeinsam mit seinem Vater nach dem Ausflug zu Abend zu essen. Wieder war er allein in dieser Wohnung, aus der er sich zusammen mit Beate herausgeträumt hatte, weil er hier aufgewachsen war und nicht bleiben wollte. Nach dieser erneuten Explosion wusste er, dass er jetzt selbst für sich und auch für seinen Vater entscheiden und handeln musste. Irgendjemand, den er nicht kannte, rächte sich an dem Alten, erpresste ihn wegen etwas, das Anton nicht fassen konnte. Max Sauter würde nicht mehr über sein kleines Steinmetzimperium herrschen können, das hatte Anton in dem grauen Gesicht gesehen. Abscheu kam in ihm auf, als er daran dachte, für das Geschäft kämpfen zu müssen, es wieder aufzubauen und die Nachfolge seines Vaters anzutreten. Er hielt seine Hände unter das kühle Wasser und schaute sich die kleinen Schürfwunden an. All diese Explosionen hatten eingesetzt, nachdem er Beate verlassen und sie belogen hatte, diese schöne Frau, mit der er einen wunderbaren Sohn gezeugt hatte. Sein Vater wollte sie nie wie eine Tochter, eine Schwiegertochter, annehmen. Warum nicht? Er hatte ihn oft danach gefragt und nie eine wirklich überzeugende Antwort bekommen. War es denn so wichtig, ob man katholisch oder evangelisch war? Glaubten sie nicht alle an denselben Gott? Was hatte der Alte gegen Beates Mutter und deren Schwestern einzuwenden? Gab es da ein Geheimnis? Wenn es das gab, dann würde es sein Vater ihm nie erzählen. Vielleicht hingen all diese Ereignisse miteinander zusammen? Vielleicht wollte Gott ihn für seine Lügen bestrafen, für das, was er dieser Frau, die er noch immer liebte, angetan hatte.

Scheibe für Scheibe säbelte Anton von der Wurst ab, zerriss sie mit den Zähnen, trank Bier dazu, bis er auf den Tisch sank und einschlief. Als er aufwachte, erschrak er, weil er noch nie am Küchentisch eingeschlafen war. Aber er wusste, was jetzt zu tun war. Er eilte in das Schlafzimmer seiner Eltern, durchwühlte die Sachen seiner toten Mutter, die noch immer in den Schränken und Schubladen lagen und fand ein grünes Halstuch. Er wickelte es sich um die Faust, eilte zurück in die Küche, öffnete das Fenster und schaute hinaus in die Dunkelheit. Es regnete weiter heftig. Er hängte das grüne Tuch aus dem Fenster, wo es sofort an die Hauswand klatschte und nass wurde. Er klemmte es unter dem Fensterrahmen fest und schloss das Fenster wieder, ein Zipfel des grünen Tuchs hing in die Küche. Anton lachte auf, er hatte etwas getan, was gegen alle Prinzipien seines Vaters verstieß, er hatte selbst entschieden. Anton Sauter fühlte sich wie befreit, er musste nicht mehr der oberste Steinmetz von Konstanz werden. Er würde dieses Geschäft loswerden, es verkaufen, er würde weggehen in eine andere Stadt, neu anfangen. Ja, er würde noch mal neu anfangen, schließlich war er noch jung und hatte einen guten Beruf. Wenn der nächste Brief der Erpresser kam, wollte er alles genau befolgen, wie es von ihm gefordert wurde. Er würde bezahlen, für sich und für seinen Vater.

Als Anton das Licht in der Küche endlich löschte, war es spät in der Nacht. Ein Mann unter einem Schirm hatte lange im Regen gewartet. Als das Licht in dem Küchenfenster ausging und das grüne Tuch wie ein dunkler Fetzen im Regen hin und her baumelte, gab er seinen Beobachtungsposten auf und ging zurück an den Hafen, vorbei an dem blinkenden Eiffelturm, und legte sich zufrieden in seinem Hotelzimmer schlafen. Er wusste, was am nächsten Tag zu tun war.

Am nächsten Morgen besuchte Camille Erika, die im Schreibwarengeschäft eine Frau bediente, die auf der Suche nach einem Schreibblock mit karierten Blättern war, sich aber mit der Qualität des Papiers nicht zufrieden zeigte. Erika legte ihr zwei Blöcke vor, die sie im Sortiment hatten, aber die Kundin empfand das Papier als nicht weiß und nicht glatt genug. Camille wartete im Hintergrund, als die Chefin, Frau Neidhard, auftauchte und den netten, gut angezogenen Herrn ansprach, was er denn suche. Da erkannte sie Camille, den sie als freundlichen, charmanten

Mann schätzte, der sich höflich nach ihrem Befinden erkundigte, Kommentare zum Wetter und dem Verkehr in der Stadt machen konnte. Beide sprachen über den Regen und wie wohltuend er war. Frau Neidhard übernahm die wählerische Kundin und erlaubte Erika, ein paar Sätze mit dem Franzosen zu sprechen, der versicherte, gleich wieder zu gehen, aber er hätte oben, bei Erika, gestern etwas vergessen, was er bräuchte.

Camille ging mit Erika vor die Ladentür, lächelte und machte ihr ein Kompliment, wie gut sie heute aussehe. Dann berichtete ihr von dem grünen Tuch, das gestern Nacht von Anton aus dem Küchenfenster gehängt worden war. Jetzt bräuchte er die Karteikarte von Max Sauter, die er seinem Bruder bringen wolle, um seine Aufmerksamkeit zu wecken und zum Handeln zu zwingen. Erika schaute aufmerksam ins Gesicht ihres Verlobten, drückte seinen Arm. Erika ging nach oben und kam bald danach lächelnd mit der Gestapokarteikarte in einem beige farbenen DIN-A4-Briefumschlag zurück.

Camille fuhr mit dem Bus auf die andere Rheinseite und ging die paar Schritte bis zur Kaserne, in der sein Bruder herrschte. Er lief an den grauen Häusern vorbei, die wie Mietshäuser aufgereiht standen, aus deren Eingängen Soldaten in Uniform kamen; einige eilten, die meisten schlenderten jedoch entspannt, rauchten französische Zigaretten. Als ihm der Geruch einer Gauloise in die Nase wehte, er seine Muttersprache hörte und die Trikolore am Mast flattern sah, empfand sich Camille in seine französische Heimat versetzt. Dieses Frankreich war ihm nah und fremd zugleich. Er hatte für dieses Land gekämpft, wie auch sein Bruder, aber sie hatten trotzdem nie auf der gleichen Seite gestanden. Sein älterer Bruder hatte es immer geschafft, oben zu sein und oben zu bleiben; er hatte mit den Deutschen paktiert und sich später auf die Seite von de Gaulle geschlagen, als es nicht mehr gefährlich war, während Camille und seine Freunde sich verstecken mussten, gefangen und gefoltert wurden. Viele seiner Genossen starben in diesem Kampf, der sein Leben geprägt hatte.

Vor dem Büro des Kommandanten thronte eine Sekretärin, die auf eine Schreibmaschine einhackte oder den schweren, schwarzen Telefonhörer abnahm, scharf „Oui?" hineinfragte und die vor allem darüber wachte, wer zu ihm, dem Chef, durchgelassen wurde. Die Dame, ganz Französin, streng und elegant, bedauerte, aber Monsieur Dupont habe eine wichtige Besprechung. Camille blieb entspannt, auch wenn er diese Herrschaftsbarrieren und solche Frauen hasste, die ihre ganze Existenz über ihre Position an einem Schreibtisch definierten. Er wollte ein Kompliment zu ihrer dunkelgrünen Brosche an der Bluse machen, verzichtete dann aber darauf, bat sie nur, dem Kommandanten, seinem Bruder, auszurichten, er müsse ihm etwas Wichtiges geben. Sie bot sich an, diese Besorgung für ihn zu erledigen, aber Camille schüttelte den Kopf, auf keinen Fall, leider, obwohl sie bestimmt sehr gewissenhaft sei, aber dies sei eine wichtige Polizeiangelegenheit. Er sei überzeugt, sagte er in seinem besten Französisch, ohne Dialekt, sein Bruder, er nannte auch den korrekten militärischen Rang, wäre sehr böse, wenn er diese Information nicht sofort persönlich bekommen würde.

Die Dame schaute ihn über ihre Brille hinweg an, stand dann auf, tippelte an die große, zweiflügelige Holztür und trat ein. Zigarettenrauch, Sprachfetzen und Lachen kamen durch den Türspalt, als die Sekretärin eintrat und die Tür wieder hinter sich schloss. Wenige Momente danach kam sein Bruder heraus, gefolgt von der strengen Dame. Der Kommandant lächelte ihn an, die Störung tat ihm offenbar gut. Sie küssten sich rechts und links, dann legte der Bruder einen Arm um Camilles Schulter und führte ihn den langen Gang hinunter. Zweimal kam ein Soldat vorbei, der militärisch streng salutierte. Camille berichtete ihm erneut von seinen Heiratsabsichten. Erika und er seien jetzt verlobt, er sei sehr glücklich. Sein Bruder in Uniform beglückwünschte ihn dafür, wusste aber, dass Camille ihn nicht nur wegen solcher privaten Dinge während seiner Dienstzeit in der Kaserne behelligen würde. Es gäbe noch einen Grund für seinen Besuch bei ihm, sagte Camille, während die beiden Brüder den langen Flur der Kaserne auf und ab gingen und leise miteinander sprachen. Ein alter Genosse hatte im Lager einen Deutschen aus Konstanz kennengelernt, begann Camille, der Mann war wieder zurückgekehrt, und Camille hatte den Auftrag, ihn auf Bitten des alten Genossen zu besuchen, weil der nicht mehr reisen könne. Dieser Deutsche, also der, der im französischen Lager war, erzählte Camille, habe mit anderen Jungs von damals, die auch überlebt hatten, einen alten Nazi, den Gestapochef von Konstanz, besucht. Schon die Betonung auf „französische Lager" und „Genossen, die überlebten" sollten das schlummernde Gewissen des Opportunisten ansprechen, aber der machte nur „Hm, Hm". Bei diesem „Besuch", der schon Jahre zurückliege, hätten sie erfahren, dass dieser Konstanzer Faschist einen Großteil der Gestapokartei beiseitegeschafft hatte, vermutlich um andere alte Nazis, Mitwisser und ehemalige Informanten, die nun gute Bürger der Stadt waren, zu erpressen. Die Jungs aus dem Lager baten den Mann, ihnen die Kartei auszuhändigen, was dieser auch tat. Nun ja, sie mussten ihn etwas überreden, ergänzte Camille, so wie sie ja damals, im französischen Lager, auch zum Sprechen gezwungen worden waren.

Als Camille nun diesen alten Konstanzer Widerstandskämpfer besuchte und sie über die alten Zeiten in der Résistance sprachen, zeigte er ihm die Gestapokartei. Langsam dämmerte Camilles großem Bruder, was ihm gerade aufgetischt wurde. Er glaubte zwar nur die Hälfte von dem, was er da hörte, aber eine Gestapokartei in die Hände zu bekommen, war natürlich für einen Kommandanten der französischen Armee, die den deutschen Südwesten besetzt hielt, ein Geschenk. Camille plauderte weiter, dass er ihm zunächst nur eine der Karteikarten geben könne, diese allerdings besonders interessant sei, denn sie stünde im Zusammenhang mit einer Autobombe auf einen gewissen Sauter, einen Konstanzer Steinmetz. Seine Verlobte habe ihm von diesem seltsamen Attentat erzählt. Dieser Sauter sei damals offenbar ein Informant gewesen. Möglicherweise gäbe es einen Zusammenhang zwischen dem alten Nazi und dem Anschlag auf den Steinmetz. Wäre es nicht möglich, so habe sich Camille gefragt, dass dieser Nazi seinen ehemaligen Informanten erpresste?

Die französische Armee, so habe er erfahren, würde ja von einigen in Süddeutschland dafür kritisiert werden, weil sie so wenig gegen die alten Nazis unternahm. Weil er gerade wegen der bevorstehenden Hochzeit so glücklich sei, wolle er seinem Bruder ein Geschenk machen. Der Kommandant fragte nach, ob sein lieber Bruder ihm Namen und Adresse des Mannes, der im Besitz der Kartei sei, geben könnte. Da schaute ihn Camille erstaunt an, er würde doch niemals einen alten Mann, der in einem französischen Lager von Faschisten gefoltert wurde, verraten. Niemals. Und, nur um irgendwelchen Spekulationen vorzubeugen, der Mann mit der Gestapodatei stecke auf keinen Fall hinter dem Anschlag auf diesen Steinmetz, er sei zu alt, dafür nicht ausgebildet und außerdem vermögend.

Der Kommandant lächelte mit zusammengebissenen Zähnen, schaute seinen Bruder aus harten Augen an, schüttelte den Kopf und sagte ihm, er sei immer noch der Alte. Camille wäre doch bestimmt in der Lage, eine Autobombe zu bauen. Doch Camille zuckte nur mit den Schultern, klar wäre er das, aber er sei nur hier, um eine Frau zu heiraten, was er auch bald tun werde. Der Herr Kommandant könne ja gegen ihn, seinen Bruder, ermitteln lassen, und wenn sich die französische Armee nicht für die Datei, in der viele Konstanzer Informanten und Kollaborateure aufgeführt seien, interessiere, könne er sie auch direkt der Konstanzer Polizei übergeben. Die suchten bestimmt nach den Hintermännern der Autobombe. Der Militär schnippte gegen die

Karteikarte und versicherte seinem Bruder, dass er mit dem französischen Geheimdienst sprechen und die Konstanzer Polizei informieren werde. Ob er denn wenigstens den Namen des Gestapochefs nennen könnte? Edgar Müller, verriet ihm Camille. Bon, und wann bekomme ich den Rest, fragte der Herr Kommandant, General Dupont. „Ich wollte erst einmal vorfühlen, ob es dich überhaupt interessiert", antwortete ihm Camille. „Was müssen wir dir denn bezahlen?"

„Nichts", empörte sich Camille, „das ist ein Gefallen, den ich der großen Nation mache. Ich bin Patriot", erklärte Camille. Auch das glaubte ihm sein Bruder nicht, aber es war letztlich egal, woher Camille diese Dokumente hatte, Hauptsache, sie waren nützlich. Camille rechnete damit, dass sein ehrgeiziger Bruder genauso denken, sich an den alten Nazi Müller hängen, ihn verhaften, einsperren und verhören würde. Dann würden sie mit großem Getöse einen Schlag gegen alte Nazis verkünden. Das würde auch den Deutschen gut in den Kram passen, denn Anfang Mai 1965 hatte die Nationaldemokratische Partei Deutschlands, die NPD, ihren ersten Parteitag abgehalten, und im Frankfurter Ausschwitzprozess war in diesem Mai die Beweisaufnahme abgeschlossen worden. Gerade die regierende CDU wollte sich von neuen Nazis auf keinen Fall rechts überholen lassen. Also war es gut, alte Faschisten aus dem Verkehr zu ziehen.

An diesem Vormittag ging Anton ins Krankenhaus, um nach seinem Vater zu sehen. Beate nähte neuen Futterstoff in eine Anzughose. Theresa stand in Gummistiefeln mit dem Spaten in den nassen Beeten. Und Annegret lief mit Bruno an der Kuh vorbei, rüber in die Schweiz, um Zigaretten und Kaffee zu kaufen. Der Himmel war grau, die Temperatur etwas gefallen, doch es war warm genug, um das Regenwasser auf den Straßen schnell zum Verschwinden zu bringen.

Anton wurde von einer Krankenschwester mit ernster

Miene zum Chefarzt geleitet. Den Mann mit grauem Haarkranz fanden sie in einer Gruppe jüngerer Ärzte. Er drückte die großformatigen Karteikarten, die er betrachtete, einer jungen Frau neben sich in die Hand und ging auf Anton zu.

„Bitte kommen Sie", sagte der Arzt. Er ging voraus zu einem Zimmer auf dem „Dr. Walter Trockel. Chefarzt" stand und öffnete die Tür zu einem Raum mit großem Schreibtisch, vor dem zwei Stühle standen. Er bat Anton, Platz zu nehmen, und setzte sich ihm gegenüber.

„Es tut mir leid, Herr Sauter, aber wir konnten nichts mehr machen. Ihr Vater ist heute morgen um sechs Uhr zwölf von uns gegangen."

Er ließ Anton einige Momente Zeit, um die Nachricht aufzunehmen.

„Das Herz war vermutlich schon sehr geschwächt. Es gab in den frühen Morgenstunden ein Kammerflimmern. Das Herz zieht sich dann sehr schnell und oberflächlich zusammen. Es kommt zu Systolen, dem Herzmuskel bleibt nicht mehr genügend Zeit, sich zu füllen und dann ..."

Anton hatte den Blick von dem Arzt abgewandt und auf das Fenster hinter dem Schreibtisch gerichtet. Draußen stand ein Baum, dessen Äste sich leicht bewegten und die nassen Blätter schüttelten.

„Kann ich ihn sehen?", fragte Anton den Chefarzt, ohne ihn anzusehen.

„Sicher, kommen Sie."

Sie gingen den Krankenhausflur entlang, vorbei an der Gruppe von Ärzten, die ihre Gespräche einstellten und ernste Gesichter machten, als Anton und Dr. Trockel an ihnen vorbeigingen. Das Linoleum quietschte unter den Sohlen des Chefarztes. Sie gingen um mehrere Ecken, es roch nach Desinfektionsmitteln und Pfefferminztee, bis sie eine Tür erreichten, auf der die Nummer 117 auf einem metallischen Schild angebracht war. Der Arzt trat ein, Anton folgte. Mitten im Raum stand ein einsames Bett, unter einem weißen Laken konnte man die Konturen eines Körpers erkennen. Dr. Trockel trat links neben den Kopf des Toten und Anton auf seine rechte Seite; der Arzt schlug das Tuch zurück. Das starre, wächserne Gesicht seines Vaters hatte sich nicht sehr verändert, seit er ihn gestern Abend abgeliefert hatte, nur die Augen waren jetzt geschlossen.

„Ich lasse Sie einen Moment allein, Herr Sauter", sagte der Arzt und verließ den Raum. Anton blickte auf den Toten vor ihm, fühlte nichts, es überwältigte ihn keine Trauer, kein Schmerz, keine Wut, keine Angst. Er war wie leer, hohl, nahm die Skulptur des toten Gesichts in sich auf, so wie er die steinernen Gesichter der Figuren in Kirchen betrachtete. Anton wandte sich ab, wollte nicht allein mit dem Toten sein, spürte, dass etwas von seinem Vater anwesend war, eine unbestimmte Wut ging von dem Körper unter dem Laken aus, eine kalte Macht, die sich ihm mitteilen wollte.

Anton ging zur Tür, drehte sich nochmals um und verhüllte den Toten wieder. Er wandte sich endgültig ab, schritt den Flur entlang, von dem die vielen Türen zu den Krankenzimmern abgingen, die immer wieder von Pflegepersonal geöffnet wurden. Eine Krankenschwester eilte ihm nach: „Herr Sauter." Sie bat ihn, kurz zu warten. Auch sie drückte ihr Beileid aus, erklärte ihm die nächsten Schritte, redete von Papieren, die er erhalten würde und unterzeichnen müsse und schlug ihm vor, ein Beerdigungsunternehmen zu beauftragen. Anton nickte nur, bedankte sich, ging jetzt schneller, eilte, war endlich draußen und weg von dem Toten.

Am Abend trafen sie sich erneut. Um sicherzugehen, dass Camille sich nicht getäuscht hatte, radelte Theresia hinten am Haus der Sauters vorbei, wo tatsächlich noch immer das grüne Tuch aus dem Fenster hing. Annegret kam vor ihrer Abendschicht bei den Schwestern vorbei, sie blickten sich ernst an, weil jetzt der entscheidende Schritt kam. Sie mussten es schaffen, ungesehen das Geld der Sauters in Empfang zu nehmen, ohne dass ein Polizist, womöglich sogar Annegrets Sohn, sie entdecken konnte. Camille erzählte von dem Treffen mit seinem Bruder, dem er die Karteikarte von Max Sauter gegeben hatte. Er erwarte, sagte Camille, dass die Polizei ziemlich schnell Edgar Müller verhaften würde. Diese Spur würden sie verfolgen, den Mann verhören und eine Wohnungsdurchsuchung veranlassen. Vermutlich würde auch die Presse davon erfahren, denn die französische Armee wollte zeigen, wie effektiv sie durchgreifen könne, wie gut die Zusammenarbeit mit der deutschen Polizei funktioniere, wie stark die Freundschaft zwischen Franzosen und Deutschen inzwischen sei. Erika lächelte ihn an, denn Camille und sie waren ja ein lebender Beweis für die neue Völkerfreundschaft. Theresa spöttelte, und Annegret mahnte pragmatische Schritte an. Sie erklärte sich bereit, mit Bruno am nächsten Tag im Zug nach Radolfzell zu fahren, eine Stelle auszukundschaften, an der die Sauters das Geld aus dem Zugfenster werfen könnten. Theresa würde bereit stehen und die Beute, nachdem der Zug vorbeigefahren war, in Empfang nehmen.

„Wie du vermutet hast, wir mussten dreimal zuschlagen. Jetzt haben sie es eingesehen", sagte Erika zu Camille. Sie bewunderte, wie gut sein Plan bis jetzt aufgegangen war.

„Ich versteh nicht, warum die jetzt eingeknickt sind", meinte Theresa.

„Sie haben Angst gekriegt", antwortete Erika.

„Glaub ich nicht." Theresa schüttelte den Kopf. „Der alte Sauter knickt nicht so einfach ein."

„Aber vielleicht der Anton", sagte Annegret.

„Ach, der, der hat doch nichts zu melden", war sich Theresa sicher.

„Du meinst, das grüne Tuch stimmt gar nicht? Die wollen gar nicht zahlen?" Annegret runzelte die Stirn. Ja, das konnte natürlich sein. Vielleicht wollten die Sauters oder die Polizei sie in eine Falle locken. Sie mussten wissen, was los war, was nach der Explosion auf dem Boot mit den beiden Männern geschehen war.

„Könnte Beate rausfinden, was los ist?", fragte Erika.

„Die will doch nichts mehr von dem wissen. Und ich werde ihr nicht erzählen, dass es noch eine Explosion gegeben hat." Annegret war ziemlich bestimmt.

„Und Erich?"

„Ja, vielleicht. Aber wenn ich schon wieder bei ihm ankomme, dann schöpft er Verdacht."

Durch eine zufällige Begegnung erfuhren sie, wie es um die Sauters stand.

Annegret machte um etwa zehn Uhr nachts im „Domkeller" Feierabend, legte ihre Schlüssel für den Vorratsraum in die kleine Schale, wo sie immer lagen, wollte schon gehen, als ihr noch etwas einfiel, was sie dem Oberkellner von der Spätschicht sagen wollte. Sie trat in den Gastraum und schaute sich nach dem Kollegen um, als sie an einem der Tische Anton Sauter sitzen sah, allein, mit einem Glas Bier vor sich. Annegret schlug das Herz höher, einen Moment war sie panisch, doch dann blickte Anton auf und erkannte sie, die Mutter von Beate, die Oma von Bruno, seine verlorene Schwiegermutter. Der Kellner kam auf Annegret zu, aber sie wusste gar nicht mehr genau, was sie ihm sagen wollte, sie stotterte nur etwas von der Wurst unten, die noch in den Kühlschrank müsste und dass sie jetzt Schluss machen würde. Der Kellner, ein Mann mit schütterem Haar und einem gutmütigen Bauch, der in seinem schwarzen Anzug immer perfekt gekleidet war, lächelte sie an. Als einer der wenigen Kollegen war er immer höflich zu ihr, bedankte sich und wünschte ihr einen guten Abend. Sie wandte sich schon um und wollte gehen, als Anton „Frau Adler!" rief. Er war aufgestanden und ein paar Schritte auf sie zugegangen, also drehte sich Annegret zu ihm um. Angespannt wartete sie.

„Guten Abend, Frau Adler, also Annegret. Könnte ich kurz mit dir sprechen?"

Annegret dachte nach, ohne eine Miene zu bewegen.

„Gut“, sagte sie, „aber nicht hier. Das Personal soll nicht in die Gaststube. Wir können hinten sprechen.“

Sie ging voraus, und Anton folgte ihr durch den grauen Flur zum Hinterausgang in den Hof, wo ihr Fahrrad stand. Aus drei Fenstern des „Domkellers“ fiel gelbliches Licht, ansonsten war es schon dunkel. Annegret verschränkte die Arme vor der Brust.

„Also. Mein Vater ist heute gestorben“, begann Anton.

Annegret erstarrte, schluckte.

„Mein Beileid, Anton. Was...?“, fragte sie etwas ungeschickt.

„Herzinfarkt. Das alles war wahrscheinlich zu viel für ihn. Gestern ist auch noch unser Boot explodiert. Ja, das ist wirklich viel. Du hast bestimmt gehört, die Werkstatt ist abgebrannt.“

„Hab ich gesehen. Ja.“ Annegret zeigte ihm nicht, wie sehr diese Nachricht sie bewegte.

„Also ich, ich wollt mich entschuldigen. Ich hab einiges falsch gemacht. Mit Beate.“

„Sieht so aus. Und du hast auch noch einen Sohn. Bruno ist dein Sohn!“

„Ja, ich ähm, stell das wieder richtig. Ich werde weiter für ihn aufkommen.“

„Dann ist ja gut“, sagte sie kalt zu ihm.

„Ich geh zum Notar und zum Jugendamt.“

„Gut.“

„Ich hab mich zu sehr... Mein Vater ...“

„Du hast nach seiner Pfeife getanzt. Sagen wir es doch, wie es ist.“

„Könntest du Beate sagen, dass ich ...“

„Mit Beate sprichst du schön selbst!“

Er nickte.

„Es tut mir leid für dich mit deinem Vater, obwohl ich ihn noch nie gemocht hab. Du hast die Pflicht, dich um Bruno zu kümmern. Alles andere musst du mit Beate selbst klären. Obwohl sie auf dich nicht gut zu sprechen ist. Aber das weißt du ja selbst."

„Ja, danke, Annegret."

„Es gibt nichts zu danken. Ich hoff nur, dass du jetzt das Richtige machst. Klär die Sachen, die zu klären sind. Ich muss jetzt los."

Sie wandte sich von ihm ab, Anton murmelte noch „gute Nacht", dann ging er zurück in den „Domkeller". Mit zitternden Händen schloss Annegret ihr Fahrradschloss auf und schob das Rad vom Hof. Die Gedanken rasten, sie konnte nicht gleich losfahren, fühlte sich zu unsicher. Hatten sie den alten Sauter auf dem Gewissen, hatten sie ihn umgebracht? Oder war er einfach an einem Herzfehler gestorben? Was bedeutete sein Tod für ihr Vorhaben? Wenn sein Vater tot war, dann hatte Anton das grüne Tuch rausgehängt. Annegret ging durch die dunkle Stadt, ein paar Straßenlaternen brannten, zwei betrunkene Männer gingen an ihr vorbei, ein Opel knatterte, das Münster schlug zur halben Stunde, es musste halb elf sein. Sie kam zur Haustür ihrer Schwestern, hatte gar nicht geplant, die beiden zu besuchen, aber sie musste diese neue, wichtige Information loswerden und mit ihnen besprechen, welche Auswirkungen sie haben würde.

Theresa hatte sich schon hingelegt, Erika saß im Nachthemd über einem Kreuzworträtsel, hinter ihr spielte das Radio Opernmusik.

Sie zündeten sich alle drei eine Zigarette an, nachdem ihnen Annegret vom Tod Max Sauters berichtet hatte.

„Es hat nicht den Falschen getroffen", begann Theresa.

„Es sollte aber keiner sterben", antwortete ihr Annegret.

„Oh Gott", sagte Erika.

„Immerhin, jetzt haben wir es nur noch mit Anton zu tun", meinte Annegret. In ihrem Bauch spürte sie ein unbekanntes Ziehen.

„Ja, das erleichtert vieles", stimmte ihr Theresa zu.

„Dann sollten wir überlegen, was in den nächsten Brief

kommt und ihn schleunigst zustellen", kommentierte Erika ganz sachlich.

„Erst mal müssen wir wissen, wo und wann", fand Theresa.

„Aber wir können ihn doch schon mal auffordern, die Fünfhunderttausend zu besorgen. Fünfhunderttausend!" Erika war von der Aussicht auf das viele Geld beeindruckt.

„Da hast du natürlich recht. Ich fahr morgen nach Radolfzell und schau mir die Strecke an. Du schreibst ihm, dass er das Geld beschaffen soll und dann weitere Anweisungen kommen", bestimmte Annegret.

„Keine Polizei. Schreib das auch drauf, falls er es vergisst und zum Erich rennt", ergänzte Theresa.

„Ich mach das gleich, jetzt kann ich sowieso nicht mehr schlafen", nickte Erika.

Sie drückten ihre Zigarettenstummel aus. Annegret verabschiedete sich und radelte nach Hause. Auch sie konnte nicht gut schlafen, Bauchschmerzen quälten sie. Sie stand früh auf und machte Frühstück für sich, für Bruno und Beate. Sie versuchte, locker zu klingen, als sie ihrer Tochter berichtete, dass sie heute mit Bruno nach Radolfzell fahren würde, mit dem Zug, ein Freund von ihrem Mann Günther wäre dort ein paar Tage zur Erholung auf der Halbinsel Mettnau, da wollten sie eine Tasse Kaffee zusammen trinken. Annegret verschwieg ihr die Begegnung mit Anton in der vergangenen Nacht. Erst die eine Sache zu Ende bringen, dann sehen, wie es weiterging. Das war ihr Lebensmotto, ein Schritt nach dem anderen, sonst stolperte man. Annegret hatte sich verboten, darüber nachzudenken, was es für sie und das Zusammenleben mit ihrer Tochter bedeuten würde, sollten sie tatsächlich auf einmal so viel Geld haben. Am besten, sie würde das Geld einfach auf ein Bankkonto in der Schweiz einzahlen, und wenn Bruno dann einmal älter wäre und es brauchen könnte, würde sie es ihm geben. Es war ja das Erbe seines Großvaters, der es, nicht ganz freiwillig herausgerückt hatte.

Annegret kaufte sich mit Bruno eine Hin-und-Rückfahrkarte nach Radolfzell. Die junge Frau mit leichtem Oberlippenbart hinter dem Schalter gab ihnen die beiden Fahrkarten aus rechteckigem braunem Karton, die gut in die Handfläche und ins Portemonnaie passten, und nannte ihnen das Gleis. Es war noch relativ früh am Tag, neun Uhr achtundzwanzig. Sie fanden eine leere Sitzbank gleich im ersten Waggon, den sie betraten. Annegret wollte in Fahrtrichtung sitzen, auf der linken Seite, der Seeseite. Sie hatte sich ihre Tageszeitung eingesteckt, auf der sie die möglichen Abwurforte für den Geldkoffer notieren wollte. Von der Explosion des Bootes der Sauters stand nichts in der Zeitung.

Der Zug überquerte die Rheinbrücke, Bruno zeigte auf das Bötchen, mit dem sie schon oft den Fluss überquert hatten, um den Fußweg über die Brücke zu vermeiden. Annegret erzählte Bruno, dass sie in Radolfzell ein Eis essen würden und einen Mann treffen wollten, der aber vielleicht nicht kommen würde, sie wüsste nicht genau, ob er gesund genug sei, um sie beide zu treffen, auf jeden Fall könnte Bruno so die Stadt Radolfzell kennenlernen. Bruno interessierte sich weniger für Städte als für motorbetriebene Fahrzeuge wie Autos, Züge und Dampfschiffe. Sie kamen an dem kleinen Flugplatz Konstanz vorbei, mit der langen Startbahn aus Gras, von der gerade ein zweisitziges kleines Flugzeug in den wolkenverhangenen Himmel startete. Bruno eilte auf die rechte Seite des Waggons, wo sich zwei vierzehnjährige Mädchen gegenübersaßen und sich aufgeregt unterhielten, als Bruno ungestüm zwischen sie an die Scheibe trat, um besser sehen zu können. Ein Flugzeug war für Bruno noch aufregender als ein Zug oder ein Auto. Zuerst zappelte er zwischen den Mädchen herum, die belustigt kicherten, dann, als das Flugzeug abhob und in den Himmel schwebte, sagte er gar nichts mehr, schaute nur noch und beschloss im Stillen, Pilot zu werden.

Der Zug stoppte am Bahnhof Reichenau und fuhr nach kurzem Aufenthalt wieder an. Annegret hielt angespannt Ausschau, zählte die Sekunden, um genaue Angaben machen zu können, falls ein besonderer Weg oder ein Haus auftauchen würden, das sie als Ort für den Abwurf des Geldkoffers ausmachen könnte. Bruno lief zu anderen Reisenden, um von ihren Fenstern aus einen Blick in den Himmel auf das Flugzeug zu erhaschen, aber es war hinter den Wolken verschwunden. Er kam zu seiner Großmutter zurück und plapperte auf sie ein, dass sie unbedingt auch mit dem Flugzeug fliegen müssten, das wäre so schön, bitte, bitte, fliegen. Ob der Herr Bäuerle ein Flugzeug hätte oder der Großvater? Oder ob sein Vater ein Flugzeug kaufen könnte, eines Tages vielleicht? Sie bat ihn mehrmals, ruhig zu sein, da sie sich konzentrieren müsste. Bruno sagte „Kreuzwort", setzte sich ihr gegenüber, lehnte sich an die rotbraune Rückbank und schaute in den Himmel. Seine kurzen Beine wippten rhythmisch hin und her, im Takt der eisernen Räder des Eisenbahnwaggons.

Dann kam der Bahnhof Allensbach, und nach dieser Ortschaft fuhr der Zug an Wiesen vorbei, auf denen ein Liebespaar lag. Schließlich kam ein einzeln stehendes Gehöft, hinter dem ein Bauer seinen Traktor reparierte. Annegret begann erneut zu zählen, stand auf und blickte aus dem Fenster, ob vielleicht ein Weg auftauchen würde oder ein markanter Baum, aber sie konnte sich für keinen geeigneten Ort entscheiden, nichts passte wirklich. Sie erreichten Markelfingen, bald würden sie in Radolfzell sein, jetzt musste die richtige Stelle unbedingt kommen, die Gleise führten nah am Bodenseeufer entlang, im Wasser schwammen zwei Frauen mit Badekappen, wieder zählte sie und betrachtete aufmerksam die vorüberziehende Landschaft. Eine ältere Frau, älter als Annegret, mit einem kleinen schwarzen Hut und verschlossenem Gesicht, beide Mundwinkel tief herabgezogen, hatte sich neben Bruno gesetzt und schaute ihn strafend an; auch betrachtete sie kritisch Annegret, die am Fenster stand und weiter angestrengt nach einer Stelle Ausschau hielt, an der das viele Geld sicher herabfallen könnte.

„Suchen Sie etwas?“, stieß die Frau mit einer hohen Stimme hervor. Annegret drehte sich zu ihr um, sah sie nur an, ohne ihr zu antworten und setzte sich. Bruno verließ seinen Platz und platzierte sich neben Annegret. Beide schauten aus dem Zugfenster, Annegret informierte Bruno leise, dass sie an der nächsten Station aussteigen müssten, die missmutige Frau beachteten sie einfach nicht.

In Radolfzell gingen sie direkt in das Café, das dem Bahnhof gegenüberlag, und ließen sich die Eiskarte bringen. Hier gab es „Meringue“, ein Baiser aus gezuckertem Eischnee, das mit Eis serviert wurde. Als Kind hatte Annegret dieses Schaumgebäck, das wie ein erstarrtes, weißes Sahnewölkchen aussah, geliebt, aber ihr Vater hatte es ihr nur selten erlaubt. Sie empfahl Bruno, es zu probieren, aber er hatte auf der bunten Karte einen Becher mit bunten Schirmchen und viel Schokoladeneis entdeckt, auf das sein Finger zeigte. Offenbar handelte es sich um einen besonderen Tag oder bei Radolfzell um eine geheimnisvolle Stadt, jedenfalls wehrte Annegret Brunos Eiswunsch heute nicht ab wie sonst immer, sondern bestellte bei der Kellnerin mit den langen Haaren und den goldenen Ohrringen den Eisbecher „Rimini“ und dazu zwei Schalen Meringue mit Vanilleeis und Sahne.

Annegrets Blick ging zum Bahnhof Radolfzell. Die Idee, aus dem Zug einen Geldkoffer zu werfen und dann einzusammeln, erschien ihr, je länger sie darüber nachdachte, unbrauchbar, fast idiotisch. Vielleicht mochte das in unzugänglichen Gegenden in Südfrankreich funktionieren, aber hier waren überall Wege und Menschen, die anderen Menschen zuschauten, was sie taten, und dies kommentierten. Hinter jedem Busch, hinter jedem Baum, selbst im See hockte jemand und betrachtete einen anderen dabei, wie er ihn beobachtete. Dann grüßte man sich gegenseitig, lächelte und wünschte sich weit weg. Annegret vermutete, dass es auch nicht anders wäre, wenn sie eine andere Zugstrecke in Süddeutschland auswählen würde. Die Meringue schmeckte köstlich, die Kruste war hart und bröselte leicht, das Innere weich und zuckrig. Bruno hatte es geschafft, sein ganzes Gesicht mit Schokoladeneis vollzuschmieren, er erzählte etwas von Flugzeugen, imitierte ein Motorengeräusch, spritzte Eiscreme über den Tisch. Annegret konnte ihn heute nicht zurechtweisen, sie lehnte sich zurück, betrachtete ihren Enkel, erfreute sich an ihm, wie er glücklich in seiner Fantasiewelt versunken war. Ihr war bewusst, dass sie den ganzen Wahnsinn, den sie mit ihren Schwestern ausgelöst hatte, auch wegen dieses Zwergs in Gang gesetzt hatte. Hätte es keinen Krieg gegeben und wäre ihr geliebter Mann nicht tot, verheizt als Soldat für die verbrecherische Gier des Führers, dem ihre Landsleute verfallen waren, dann würde sie immer noch in Karlsruhe leben und Tomaten und Kartoffeln verkaufen. Ihre Schwester Erika wäre mit einem reichen Kerl in Berlin geblieben, und Theresa würde in einem Krankenhaus Kindern über den Kopf streicheln und ihnen baldige Besserung versprechen. Aber man musste das Leben nehmen, wie es kam, sagte Annegret sich; was, wie sie wusste, eine typische Lebenseinstellung von armen Menschen war. Reiche Leute wie der verstorbene Max Sauter hatten das Leben nicht einfach angenommen, sie hatten es immer so eingerichtet, wie es für sie einträglich und nützlich war. Annegret nahm Bruno an die Hand, ging mit ihm zur Toilette, wischte ihm das Gesicht sauber und forderte ihn auf zu pinkeln, während sie nach vorne ging, um zu bezahlen.

Der nächste Zug nach Konstanz kam bald, sie erklärte dem Kleinen, der Mann, den sie treffen wollte, sei nicht gekommen, weswegen sie zurückfahren würden.

Auf der Rückfahrt kam ein Schaffner, der mit seiner seltsamen Zange ein kleines Loch in die Fahrkarte knipste, die Bruno als Erinnerung an diesen Tag behalten durfte.

Als sie in Konstanz aus dem Bahnhof traten, wandten sie sich nach links, gingen nicht gleich nach Hause, sondern über einen der innerstädtischen Grenzposten nach Kreuzlingen, in die Schweiz. Annegret war unzählige Male an der Kreuzlinger Kantonalbank vorbeigekommen, sie hatte sich oft gedacht, sie würde die Bank betreten, wenn sie Geld hätte, aber das zuckrige Baiser hatte sie auf den Gedanken gebracht, schon jetzt, noch ohne Reichtum, ein Schweizer Bankkonto zu eröffnen. In dem Land, in dem sie so oft Zigaretten, Kaffee und Schokolade einkaufte, gab es das Bankkundengeheimnis. Wie sie aus ihrer Tageszeitung wusste, war es einer Schweizer Bank verboten, Angaben über die Kontoinhaber zu machen, was auch für sie, Annegret Adler, gelten würde.

Es war Nachmittag, die Sonne stand hoch, die meisten Wolken hatten sich verzogen, als sie mit dem Kleinen an der Hand die Schalterhalle betrat. Nur wenige Kunden standen vor einem hölzernen Tresen, die Bankangestellten waren nicht durch Glaswände von ihren Kunden getrennt, wie es Annegret von der Konstanzer Sparkasse kannte. In einer Ecke des Raums gab es allerdings eine kleine gläserne Kabine mit einer Luke, auf der „Kasse" geschrieben stand. Dort saß ein hagerer Mann mit einem dünnen Oberlippenbart, der einer dicken Frau in einem Kleid mit großen Karos Geldscheine hinzählte. Die Bank strahlte Freundlichkeit aus, niemand sprach laut, alles schien höflich und entspannt zu sein, hier war es gedämpft, fast lichtlos und kühl. Annegret fröstelte leicht, als sie von der warmen Straße in diese abgedunkelte Welt kam, in der die Wände mit Holz getäfelt waren und in der es nach frischer Schuhcreme und Papier roch. Hier lächelte man, lachte aber nicht, kein Radiogeräusch im Hintergrund, dafür das scharfe Wischen von abgezählten Geldscheinen und das Gemurmel von Zahlen. Hier kämpfte man nicht, hier redete und verhandelte man, wog ab, atmete sauberen Reichtum ein und aus.

Annegret hielt nach einem Stuhl Ausschau, sie musste

sich setzen, in ihrem Bauch spürte sie einen scharfen Schmerz heraufziehen. Diese plötzlichen Überfälle aus ihrem Inneren kannte sie schon, sie verschwanden meistens schnell wieder. Annegret schenkte Schmerzen keine große Beachtung, sie ertrug sie und bekämpfte sie. Aber jetzt, als sie in diese kühle Höhle getreten war, empfand sie diesen Schmerz zum ersten Mal als ernste Bedrohung. Bruno merkte sofort, wie von seiner Großmutter eine Schwäche ausging, die er von ihr nicht kannte, und hielt ihre Hand. Einer der Bankangestellten hatte Annegret und ihren Enkel und ihr plötzliches Unwohlsein bemerkt. Der junge Mann im dreiteiligen Anzug kam auf sie zu, beugte sich zu Annegret hin und fragte leise, ob er helfen könne. Sie antwortete nicht sofort, sie wollte nicht stöhnen oder um Hilfe bitten, das Stechen in ihrem Bauch dauerte noch an, also nickte sie nur. Der Mann sagte, er bringe ein Glas Wasser, was Annegret einen Moment Zeit gab und ihr half, ihren Schwächeanfall zu bekämpfen. Als das Glas Wasser kam, entschuldigte sie sich, konzentrierte sich und fragte, ob sie ein Konto eröffnen könne, sie komme aus Konstanz. „Aber sicher", antwortete der Mann, „das können Sie. Was für eine Art von Konto stellen Sie sich vor? Eher ein Giro- oder ein Depositenkonto?"

„Es ist so", Annegret bemühte sich, sich an die Geschichte, die sie sich ausgedacht hatte, zu erinnern, „meine Familie hatte Häuser in Freiburg, die während des Krieges zerstört wurden... Ja, und jetzt gibt es offenbar Käufer für die Grundstücke, die wollen da so ein Kaufhaus bauen. Was weiß ich. Das ging alles über meinen Anwalt..." Sie trank einen Schluck Wasser. „Das ist mein Enkel", stellte sie den Kleinen vor. Bruno stand auf, gab dem Mann die Hand und sagte: „Ich bin Bruno." Der Mann von der Bank lächelte: „Du bist aber gut erzogen", meinte er, dann blickte er wieder aufmerksam zu Annegret. „Damit das Geschäft zustande kommt, habe ich eine Bedingung gestellt: Ich will die Hälfte auf einem Konto haben. Es gibt ja heutzutage so viele Betrüger. Ich les jeden Tag die Zeitung! Aber ich will es auf keinem deutschen Konto, wo man es mir wieder wegnehmen kann, sondern auf einem Schweizer Konto."

„Ah, ja also, schön. Dann würde ich sagen, eher ein Depositenkonto, was Ihnen eine längere Anlage ermöglicht."

„Aber ich will schon auch rankönnen, denn ich habe, nun ja, Kinder und Brüder, die sollen auch etwas davon haben, wenn ihre Oma zu Geld kommt."

„Das ist sehr sozial gedacht", sagte der Herr von der Bank, wobei er das Wort sozial dehnte, es so aussprach, als ob es eine große Idiotie sei, sein Vermögen zu teilen, anstatt es auf der Bank liegen zu lassen.

„Also, wie auch immer, ich brauch ein Konto, also eher eine Kontonummer. Die Käufer der Grundstücke sollen nicht wissen, wer ich bin, verstehen Sie. Ich will denen eine Kontonummer geben, die sollen zahlen, und wenn sie gezahlt haben, sag ich dem Dr. Tietze, also dem Anwalt, er kann verkaufen."

„Das sollte sich schon machen lassen. Haben Sie Ihren Ausweis dabei, Frau ...?"

„Adler, Annegret Adler." Sie kramte in ihrer Handtasche und gab ihm das graue Papier.

„Gut, Frau Adler, dann hol ich mal schnell das Formular zur Kontoeröffnung, und dann sollte das alles gut gehen."

Die servile Höflichkeit des Schweizers ekelte Annegret an, aber ihre Schmerzen hielten sie davon ab, ihn böse anzusehen oder eine Bemerkung zu machen. Sie hielt die Hand von Bruno, spürte seine junge Kraft und dachte an ihre Legende, die sie sich zurechtgelegt hatte. Eine Frau, die ihre Grundstücke verkauft, damit man ein Kaufhaus bauen kann.

Der Mann kam mit seinen Papieren zurück, brachte für Bruno ein Stück Schokolade mit, füllte für Annegret alles aus, las ihr vor und fragte, ob alles richtig sei. Annegret nickte und unterschrieb. Die Kontoeröffnung kostete eine

Gebühr, die sofortige Zuteilung einer Kontonummer kostete zusätzlich, doch Annegret hatte keine Kraft, sich mit ihm zu streiten, sie fand die Gebühr unverschämt, aber sie griff erneut in ihre Handtasche und entnahm ihrem Geldbeutel dreißig Mark. Er ging wieder los, zu dem Kassierer in der Glaskabine, um ihm Annegrets Geld auszuhändigen. Es dauerte eine Weile, bis er zurück kam. Mit einem kleinen Diener überreichte er ihr ein Kärtchen mit dem Logo der Bank und der sechsstelligen Nummer. Er hatte auch noch einige Münzen Wechselgeld von der Kontoeröffnungsgebühr für sie, die er neben sie legte. Annegret gab das Geld an Bruno weiter, für sein Sparschwein, wie sie sagte, was Bruno aber nicht verstand, denn er hatte gar kein Sparschwein. Annegret stand auf, streckte sich, obwohl das Messer in ihrem Bauch noch immer aktiv war, gab dem Mann die Hand, steckte das Kärtchen mit der Kontonummer ein und verließ mit ihrem Enkel die Bank.

Bruno und Annegret gingen langsam durch Kreuzlingen, aus der Stadt hinaus zu den Wiesen, am Saubach entlang, an dem die Grenze der beiden Länder verlief, bis sie den Grenzübergang zum Stadtteil Paradies erreicht hatten. Als sie in ihrer Straße und der Wohnung angekommen waren, nahm Annegret zwei Schmerztabletten und legte sich auf ihr Bett. Bruno durfte rausgehen in den Hof, oder er sollte mit seinen Sachen spielen, es war ihr egal. Noch immer wühlte etwas in ihrem Innern herum, tat weh, sie legte ihre Hand auf den Bauch, spürte, hörte in sich hinein, bis sie in einen leichten Schlaf fiel.

Am Abend, als Beate von der Arbeit kam, fiel es Annegret schwer aufzustehen, aber sie zwang sich dazu. Beate schaute sie besorgt an, fragte nach, was sie hätte, doch ihre Mutter winkte ab, morgen würde es bestimmt wieder gut sein. Zum Arzt, wie Beate ihr vorschlug, wollte sie nicht gehen. Annegret verabschiedete sich, sie müsse etwas mit ihren Schwestern besprechen. Beate erkundigte sich, ob das nicht Zeit bis morgen hätte, sie solle sich doch besser weiter ausruhen. Doch ihre eigensinnige Mutter schüttelte nur den Kopf, sie komme ja bald wieder. Da zuckte Beate nur die Schulter und wandte sich Bruno zu, da sie wusste, es hätte keinen Sinn, sie weiter zu befragen. Bruno berichtete von dem Flugzeug, das er gesehen, und dem großen Eisbecher, den die Großmutter ihm gekauft hatte, nachdem sie Eisenbahn gefahren waren. Beate wunderte sich über das komische Verhalten ihrer Mutter, die ihrem Sohn einen Eisbecher spendiert hatte. Sie sorgte sich wegen Annegrets Schmerzen, die stark sein mussten, sonst hätte sie sich nicht hingelegt. Und was gab es so Dringendes mit Erika und Theresa zu besprechen? Was ging da vor?

Annegret konnte ihr Unwohlsein nicht gänzlich verbergen, als sie zu Erika und Theresa kam. Auch Camille saß bei ihnen, trank Bier, rauchte und schnaubte, als Annegret ankam. Camille schien angespannt zu sein, sie hatten alle drei auf sie gewartet, um zu erfahren, wie ihre Bahnfahrt verlaufen war. Annegret setzte sich, brauchte einen Moment, um sich zu konzentrieren. Erika fragte, was denn mit ihr los sei, doch Annegret winkte ab, Bauchweh eben. Theresa schlug vor, einen Kamillentee für sie zu kochen, das wäre immer gut.

„Das mit dem Zug, das wird nichts", begann Annegret, „keine Stelle, wo nicht jemand wohnt oder man etwas sieht."

„Wie oft bist du hin und her gefahren?" wollte Camille von ihr wissen. Seine Stimme klang bedrohlich.

„Einmal hin und einmal zurück, was sonst", erklärte ihm Annegret. Camille atmete hörbar aus und machte „Pah!"

„Man muss viel fahren, bis man die richtige Stelle sieht!" erklärte er.

„Was meinst du, wie oft ich in meinem Leben nach Radolfzell gefahren bin. Sehr oft", beschied ihm Annegret.

„Und jetzt?", fragte Erika. „Ich hab dem Anton doch schon geschrieben, dass er neue Anweisungen bekommt."

„Wenn in der Zeitung steht, Müller ist verhaftet, dann ist es vorbei", donnerte Camille los.

„Dann hättest du eben später zu deinem Bruder gehen sollen", zischte ihn Theresa an.

„Ah, die Spezialistin!", gab Camille ihr zurück.

„Was ist denn heute mit euch los?", wollte Annegret wissen.

„Er ist nervös", sagte Erika.

„Bin ich nicht, aber jetzt, jetzt kommt es darauf an!", entgegnete Camille.

„Also Folgendes", erklärte ihnen Annegret.

„Wart, das Wasser kocht", Theresa stand auf, ging nach nebenan, nahm den Kessel vom Herd und kam mit einer Tasse, die kräftig nach Kamille duftete, wieder zurück.

„Ich hab' in der Schweiz ein Konto eröffnet. Wir geben dem Anton die Nummer, und dann soll er einfach das Geld dort einzahlen", schlug Annegret vor.

„Auf dein Konto?!", fragte Camille. Es klang ziemlich aggressiv.

„Hast du ein Konto in der Schweiz?", gab ihm Annegret zurück.

„Das Geld auf dein Konto! Das geht nicht! Es ist auch mein Geld!", schimpfte er.

„Du bekommst doch deinen Anteil. Jetzt beruhige dich mal." Theresa wurde auch ungehalten.

„Das geht so nicht. Das war nicht vereinbart. Ich leite die Aktion", sagte Camille ziemlich laut.

„Ich find das nicht so schlecht mit dem Schweizer Konto", erklärte Erika, um die hochkochenden Gefühle wieder zu beruhigen. Doch sie hatte sich getäuscht. Ihre Parteinahme für Annegrets Vorschlag erregte das Misstrauen von Camille noch mehr.

„Ah ja! Ist es das, was du wolltest?! Mich ausnutzen?! Und dann mit deinen Schwestern das Geld zur Seite bringen! Merde!" Camille trat gegen die kleine Kommode, auf der das Radio stand, ein Schrankbeinchen knickte ein, das

Radiogerät fiel zu Boden. Camille kickte mit seinem Schuh zusätzlich in die Radiomembran.

„Spinnst du?! Camille!“, schrien die drei Schwestern gleichzeitig auf.

„Raus!“, donnerte Theresa, „du gehst jetzt. Sofort!“

„Ich bekomm mein Geld oder ihr alle...!“, drohte er und zeigte mit dem Finger wie mit einer Pistole auf die Frauen. Theresa war aufgestanden und auf den wütenden Mann zugetreten, ebenso Erika, die ihn aber, von ihrem Platz hinter dem Sofatisch, nicht erreichen konnte. Camille zeigte mit seinem Pistolenfinger auf Theresas Kopf, riss die Wohnungstür auf und knallte sie hinter sich zu.

„Was war das denn?“, fragte Annegret, nahm die Teetasse auf und trank einen Schluck.

„Er hat zu viel getrunken. Die ganze Anspannung“, entschuldigte Erika ihren Verlobten.

„Das ist doch kein Grund, hier so rumzutoben. Also wirklich! Der spinnt doch!“, empörte sich Theresa. Erika kniete sich zu ihrem geliebten Radio und hob es auf. Sie hatte Tränen in den Augen.

„Ich rede nachher mit ihm, wenn er sich abgeregt hat“, sagte sie traurig.

Sie waren geschockt von Camille, vor allem Erika, die diese aggressive Seite von ihm noch nicht kannte. Sie hatte sich in den sanften, überlegten, klugen Camille mit dem Weinberg verliebt, sich verlobt, ein Hochzeitsversprechen gegeben. Theresa und Annegret schauten sie bedauernd an, doch dann mahnte Erika sie, zu ihren gemeinsamen Geschäften zurückzukehren. Annegret zeigte ihnen das Kärtchen mit der Kontonummer. Sie gaben ihm noch einen weiteren Tag, dann sollte er morgens um 11 Uhr die Bank betreten und das Geld einzahlen. Theresa wollte sich zu dieser Zeit in der Nähe aufhalten, um zu sehen, ob sich Anton an ihre Anweisungen halten würde. Erika machte sich sogleich an die Arbeit, schnitt Buchstaben und Zahlen aus einer Illustrierten aus und klebte den Text auf ein Blatt Papier. Theresa und Annegret schauten ihr zu, boten ihre Hilfe an, doch Erika wollte sich nicht von ihnen helfen lassen, weil die beiden keine eng an den Fingern anliegenden Gummihandschuhe hatten. Sie warteten noch eine halbe Stunde, redeten über Schweizer Konten, über den seltsamen Camille, dessen wahres Gesicht sich jetzt gezeigt hätte, und über die Bauchschmerzen Annegrets, die den Schwestern versprach, zum Arzt zu gehen, wenn das hier endlich vorbei war.

Dann gingen Erika und Annegret los. Erika wollte den Brief bei Anton in den Briefkasten werfen und anschließend nach Camille schauen. Annegret umarmte ihre jüngste Schwester und sagte ihr, sie solle es sich gut überlegen – womit sie die Heirat mit Camille meinte –, dann radelte sie nach Hause.

Erika kannte den Briefkasten von Anton Sauter schon gut. Der Hauseingang mit den drei Briefkästen des schmalen Hauses lag im Dunkeln. Sie wusste, wie sie sich umschauen musste, um nicht gesehen zu werden, schnell hob sie die Blechklappe und schob den Brief in den Schlitz.

Gleich war sie wieder auf einer der größeren Straßen, auf der Straßenlaternen brannten. Erika schlug den Weg zum Hafen und zum Hotel „Seemöwe“ ein. Die Rezeptionistin schlief, den Kopf auf ihre verschränkten Arme gebettet. Erika stieg in das erste Stockwerk hoch, klopfte an die Zimmertür mit der Nummer dreihundertfünf, aber Camille antwortete nicht. Sie öffnete die wie immer unverschlossene Tür, trat ein, rief seinen Namen, aber er antwortete nicht, also machte sie Licht, doch das Bett war leer. Wo mochte er sein? Sie ging wieder die Treppe hinunter, trat aus dem Hotel und wurde vom roten Eiffelturm angestrahlt.

Von einer Ahnung getrieben, betrat Erika das Etablissement, schob den muffigen Vorhang zur Seite, der das Innere von der Straße trennte. Es roch stark nach Zigaretten und Urin, an den Wänden des Flurs hingen Lampen, die rot leuchteten, im Hintergrund spielte ein deutscher Schlager. Sie hörte das tiefe Lachen einer Frau, als sie den Bar-Raum betrat. Hinter der Bar stand ein Mann mit langen weißen Haaren, der Gläser abtrocknete und ihr leicht zunickte. Langsam kam sie näher und konnte Sitznischen ausmachen, drei davon waren von einzelnen Männern und Frauen belegt. Die Frau mit dem kehligen, tiefen Lachen saß neben Camille. Ihre großen nackten Brüste, die über einem Bustier hingen, wippten, wenn sie lachte. Ihre linke Hand lag auf dem Bein von Camille, der in der einen Hand eine Zigarette hielt und in der anderen ein Glas, dessen Inhalt nicht zu erkennen war. Sein Gesicht glänzte, was man sogar in dem Dämmerlicht erkennen konnte, und auch er lachte. Als er Erika sah, grinste er, winkte sie heran und sagte, „C'est ma fiancée Erika, c'est Antoinette ..." Die Frau mit den großen Brüsten und den langen schwarzen Haaren stand auf, machte Erika Platz neben Camille und sagte: „Der hat genug, den kannste mitnehmen." Sie hörte sich an wie eine rasselnde Ankerkette. Erika erkannte an dem Haaransatz der Frau einige blonde Haarsträhnen, die ihre Perücke mit dem schwarzen Haar nicht abdeckte oder die verrutscht war. Erika blieb einfach stehen, als die Frau an ihr vorbeiging und sie in ihren schweren Duft hüllte. Sie schaute Camille an, der durch den Rauch seiner Zigarette zu ihr hin stierte und weiter winkte, mit langsamen, betrunkenen Bewegungen. Hatte er hier seine Nächte verbracht, als er auf ihre nächste Begegnung warten musste? Der Mann mit dem Weinberg, der Bombenbauer, der so zärtlich zu ihr sein konnte? Was erwartete sie von ihm? Hatte sie gedacht, dieser Mann würde einsam in seinem Zimmer ein Buch lesen? Wieder traten ihr Tränen in die Augen, und als sie sie auf ihrem Gesicht spürte, drehte sie sich um und ging hinaus. Der Mann mit den weißen Haaren blickte ihr nach. Camille hatte sich hinter seinem Tisch vorgeschoben und wankte nach draußen. Erika war schon ein paar Meter von der Bar entfernt, als Camille laut ihren Namen rief. Er stützte sich an der Hauswand ab, um nicht umzufallen, sie ging einige Schritte auf ihn zu.

„Du bekommst dein Geld“, sagte sie ihm, „dann kannst du wieder nach Hause fahren.“

„Erika, je t’aime, je t’aime, Erika“, lallte er. Sie hatte das Gefühl, sie müsste ihn schlagen, aber sie wollte diesem Betrunkenen nicht näher kommen. Betrunkene Männer fand sie einfach nur ekelhaft.

Beate hatte Herrn Möbius wiederholt mit der Bitte angesprochen, einen Anzug wie den, den sie an dem britischen Prinzen gesehen hatte, schneidern zu dürfen. Doch er hatte das stets abgelehnt, ohne ihr eine Begründung für seine ablehnende Haltung zu geben. „Das brauchen wir nicht“, war das Einzige, was er zu ihrem Vorschlag zu sagen hatte. Sie schimpfte und ärgerte sich über ihren sturen Chef, der sich jeder Erneuerung zu verschließen schien. Gitta meinte, er habe Angst vor Veränderung. Menschen mit Angst blickten nicht nach vorn, sondern zurück, weil sie glaubten, in der Vergangenheit sei alles besser gewesen. Woher Gitta auf einmal solche Lebensweisheiten hatte, wusste Beate nicht.

Gitta würde Werner, ihren Schweizer, heiraten, sie hielt diesen Mann fest, der alles machte, was sie von ihm verlangte, der sie bewunderte und genügend Geld hatte. Werner eröffnete ihr einen Ausweg aus ihrem Leben als Schneiderin bei Herrn Möbius. Sie würden im Sommer drei Wochen nach Italien fahren, als Verlobungsreise, und im September dann in Kreuzlingen heiraten. Herr Martin kommentierte die Vorgänge in der Schneiderei freundlich wie immer, war aber ernstlich besorgt, seine jungen Kolleginnen zu verlieren. Er fand Beates Entwurf für einen englischen Anzug sehr schick und lobte sie, aber Konstanz sei noch nicht reif dafür. Vielleicht sollte sie es damit in Frankfurt versuchen. Frankfurt? Was sollte sie denn in Frankfurt?, fragte sich Beate. Aber warum eigentlich nicht, was hielt sie noch hier? Ihr Ziel, ihrem Sohn einen Vater zu geben, war gescheitert, wie ihre Liebe auch. Sie konnte genauso gut weggehen.

Wenige Tage später, es war kurz vor elf, lud sich Theresa ein paar Balkonblumen auf den Fahrradkorb und sagte ihrer Chefin, sie würde Frau Köster schnell frische Geranien liefern, die alten seien ihr eingegangen. Sie radelte von der Löwenstraße in die Hauptstraße und schob ihr Fahrrad in die Nähe der Kreuzlinger Kantonalbank. Da sah sie Anton, wie er aus einem schwarzen Auto ausstieg. Er trug eine Aktentasche in der Hand, die bestimmt seinem Vater gehört hatte. Konzentriert betrat er das Bankgebäude, ohne sich umzusehen. Theresa überquerte die Straße, lehnte das Rad gegen eine Hauswand, zupfte an den Geranien herum. Eine ältere Frau ging an ihr vorbei und kommentierte die schönen Blumen. Theresa war einen Moment irritiert und erklärte ihr, die gebe es in der Gärtnerei Staubinger. Den Namen Staubinger kannte die Frau, aber sie hatte gedacht, die Frau Staubinger, deren Mann ja leider verstorben war, hätte verkleinert und würde nur Gemüse anbauen. Nein, nein, versicherte ihr Theresa, sie solle doch einmal vorbeikommen, sie hätten schöne Balkon- und Schnittblumen. Theresa nutzte das Gespräch mit der aufdringlichen Passantin, um die Bank im Blick zu behalten, und als sie sah, wie Anton das Gebäude wieder verließ, ein paar Schritte ging und in den schwarzen Mercedes einstieg, verabschiedete sie sich, denn sie müsse noch die Blumen ausliefern. Die Frau versprach ihr, bei der Gärtnerei Staubinger vorbeizuschauen. Theresa stieg aufs Fahrrad, ihr Herz klopfte, sie fuhr schnell. Die Sonne schien zwischen den Häusern hindurch, sie spürte den Wind im Gesicht, atmete tief ein, dachte an Berlin, trat kräftig in die Pedale, und als sie zurückkam, war sie außer Atem. Theresa lachte, als sie Frau Staubinger erklärte, die Frau Köster sei gar nicht da gewesen. „Sie sind ja ganz fröhlich“, wunderte sich die Gärtnerin. „Ja“, gab Theresa zu, „heute bin ich froh.“ Frau Staubinger freute sich, als sie ihre Angestellte, die sie für ihren Arbeitseifer sehr schätzte, aber meistens verschlossen war, zum ersten Mal lachen sah.

Einen Tag später überraschte Camille seine Verlobte Erika mit einem großen Blumenstrauß. Frau Neidhard freute sich, Camille zu sehen, doch Erika blieb verschlossen. Sie ging mit Camille vor die Tür, bedankte sich für die Blumen, die sie aber nicht annahm. Er könne sie ja Antoinette schenken, die würde sich bestimmt freuen. Camille entschuldigte sich, aber die ganze Anspannung der vergangenen Wochen habe sich eben ausgewirkt, auch müsse er bald wieder zurück zu seinem Weinberg, und er wolle sie unbedingt mitnehmen, er liebe sie aufrichtig. Doch Erika schüttelte den Kopf, so könne er nicht mit ihr umgehen, ein Blumenstrauß würde da nicht reichen, sie brauche Zeit, um nachzudenken.

Im Übrigen hätte Anton das Geld gezahlt, Camille möge ihr doch mitteilen, ob er seinen Anteil auf ein Konto in Frankreich oder lieber bar bekommen würde. Camille grinste breit, umarmte Erika, aber sie wehrte ihn ab. Er begriff, dass er einen Fehler gemacht hatte, ließ den Kopf hängen und entschuldigte sich erneut. Erika glaubte ihm seine Zerknirschung, aber sie war zu sehr verletzt und enttäuscht, sie konnte und wollte sich jetzt nicht mit ihm versöhnen. Noch immer sah sie die großen nackten Brüste der Prostituierten vor sich und das glänzende Gesicht von Camille daneben. Camille fluchte leise, schaute Erika offen an und bat sie, zu ihm zu kommen; es würde nicht wieder passieren, versprach er. Dann senkte er die Stimme und murmelte, dass er das Geld gerne in bar hätte, er komme in zwei Tagen bei ihnen vorbei. Auch wenn Anton gezahlt habe, sagte Camille ihr eindringlich, sollten sie darauf achten, in den nächsten Monaten kein Geld auszugeben, außerdem wäre es gut, die restlichen Gestapokarteikarten dem Kommandanten zu geben, dann wäre die Polizei beschäftigt, und die Franzosen könnten es als Sieg verkaufen. Erika versprach, seine Vorschläge mit den Schwestern zu besprechen.

Annegret hatte am Morgen Blut gespuckt und begriffen,

dass ein Arztbesuch unausweichlich war. Im „Südkurier“ stand tatsächlich ein Artikel über die Verhaftung von Edgar Müller, dem ehemaligen Gestapochef von Konstanz. Er würde vernommen, es gäbe den Verdacht, dass er sein Wissen über Spitzel, die für die Nazis gearbeitet hätten, genutzt habe, um sie zu erpressen. Auch der französische Geheimdienst sei in die Verhaftung involviert, aber die Behörden wollten keine weiteren Angaben machen, erst müssten die Untersuchungen abgeschlossen sein.

Der Arzt diagnostizierte ein Magengeschwür und verordnete Annegret eine sofortige Magenspiegelung, die im Krankenhaus durchgeführt werden würde. Er sprach eindringlich auf sie ein, verbot ihr zu rauchen, auch Alkohol sei tabu, mahnte sie zur Ruhe. Sie müsse das ernst nehmen, ein blutendes Magengeschwür könne zu einem Durchbruch der Magenwand führen. Der Arzt verschrieb ihr Medikamente, die Annegret gewissenhaft einnehmen müsse. Im Krankenhaus würden sie ihr nach Auswertung der Magenspiegelung weitere Maßnahmen vorschlagen, auch eine Operation wäre denkbar. Annegret, die dazu neigte, an der Urteilsfähigkeit von Ärzten zu zweifeln, war tatsächlich erschüttert von der Diagnose und der Dringlichkeit, mit der der Mann im weißen Kittel auf sie einsprach. Zurück im Wartezimmer, setzte sie sich neben Bruno, fühlte sich erschöpft, auch verzweifelt. Jetzt, nachdem sie die Früchte ihrer Anstrengungen einsammeln konnten, wollte sie nicht krank sein. Mühsam stand sie auf, „Magendurchbruch“ hallte es in ihrem Kopf.

Am Nachmittag kam Otto zu Besuch. Die Jungs hatten einen Weg gefunden, miteinander zu spielen, ohne zu streiten. Nach dem seltsamen Fußballspiel respektierte Otto den jüngeren Bruno, auch weil die anderen Jungs den Kleinen mochten. Am nächsten Wochenende wollten sie sich wieder alle zusammen treffen und Fußball spielen, allerdings würde dann Otto im Tor stehen, an seinem angestammten Platz.

Als Beate am Abend kam, lag auf dem Küchentisch ein Brief für sie mit einem schwarzen Streifen am Rand. In einer Trauerkarte wurde die Beerdigung von Max Sauter für den nächsten Sonntag auf dem Konstanzer Friedhof angezeigt. Beate traf diese Nachricht wie ein Schock, sie setzte sich, rief nach ihrer Mutter, die aber nicht kam, weil sie auf ihrem Bett lag. Auch das war sehr ungewöhnlich, aber die größere Sensation für Beate war der Tod des Mannes, der ihre Liebe zerstört hatte.

„Der Max ist tot", sagte sie, die Todeskarte in der Hand, als sie zu Annegret ins Zimmer trat. Annegret lag auf der Seite, den Rücken zu ihr gedreht. Leise sagte sie, obwohl sie wusste, um wen es ging, „Welcher Max?"

„Antons Papa."

„Wirklich?"

„Also das ..."

Annegret drehte sich zu ihrer Tochter um.

„Was ist mit dir? Warst du beim Arzt?"

„Ja. Und im Krankenhaus. Magengeschwür."

„Oh, Gott. Du hast ein Magengeschwür?"

„Ich muss Tabletten nehmen und darf nicht mehr rauchen."

Beate setzte sich aufs Bett zu ihrer Mutter, sah sie sich genau an, wollte erkennen, wie schlimm es um sie stand. Dann blickte sie wieder auf die Karte.

„Am Sonntag auf dem Friedhof in Petershausen."

„Schade, dass es ihn nicht schon früher erwischt hat", kam leise von Annegret, „das hätte dir viel erspart." Beate wusste, dass ihre Mutter recht hatte, aber sie wollte nicht so denken. Jetzt war Anton ganz allein, das musste hart für ihn sein.

„Ich glaub, ich geh hin, mit Bruno. Es war ja trotzdem sein Großvater."

„Du gibst nicht auf."

„Nur, weil es sich so gehört. Das mit Anton ist zu Ende, aber er hat schließlich einen Sohn."

In der Nacht hatte Beate wieder von den Möwen geträumt, aber diesmal flog sie mit ihnen über Häuser, die ohne Dächer waren und durch die man bis in die Keller sehen konnte. Die Bewohner scherten sich nicht darum, sie gingen ihren alltäglichen Verrichtungen nach. Es fühlte sich gut an, so durch die Luft fliegen zu können, allerdings traute sie sich nicht ganz so hoch hinaus wie die Vögel, die viel geübter waren als sie. So kam sie heiter gestimmt zur Beerdigung von Max Sauter. Die Trauergemeinde bestand vor allem aus kräftigen Männern in schwarzen Anzügen, die Kränze oder Blumensträuße trugen. Beate hatte Gitta gebeten, sie und Bruno zu begleiten. Der Kleine schaute sich aufmerksam um, aber er konnte nicht verstehen, was hier vor sich ging und warum die Erwachsenen alle in Schwarz gekleidet waren. Beate und Gitta waren bewusst etwas später gekommen, sie hielten sich abseits, standen weiter hinten, wollten den Trauernden um Anton nicht nah sein. Einige Männer aus der Werkstatt erkannten Beate, grüßten sie, sprachen sie aber nicht an. Vorne am Grab stand Anton neben Pfarrer Sernatinger, der einen Weihrauchkessel in der Hand hielt, den er hin und her schwenkte. Anton sah schmal aus, seine kräftigen Schultern hingen nach vorn, der Anzug, den er trug, war ihm zu groß, was Beate sofort auffiel. Wären sie noch zusammen, hätte sie dafür gesorgt, dass ihm der Anzug passte.

Sernatinger sprach ein Gebet und segnete den Sarg in der Grube mit einer großen Geste. Dann warfen die Trauergäste nacheinander Erde aus einem bereit gestellten Eimer oder Blumen in das Loch mit dem Sarg. Anton stand neben dem Grab, nahm die Beileidsbekundungen entgegen, schüttelte Hände. Am Ende der langen Prozession von Trauernden waren Beate, Bruno und Gitta an der Reihe. Sie hatten drei einfache Blumen gekauft, Bruno hielt seine in der Hand; er war schon zappelig, er wollte auch endlich seine Blume in das Loch werfen. Beate hielt ihn an der Hand, neugierig schaute der Junge auf den Sarg, der von Blumen und Erde bedeckt war; dann kam Anton auf ihn zu, nahm ihn hoch, begrüßte ihn und sagte, er freue sich, ihn zu sehen, obwohl es ein trauriger Anlass sei. Gitta gab Anton die Hand und sprach ihm ihr Beileid aus. Dann war es an Beate, Anton die Hand zu geben. Anton trat etwas näher zu ihr, bedankte sich für ihr Kommen und fragte, ob sie bleiben würde, aber sie verneinte. Da bat er sie um einen Moment, bevor er zu seinen Trauergästen müsse. Beate fragte Gitta, ob sie schon mal mit Bruno vorausgehen könne. Anton nickte Sernatinger zu, den Beate nicht grüßte. Er sah sie streng an, murmelte etwas und ging weg. Dann standen sie allein, zwei Schritte neben dem Grab von Antons Vater.

„Ich wollte mich entschuldigen, Beate", begann Anton, „es war dumm von mir."

„Es war vor allem gemein und bösartig", sagte sie ihm.

„Ja, du hast recht."

„Ich hatte nie was mit einem anderen!"

„Ja ... und jetzt?"

„Wie jetzt?

„Ich hab gehört, du und der Bäuerle ..."

„Wir sind befreundet. Na und?"

„Befreundet?"

„Das geht dich nichts mehr an Anton. Du hast es kaputt gemacht. Wir wollten heiraten."

„Ich werfe dir nichts vor. Das mit der Wohnung hätte allerdings nicht sein müssen."

„Es ging mir richtig gut danach!" Anton schluckte, schaute an ihr vorbei.

„Vielleicht können wir ja, irgendwann ..."

„Hör auf mit irgendwann, Anton. Es ist vorbei. Aber wir haben ein Kind zusammen. Dafür bist du auch weiter verantwortlich."

„Ich geh zum Jugendamt. Du bekommst weiter die Alimente."

„Gut. Und was machst du jetzt? Baust du die Werkstatt wieder auf?"

„Ich glaub nicht, die Versicherung zahlt, sie konnten keine Brandstiftung feststellen. Ich verkauf alles, ich geh weg."

„Hat denn der Erpresser gestanden?"

„Keine Ahnung. Das interessiert mich alles nicht. Das war Papas Sache. Seine Schuld. Ich hab gezahlt, und damit ist es hoffentlich gut. Wenn die Polizei das Geld findet, schenke ich es dir."

„Du hast gezahlt?", wunderte sich Beate. Anton nickte, zuckte mit der Schulter.

„Ich geh auch weg", sagte Beate, obwohl sie sich das bisher noch gar nicht fest vorgenommen hatte, „nach Frankfurt."

„Mit Bruno? Und was machst du da?"

„Ich werde schon was finden. Also dann, mach's gut." Beate gab ihm die Hand, berührte ihn nicht, drehte sich einfach um, aufgewühlt, und ging schnell weg, während Anton noch eine Weile am Grab seines Vaters stand. Zum ersten Mal in seinem Leben konnte er selbst entscheiden, was er mit sich anfangen sollte. Ob ihm Beate eines Tages vergeben würde? Erst dann wäre er wirklich frei.

Beate holte Bruno und Gitta ein. Sie kniete sich zu ihrem Sohn, lachte, küsste und umarmte ihn. „Weißt du was, mein Kleiner?", sagte sie zu ihm, „ich glaube, uns hält hier nichts mehr."

Herzlichen Dank an:

Corinna Kaiser
Gila Keplin
Hanne Reinhardt
Dr. Klaus Isele
Anett Hönig